Diana Groe

Der Gesang der schönen Sklavin

Roman

Aus dem Amerikanischen von
Martin Hillebrand

MIRA®

MIRA® TASCHENBUCH
Band 25377
1. Auflage: Mai 2009

MIRA® TASCHENBÜCHER
erscheinen in der Cora Verlag GmbH & Co. KG,
Valentinskamp 24, 20350 Hamburg
Deutsche Taschenbucherstausgabe

Titel der nordamerikanischen Originalausgabe:
Maidensong

erschienen bei: Leisure Books
By arrangement with Dorchester Publishing Co., Inc.
Dieses Werk wurde vermittelt durch Interpill Media GmbH, Hamburg

Konzeption/Reihengestaltung: fredebold&partner gmbh, Köln
Umschlaggestaltung: pecher und soiron, Köln
Redaktion: Bettina Steinhage
Titelabbildung: Harlequin Books S.A.
Satz: Buch-Werkstatt GmbH, Bad Aibling
Druck und Bindearbeiten: CPI – Ebner & Spiegel, Ulm
Printed in Germany
ISBN 978-3-89941-610-7

www.mira-taschenbuch.de

PROLOG

Abermals gab das Kind ein klägliches Wimmern von sich. „So, Lämmchen", flüsterte Helge, während sie mit dem Schwamm die letzten Spuren der Geburt von dem ungestüm strampelnden kleinen Körper wusch. Flackernder Schein von der Feuerstelle in der Hallenmitte küsste das Baby und tanzte über die rauchgeschwärzten Balken des Langhauses.

Die alte Hebamme seufzte. So schwer es auch für das Kleine gewesen sein mochte, das Licht der Welt zu erblicken – zumindest war es ein gesundes Mädchen, äußerlich makellos, mit allen Fingern und Zehen und einem Vlies kupferfarbenen Haars, das feucht auf dem Köpfchen klebte.

„Nun aber still, du!", raunte Helge mahnend.

Da verzog sich das runzlige kleine Gesicht, und der Säugling hob aus Leibeskräften an zu schreien, als habe Loki selbst, der tückische Asensprössling, ihn ins Hinterteil gekniffen. Besänftigende Koseworte gurrend, hüllte Helge das Kind in eine behagliche Decke aus Katzenfell.

„Bring das Balg zum Schweigen!", grollte Torvald, seine Stimme gebrochen und nur noch ein Schatten ihres sonst weithin hallenden Dröhnens. Sämtliche Seelen, die gerade im Schutze des Langhauses weilten, verfielen in gespanntes Schweigen. Als ahne es, dass Gefahr in der Luft lag, gab das Kind nur noch leise Schmatzlaute von sich.

„Willst du denn deine Tochter nicht in den Armen halten?" Helge bot Torvald das winzige Bündel dar. „Ein schönes Kind ist sie, kräftig und hell!"

„Nein!" Torvald fuhr sich über die Augen. „Sie hat mir meine Gudrid genommen. Ich will mit dem Balg nichts zu schaffen haben!" Als er das wimmernde Neugeborene ansah, verzerrte sich sein Gesicht zu einer hasserfüllten Maske. „Setz es aus!"

Helge zuckte zusammen. „Aber Herr …!“

„Widersprich mir nicht, Weib! Herrsche ich etwa nicht mehr über Haus und Hof?“ In Torvalds grauen Augen blitzten Wut und Trauer. „Weg mit ihm, sage ich!“

Helges Schultern sanken herab. Sie konnte sich nicht erinnern, wann das letzte Mal ein gesundes Kind ausgesetzt worden war. Torvald aber war der Gebieter; so blieb ihr nichts anderes übrig, als sich seinem Geheiß zu fügen.

Dennoch brachte sie es nicht über sich, das Neugeborene mit leeren Händen Hel zu überantworten. Schlimm genug ohnedies, dass die Kleine ungeliebt und unbeweint in jenes unterirdische, eisige Totenreich eingehen sollte. Was aber noch schlimmer war: Dort ankommen würde das Kind als Habenichts.

Helge bettete ihren kleinen Schützling auf das Lager der toten Mutter, von deren schlanken Hals sie einen dünnen Lederriemen löste. Ein schlichter, kleiner Hammer aus Bernstein hing daran, in dessen gelblich glimmender Hülle ein einziger auffälliger Punkt leuchtete: eine winzige purpurne Orchidee, für immer und ewig im Stein eingeschlossen. Vielleicht würde Thor das Kind unter seinen Schutz stellen, so es mit diesem Amulett versehen von dieser Welt ging. Viel war es nicht, doch mehr vermochte Helge für das winzige Wesen nicht zu tun.

Warm eingepackt gegen die Kälte, verließ sie mit dem wimmernden Bündel im Arm das Langhaus. Bei jedem Atemzug war ihr, als gefrören ihr die Härchen der Nase.

Bei dem Gedanken, das Kind den Wölfen zu überlassen, zog es ihr qualvoll die Brust zusammen. Darum beschloss sie, das Kleine dem Meer zu übergeben. Das würde, so ihre Hoffnung, geschwind und sauber vonstatten gehen, und überdies würde man nicht so lange das klägliche Todesjammern des Mädchens im Wind vernehmen. Außerdem würde es der unglücklichen kleinen Seele schwerer fallen, jene, die sie verstoßen hatten, später einmal mit allerlei bösem Zauber heimzusuchen, wie es von manchem übelwollenden Geist bekannt war.

Schnee knirschte unter den Sohlen, als Helge hinunter zum Ufer stapfte, wo der Rand des Fjordes unter einer dicken Eisdecke lag. Bewaffnet mit einer Axt, die sie im Vorbeigehen vom Holzstapel genommen hatte, trug Helge den Säugling über das Eis bis an die Wasserlinie so nahe heran, wie sie sich eben noch traute.

„Leb wohl, kleine Elfe“, flüsterte Helge, als sie das Bündel auf die kalte, glatte Eisfläche legte. „Möge Thor dich behüten, denn mir ist es versagt.“

Sie ließ die scharf geschliffene Axt herniedersausen. Das brüchige Eis zersplitterte mit dumpfem Krachen; von der Scholle löste sich ein kleineres Stück, dem Helge noch einen Schubs mit dem Axtstiel gab.

Während ihr immer schwerer ums Herz wurde, schaute sie zu, wie das winzige Bündel, sanft auf und nieder wippend, auf seinem frostigen Floß mit der Strömung davontrieb.

1. KAPITEL

Sämtliche Hunde in der Siedlung heulten, als sei das Ende der Welt angebrochen. Rika spähte durch einen Spalt in der Tür des Abtritts. Raue Gesellen in Rüstungen aus gehärtetem Leder trieben gerade Menschen und Vieh zu den am Ufer vertäuten Drachenbooten. Bisher hatte keiner der Räuber daran gedacht, auch die Latrine zu überprüfen. Rika und ihr Pflegebruder Ketil waren so vorläufig einigermaßen sicher.

„Vater ist da draußen!" Ketils runde Wangen waren von schmutzigen Rinnsalen seiner Tränen überzogen.

„Ich weiß, ich weiß." Rika nagte an ihrer Unterlippe und zermarterte sich das Hirn darüber, was wohl als Nächstes zu tun sei. Sie hoffte, sie würde das wallende weiße Haar des alten Skalden irgendwo entdecken, seinen faltenreichen Mantel. „Wo kann Magnus nur sein?"

Und warum nur, warum hat er uns weggezerrt vom Hof des Dänenkönigs?

Rauchschwaden waberten auf die beiden zu. Die Flammen kamen immer näher.

„Komm!" Rika ergriff ihren Bruder bei seiner großen Hand und zog ihn hinter sich her. Blitzschnell sauste sie über die matschige Gasse, rutschte im Schlamm aus und schlug hin, rappelte sich aber auf und rettete sich taumelnd in einen Stall. Doch dort blieb sie wie angewurzelt stehen. Ein ersticktes Keuchen entrang sich ihrer Kehle.

Ihr Verstand wollte nicht wahrhaben, was ihre Augen sahen. Mit gespaltenem Schädel lag Magnus bäuchlings hingestreckt auf dem Boden. Breiige graue Masse quoll aus der klaffenden Öffnung; Epen für tausend Nächte sickerten in den strohbedeckten Schmutz.

„Oh, Vater!" Die Hände auf die Brust gepresst, sank Rika neben dem Toten auf die Knie. Ein Schluchzen zog ihr die

Brust zusammen; heiße Tränen stiegen ihr brennend in die Augen. Fast hätte sie vergessen zu atmen.

Sie war noch ein kleines Mädchen gewesen, als sie zum ersten Mal vernahm, wie Magnus Silberzunge die Saga von Ragnarök erzählte, dem Tag der Götterdämmerung. Nie hatte sie sich etwas Abscheulicheres und Schauderhafteres vorstellen können als Odins Tod und das Ende von Asgard, der Hauptstadt der Asen. Bis jetzt.

Sanft drehte Ketil den Toten herum. „Alles wird gut", murmelte er immer wieder. „Ich hab's nicht geträumt, daher wird alles gut."

„Nein, Ketil." Rika riss sich aus ihrer Erstarrung und zog den Bruder von Magnus' Leichnam fort. „Nichts wird mehr gut!"

Ketils einfältiges Gesicht erstarrte, und dann heulte er seinen Kummer hinaus wie die Verdammten von Niflheim, jener unterirdischen Nebelhölle, welche schon vor der Erschaffung der Erde bestanden hatte. In einer grausamen Welt hatte nur Magnus allein einer solch sanftmütigen Seele wie Ketil ein Lebensrecht eingeräumt. Nun aber war Magnus nicht mehr.

Rika schlang die Arme um ihren Bruder, wiegte ihn sanft und ließ ihn weinen. Ob jemand ihn hörte, war einerlei. Nichts war mehr von Wichtigkeit.

Ein Schatten fiel auf die Schwelle der Stalltür, der Rika einen kalten Schauder über den Rücken jagte. Sie hob den Blick, auch wenn die Schwere in ihren Gliedern selbst diese einfache Bewegung zur Mühe werden ließ.

Im Durchgang erschien ein Hüne von einem Mann, die gezückte Klinge noch triefend rot. Sein Schwertarm war entblößt; lederne Beinlinge schmiegten sich hauteng um seine muskelbepackten Schenkel. Das Kettenhemd über der kurzen Tunika verriet ihn als einen Krieger von Rang und Namen. Rika hegte nicht den geringsten Zweifel, dass die dunklen Flecken auf der Kleidung des Riesen nicht von seinem eigenen Blut stammten.

Genüsslich ließ er den Blick über Rika wandern und fletschte die Zähne zu einem Raubtierlächeln. „Wen haben wir denn da?“ Sein grobknochiges Gesicht war glatt rasiert – unter Nordmannen ebenso eine Seltenheit wie seine dunklen Augen. „Ein kleines Blesshuhn mit einem zu groß geratenen Küken.“

Brüllend sprang Ketil auf und stürzte sich mit fliegenden Fäusten auf den Mann. Der aber wich mit einem Ausfallschritt zur Seite aus und stellte dem Angreifer ein Bein, sodass Ketil der Länge nach in den Matsch vor dem Stall flog. Als milden Tadel versetzte der Räuber ihm anschließend noch einen Klaps, indem er ihm mit der flachen Seite des Langschwerts auf den Hintern klopfte.

Hastig warf Rika sich schützend über den Bruder. Mit der geballten Macht ihrer von Magnus erlernten skaldischen Kunst zwang sie dem Recken stumm ihren Willen auf. „Nicht! Untersteh dich, dem Knaben ein Leid anzutun!“ Obgleich Ketil neun Jahre älter war als sie, war er für Rika doch immer der Jüngere, den es zu behüten galt.

„So habe ich mich anscheinend geirrt!“ Der Hüne rammte die Schwertspitze in den Matsch und lehnte sich auf den Knauf. „Du bist ja doch kein Blesshuhn. Eher wohl eine Wölfin, wie?“

„Nein, Skaldin bin ich.“ Sie richtete sich zu ihrer ganzen Größe auf. Nach ihrem Gefühl war sie recht hochgewachsen für eine Frau. Die letzten Jahre hatte sie Magnus gar auf Augenhöhe gegenübergestanden. Bei diesem Mann indes musste sie trotzdem aufschauen, um seinem spöttischen Blicke begegnen zu können.

„Und du, du bist ein Mörder!“, fauchte sie mit einer Kühnheit, die sie selbst in Erstaunen versetzte. „Du hast den trefflichsten Skalden getötet, der je eines Wikingers Halle zierte.

Dort hinter dir liegt Magnus Silberzunge, der tapferste und beste …" Vor Kummer versagte ihr die Stimme.

Über des Hünen kantige Züge flackerte eine Regung, die wie Bedauern wirkte. Er warf einen Blick über die Schulter auf Magnus' Leiche. „Das da ist Silberzunge?" Seine Lippen verhärteten sich zu einem verkniffenen Strich. „Ich habe von ihm gehört."

„Und deinetwegen wird man ihm niemals mehr lauschen können!" Sie spie ihm die Worte regelrecht ins Gesicht und fuhr sich mit dem Handrücken über die Augen. Hätte sie nicht ihren Bruder schützen müssen – sie wäre kreischend wie eine Furie auf diesen finsteren Berserker losgegangen.

„Ich habe ihn nicht erschlagen." Der Räuber musterte den auf dem Stallboden liegenden Toten. „Doch einer von meinen Männern auf jeden Fall."

Als er seinen ledernen Helm abnahm, fiel ihm seine rabenschwarze Mähne bis auf die Schultern – ein scharfer Kontrast zu seiner hellen nordischen Haut. Er zog ein Messer aus der am Gurt befestigten Scheide, legte es in die Hand des Erschlagenen und krümmte dessen erkaltende Finger um das aus Horn gefertigte Heft.

„Wohlan denn, Freund", sagte er leise. „Leere ein Trinkhorn auf mich in der Halle der Gefallenen." Dann ging er hinüber zum bereits hell lodernden Nachbarhaus und riss ein brennendes Scheit heraus. Das schleuderte er durch die offene Stalltür und wartete einige Augenblicke, um sich zu überzeugen, dass die Flammen auch Nahrung fanden.

Abermals brach Ketil in lautes Schluchzen aus, sodass Rika sich tröstend über ihn beugen musste. Sie fühlte sich schwerfällig und benommen, als wäre die Luft um sie herum so dick wie Wasser.

„Das kann nicht Wirklichkeit sein", bekundete Ketil hartnäckig. „Wenn es Wirklichkeit wäre, so hätte ich es vorher geträumt. Dann würde ich Vater zum Aufbruch drängen."

Eine steile Falte grub sich in die dunkle Stirn des Räubers. Seine Augen wurden schmal. „Was ist mit ihm?", fragte er mit einem Blick auf Ketil. „Ist er nicht richtig im Kopf?"

„Immer noch besser als nicht richtig im Herzen!" Rika spürte, wie ihre Wangen siedend heiß anliefen. Zorn, jawohl, das war ein Gefühl, was sie sich nicht zu verkneifen brauchte.

„Kann er arbeiten?"

„Er ist kräftig, falls du das meinst." Sie ballte die Hände in Höhe der Hüften zur Faust. „Wenn einer ihm zeigt, was er tun soll, schuftet er dich und deinesgleichen in Grund und Boden."

„Gut!", erwiderte der Wikinger. „Für nutzlose Esser haben wir nämlich keinen Bedarf. Abmarsch, ihr zwei."

„Wir gehen mit dir nirgendwohin." Rika verschränkte die Arme über der Brust, entschlossen, sich zu behaupten, mochte sie innerlich auch noch so zittern. „Wir sind fahrende Skalden, kommen geradewegs vom Hofe des Dänenkönigs und sind nicht vogelfrei. Hier in Hordaland befinden wir uns erst seit einer Woche."

„Euer Pech, dass ihr die Dänen verlassen habt. Mag sein, dass ihr seid, was du vorgibst. Aber dafür habe ich weiter nichts als dein Wort, oder?" Das Gesicht des Mannes verhärtete sich. „Einerlei, was ihr vorher wart – nunmehr seid ihr Sklaven. Ihr gehört jetzt dem mächtigsten Sippenführer hier in der Gegend, dem Jarl von Sogna."

„Und der bist vermutlich du", zischte sie verächtlich.

„Nein, das ist Gunnar Haraldsson, mein Bruder." Ein Mundwinkel hob sich in der Andeutung eines grimmigen Lächelns. „Ich bin Björn der Schwarze. Der Zweitgeborene."

Indem er mit der Schwertspitze auf Rika und Ketil wies, bedeutete er ihnen, hinunter zur Mole zu marschieren. Björns Augen blitzten sie an, unergründlich wie ein Obsidian und ebenso hart. „Schluss mit dem Geschwätz, kleine Wölfin.

Entweder gehst du freiwillig, oder ich schleppe dich. Doch du kommst mit, so oder so!“

Rika spürte, wie ihr das Blut in den Schläfen pochte. Sie ergriff die Hand ihres Bruders und führte ihn zu den wartenden Langbooten. Beim Geruch verbrannten Fleisches, der in der raucherfüllten Luft lag, musste sie beinah würgen, doch hoch erhobenen Hauptes schritt sie einher. Sie war die Tochter von Magnus Silberzunge, vor diesem blutverschmierten Halsabschneider würde sie keine Schwäche zeigen. Zum ersten Mal im Leben wäre sie lieber ein Mann gewesen. Dann hätte sie diesen schwarzhaarigen Björn töten können.

„Womöglich nennst du dich noch einen Helden!“, schleuderte sie ihm in der Hoffnung, ihn beschämen zu können, entgegen. „Und glaubst wahrscheinlich, es werde einmal auf deine Heldentaten ein Epos gedichtet. Dabei bist du nichts weiter als ein Mörder und ein Dieb!“

Sie wusste wohl, dass es töricht war, den Mann zu reizen, doch nur ihr geballter Hass auf Björn den Schwarzen hielt sie noch auf den Beinen. Da konnte sie einfach nicht schweigen. Schon von jeher war das Wort ihre einzige Waffe gewesen, und so schrie sie ihre heiß glühende Wut heraus, egal, ob das klug war oder nicht.

„Gibt es etwa auf den Inseln der Angelsachsen keine Klöster mehr zu überfallen?“ Ihre schrille Stimme überschlug sich. „Im Reiche der Franken keine vollgefressenen Städte mehr, die ihr plündern könnt? Musst du da so tief sinken und schon deinesgleichen meucheln?“

„Wäre ich ein Mörder, so würde dein groß geratener Freund hier Magnus auf seinem Scheiterhaufen Gesellschaft leisten“, erwiderte Björn mit eisiger Gelassenheit. „Gemordet habe ich keineswegs. Ich tat vielmehr, was getan werden musste. Die Hand erhebe ich allein gegen jene, die sich mir widersetzen. Und was den Dieb angeht – sein geraubtes Eigentum wiederzuholen, das ist kein Diebstahl."

Am Langschiff angekommen, wandte Björn sich um und richtete seinen Blick auf die in schwelenden Trümmern liegende Siedlung und die überlebenden Dörfler, die sich in elenden Grüppchen zusammendrängten.

„Bewohner von Hordaland!", rief Björn ihnen zu, wobei sein dröhnender Bass von den Berghängen widerhallte. „Wir haben euch überfallen aufgrund eures Angriffs auf Sognefjord im vergangenen Monat. Der Arm des Jarl von Sogna reicht weit. In seinem Namen holen wir uns das geraubte Vieh zurück und bestraften die Schuldigen. Begeht nicht den Fehler, uns noch einmal herauszufordern. Das werden die Männer von Sogna sich nicht gefallen lassen."

Mit diesen Worten stieß er sein Schwert in die Scheide und schnürte dem schniefenden Ketil mit einem Lederriemen die Hände zusammen. Als er sich dann zu Rika umdrehte, fuhr sie zurück. „Welch Zartgefühl, Björn der Schwarze!" Wie Pfeile schnellten ihm ihre Worte an den Kopf. „Und was ist mit den Unschuldigen, die ihr zusammen mit den Übeltätern bestraft habt?"

„Her mit den Händen, Mädchen, wenn ich dir einen Rat geben darf." Er wich ihrem frostigen Blick nicht aus. „Und hüte deine Zunge, sonst muss ich dir auch noch das Maul zubinden."

Rika hielt folgsam den Mund, um ihrem Widersacher nur ja keinen Anlass zu bieten, sie zu knebeln. Sie fügte sich auch dem Lederstreifen, den Björn ihr um die Handgelenke zurrte, blitzte ihn jedoch wütend an, als er etwas zu fest zuzog. Dann kletterte sie an Bord des schwankenden Drachenschiffes und hockte sich vorn in den Bug, möglichst weit fort von dem dunkeläugigen Finsterling.

Die Mannschaft legte sich in die Riemen, das Boot nahm Fahrt auf, und sobald es genügend weit vom Gestade entfernt war, zogen die Männer die Ruder ein, richteten den Mast auf und hissten das große, quadratische Rahsegel. Kaum blähte die steife Brise das wollene Viereck, da erwachte das Schiff zum Leben und hob sich, obwohl voll beladen, im Wasser. Der Vordersteven durchpflügte die grauen Wogen und zerteilte wie Adlerschwingen die Fluten zu beiden Seiten der Bordwand. Behände ritt das Boot so über die Wellenkämme dahin, als könne es jeden Augenblick abheben und sich in die Lüfte schwingen.

Schon immer hatte Rika Gefallen an der Seefahrt gefunden, besonders wenn sie mit Magnus und Ketil in ihrem kleinen Fellboot unterwegs gewesen war, umgeben vom Salzgeruch des Meeres und dem Kreischen der über ihnen kreisenden Möwen. Bisher war ihr ganzes Leben eine lange Reise gewesen, unterbrochen nur von angenehmen Aufenthalten als willkommene Gäste. An Magnus' Seite war man ihr stets mit so etwas wie Ehrfurcht begegnet. Der weite Mantel des Skalden bot dessen kleiner Familie aus Findelkindern mit Leichtigkeit Platz. Selbst der geistig ein wenig zurückgebliebene Ketil hatte darunter Schutz gefunden.

Dieser Abschnitt ihres Lebens war nun zu Ende. Im Bug des Drachenbootes, wo die fliegende Gischt sie tarnte, ließ Rika den stillen Tränen freien Lauf und weinte um den einzigen Vater, den sie jemals gekannt hatte.

Einige Tränen aber vergoss sie auch um ihrer selbst willen. Von ihrer vormals herausgehobenen Stellung als Tochter des alten Skalden herabgestürzt in die Hoffnungslosigkeit der Leibeigenschaft, war sie nunmehr das Eigentum eines gesichtslosen Wikingerhäuptlings und musste sogar damit rechnen, noch schlimmer behandelt zu werden als das geraubte Vieh.

Ketil kauerte sich neben ihr zusammen, um zu schlafen, so wie er es auch sonst immer tat, wenn ein Schiff zu schlingern begann. Seine blassen Lider zitterten über seinen rötlichen Wangen. Rika zog es die Brust zusammen. Zwar groß und kräftig, besaß Ketil doch das Herz und den Verstand eines Kindes, weswegen ihn vieles allzu leicht kränkte oder verwirrte. Wie durfte sie da darauf hoffen, ihn unter diesen neuen und so aufwühlenden Umständen schützen zu können? Es war ihr ein Rätsel, allein, sie wusste, dass sie es versuchen musste. Zusammen mit seiner Einführung in die Sagen und Legenden der nordischen Völker hatte Magnus ihr nämlich eines beigebracht: Treue.

Ach, Vater! Warum hatte sie sich an jenem Morgen mit ihm gestritten? Und dann auch noch über etwas völlig Banales. Magnus hatte von ihr verlangt, sie müsse sich mehr anstrengen und das Hávamál, das Hohelied Odins, besser auswendig lernen. Heldensagen waren indes eher nach Rikas Geschmack als die ethischen Lehren des einäugigen Göttervaters. Nun aber würde sie sich liebend gern tausend Strophen einbläuen, könnte sie nur ihre barschen Worte zurücknehmen.

Ihr lief ein siedendes Prickeln den Rücken hinunter. Sie wandte sich um, bemüht, den Grund für dieses ungute Gefühl auszumachen. Achtern im Heck des Langbootes saß Björn der Schwarze auf seiner Seekiste an der Ruderpinne und starrte zu ihr herüber. Dieses Starren war es wohl, was sie heiß und aufdringlich auf ihrer Haut gespürt hatte. Seine Augen, sie waren schwärzer noch als das Moor, verhießen noch mehr Gefahr, sodass Rika notgedrungen den Blick abwandte.

Im Allgemeinen konnte Rika die Körpersprache der Menschen meisterhaft deuten. Das war Voraussetzung für eine Skaldin. Schon öfter hatte sie daher Begehren in Männeraugen gesehen, doch hier lagen die Dinge anders. Die Bedeutung dieses durchdringenden Blicks vermochte sie nicht zu erkennen. Das tiefgründige Starren des schwarzen Björn ähnelte mehr dem eines pirschenden Wolfs, der sich an ein glückloses Lämmchen heranschleicht, das sich zu weit vom Rest der Herde fortgewagt hat. Obwohl ihr die Sonne auf die Schultern schien, überlief Rika ein Frösteln.

Bestimmt, so ihre Hoffnung, gab es in der angesteuerten Siedlung Leute, die Magnus und seinen Oden schon einmal gelauscht hatten. Vielleicht erkannte gar jemand sie und Ketil wieder. Dann würde man dieses gesamte Missverständnis ausräumen können. Unter den Wimpern hervor warf sie dem schwarzhaarigen Steuermann, der gerade angestrengt sein Gefährt aus der tosenden Brandung heraushielt, kurz einen Blick zu. Möglicherweise konnte sie ihn oder seine Mannen sogar vor dem örtlichen *Thing* des Mordes bezichtigen und als Entschädigung für das Leben des Vaters ein Wergeld verlangen, das Sühnegeld, das der Täter nach germanischem Recht den Erben eines Erschlagenen zu entrichten hatte. Irgendjemand musste ja schließlich für den Tod einer solch herausragenden Persönlichkeit wie Magnus zur Rechenschaft gezogen werden, und bei diesem mörderischen Raubzug hatte Björn unzweifelhaft das Kommando geführt. Mit einem Quäntchen Glück ließ sich eventuell sogar die Verbannung dieses Galgenstricks erwirken.

Sie wischte sich die Tränen fort. Zum Äußersten entschlossen, kniff sie die Lippen zusammen. Auf einmal erschien ihr der Traum, man könne sie eventuell als Skaldin erkennen, als geradezu unwichtig. Den Mörder ihres Vaters seiner gerechten Strafe zu überantworten, das erschien ihr hingegen als der beste Grund für ein Weiterleben.

Die untergehende Sonne versank allmählich hinter dem Horizont. Ehe die flüchtige Dämmerung in die kurze skandinavische Frühlingsnacht überging, befahl Björn seiner kleinen Armada, die Boote so nahe wie eben möglich ans Ufer zu steuern. Zu steil ragten die Klippen des Fjords aus den Fluten, als dass man die Schiffe hoch auf den Strand hätte ziehen können.

Es kostete Björn beträchtliche Mühe, den schweren Ankerstein auf die Bordwand zu wuchten und ihn von dort ins Wasser fallen zu lassen. „Bereite das Nachtmahl, Jorand“, befahl er einem flachsblonden Jüngling, dem Jüngsten seiner Besatzung.

Während der die karge, aus Fladenbrot, Stockfisch und getrockneten Hagedornbeeren bestehende Ration austeilte, bahnte sich Björn einen Weg durch die Leute, um nach seinen Gefangenen zu schauen.

„Hoch mit den Händen“, brummte er Rika an. „Auf dass ich dich zum Essen losbinden kann.“

Mit düsterer Miene tat sie, wie ihr geheißen, sprach aber kein Wort.

„Holla! Diesmal kein schneidender Seitenhieb?“, fragte Björn, wobei er den Kopf schief legte. „Sind dir die Beleidigungen etwa ausgegangen? Dann kann es um dich als Skaldin nicht allzu gut bestellt sein.“ Er übersah ihre erhobenen Handgelenke und befreite zunächst Ketil von seiner Fessel.

„Was ich auch sagen mag – es würde doch nur den Zorn erregen von Björn, dem Helden, dem Schlächter von wehrlosen Weibern und unbewaffneten Greisen.“ Rikas Stimme war butterweich, wodurch ihre Worte umso bissiger klangen. „Wenn es aber dem Bruder des großen Jarl belieben sollte, so werde ich eine Hymne erdichten, an die man sich durch die Epochen erinnern wird: das Heldenepos vom heimgeholten Schwein. Bald wirst du in aller Munde sein, und zwar als Björn, der Befreier des Borstenviehs, der Retter der verlorenen Sauen allüberall.“

Einige aus der Besatzung konnten sich ein unterdrücktes Lachen nicht verkneifen. Mit einem Stirnrunzeln brachte Björn alle zum Schweigen.

Rika ließ ihren Blick zu den Männern schweifen, aus deren Gesichtern das Grinsen indes wie ausradiert war. „Aha! Wie ich sehe, müssen in deiner Gegenwart nicht nur gefesselte Gefangene ihre Zunge hüten."

„Offenbar hütest du aber die deine nicht, Mädel." Björn ließ sich neben ihr auf ein Knie nieder und senkte die Stimme. „Ich weiß selbst nicht, wieso ich mir die Mühe mache, es dir zu erklären, aber hier ging es um die Ehre. Was ein Mann besitzt, das darf er nicht preisgeben. Verteidigt er seine Habe nicht, so geschieht es ihm recht, wenn er alles verliert. Wir konnten uns den Überfall auf unsere Hofstätten nicht bieten lassen. Beim nächsten Mal würden wir dann mehr einbüßen als nur ein paar Stück Vieh!"

„Ja", gab sie zurück, zwar starren Blicks und trockenen Auges, doch immer noch vor sich das Bild des erschlagenen Vaters, der bäuchlings im Stroh lag. „Es ging in der Tat mehr verloren."

Offenbar plagte Björn dieselbe Vorstellung. „Ein trauriger Tag fürwahr, an dem Magnus Silberzunge starb – falls er es denn wirklich war. Doch weißt du genauso gut wie ich, dass es sich nicht mehr rückgängig machen lässt. Wir alle tragen unser Schicksal um den Hals wie du jenen kleinen Hammer da!"

Mit seinem breiten Finger strich er über den Bernsteinanhänger, der sich in die sanfte Kuhle an ihrem Halsansatz schmiegte. Als Rika seiner Berührung ruckartig auswich, zog er die Hand zurück. „Wie Magnus ums Leben kommen würde, das war schon lange vorausbestimmt", sagte er. „Dass einer von meinen Männern ihm den Tod brachte, war reiner Zufall."

Rika verengte die Augen zu splitterschmalen Schlitzen. „Und das werde ich dir niemals verzeihen."

„Was ich auch gar nicht verlange", konterte er. „Ich versuche nur, deine Handfesseln zu lösen, damit du bequem dein Abendmahl einnehmen kannst." Er entflocht den Knoten und zog ihr den Lederriemen von den Handgelenken.

„Erstaunlich, dass ihr euch der Mühe unterzieht, uns durchzufüttern." Rika massierte sich die kribbelnden Arme.

„Wenn ihr kränklich seid oder schwach, nutzt ihr dem Jarl nichts", erklärte Björn. „Du wirst noch merken, dass ich die Interessen all meiner Brüder wahrnehme. Vielleicht aber sollte ich dich warnen, dass Gunnar kein so duldsamer Mensch ist wie ich. Ich binde dir bloß den Mund zu, wenn du mir auf die Nerven gehst."

„Was denn?" Rikas Augen sprühten Blitze. „Wird der mächtige Wikingerhäuptling mir etwa die Zunge herausschneiden und sie mit Hering und Rettich zum Nachtmahl verspeisen?"

„Nein. Viel schlimmer als das." Björn reichte ihr eine großzügig bemessene Portion Dörrfisch mit Brot und Beeren. „Er wird den Drachen von Sogna auf dich hetzen. Seine Gemahlin Astryd."

Diesmal brach die Mannschaft in schallendes Gelächter aus.

„Nein!" Neben ihr im Dunkeln schlug Ketil wie wild um sich. Sie legte den Arm um ihn, bestrebt, ihn zu beruhigen, ehe er noch den Zorn der Räuber auf sich zog, die schnarchend in ihren Hudfats lagen, jenen Säcken aus Fell, in denen die Wikinger auf hoher See schliefen, häufig sogar zu zweit.

„Still, Ketil", flüsterte sie. „Es ist nur ein Traum."

Ketils Gefuchtel verebbte, und er schluchzte leise. Sein riesiger Körper zitterte noch immer. „Lass es nicht zu!"

Rika nagte an ihrer Unterlippe. Er hatte wohl von Magnus' Tod geträumt. „Manches im Leben lässt sich eben nicht ändern", beschwichtigte sie ihn gedämpft. „Dazu gehört auch, dass Vater nun nicht mehr ist."

Blinzelnd zuckte er zurück. „Das weiß ich doch! Ich will nur nicht, dass auch du noch fortgehst. Sie werden versuchen, dich weit, weit fortzuschicken, zu einer großen Stadt mit einer Mauer, dorthin wo die Sonne ganz heiß brennt. Und ich darf nicht mit!"

„Es war bloß ein Traum." Sie legte die Handflächen um seine Wangen. „Niemand wird uns trennen, Bruder. Das werde ich nicht erlauben."

Kaum hatte sie dies Versprechen gegeben, als sie sich auch schon fragte, ob sie es überhaupt würde halten können. Eine Sklavin besaß kein Mitspracherecht. Rika indes hatte nicht vor, lange unfrei zu bleiben. Unwillkürlich tastete sie nach dem Bernsteinhammer an ihrer Kehle. Wäre sie für die Leibeigenschaft bestimmt, so hätte es Thor gewiss nicht zugelassen, dass sie als Kind von Magnus aus eisigen Wassern gerettet wurde.

Schon immer war Magnus ein Anhänger Odins gewesen. Doch so beliebt der stoische Göttervater auch bei den Skalden war – Rika hatte sich nie für ihn erwärmen können. Schon von Geburt an neigte sie mehr zu Thor, dessen Leidenschaft zwar feurig heiß brannte, dann aber verglühte wie ein verlöschender Blitz. Von allen Bewohnern des nordischen Götterhimmels neigte der Donnergott am wenigsten zur Unberechenbarkeit und Grausamkeit gegenüber seinen Verehrern und galt zudem als einer, der einen Irdischen am ehesten aus einer Notlage retten würde.

Von See her frischte der Wind spürbar auf und sandte seinen frostigen Odem in Wellen über das Boot. Ketil begann zu frösteln. „Ich friere."

„Hier, nimm!" Rika wand sich aus ihrem grünen, wollenen Mantel und hüllte den Bruder warm darin ein. Für beide war der Umhang leider nicht groß genug.

„Nun schlaf weiter, Ketil!" Sie schlang sich die Arme um die Brust, um sich gegen die Kälte zu wappnen. Schon kurz darauf verrieten ihr seine tiefen, gleichmäßigen Atemzüge, dass er in seinen kindlichen Schlummer zurückgeglitten war. Sein Albtraum sorgte sie mehr, als sie sich eingestehen wollte. Magnus war zu Lebzeiten vor allem eins gewesen: ein überzeugter

Verfechter der Wahrhaftigkeit. Deshalb hatte er ihr auch unumwunden erklärt, wieso sie überhaupt seine Tochter war. Einer von Ketils Träumen, so hatte er ihr erzählt, habe ihn ganz genau zu der Stelle geleitet, wo sie auf einer Eisscholle ausgesetzt in den Fluten trieb. Seit dieser Zeit aber hatte ihr Bruder nie wieder solch seherische Anwandlungen gezeigt, und deshalb tat Rika die Schilderung von ihrer Rettung als Mär eines liebenden Vaters ab, mit dem wohl die Fantasie durchgegangen war. Jetzt hingegen, nach Ketils Traum einer drohenden Trennung, war sie sich nicht mehr so sicher.

Kalt und unnahbar erhob sich der Mond über die steilen Klippen und die donnernde Brandung. Sein silbernes Licht bot gerade so viel Helligkeit, dass Rika erkennen konnte, wie Björn der Schwarze in seinem Fellsack beim Steuerruder saß. Seine Augen blitzten zu ihr herüber, feurig und drohend wie jenes Raubtier, als das sie ihn kennengelernt hatte. Als er aufstand und mit dem Pelzsack in der Hand auf sie zukam, da lag es nicht an dem kalten Wind, dass sie so zitterte.

„Hinein mit dir!" Er stieg in den Schlafsack und hielt ihn für sie offen.

Erbittert starrte sie zu ihm hoch. „Eher binde ich mir einen Mühlstein um den Hals und ersäufe mich, als dass ich für dich zur Bettsklavin werde!"

„Gemach", sagte da Björn. „Ich hege keineswegs die Absicht, dich zu bespringen. Jedenfalls nicht in einem wippenden Langboot und mit zwei Dutzend Männern um uns herum."

Als sie sich trotzdem nicht rührte, zuckte es um seine Lippen, sei es aus Gereiztheit, sei es vor Vergnügen. Das konnte Rika nicht so genau sagen.

„Schänden ist nicht nach meinem Geschmack", belehrte er sie. „Ich hab es vielmehr lieber, wenn meine Weiber es aus freien Stücken tun und dabei auch noch ein Gutteil sauberer sind als du in diesem Moment, kleine Wölfin." Er kratzte ihr einen Fetzen getrockneten Schlamms von der Wange.

Zwar war es schon Frühling, doch erschien ihr die über sie hinwehende Brise mehr als der eisige Atem des Winters. Sie wollte nicht, dass Björn ihr Zittern bemerkte, doch verhindern konnte sie es nicht.

„Es bringt dir nichts, wenn du mir trotzt", sagte er mahnend. „Ich schwöre, ich möchte nur, dass dir warm ist."

Ihre klappernden Zähne gaben am Ende den Ausschlag, und so kletterte sie zu dem schwarzhaarigen Wikinger in dessen geräumigen, ledernen Schlafsack, der dazu diente, die Körperwärme zu teilen. Deshalb hörte ihr Zittern auch augenblicklich auf. Der Hüne strahlte eine Hitze aus wie ein lodernde Feuer inmitten eines Langhauses.

Zuvor hatte er sein Kettenhemd abgelegt, dazu auch die blutbefleckte Tunika, die er darunter getragen hatte. So roch er denn nur noch nach frischer Seeluft, gemischt mit ehrlichem, männlichem Körperschweiß – eine zwar absonderliche, doch tröstliche Kombination. Obwohl er an sich ihr Feind war, machte seine Wärme Rika doch schläfrig. An seine Brust geschmiegt, war sie schon kurz davor, in einen Schlaf der Erschöpfung zu sinken.

„Warum hast du das getan?" Sie vernahm seine dumpf dröhnende Stimme im Ohr.

Sofort sträubten sich ihre sämtlichen Haare am Körper. Wie hatte sie nur so dumm sein können, ihm zu vertrauen!

„Weil mir kalt war. Du hast versprochen, mich nur zu wärmen", erinnerte sie ihn. „Sonst hätte ich mich mitnichten in deinen Bettsack locken lassen."

Er schnaubte. „Es mag durchaus einige geben, die dir versichern könnten, dass mein Bett nicht das übelste Schicksal ist. Das aber hatte ich nicht gemeint." Er wies mit dem Kopf auf Ketil. „Wieso hast du ihm deinen Mantel gegeben?"

„Weil er mein Bruder ist", erwiderte sie schlicht. „Wir teilen alles. So ist das doch unter Geschwistern.“

„Ach, wie rührend.“ Seine Stimme nahm einen harten Klang an. „Nur nicht sonderlich praktisch, wenn es bloß einen Umhang gibt.“

Sie drehte sich so, dass sie ihn ansehen konnte. Die Züge seines Gesichts waren so steinern wie die granitenen Felsen, in deren Schutz die Flotte ankerte. „Würdest du denn nicht den Mantel mit deinem Bruder teilen?“

Björns dunkle Augen funkelten auf sie hinunter. Dann hob er den Blick und ließ ihn wie zuvor forschend über das Wasser schweifen. „Das wäre gar nicht nötig. Mein Bruder würde ihn sich kurzerhand nehmen.“

2. KAPITEL

Zur Mitte des folgenden Morgens schwenkte die kleine Flotte landeinwärts in einen Wasserweg hinein, den Magnus mit seiner Skaldentruppe niemals zuvor besucht hatte: den Sognefjord. Zwar war Rika schon mehrmals an der breiten Einmündung mit ihren zahlreichen felsigen Eilanden vorbeigepaddelt, doch aus ihr unerfindlichen Gründen hatte Magnus stets eine Ausflucht dafür parat gehabt, nicht in diesen Meeresarm hineinstoßen zu müssen. Gleich einem Stein sank da nun ihre Hoffnung, sie könne eventuell auf jemanden treffen, der ihren Vater schon einmal beim skaldischen Vortrag vernommen hatte.

Man lief etliche an steilen Fjordhängen liegende Gehöfte an, um hier eine Kuh, dort ein paar Schweine abzuladen. Viele der Höfe dieser freien Bauern machten einen heruntergekommenen Eindruck. So war zum Beispiel bei einem das Dach eingefallen, sodass ein Teil des Langhauses unter dem freien Himmel lag, ohne dass jemand Anstalten machte, den Schaden zu beheben. Mehrere Ackerparzellen, auf denen eigentlich schon die Gerste sprießen musste, waren noch nicht einmal eingesät.

Offenbar lag das nicht nur an den Verwüstungen durch den Überfall einen Monat zuvor. Irgendetwas musste den Bauern am Rande des Fjords den Lebensmut genommen haben, dass sie ihre Anwesen derart verkommen ließen.

Möglicherweise hatte Magnus doch gut daran getan, einen Bogen um Sogna zu schlagen.

Der Sognefjord, so Rikas Eindruck, zog sich schier endlos hin und bahnte sich mit seinen vielen Windungen den Weg bis weit ins Herz des Landes hinein. Notgedrungen musste sie noch zwei Nächte an Bord des Langboots verbringen und dabei den Doppelschlafsack mit dem sturen, raubeinigen Anführer der Räuberflotte teilen.

So eng und hautnah bei einer fremden Person hatte sie noch nie geschlafen, schon gar nicht bei einem ihr unbekannten Mann. Seine Körperwärme empfand sie zwar als Segen, doch sobald er sich auch nur regte, erstarrte sie sogleich und verkrampfte voll banger Erwartung. So vermochte sie sich auch nicht gänzlich zu entspannen, bis sie schließlich vor Erschöpfung einschlief. Was sie am meisten störte, das war die Furcht, sie könne womöglich schleichend Gefallen daran finden, seinen Atem an ihrem Nacken und seine schwere Hand auf ihrer Hüfte zu spüren.

Je weiter sie sich von der offenen See entfernten, desto deutlicher flaute der Wind ab, sodass Björn Befehl gab, den Mast umzulegen und die Riemen klarzumachen. Mit jedem wuchtigen Ruderschlag erzitterte Rikas Herz, denn am Ende der Reise erwartete sie der Grund all jener Übel, die sie am Rande des Fjordes gesehen hatte.

Sie blickte zu Björn hinüber. Er stand am Ruder, die Augen zu schmalen Schlitzen gegen die Sonne verengt, die sich grell auf dem Wasser spiegelte. Sein dunkles Haar flatterte im Wind. Die Muskeln an seinen Armen schwollen unter der Anstrengung, das Langboot in der Fahrrinne zu halten und nicht etwa eines der unter der Oberfläche lauernden Riffs zu rammen.

Verwirrt zog Rika die Stirn kraus. Aufgrund seiner rätselhaften Bemerkung neulich Abend ging sie davon aus, dass er und sein Bruder, der Jarl, sich nicht sonderlich grün waren. Indem er aber im Namen des Jarls von Sogna auf Raubfahrt ging, folgte er doch des Bruders Befehl und riskierte dabei nicht nur seine eigene Haut, sondern auch Leib und Leben seiner Besatzung. Weshalb nur?

Es gab eben Männer, die am Töten Gefallen fanden. Vermutlich, so Rika, zählte auch Björn zu diesen blutrünstigen

Mordgesellen. Andererseits ließ sich nicht verhehlen, dass er auch einer zu sein schien, der zu seinem einmal gegebenen Wort stand. Wenngleich sie beim Erwachen durchaus schon seine schwellende Männlichkeit an ihrem Rücken gefühlt hatte – der Hüne schlief in dem Fellsack schließlich hautnah hinter ihr –, blieb er ihr bisher doch vom Leib und hielt sich an sein Versprechen, sie lediglich zu wärmen. Seine Erregung indes verriet, dass seine Zurückhaltung keineswegs auf mangelndem Interesse an Frauen beruhte.

„Er gefällt dir wohl, wie?" Der Jorand genannte Jüngling hatte anscheinend mitbekommen, wie sie seinen Anführer musterte. Zwischen zwei Zügen mit seinem langen Ruder grinste er Rika an.

„Ach, papperlapapp!" Heftig riss Rika sich von dem Anblick los. „Wie sollte das wohl gehen, hat er mich doch gefangen genommen?"

Jorands Lippen verzogen sich zu einem wissenden Lächeln. „Bisher bin ich noch keiner Frau begegnet, die nicht nach einigen Nächten in seinem Schlafsack von ihm hingerissen war!"

„Dann betrachte mich als Ausnahme." Stur richtete sie ihren Blick geradeaus.

„Nur keine Angst." Der Jüngling zog den Riemen durchs Wasser. „Der hatte schon immer eine Vorliebe für Rotfüchse. Er wird dich beschützen, wenn wir ankommen."

Mich beschützen?, hätte sie um ein Haar gefragt. Vor was? Da aber bellte schon Björn einen Befehl, der die beiden unterbrach.

„Jorand! Hör auf, mit der hübschen Sklavin zu schäkern! Hol lieber den Drachenkopf ein! Wir sind gleich da!"

„Siehst du?" Jorand zwinkerte ihr zu. „Was habe ich dir gesagt? Er mag dich." Der Jüngling erhob sich, hangelte sich an dem gebogenen Holz empor und baute den furchterregenden Drachenkopf ab, der die Spitze des Vorderstevens krönte.

Es war nämlich nicht gut, die freundlichen Land- und Ackergeister in ihren heimischen Gefilden zu erschrecken.

Als das Boot an der Mole anlegte, begriff Rika, wieso so vieles mit Sogna im Argen lag. Sämtlicher Reichtum, das beste Vieh und die schönsten Baumaterialien waren an einem Orte zusammengetragen worden, um ein außergewöhnlich großes Langhaus mitsamt Gehöft für den Jarl von Sogna zu errichten. Geradezu riesig war er, der Jarlshof, mit etlichen Anbauten, die im rechten Winkel an die lange Haupthalle anschlossen. Auf der flachen Ebene vor dieser Residenz kämpften Scharen von Kriegern Scheingefechte, um ihre Kriegskunst weiter zu vervollkommnen.

„Sich derart viele Schranzen zu halten, das würde ja selbst die Schatzkammer eines Königs auf eine harte Probe stellen", raunte Rika ihrem Bruder zu. „Kein Wunder, dass die Gehöfte am Fjord so verludert wirken."

Nachdem sie von Bord gegangen waren, folgten sie Björn dem Schwarzen und seiner Mannschaft zum Langhaus. Während sie so den steilen, vom Ufer wegführenden Pfad erklommen, hielt Rika Ketil bei der Hand, um ihr pochendes Herz zu beruhigen. Es half ihr gegen das schwindelerregende Gefühl, zum ersten Mal im Leben hilflos und ausgeliefert zu sein.

„Willkommen daheim, Bruder." Kaum hatten die Neuankömmlinge das Langhaus betreten, da dröhnte ihnen bereits eine raue Stimme entgegen. Sie war zwar nicht ganz so tief und volltönend wie die von Björn, füllte aber den gesamten Raum.

Rasch ließ Rika ihren Blick durch die lange Halle schweifen. Zum Frühling war sie wohl frisch geschrubbt, der gepflasterte Boden mit einer neuen Spreuschicht aus Stroh bedeckt. Durch die kreisrunden Rauchabzüge, die in regelmäßigen Abständen den Dachfirst durchbrachen, fielen in breitem Schwalle die Sonnenstrahlen. Irdene Bänke säumten die Hallenwände. Statt aber, wie bei einem Jarl sonst üblich, gleich in der Raumesmitte und dicht bei der Feuerstelle zu sitzen, thronte Björns Bruder in einem mit Schnitzereien verzierten Sessel auf einer von Säulen flankierten Empore am hinteren Ende der Halle. Diese Abweichung von den Sitten deutete Rika gleich als fränkischen Einfluss auf die gesamte Einrichtung des Saals. Das Sitzen auf einem Podium war an einem nordischen Jarlshof nicht üblich, auch nicht bei skandinavischen Edelleuten.

Zahlreiche Feuerstellen loderten in der Halle, und über jeder von ihnen drehte sich ein Braten am Spieß, bewacht von einem jungen Mädchen, welches das knusprige Fleisch mit Fett übergoss. Nachdem sie tagelang nur von Stockfisch und trockenem Brot gelebt hatte, lief Rika bei dem köstlichen Bratenduft das Wasser im Munde zusammen. Der Jarl von Sogna, so ihre Vermutung, musste wohl einiges an Speise und Trank aufbieten, um seine Heerschar von Kämpfern, die draußen im Hof übte, anzuwerben und bei Laune zu halten.

Eine Dienstmagd trat auf Björn zu und bot ihm ein langes Trinkhorn an, randvoll gefüllt mit golden schimmerndem Met. Grüßend hob Björn das Horn, prostete seinem auf der Empore sitzenden Bruder zu und leerte dann das Gefäß in einem einzigen Zug.

„Besorge mir nächstens ein größeres Trinkhorn, Bruderherz“, rief er und fuhr sich mit dem Unterarm über den Mund. Seine Mannen grölten vor Lachen und beglückwünschten sich gegenseitig ob der Trinkfestigkeit ihres Anführers. Rika stand stumm daneben, den Mund verzogen in einer Mischung aus Ärger und Grauen. Immer noch wartete sie darauf, dass sie nunmehr erfahren würde, wovor sie denn wohl beschützt werden müsse. Abgesehen von Björn dem Schwarzen natürlich.

„Sagt, war euer Unternehmen erfolgreich?“, erkundigte Gunnar sich.

„Alles Geraubte zurückgeholt. Stück für Stück." Björns Blick schweifte zu Rika. „Und einiges andere ließen wir auch noch mitgehen."

Bis auf den letzten Mann marschierte dann die Besatzung durch die gesamte Länge der Halle und nahm vor dem geschnitzten Stuhl des Jarls Aufstellung. Um die zu beiden Seiten des Podiums stehenden Säulen wanden sich ineinander verschlungene Schlangenleiber aufwärts. Auch auf den an den Wänden hängenden Schilden, so stellte Rika nun fest, fand sich dasselbe Motiv der doppelten Schlange – ganz ohne Zweifel das Sinnbild des Jarls von Sogna.

Auf den ersten Blick kam es Rika so vor, als könnten die beiden Brüder nicht unterschiedlicher sein. Mit seinem weißblonden Haar und den blassgrauen Augen stellte Gunnar das genaue Gegenteil seines schwarzhaarigen Bruders dar. Bei genauerer Betrachtung indes fiel Rika doch eine Ähnlichkeit auf, die sich in den markanten Zügen des Brüderpaars niederschlug. Während aber Björns Mund mit den vollen Lippen Sinnlichkeit versprach, konnte der schmallippige Gunnar einen grausamen Zug nicht verbergen.

Jorand ließ den Tuchballen fallen, den er auf seinen breiten Schultern balanciert hatte. Der Nächste aus Björns Besatzung kippte den Inhalt eines Lederbeutels aus. Haushaltswaren aus Zinn, silberne Gewandnadeln und Armbänder sowie eine beträchtliche Menge von Silberbeschlägen verteilten sich klirrend auf dem Boden. Des Weiteren wurde vorsichtig ein Sack voll Bernsteinschnitzereien abgestellt. Sechs Ballen Pelze vervollständigten die Beute. Die Augen des Jarls glitzerten schon vor Berechnung und Habgier.

„Und frische Sklaven, wie ich sehe." Gunnars Blick glitt über Rika und Ketil sowie über die Hand voll Unglücklicher, die ebenfalls von Björn und seinen Mannen gefangen genommen worden waren. Während der Jarl so Rika betrachtete und sie von Kopf bis Fuß musterte, fuhr er sich mit der Zunge über die Unterlippe. „Das hast du gut gemacht, Brüderchen."

Ein leichtes Zucken in Björns Schulter verriet Rika, dass er diese Bezeichnung wohl nicht allzu gern hörte.

„Wie kann ich dich belohnen?", wollte Gunnar wissen.

„Ich nehme die beiden für mich." Björn wies auf Rika und Ketil. „Und für meine Männer beanspruche ich die Hälfte der Beute hier."

„Einverstanden. Nichts von dem Vieh?", fragte Gunnar.

„Das haben wir bereits auf der Heimfahrt dem jeweiligen Besitzer abgeliefert", erklärte Björn. „Die Tiere waren vorher gestohlen und zählen somit nicht als Beute."

In Gunnars linker Wange zuckte ein Muskel. „Darüber bestimme in Zukunft ich allein!" Sein Blick schnellte zu Rika. „Wenn ich es recht bedenke, kommt mir deine Belohnung doch etwas übertrieben großzügig vor. Ich überlasse dir einen der beiden."

Björn schaute die zwei Geschwister an, als müsse er erst überlegen, welcher von beiden ihm wohl am meisten nutzen würde. „Dann wähle ich das Mädchen." Mit hochgezogener Braue blickte er zu ihr hin. „Ich benötige etwas, das mir das Bett wärmt."

„Dazu gibt es doch Dienstmägde!", lachte Gunnar. „Da brauchst du nur den Finger zu krümmen!"

„Nichts da! Nicht unter meinem Dach!" Von irgendwo aus dem Hintergrund hallte eine weibliche Stimme durch das Haus. Die Reihe der Männer teilte sich, und durch die Lücke betrat nun die Gemahlin des Jarls den Kreis. „Mag sein, dass einige hier das gern vergessen, aber an meinem Hof geht es anständig zu!" Unbehaglich trat Rika von einem Fuß auf den anderen, während die Frau, die nur der von Björn erwähnte Drache sein konnte, ihren Gemahl mit einem sengenden Blick bedachte.

Gekleidet war Astryd in ein Gewand nebst Tunika in sattem Blau und Gelb. Ihr honigblondes Haar fiel ihr in schweren Zöpfen bis hinunter zu der allmählich fülliger werdenden Taille, und als Kopfbedeckung trug sie ein feines Tuch. Zum Zeichen ihrer Würde und Stellung baumelten die Schlüssel des Hauses an einer goldenen Kette über dem schwellenden Leib. Ihr Gesicht glühte förmlich in Erwartung des Kindes, welches sie unter dem Herzen trug. Wenigstens etwas in Sogna, so fuhr es Rika durch den Sinn, das fruchtbar ist.

Astryd blieb vor Rika stehen und musterte deren schmutzbesudelte Kleidung. „Eines muss ich allerdings einräumen: Meine Mägde sind sauberer als diese hier." Sie kehrte Rika den Rücken zu und wandte sich an ihren Schwager. „Lass sie doch für mich arbeiten und dir von deinem Bruder ein Eheweib suchen, das dir das Bett wärmt", schlug sie ihm vor. „Es gibt ja vielerlei Sippen, die sich nur allzu gern mit Sogna verbünden würden – und sei es auch bloß mittels des Zweitgeborenen."

„Sobald ich bereit bin für ein Weib, werde ich mir schon selber eins suchen." Björn verschränkte die Arme vor der Brust. „Im Übrigen habe ich mich an das schlammverkrustete kleine Ding gewöhnt." Die Männer seiner Besatzung lachten bei dieser Bemerkung. „Meine Mannen und ich, wir haben unser Leben im Dienste von Sogna aufs Spiel gesetzt. Soll es etwa später heißen, man habe mir dennoch eine solch bescheidene Bitte versagt?"

Rika schaute vom Jarl zu dessen Gemahlin. Eine unterschwellige Spannung, geboren aus Frust und Zorn, knisterte fühlbar zwischen dem edlen Paar. Offenbar folgte Astryd dem Blick ihres Gatten, und als sie bemerkte, auf welche Weise er Rika musterte, verhärteten sich ihre Züge. Die Entscheidung war offenbar gefallen.

„Nun gut", sprach Astryd zu Björn, „dann sollst du sie meinetwegen nächtens haben. Ich sehe hingegen nicht ein, weshalb sie nicht tagsüber für mich arbeiten sollte. Los, mitkommen! Alle!“ Ihr Befehl richtete sich an sämtliche Gefangenen. „Wer hier nicht sein Brot mit harter Fron verdient, der bekommt auch nichts zu essen.“

Mit festem Griff umfasste sie Rikas Handgelenk und zerrte sie aus der Halle. Als Rika über die Schulter zu Björn zurücksah, lag auf seinen Lippen ein Lächeln, bei dem sie fuchsteufelswild hätte werden können. Der junge Jorand, ging es ihr durch den Kopf, irrte sich ganz gewaltig. Björn der Schwarze hatte nicht das Geringste für sie übrig. Zumindest hatte er keinen Finger gerührt, um sie vor dem Drachen von Sogna zu bewahren.

„Ich bitte dich, Herrin, halte ein!“ Fast musste Rika laufen, um mit Astryds forschem Gang Schritt zu halten. „Das Ganze ist ein Versehen, ein gar schreckliches Fehlurteil, das du bestimmt gleich berichtigen wirst.“

Als sie schwungvoll das Langhaus verließen und in die vormittägliche Sonne traten, wirbelte Astryd herum und baute sich, die Hände in die Hüften gestemmt, vor Rika auf. „Was faselst du da?“

„Dass ein Missverständnis vorliegt.“ Rika rang heftig nach Atem. „Mein Bruder und ich, wir wurden gefangen genommen, weil eure Männer uns für Siedler von Hordaland hielten. Das sind wir jedoch nicht, sondern fahrende Skalden, und als solche dürfen wir nicht gefangen genommen und versklavt werden.“

Mit hochgezogener, blassblonder Augenbraue blickte die Hausherrin Ketil an und ließ ihren kühlen Blick über die hübschen, doch ausdruckslosen Züge des jungen Mannes gleiten. „Oh ja, das kann man ganz ohne Frage sehen, dass dein Bruder hier ein gefragter Mann ist. Wohlan denn, trage uns etwas vor, du fauler Lulatsch!“, befahl sie.

Ketils verlegenes Lächeln verwandelte sich in einen Ausdruck der Panik. Sofort wich er einige Schritte zurück. „Ich kann nicht … nein, ich doch nicht! Rika dort, sie ist die Skaldin. Vater hat es immer gesagt."

„Aha." Astryd wandte sich wieder zu Rika und verschränkte die Arme über der Brust. „So mag uns die Skaldin mal eine Kostprobe geben. Was wird sie uns wohl aufsagen? Die Saga von Thors Endkampf gegen die Reifriesen? Vielleicht jene von Freya und ihrem Halsband namens Brisingamen? Das nämlich ist ein Epos, welches ich gut nachvollziehen kann, bin ich doch selber überaus vernarrt in Schmuck."

Während sie sprach, musterte sie eingehend die Silberbroschen an Rikas Gewand. Die Gewandnadeln waren feiner gearbeitet, die Muster von schlichterer Eleganz als der protzige Zierrat, der Astryds breite Schultern schmückte. Eng umkreiste sie ihre neue Sklavin und ließ dabei den Finger über das edle Tuch gleiten, das Rika unter der Schlammkruste trug. Rika erstarrte wie ein Hase, der den Schatten des über ihm schwebenden Habichts entdeckt.

„Nein", beschloss Astryd. „Wie wär's mit schlichterer Kost? Hören wir uns doch etwas an aus der Hávamál."

Innerlich stöhnte Rika zwar auf, doch dann straffte sie sich und stellte sich mit durchgedrücktem Kreuz in Positur. Atmen!, befahl sie sich. Zunächst kitzelte nicht ein Wort ihre Zunge, doch dann fluteten sie hervor wie ein Wasserfall, der über den Rand eines Abgrunds stürzt.

„Brand entbrennt an Brand, bis er zu Ende brennt, Flamme belebt sich an Flamme. Der Mann wird durch den Mann der Rede mächtig …" In einem Zuge ratterte sie die Verse herunter. „Im Verborgnen … bleibt er blöde." Ihre Stimme stockte; Rikas Augen fuhren von rechts nach links, doch weitere Verse aus des Hohen Lieds wollten ihr einfach nicht einfallen.

Spöttisch schürzte Astryd die Lippen. „Hast wohl heute nicht deinen besten Tag, wie?"

„Bitte! Versteh doch! Ich bin eine vortreffliche Skaldin und kenne sämtliche Sagas. Wahrhaftig!" Sehr überzeugend klang das nicht, nicht einmal für ihre eigenen Ohren. „Ich lerne nun schon geraume Zeit am Hohelied Odins, aber ich kann's noch nicht ganz." Stammte das leise Lachen, das sie im Hinterkopf vernahm, etwa von Magnus?

„Mir scheint, du bist ein kluges Mädchen, eines mit flinker Zunge und möglicherweise einem recht brauchbaren Gedächtnis." In unverhohlener Anerkennung zwinkerte Astryd ihr zu. „Doch eine Skaldin, das bist du nicht. Freilich, du hast bestimmt schon mal dem einen oder anderen gelauscht und dir gedacht, du könntest der Hörigkeit entgehen, indem du die Skalden nachahmst. Würdest du aber die Hávamál wirklich studieren, dann wüsstest du, dass man seinem Schicksal nicht entgehen kann." Astryd zog ihre blonden Brauen zusammen. „Man kann nichts weiter tun, als sich ihm beherzt zu fügen."

Die Augen der Hausherrin glänzten, als sie den Bernsteinhammer an Rikas Hals bemerkte. Zwar war er ein schlichtes Schmuckstück, doch elegant, und Astryds gekräuselte Lippen verrieten Rika, dass sie es offensichtlich für viel zu fein fand für den Hals einer Hörigen.

„Du kannst schon mal damit anfangen, indem du mir jenes Kleinod aushändigst, das du da trägst", sagte der Drachen von Sogna. „Wie du weißt, dürfen Unfreie keine persönliche Habe besitzen."

Rika biss sich auf die Lippen, während sie die dünne Lederschlinge über den Kopf zog und Astryd den Bernsteinhammer auf die flache Hand legte.

Die Herrin von Sogna richtete sich nunmehr an die gesamte Schar der neuen Sklaven. „Ihr alle legt jetzt als Erstes eure Kleider ab. Zweifellos seid ihr total verfloht und verlaust." Sie wandte sich an jene Dienstmagd, welche zuvor Björn das Trinkhorn gereicht hatte. „Inga, geh hin und verbrenne die Kleider, und dann hole ihnen etwas, das ihrem neuen Stand eher geziemt."

So also geht es los, dachte sich Rika. Um zur Leibeigenen zu werden, musste man zunächst seine vorherige Existenz ablegen. Sie zog sich ihre Gewänder über den Kopf, entschlossen, sich dadurch nicht beirren zu lassen, sondern sich weiter in Gedanken mit der Würde ihrer Kunst zu kleiden. Ihr Körper indes verstand diese Botschaft nicht recht, denn ungeachtet des Sonnenscheins überzog er sich mit einer Gänsehaut.

Nachdem auch Ketil die Tunika ausgezogen hatte, nahm ihm Astryd das Kleidungsstück ab und ließ das feine Tuch durch die prüfenden Finger gleiten. Weich war es und üppig wie Samt, verglichen mit dem groben, kratzigen Wollstoff, welchen sie selber trug.

„Die Kleidung von diesen beiden hier verschonst du", befahl sie der Dienstmagd und zeigte dabei auf Rika und Ketil. „Für deren Sachen werde ich schon Verwendung finden – nach gründlicher Wäsche wohlgemerkt."

Rika spürte, wie ihr die Wangen brennend heiß anliefen. Die Kämpfer hielten bei ihren Schwertübungen inne und lachten anzüglich, als Rika und die restlichen Sklaven nackt in einer Reihe zum Eisenschmied geführt wurden. Dort nietete man ihnen einen hässlichen, grauen Eisenring um den Hals, ein jämmerlicher Ersatz für den kleinen Hammer aus Bernstein.

Würde ich jetzt den Entschluss fassen, mich zu ertränken, bräuchte ich immerhin keinen Mühlstein mehr um den Hals, sinnierte Rika. Schon einmal hatte sie die Wellen überlistet. Sie rätselte darüber nach, ob man sich wohl dadurch mutig dem Schicksal stellte, indem man sich den Fluten ergab, aber dann fiel ihr Ketil ein. Ganz gleich, was auch geschehen mochte – um seinetwillen durfte sie nicht den Freitod wählen.

Inga stattete die neuen Sklaven mit formlosen Hüllen aus grober, ungefärbter Wolle aus. Obwohl dankbar dafür, dass sie endlich ihre Blöße bedecken konnte, spürte Rika sogleich, wie das raue Tuch ihr die Haut aufschabte und ihr die Knospen der Brüste wund rieb.

Dann kehrte Astryd mit einer Schere zurück. Mit unverhüllter Schadenfreude schnippelte sie Rika die bis zur Taille reichenden Zöpfe in ungleichmäßigen Fetzen ab, wobei sie an den dick geflochtenen Haaren regelrecht hacken und sägen musste. Magnus hatte es nie zugelassen, dass jemand ihr das Haar stutzte. Ihre Mähne, so sagte er stets, schimmere wie der Regen bei untergehender Sonne. Während die langen Locken zu Boden schwebten, presste Rika die Augen fest zu und erinnerte sich mit aller Macht daran, wie Magnus ihr das Haar stets gebürstet hatte, als sie noch ein kleines Mädchen gewesen war. Immer hatte er sie aus den Zwangslagen, in die sie sich hineinmanövriert hatte, wieder gerettet. Ach, hätte er ihr doch auch jetzt aus der Klemme helfen können!

Wie betäubt fuhr sie sich mit der Hand über das kurze Haar. Dem Vater hätte es sicher das Herz gebrochen, hätte er sie so sehen können. Von der Last der Mähne befreit, ringelten sich die verbliebenen Locken wohlig um Rikas Ohren und fielen ihr in Fransen in die Stirn.

Danach wurde Ketil zusammen mit etlichen anderen männlichen Sklaven zum Holzfällen geschickt, derweilen Rika den Auftrag erhielt, den Abort zu schrubben. Die grobe Seife, ein Laugengemisch aus Asche und Fett, rötete ihr die Hände und trieb ihr die Tränen in die Augen. Nach Beendigung dieser Arbeit wurde sie zu einer Gruppe anderer Frauen beordert, die gerade Garn imprägnierten, indem sie es durch einen flachen, mit Rinderurin gefüllten Bottich zogen.

Als Tochter von Magnus hatte sie früher nicht einmal bei der Zubereitung der Mahlzeiten Hand anlegen müssen. Ihre Tage, sie waren erfüllt gewesen mit dem Erlernen und Aufsagen jener endlosen Oden und Epen, in denen ihr Vater sie mit niemals ermüdendem Eifer unterwies. Auch meisterte sie die geheimnisumwitterte Kunst des Runenlesens, und sie konnte die Zeichen recht geschickt in Holz oder Stein ritzen. Zudem fanden die fröhlichen Weisen, welche sie ihrer kleinen Knochenflöte entlockte, in manch einer Halle Bewunderung.

Nunmehr jedoch war sie bloß noch ein Arbeitstier. Und offenbar hatte Astryd sich fest vorgenommen, die schlimmsten Tätigkeiten im Haushalt auf Rikas Schultern zu laden, gleich am ersten Tag ihrer Leibeigenschaft. Mehr als einmal sah Rika, wie die Hausherrin ihr grimmige Blicke zuwarf, doch Rika gelang es, eine möglichst gleichgültige Miene aufzusetzen. Falls die Herrin von Sogna sich einbildete, sie könne Rikas Kampfgeist durch eine schwere Arbeitsbürde brechen, so täuschte sie sich. Rika war nämlich fest entschlossen, sich die Schmerzen in ihren zerschundenen Händen nicht anmerken zu lassen. Und die in ihrem wunden Herzen erst recht nicht.

Im Übrigen war ihr klar, dass Astryd eigentlich nicht die wirkliche Schurkin war. Gewiss, unfreundlich und herrisch, das war sie schon, und ein wahrhaftiger Drachen, wenn man ihr in die Quere kam. Doch an Rikas Notlage trug sie im Grunde keine Schuld. Diese Ehre gebührte vielmehr jenem Gesellen, der sie Astryds gierigen Klauen überantwortet hatte. Jenem verlausten, gefühllosen, nichtsnutzigen Krötenfresser namens Björn der Schwarze.

3. KAPITEL

Rika hielt sich vor Verblüffung den Mund zu. Sie traute ihren Augen nicht, als die Herrin, der Drachen von Sogna, zum Nachtmahl erschien, angetan mit Rikas rehbrauner Tunika. Zwar war das gute Stück inzwischen sauber geschrubbt, platzte jedoch auf Astryds Figur aus beinahe allen Nähten. Das lag wahrscheinlich an dem zukünftigen Erben von Sogna, der in ihrem Bauch heranwuchs, doch nach Rikas Gefühl glich Astryd einer Wurst, von der man zu viel auf einmal in eine zu enge Schweineblase gestopft hat.

Direkt vor Rika blieb die Dame des Hauses stehen. „Hast du etwas zu sagen?“

„Nein, Herrin.“ Rika verbiss sich ein Feixen. „Nur ... die Farbe kleidet dich gut.“ Vermutlich griff die Gebieterin von Sogna aus lauter Verzweiflung zum letzten Mittel, wenn sie glaubte, sie könne den abtrünnigen Blick ihres Gemahls durch das Tragen von Rikas Kleidung wieder in ihre Richtung lenken. Fast hätte Rika sogar Bedauern für Astryd empfunden, wären da nicht die schmerzenden Hände und ihr geschorener Schopf gewesen. Magnus aber hatte stets mahnend darauf hingewiesen, dass Verzweifelte eine Gefahr darstellen könnten, und in dieser Hinsicht war die Herrin zu Sogna keine Ausnahme. Als Astryd weiterging, stieß Rika deshalb einen tiefen Seufzer der Erleichterung aus.

Sie schickte Ketil mit Surt, einem Hörigen, mit dem er den ganzen Tag gemeinsam gearbeitet hatte, in die lange Halle. Sklaven war es gestattet, ein Mahl einzunehmen, allerdings erst, nachdem zuvor die Krieger bedient worden waren. In diesem Augenblick aber ging es Rika gar nicht ums Essen. Sie wollte vielmehr nur eines: sich den Gestank des Abtritts und des Rinderurins vom erschöpften Körper waschen. Die Gelegenheit war, so dachte sie, günstig wie nie, um sich heimlich, still und leise ins Dampfbad zu verziehen, denn alle anderen tafelten ja gerade in der Haupthalle des Langhauses.

Nachdem sie ins Badehaus geschlüpft war und das Feuer zum Erhitzen der Steine entfacht hatte, streifte sie ihre kratzige Tunika ab, und während der Raum sich allmählich erwärmte, schrubbte Rika das Kleidungsstück. Möglich, dass sie es nachher im noch feuchten Zustand würde überziehen müssen, aber dann wäre es immerhin sauber.

Als die Steine fürs Dampfbad heiß genug waren, goss sie einen Schöpflöffel voll mit Kiefernöl vermischtem Wasser darüber, was eine wohltuende Dampfwolke erzeugte. Immer wieder bewässerte sie die Steine, bis die kleine Kammer ganz mit milchig-weißen Schwaden erfüllt war. Dann tastete Rika sich hinüber zu den glatten Holzbänken.

Sämtliche Poren ihres Körpers öffneten sich, und als sie völlig mit einem glänzenden Schweißfilm überzogen war, fingerte sie an der Wand entlang, bis sie auf die Birkenreiser stieß, die man dort hingelegt hatte. Mit einem der Zweige fegte sie sich den Schmutz vom Leib. Gerade wollte sie blitzschnell in die angrenzende Kammer huschen, in der sich ein Zuber mit kaltem Wasser zum Abspülen befand, da vernahm sie auf einmal das dumpfe Geräusch von Stiefeltritten, die vor der Schwelle innehielten. Hastig kletterte Rika zurück auf eine der Holzbänke und verkroch sich in den hintersten Winkel.

„Da hat uns wohl schon jemand das Bad bereitet."

Durch die nach Kiefernnadeln duftenden Nebelschwaden erkannte Rika den dröhnenden Bass von Björn. Ein Zischen ertönte, als wieder ein Schöpflöffel Wasser über die heißen Steine ausgeleert wurde. Die Knie vor die Brust gezogen, machte sich Rika so klein wie möglich. Sie konnte nur darauf hoffen, dass der undurchdringliche Dampf sie verbergen würde.

„Entspricht nur meiner Lebensgeschichte, Brüderchen.

Dem Jarl von Sogna wird alles stets auf einem neuen Servierbrett präsentiert."

Björn reagiert nicht auf diese Stichelei seines Bruders. Rika hörte ein Rascheln, als die beiden Männer sich aus ihren Kleidern schälten, dann das Schaben von Lederstiefeln, die über den Steinfußboden geschubst wurden. Verschwommen erkannte sie schließlich zwei nackte Gestalten, worauf ihr siedend heiß einfiel, dass auch die beiden sie sehen mussten, falls sie zufällig in ihre Richtung guckten. Sie musste sich möglichst still verhalten und darauf vertrauen, dass sie nicht bemerkt wurde.

„Ach, stell dich nicht an, Brüderchen! Eifersucht passt nicht zu dir."

„Es ist auch gar nicht Eifersucht, die ich zurzeit verspüre. Wenn du es aber unbedingt wissen willst: Der Titel Jarl passt zu dir ebenso wenig, Gunnar." Falls jemand Rika gefragt hätte, so hätte sie vermutlich gesagt, in Björns Stimme habe so etwas wie unterdrückter Zorn gelegen.

„Das ist aber ein wenig unverblümter, als ich es gemeinhin gewohnt bin." Gunnars Lachen ließ nicht erkennen, dass er Björns Bemerkung zuvor lustig gefunden hätte.

„Kann ich mir denken", brummte Björn. „Wenn ich nicht da bin, lässt du ja auch niemanden an dich heran, der sich traut, dir die Wahrheit zu sagen." Inzwischen klang seine Stimme schon näher, und Rika merkte, wie die stufenförmig angeordneten Sitzbänke sich unter dem Gewicht der beiden Brüder durchbogen, als sie sich niederließen. Thor sei Dank wandten sie Rika den Rücken zu.

„Du füllst unseres Vaters Langhaus mit Söldnern, die dir nach dem Munde reden, solange sie dafür nur an deiner Tafel essen dürfen", grollte Björn vorwurfsvoll.

„Stimmt."

„Aber wozu?" Rika nahm einen gereizten Unterton in Björns Stimme wahr. „So lange war ich doch gar nicht zur

Walrossjagd fort, höchstens einige Monde. Und bei der Heimkehr stelle ich fest, dass der gesamte Fjord elendig über deine Kriegermeute schimpft. Wozu sollen die Kerle gut sein? Nicht einmal den Überfall vom letzten Monat konnten sie abwehren! Wieder einmal musste da meine Mannschaft für Ordnung sorgen!"

„Als der Angriff erfolgte, waren wir gar nicht hier", erklärte Gunnar. „Siehst du, Brüderchen, wenn du Männer wirklich führen willst, dann musst du begreifen, dass sie nicht allein Arbeit brauchen, sondern auch Kurzweil. Ich war mit den meinen im Hinterland zur Jagd. Außerdem haben die Räuber doch bloß die Außengehöfte heimgesucht. Bis nach Sogna hinein haben sie sich nicht vorgewagt. Alles halb so wild."

„Halb so wild?", fuhr Björn auf. „Da frage nur Gimli Blaunase, der erzählt dir nämlich eine ganz andere Geschichte. Die Piraten haben ihm seine Milchkuh gestohlen, die beiden Zwillingskälbchen aber gelassen, die dann prompt eingegangen sind. Die Kuh haben wir ihm zurückgebacht, doch für die Kälber gibt es keinen Ersatz. Jeder freie Bauer am Sognefjord wird dir ein ähnliches Lied singen. Wie konntest du das zulassen, Gunnar? Als Jarl darfst du nicht müßig zusehen, wie deinem Land von Fremden Gewalt angetan wird."

„Ach ja, dem Land." Gunnars Stimme klang ölig und stichelnd. „Wenngleich du nur mit den Allerbesten jagst und Handel treibst und auf Raubzug aufbrichst, bist du doch insgeheim eher ein Bauer, stets mit Dreck unter den Fingernägeln, nicht wahr, Bruderherz? Zumindest wolltest du immer deine eigene Scholle."

Björn ging nicht auf den Seitenhieb ein. „Ich verhehle keineswegs, dass ich Land besitzen will. Du aber vernachlässigst deine Anwesen, und das ist ein Unding. Die Bauern vertrauen darauf, dass Sogna ihnen Schutz gewährt. Da kannst du sie nicht einfach so im Stich lassen."

„Du vergisst dich, Bruder. Erzähle du mir nicht, was ich zu tun oder zu lassen habe.“ Rika hörte, wie Gunnars Stimme merklich kälter und schneidender wurde. „Bist du nicht immer noch mein eingeschworener Gefolgsmann?“

In der nachfolgenden Stille vernahm Rika das stetige Tropfen der verdampfenden Feuchtigkeit, die von den Deckenbalken auf die Steinplatten platschte.

„Doch, Gunnar, mein Schwur gilt“, betonte Björn schließlich. „Ich werde nicht eidbrüchig.“

„Gut. So höre denn, was ich im Schilde führe, Brüderchen.“ Gunnar senkte die Stimme, worauf Rika trotz der Hitze ein kalter Schauder überlief. Was würde der Jarl wohl mit jemandem anstellen, der seine geheimen Gedanken mitgehört hatte?

„Die Welt ist im Umbruch“, bekundete Gunnar. „Da können wir manches von den Franken lernen. Wieso sollte ich mich mit Sogna allein zufriedengeben? Ich brauche die Männer, die an meinem Tisch speisen, um meine Ländereien zu erweitern. Den Fjord habe ich von unserem Vater geerbt, doch ist mein Sohn erst geboren, so wird er sich auf mehr freuen können als ich damals.“

„Du kriegst wohl den Hals nicht voll, was?“ Die Verbitterung des Nachgeborenen, der gar nichts erbte, sondern sich mit seiner Hände Arbeit ernähren musste, blieb Rika nicht verborgen.

„Wärst du an meiner Stelle, so würdest du begreifen, dass ich nur dann mein Eigentum erhalten kann, wenn ich stark genug bin, es zu vergrößern. Zu unser aller Nutzen“, fügte Gunnar rasch hinzu.

„Aber um deine Söldner zu füttern, nimmst du den Gehöften mehr weg, als das Gesetz es erlaubt“, wandte Björn ein.

„Gesetz?“, schnaubte Gunnar und spie das Wort aus wie eine bittere Beere. „Welches Gesetz? In Sogna bin ich das Gesetz! Du hast dich zu viel auf der Jagd herumgetrieben, Björn. Wenn Männer mit großer Begabung nach Höherem streben, dürfen sie sich nicht von Geboten knebeln lassen."

„Sind das deine eigenen Worte?", fragte sein Bruder. „Oder hat Astryd sie dir auf die Zunge gelegt ?"

Für eine geraume Weile hüllte sich Gunnar in Schweigen, doch dann drang seine Stimme wieder durch die Dampfschwaden. „Ich will mal nicht so sein und deine Fragen überhört haben. Leih mir dein Ohr, Bruderherz, und lass dir noch einen letzten Gedanken durch den Kopf gehen. Die Dänen haben einen König. Warum wir nicht auch?"

Rika merkte, wie die Bänke unter ihr knarrten, als einer der beiden Männer aufstand.

„Und warum sollte ich es nicht werden?", fragte Gunnar weiter. Er tappte, wie Rika hören konnte, zur Tür, die nach nebenan in die kleine Kammer mit den Kühltrögen voll lauwarmem Wasser führte.

Ach, wie gerne hätte sie sich in einen der Zuber gestürzt! Schon viel zu lange war sie nunmehr dem Dampf ausgesetzt; der Schweiß rann ihr in Strömen über den Körper. Ein schläfriges, wohliges Gefühl raubte ihr jegliche Kraft; schon den Kopf aufrecht zu halten, schien ihr zu anstrengend.

Wenngleich die Badestube allmählich aufklarte, war Rika nach wie vor nicht in der Lage, die formlosen Flecken und Farben zu erkennen, die sich verschwommen vor ihr bewegten. Ihre Lider zuckten; Feuchtigkeit troff ihr von den Wimpern und sickerte ihr brennend in die Augen. Mit aller Macht blinzelte sie durch den Dampf. Dunkles Haar! Noch hatte Björn das Schwitzbad nicht verlassen.

Sie zwang sich dazu, die heiße, feuchte Luft ein- und auszuatmen, obwohl sie den Kopf kaum noch aufrecht halten konnte. Schon verengten dunkle Schatten ihr Blickfeld. Wie von einem langsamen Strudel wurde sie unwiderstehlich in schwarze Tiefen gesogen. Schließlich verlosch sie gleich einer Kerzenflamme, die man zwischen zwei Fingern erstickt.

Als sie dann dumpf mit dem Schädel auf die hölzerne Sitzbank prallte, spürte sie schon nichts mehr.

Ruckartig kam Rika zu sich, verstört und ob der Kälte des Wassers halb erstickt keuchend. Bis zum Kinn steckte sie in einem der Zuber, sodass die Flüssigkeit über den Rand schwappte und von dort auf den Steinfußboden klatschte. Über ihr stand Björn, zwischen den finsteren Brauen eine tiefe Falte.

„Aha, da bist du ja wieder." Seine Augen versprühten Blitze. „Vorzüglich. Als du mir drohtest, du würdest dich eher ersäufen, als mit mir das Lager zu teilen, da habe ich erst geglaubt, du redetest nur hohl daher. Wenn du es wirklich drauf anlegst, dich umzubringen, war das hier heute ein recht gelungener Versuch. Noch so ein Kunststück, und ich könnte glatt versucht sein, dir höchstpersönlich dabei zu helfen."

Rika verdrehte schon wieder die Augen, doch Björn packte sie im Nacken und kühlte ihr die Wangen mit Wasser. „Halt, nichts da! So einfach kommst du mir nicht davon!"

Ihre Wimpern zuckten, und schließlich sah Rika sein Gesicht schon deutlicher vor sich.

„Kannst du dir annähernd vorstellen, was der Jarl mit dir gemacht hätte, wenn er dich so beim Lauschen erwischt hätte?"

„Ich habe doch gar nicht …" Rika rang nach Luft.

„Du hattest hier nicht das Geringste verloren. Was du da gehört hast, war nicht für jedermanns Ohren bestimmt."

„Ich bin auch nicht jedermann! Sondern ein Niemand." Sie schluckte den Kloß hinunter, der sich in ihrer Kehle gebildet hatte. „Du hast mich zur Sklavin gemacht. Ich kenne hier keine Menschenseele. Wem sollte ich also etwas erzählen?"

„Das genau würde ich gern wissen." Er beugte sich über sie, die Hände auf den Rand des Zubers gestützt.

„Ich habe nicht gelauscht!“ Ihre Stimme geriet ins Stocken. „Ich wollte mich lediglich reinigen.“

Sein Blick wanderte über ihren Körper, und schlagartig wurde ihr bewusst, dass sie ja nackt war. Die Unterarme über der Brust, winkelte sie die Knie an, um ihre Blöße zu bedecken. Ihr Kinn begann zu beben. Zuerst den Vater verloren, sodann die Freiheit und nun auch noch den letzten Rest ihrer Würde. Eine einsame Träne schwebte zitternd am Ansatz ihrer Wimpern und kullerte ihr ganz langsam über die Wange.

Mit seinen schwieligen Händen umfasste Björn ihr Gesicht und wischte die Träne mit dem Daumen beiseite. Seine Berührung war beinahe sanft und Rika viel zu benommen, um sich ihr zu entziehen. Dann wandte er sich von ihr ab und durchmaß die Kammer, um sich ein Handtuch zu holen.

Wenn er schon mich in meiner Nacktheit sieht, so kann doch auch ich einen Blick riskieren. Das sagte sich Rika, während er sich ungeniert mit dem Tuch abrubbelte. Sein Brustkasten war mit dunklem Kraushaar überzogen. Jahre auf See hatten seiner der Witterung ausgesetzten Haut einen bronzenen Hauch verliehen und seine Muskeln geformt. Eine bläuliche, gezackte Narbe schlängelte sich rechts über seine Rippen. Trotz dieses Makels musste Rika doch einräumen, dass er ein gut gewachsenes Mannsbild war.

Als er seinen langen Fuß auf der Bank abstützte, um seine muskulösen Schenkel und Waden abzureiben, da schweifte Rikas Blick unwillkürlich zu seinem Geschlecht, das zwischen den Beinen hervorlugte. Einmal hatte sie eine Statue von Freyr gesehen, dem Gott der Fruchtbarkeit und Vermehrung mit seinem stolz gereckten, schwellenden Phallus. So furchteinflößend indes wirkte der stille Björn beileibe nicht.

Er zog ein zweites Leinen von einem frischen Stapel und schlenderte zu dem Wasserzuber zurück. „Raus mit dir!“, befahl er, wobei er ihr das Handtuch darbot. „Du siehst ein bisschen … verfroren aus.“

Rika folgte seiner Blickrichtung hinunter zu ihren wippenden Brüsten, deren Knospen sich zu harten, rosafarbenen Kieseln verformt hatten. Sie stand auf, riss Björn das Tuch aus der Hand und wickelte es sich um den Leib. Kurz bevor sie dem Zuber entstieg, fiel ihr ein erstaunlicher Wandel an Björn auf. Seine Männlichkeit schwoll nämlich, als führe sie gleichsam ein Eigenleben. Der ganze Mann machte plötzlich den Eindruck, als habe er für das Bildnis des Freyr Modell gestanden, so mächtig kam er ihr vor. Auf alle Fälle doch beängstigend. Sie wandte ihre erstaunt geweiteten Augen ab, ehe er womöglich ihr Starren bemerkte.

Zu spät! Zu ihrer Überraschung brach er in Gelächter aus.

„Sei unbesorgt. Ich habe noch immer nicht die Absicht, dich mit Gewalt zu nehmen, wenn es das ist, was dich ängstigt.“ Er trat ganz dicht auf sie zu und lehnte sich über sie, die langen Arme zu beiden Seiten von ihr gegen die Wand gestemmt, sodass Rika gefangen war. „Obwohl es ein sichtlicher Fortschritt ist, dass du nicht mehr so verdreckt bist, mein kleines Blesshuhn.“

„Hör auf, mich so zu nennen! Ich bin kein Blesshuhn“, fauchte Rika. „Und deines erst recht nicht!“

„Wie soll ich dich denn dann nennen? Wölfin etwa?“

„Ich habe einen Namen.“

„Den hast du mir aber bisher verschwiegen“, bemerkte er. „Obwohl ich selber mich dir schon bei unserer ersten Begegnung vorgestellt habe. Wer also bist du?“

Sie straffte sich und raffte jegliche Würde zusammen, die sie, nur mit einem Handtuch bekleidet, aufbringen konnte. „Rika Magnusdottir.“

„Rika.“ Wie ein Kosewort sprach er den Namen aus, wobei er ihr über das kurz geschorene Haar fuhr. „Wer hat dir denn das hier angetan, meine Rika?“

Sie krümmte sich unter seiner Berührung, auch weil sie am Kopf eine empfindliche kleine Beule hatte. „Na, wer schon?"

„Astryd natürlich." Er beugte sich näher und atmete tief ihren frischen, sauberen Duft ein. „Bedauerlich, dass sie dir deinen Schopf abgeschnitten hat. Das hatte ich nicht bedacht, als ich dich ihr überließ. Dabei war es von seltener Schönheit, dein Haar. Aber es wird ja wieder wachsen."

„Hätte ich gewusst, dass du Gefallen findest an meinem Haar, so hätte ich es eigenhändig abgesäbelt. Mir scheint, es ist für eine Hörige sogar höchst empfehlenswert, nicht allzu schön zu sein." Sie zwang sich dazu, seinem Blick zu begegnen. „Wenn sie sich dadurch die unerwünschte Aufmerksamkeit des Herrn vom Halse halten kann."

„Dass du nicht schön seist, habe ich nicht gesagt." Er runzelte die Stirn. „Du drehst mir das Wort im Mund herum."

„Und du achtest nicht auf das meine."

„Ich habe dich heute aus einem bestimmten Grund für Astryd arbeiten lassen." Björns Finger folgte der Linie ihres Wangenknochens. „Ich dachte mir, wenn du entscheiden musst, ob du lieber dem Drachen dienst oder mir, dann werde ich den Wettstreit gewinnen."

Er griff nach einer ihrer Hände, löste ihre zur Faust geballten Finger und schüttelte den Kopf, als er die zerschundene und gerötete Haut erblickte. An jedem einzelnen Fingeransatz hatte sich eine Blase gebildet. Björn drückte Rika einen sanften Kuss in die Handfläche. „Für harte Fron bist du nicht geschaffen, meine Kleine."

„Lieber Plackerei als deine Bettsklavin sein."

„Und woher nimmst du die Weisheit, diese Wahl überhaupt treffen zu können?" Er presste ihre Handfläche auf seine nackte Brust, indem er sie mit seiner warmen, trockenen Hand bedeckte. Sein Gesicht war ganz nah vor dem ihren. „Du wirst feststellen, dass mein Lager dir unvorstellbare Sinnenfreuden bietet. Weißt du, ich bin zu der Erkenntnis gelangt, dass ich nur dann vollkommene Lust genießen kann, wenn ich sie zu gleichen Teilen meiner Bettgenossin schenken kann. Und das wiederum besagt, dass du es selber wollen musst." Seine Augen weiteten sich und lockten Rika, sich kopfüber in die schwarzen Tiefen fallen zu lassen. „Du weißt doch gar nicht genug, als dass du zwischen mir und der Fronarbeit wählen könntest. Ich habe dich ja nicht einmal geküsst."

Unter ihrer Handfläche fühlte Rika das dumpfe Pochen seines Herzens. Ihr Atem ging flacher, während sie sich rücklings gegen die roh behauenen Planken der Holzwand presste. Zwar wich sie so weit wie möglich zurück, doch trotzdem folgte ihr sein Gesicht und kam dem ihren immer näher. Schon spürte sie seinen Atem warm auf ihren Lippen.

Das darfst du nicht zulassen! Die Augen fest zugekniffen, wandte Rika den Kopf ab. *Wenn dieses Scheusal dich küssen will, dann bloß mit Gewalt!* Allerdings, mit Augenschließen allein ließ er sich nicht wegzaubern.

Sie hörte seine ungleichmäßigen Atemzüge, roch den reinen Duft seiner Männerhaut, spürte seine Haarspitzen kitzelnd an ihrer bloßen Schulter. Das stetige, kräftige Wummern, das sie unter der Handfläche fühlte, sandte ihr eine Botschaft den Arm hinauf, bis sie allmählich merkte, wie ihr eigenes Herz, schneller und schneller pochend, im Einklang mit dem seinen zu schlagen begann. Ein sonderbares Kribbeln strömte ihr durch den Leib und sandte Schauer über ihre Haut. Trotzdem war ihr nicht kalt, sondern warm. Überall.

Unmerklich hob sie die Lider und wagte unter gesenkten Wimpern hervor einen Blick. Er starrte sie an, eindringlich und selbstgewiss, einen Mundwinkel leicht gehoben. So erinnerte er sie an einen großen Kater, der vor dem Mauseloch im Lehmgeflecht der Hauswand hockt, sämtliche Muskeln gespannt und zum Sprung bereit. Das einzig Dumme an diesem

Bild war nur, dass sie selbst darin die Maus darstellte. Nein, da machte sie keinesfalls mit!

„Was willst du mir beweisen?“ Sie schlug die Augen auf und stemmte sich mit den Händen gegen seine Brust. „Dass du größer bist als ich? Stärker? Dass du mich nehmen kannst, wann immer dir danach ist – egal, ob es mir passt oder nicht?“

Von ihrem Ausbruch überrascht, zuckte er einen halben Schritt zurück.

„Wir kennen die Wahrheit doch beide“, schleuderte sie ihm entgegen. „Magst du auch noch so schön reden von Lust und Freuden, so wissen wir doch genau, dass alle Macht bei dir liegt, solange ich diesen Eisenring um den Hals trage. Eines aber gibt es, worüber du keine Macht besitzt: Mein Hass auf dich. Ich verabscheue dich, Björn der Schwarze! Und nimmst du mich mit Gewalt, so verachte ich dich umso mehr, je brünstiger du dich gebärdest.“

Für eine Weile stand Björn nur reglos da. Schließlich umfasste er ihr Gesicht mit beiden Händen und senkte seine Lippen auf Rikas Stirn. Es war ein nachsichtiger Kuss, einer von jener Art, wie man ihn etwa einem auf Irrwege geratenen Kind gab. Dann wandte er sich von ihr ab und tappte hinüber zu seinem mitgebrachten Stapel sauberer Bekleidung.

„Kleide dich an, Rika.“ Seine Stimme war tonlos. „Du hast von mir nichts zu befürchten. Ich werde dich erst dann nehmen, wenn du mich darum ersuchst.“

Der Krampf in ihrem Leib ließ nach. Sie stieß einen Seufzer aus, fühlte sich allerdings mitnichten erleichtert. Noch immer war ihr, als winde sich ein Schlangenknäuel in ihrem Innern – erst trotzig aufbegehrend, dann wieder verwirrt und enttäuscht. Nun aber straffte sie die Schultern und blitzte ihn zornig an. „Wenn es so ist, werde ich als Jungfer sterben.“

Sein dunkler Blick glitt über sie, bewusst gemächlich und forschend. „Es wäre furchtbar schade drum.“

4. KAPITEL

Als Rika und Björn die Haupthalle betraten, waren die Bratenfeuer so weit heruntergebrannt, dass sie gerade noch genug Hitze abgaben, um die Specksteinkessel warm zu halten. Fackeln loderten in regelmäßigen Abständen an den Wänden und erhellten den Saal besser als das Tageslicht. Scharen von Männern becherten einen Krug nach dem anderen und nagten dabei an fetttriefenden Keulen. Lautes Stimmengewirr erfüllte den Raum; Zoten machten die Runde, und unzüchtige Gesänge brandeten auf. In einer Ecke flogen bereits die Fäuste.

Rika kam an Ketil vorbei, der neben Surt saß. Vor sich hatte ihr Bruder eine Schüssel mit dicker Getreidegrütze, angereichert mit einem großen Klacks Butter. Die Hörigen von Sognefjord bekamen also zumindest reichlich zu essen. Lächelnd hob Ketil die Hand und winkte seiner Schwester zu. Sie wollte schon neben ihm Platz nehmen, aber Björn hielt sie am Arm fest.

„Deine Arbeit, Rika, ist noch nicht getan", bemerkte er. „Du sollst mir das Schneidbrett füllen. Sei nicht zu kleinlich mit den Portionen! Einer wie ich hat einen mächtigen Appetit." Sein Unterton verriet ihr überdeutlich, dass er damit nicht nur das Essen meinte.

„Wie du wünschst, Herr." Ihre Antwort troff vor Sarkasmus. Gleichzeitig vollführte sie einen ironischen Knicks.

Sein Mundwinkel zuckte zwar, doch schien Björn gewillt, diese Frechheit kommentarlos zu übergehen.

Ausgerüstet mit Servierbrett und Holzschüssel, lief Rika von einer Feuerstelle zur anderen. Ganz bewusst suchte sie Björn die erlesensten Stücke aus, um ihm nur ja keinen Anlass zu geben, sie vor aller Augen zurechtzuweisen. Die Schüssel füllte sie mit Nesselsuppe, wobei ihr bei dem Gedanken an frische Kräuter nach einem langen Winter das Wasser im Munde zusammenlief. Weiterhin wählte sie ihm ein halbes Hühnchen, fett und in Bier gekocht, dann eine Fleischpastete, zwei Möweneier, honigglasiertes Wurzelgemüse und Roggenbrot, das sie mit Holunderbeerengelee bestrich. Das Brett bog sich regelrecht unter der Last der Portionen.

„Hoppla", rief einer der Krieger und hielt Rika fest, indem er sie um die Taille fasste. „Du bist mir ein hübsches Ding. Kormack, ist das etwa der Rotschopf, den wir heute beim Schmied gesehen haben?"

„Lass sie in Ruhe, Knut", mahnte sein Kamerad. „Sie gehört dem Bruder des Jarls."

„Dann soll sie's gefälligst sagen." Den Mund unter dem buschigen blonden Schnurrbart verzogen, ließ der Angesprochene die Hand hinten an Rikas Schenkel heruntergleiten. „Na, gehörst du wirklich Björn Schwarzhaar?"

„Er jedenfalls bildet es sich ein." Sie wandte den Blick zum Podium, wo Björn neben Gunnar saß. „Warum fragst du ihn nicht?"

Knut wandte den Kopf und blickte Björn geradewegs in die finstere Miene. Die durchdringenden, dunklen Augen sandten ein untrügliches Warnsignal. Es erinnerte Rika an das wilde Augenrollen eines Hengstes, der einen Rivalen vertreibt, welcher um seine Stute herumschnüffelt. Sogar quer durch den Saal erhob Björn also Anspruch auf sie. Sofort zog Knut die Hand weg, offenbar wenig erpicht darauf, den Bruder des Sippenführers herauszufordern.

„Dann soll er es meinetwegen glauben." Das Lachen des blonden Hünen klang gezwungen. „Was schert es mich? Auf Sogna gibt es noch reichlich andere Dienstmägde."

Immerhin sorgte Björns Interesse an ihr dafür, dass sie nicht von einem der Kerle in dieser Halle belästigt wurde. Das Kinn erhoben, bahnte sie sich einen Weg durch das Gedränge bis hin zur Empore.

„Dein Nachtmahl, Gebieter.“ Sie stellte das Schneidbrett und die Schüssel vor ihn hin.

„Du hast etwas vergessen.“

„Was denn?“ Sie starrte auf das übervolle Tablett, auf dem kein Stück mehr Platz gefunden hätte.

„Bier.“ Er reichte ihr ein leeres Rinderhorn. „Dunkles Hausbier.“

Sie riss ihm das Trinkhorn aus der Hand und wirbelte herum, wobei sie etwas vor sich hinmurmelte. Wahrscheinlich, dachte Björn, war es etwas, das er nicht gern gehört hätte.

Er sah ihr nach, wie sie sich quer durch die Halle zur Vorratskammer schlängelte, in der die Bierfässer lagerten. Obwohl sie die Ellbogen einsetzen musste, bewegte sich ihr feingliedriger Körper flüssig und elegant, besonders dann, als sie das Gedränge hinter sich hatte und ihre Schritte beschleunigen konnte. Die Haltung ihrer Schultern verriet Gespanntheit, der Schwung ihres Mundes grimmige Entschlossenheit. Sie hatte Temperament, das ließ sich nicht abstreiten. Sei’s drum – er war es nicht gewohnt, dass Weiber ihm eine Abfuhr erteilten, und dass diese Frau ihn zurückwies, zumal noch dermaßen vehement, das traf ihn tief.

Doch wenn es etwas im Leben gab, das man als zweitgeborener Sohn lernen musste, so war es Geduld. Gunnar hatte seinem Bruder die Aufsicht über die Ländereien übertragen, und Ackerbau erforderte Geduld. Ausdauernde, knochenharte Fron, um Bäume zu roden und den Acker zu pflügen. Die Aussaat und dann geduldiges Warten darauf, dass Freyr Sonne und Regen sandte, und zwar in der richtigen Mischung. Dann erst die Ernte, von der man den besten Teil aufbewahren musste als Saat für das kommende Frühjahr. Bei der Arbeit auf seines Bruders Feldern verlangte es Björn nach einem Stück eigener Scholle. Aber er konnte warten.

Und wie das ersehnte eigene Land, so lohnte auch Rika bestimmt das Warten. Dessen war er gewiss.

„Dunkles Bier, ganz wie du es wünschst." Ihre blassgrünen Augen funkelten ihn an, undurchdringlich wie zwei Eisberge. Und wie bei jenen trügerischen, schwimmenden Gebirgen lag ihr gefährlichster Teil wahrscheinlich ebenfalls unter der Oberfläche. Sie wandte sich zum Gehen, doch er hielt sie am Handgelenk fest.

„Nein, Rika", sagte er, als habe er ein Kind vor sich, das sich vor seinen Pflichten drücken will. „Du bist noch immer nicht fertig. Du musst mir das Trinkhorn halten. Ich kann nicht gleichzeitig essen und daraus trinken, und wenn ich es hinstelle, kippt es um; alles schwappt heraus, und du müsstest hinterher sauber machen." Achselzuckend sah er sie an. „Erspar dir lieber diese zusätzliche Arbeit und setz dich."

„Lieber möchte ich zu meinem Bruder."

„Und ich hätte es gern, dass du dich zu mir setzt." Er lächelte zwar, doch es war ein Befehl, und er war gespannt, ob sie sich ihm wohl vor aller Augen widersetzen würde. Eine Reihe unterschiedlicher Empfindungen zuckte über ihr Gesicht: Entrüstung, Zorn und schließlich Niedergeschlagenheit. Sie nahm neben ihm Platz. Eine ebenbürtige Gegnerin, so seine Einschätzung. Eine, die offenbar wusste, wie man sich mit jemandem anlegte.

„Und übrigens: Bei deiner Einstellung mir gegenüber glaubst du doch nicht etwa, dass ich das hier ohne Vorkoster esse? Oder?" Er lächelte sie breit an. „Weiß der Donnergott, mit was für Giftzeug du das hier gemischt hast."

„Welch reizender Gedanke", versetzte Rika. „Wäre mir das doch bloß früher eingefallen."

Er säbelte ein großzügiges Stück von dem fettglänzenden Hühnchen und führte es ihr zum Mund.

„Ich kann mir mein Essen selber zerlegen." Rika missachtete den auf der Messerspitze steckenden Happen.

„Schon, aber kann ich mich drauf verlassen, dass du mir nicht das Herz herausschneidest, wenn du mit der Klinge herumfuchtelst? Das will ich lieber nicht riskieren." Abermals hob er ihr den Happen zum Mund.

Die Augen zu Schlitzen zusammengekniffen, öffnete sie die Lippen und nahm das Fleisch entgegen. Stückchen für Stückchen fütterte er sie mit den köstlichsten Leckerbissen seines Mahls. Die Nesselsuppe überließ er ihr sogar ganz. Sie trank aus demselben Trinkhorn wie er und benutzte denselben Löffel.

Als das Tablett leer war, wischte Björn sich den Mund am Ärmel ab. „Bist du auch satt geworden? Möchtest du noch etwas? Kandierte Früchte vielleicht?"

„Sollte es deine Absicht gewesen sein, mir hiermit deine Gunst zu beweisen, so nützt es dir nichts", knurrte Rika mit zusammengebissenen Zähnen. „Als kleines Mädchen wurde ich einmal Zeugin, wie ein Mann einen gefangenen Falken zu zähmen versuchte, indem er ihn aus der Hand fressen ließ. Jetzt weiß ich, wie jenem Vogel zumute war."

Björn schüttelte den Kopf. „Du hast mein Ziel vollkommen missverstanden. Ich wollte dir nur beweisen, dass es dir bei mir an nichts mangelt. Ich werde dich gut behandeln." Er führte das Horn an die Lippen und leerte es bis zur Neige. „Ich hatte erst nicht daran gedacht, aber da du es jetzt erwähnst: Einen wilden Falken zähmt man tatsächlich am besten so. Wie ist es dem Mann denn ergangen mit seinem Greifvogel?"

„Das Tier hat ihm den Daumen abgebissen", erwiderte Rika, eine Augenbraue gehoben und dem Anflug eines Lächelns um die Lippen.

Björns Lachen, dröhnend und tief, schien direkt aus seinem Bauch zu kommen.

Einen Wimpernschlag lang war Rika versucht, in sein Lachen einzustimmen. Offenbar nahm er sich selber nicht allzu ernst, und diesen Zug mochte sie an einem Mann. Dann aber fiel ihr ein, dass er sich für ihren Gebieter hielt, und in dieser Hinsicht wiederum verstand sie keinen Spaß. Wenn es nach ihr ging, hatte sie weder vor, bei seinen Albernheiten mitzuspielen noch sich gefügig zu zeigen.

Aus den Augenwinkeln bekam sie mit, wie Astryds Gesicht sich zunehmend rötete. Anscheinend war sie verstimmt darüber, dass Rika an der Herrentafel saß, wenn auch nur in der Rolle einer Dienstmagd.

„Gemahl“, sagte Astryd laut und vernehmlich. „Wusstest du schon, dass uns die große Ehre zuteil wird, in unserer Halle eine berühmte Skaldin begrüßen zu dürfen? Komm, Rika.“ Ihr falsches Lächeln hätte Butter zum Schmelzen gebracht. „Trage uns doch ein Stück aus der Hávamál vor, wie du es für mich heute Morgen bereits getan hast.“

Erwartungsvoll schaute Gunnar die Sklavin an. Weilte eine Skaldin auf einem Gehöft, so war das nur gut für den Ruf. „Stimmt das, Brüderchen? Hast du eine Skaldin gefangen genommen?“

Björn lehnte sich zurück und musterte Rika skeptisch. „Sie behauptet zwar, sie sei eine, aber noch habe ich sie nicht beim Vortrag erlebt. Aus eigener Erfahrung würde ich sagen, dass sie eher zum Zanken neigt denn zum Zitieren.“

Rika warf ihm einen finsteren Blick zu, aber er lächelte einfach und weidete sich sichtlich an ihrem Unbehagen.

Astryds blaue Augen färbten sich dunkel. „Zeig uns deine Begabung, Mädchen!“, befahl die Gemahlin des Jarls und befühlte dabei am Hals den dünnen Lederriemen, an dem der Bernsteinhammer hing. Für Rika war es ein unverhohlener Hinweis, dass sie nichts besaß, was ihr die Hausherrin nicht hätte abnehmen können. „Sei doch so gut – ein Vers aus des Hohen Lied.“

Entsetzt blickte Rika zu Björn hinüber. Das Lächeln verschwand von seinen Lippen. Besänftigend streichelte er Rikas Arm. „Wenn du nicht willst, werde ich dich nicht zum Vortrag zwingen. Grundsätzlich nicht. Ein Wort und ich beende dieses Spiel!“

Sie presste die Augen zu. Warum wohl ausgerechnet die Hávamál? Wieso konnte dieses schreckliche Weibsbild sich nicht etwas anderes wünschen? Jetzt würde, fürchtete Rika, niemand mehr glauben, dass sie eine Skaldin war. Sie holte tief Luft und atmete so, wie Magnus es sie gelehrt hatte: tief in den Bauch bis hinunter zur Taille. Das machte den Kopf klar und half ihr, sich zu konzentrieren.

Und dann hörte sie ihren Vater im Geiste.

5. KAPITEL

Es war tatsächlich Magnus, der da mit klarer, schwungvoller Stimme aus vollem Halse die dramatischsten Verse aus den Weisheiten Odins deklamierte. Und ebenso deutlich vernahm Rika im Geiste, wie er den Rat wiederholte, den er ihr Hunderte Male erteilt hatte: „Rika, du musst daran glauben, dass du mit deiner Stimme jeden in deinen Bann schlägst."

Du kannst es schaffen. Du musst!

Mit einer gewandten Bewegung stand sie auf und hob die Rechte in einer Geste, welche erkennen ließ, dass sie aus einer mächtigen, himmlischen Quelle schöpfte. Den anderen Arm hielt sie waagerecht ausgestreckt, als gebiete sie über den ganzen gedrängt vollen Saal. Dann wartete sie. Sie wusste zwar, sie war nichts weiter als eine Sklavin in armseligen, schlecht sitzenden Kleidern, doch vor ihrem geistigen Auge sah sie sich ganz in Seide gekleidet, umhüllt von einem herrlich fallenden Mantel in wunderbar schillernden Farben.

Die skaldische Gabe – Magnus hatte ihr fortwährend versichert, dass sie diese besitze. Skaldin zu sein, das erforderte mehr als nur ein überdurchschnittlich gutes Gedächtnis und eine angenehme Stimme für einen flüssigen Vortrag. Die Besten unter den nordischen Barden waren auch noch mit der Fähigkeit gesegnet, mit ihren Epen ein Bild zu entwerfen, das die Zuhörer derart gefangen nahm, dass sie sich selber ganz hineinversetzen konnten. Falls es Rika gelingen würde, sich mit dem nötigen Selbstvertrauen zu öffnen, so würde auch das Publikum all das sehen und fühlen, was sie selber sah und empfand. Es war an der Zeit, so mahnte sie sich, zu überprüfen, ob der Mantel von Magnus Silberzunge tatsächlich auf sie übergegangen war.

Ob die im Langsaal Versammelten sie tatsächlich so sahen, wie sie es sich vorstellte, das wusste sie nicht. Jedoch verstummten die derben Stimmen eine nach der anderen.

„So höret denn, Leute von Sogna!“ Tief und melodisch erfüllte Rikas Stimme den Raum mit einer Macht, welche sie selbst in Erstaunen versetzte. Noch einmal holte sie Luft, ehe sie fortfuhr: „Ich kenne eine Esche, deren breites Geäst und tiefes Wurzelwerk sich über alle sieben Welten erstreckt, und Yggdrasil ist ihr Name.“

Ehrfürchtiges Raunen brandete durch den lang gestreckten Saal. Offenbar hatte Rika einen Nerv getroffen, indem sie ihren Vortrag mit dem alles vereinenden Weltenbaum begann, jenem Gespinst, welches sämtliche Weltensphären miteinander verband.

„Kommet alle mit mir, und wir reisen an den mächtigen Ästen des Weltenbaums entlang zu fernen Gefilden“, betonte sie drängend. Gebannt beugte sich die Zuhörerschaft vor.

„In Asgard brechen wir auf, jenem heiligsten Ort, Heimstatt der Götter und Walhallas, der Hoffnung eines jeden mutigen Herzens, wo die Tapferen in Freude wohnen dürfen.“ Während sie die Worte liebkoste, war ihr, als spüre sie schon, wie der Puls ihrer Zuhörer höher schlug. „Dort empfängt uns der Allvater – Odin, der Einäugige, der Weiseste von allen. Marschieren wird er an unserer Seite, erfüllt von dem Wunsch, uns auf unserer Wanderung durch die Welten Gesellschaft zu leisten, denn vor ihm liegt ein Treffen, eine düstere Pflicht.“

In diesem Moment fühlte Rika die Verbindung, gleißend hell und messerscharf wie ein niederfahrender Blitz. Jenseits des Bandes, welches zwischen der Vortragenden und ihrer Zuhörerschaft entstand, schlug sie eine mystische Brücke, die sie mit ihrem Publikum verband wie eine Nabelschnur. Ein köstlicher Schauer rann Rika über den Rücken, und jene Esser, die in der Halle noch immer beim Mahle saßen, legten die Messer nieder, um achtsamer lauschen zu können.

„Sodann begeben wir uns nach Alfheim, dem Wohnort der Alben. Als eine der Neun Welten liegt es ganz nahe beim Brunnen der Norne Urd. Dort geht es gar lustig zu, und die Lichtelfen, die dort hausen, sind schöner als die Sonne von Angesicht. Menschliche Herzen indes können nur ein gewisses Maß an höchsten Freuden ertragen. Daher ist unser Aufenthalt kurz, aber noch während wir diese Zauberwelt verlassen, klingen weiter in unseren Ohren die Sphärengesänge der Lichtelfen." Süß tönend und luftig schwebte nun Rikas Stimme durch die Weiten des Saals. Aus den Augenwinkeln gewahrte Rika, wie Gunnar vor Begehren der Mund offen stehen blieb.

„Odin mahnt uns zur Eile, und so machen wir Halt in Wanaheim, der Wohnstätte Freyrs. Freyr der Gehörnte, Allvaters Schwager, der mächtige Opfergott, der weiß, dass alles Leben aus Tod entsteht, so wie die Saat zunächst vergehen muss, ehe sie überreiche Ernte hervorbringt."

Ernstes Nicken reihum bestätigte diese Bekundung.

„Die Äste der Weltesche Yggdrasil führen uns nun zu den Feuerschranken von Muspelheim, der erste der Neun Welten, Land der Glut und des Feuers. Doch wagen wir nicht, dies Feuerreich zu betreten, denn seine Grenzen werden bewacht von dem Feuerriesen Surt mit seinem Flammenschwert. Er harrt jenes grausigen Tags, an dem er losgelassen wird, auf dass er die ganze Welt mit niemals endender Feuersbrunst versenge."

Rikas Blick überflog ein Meer aus gebannten Gesichtern. Fühlten sie wohl die Hitze? Rochen sie gar den Schwefelgestank, der diesem weiß glühenden Reich aus geschmolzenem Fels entwich?

„Der mächtige Stamm des Weltenbaumes erstreckt sich auch durch das herrliche Land von Midgard", fuhr Rika einfach fort, als ihre Zuhörerschaft ob des vertrauteren Inhalts ein wenig entspannter lauschte. „Das ist das Reich von Mittelerde, der mittlere Teil der Welt, holde Heimstatt sämtlicher Menschenrassen. Midgard, dort wo die Sterblichen ihrer Wege gehen und das Schicksal einen jeden Menschen einer Prüfung unterzieht."

Sie ließ die Arme sinken und änderte leicht ihre Haltung, derweil ihr Vortrag nunmehr eine düstere Stimmung annahm.

„Mahnend führt Odin uns nunmehr am Lande von Utgard vorbei. Auch Jötunheim genannt, liegt es verborgen hoch droben in Himmelsbergen, wo Riesen und Trolle sich tief verkriechen in stinkenden Höhlen, in welchen die Knochen der Unvorsichtigen bleichen. Auch meiden wir das schmähliche Reich von Swartalfheim, dem Land der madenverseuchten Dunkelelfen. Und lasset uns auch nicht wandern hinein nach Hel, in jene eisigen Hallen, in welche nur jene fahren, die sterben an Krankheit und Altersschwäche. Dort ist der Willkommengruß die Not und Hunger das Nachtmahl."

Sie schürzte die Lippen und blickte, die Augen zu Schlitzen verengt, die Zuhörer an. „Denn heute Abend hat Odin in Niflheim zu tun, wo eiserne Fesseln die Glieder binden und jegliche Lust im Nichts erstarrt."

Kalte Blitze zuckten aus ihren Augen, als sie die Hände urplötzlich nach vorn stieß. „Höret die Worte Odins, die er sprach, als er hing an der Weltenesche, während die frostigen Wurzeln der Yggdrasil im düsteren Reich des ewigen Winters verharrten. Vernehmt die Worte des Weisen, welche er rief, als er Niflheim plünderte, um uns Sterblichen das Geheimnis der Runen zu bringen. Ich trage euch vor …", sie hielt kurz inne, „… das Runenlied Odins."

Jedes einzelne Augenpaar in der Halle hing wie gebannt an ihren Lippen, und die Zuhörer ließen sich hinweglocken zu den Nebelgefilden von Niflheim, jenem verfluchten, uralten, eisigen Schattenreich.

Ich weiß, dass ich hing
Am windigen Baum
Neun lange Nächte,

Leise begann Rika, indem sie Betonung in jede einzelne Silbe legte, in jeden Stabreim und jeden Zischlaut. Zwar waren es ihre Lippen, die sich bewegten, doch sah es aus, als vernähmen die Anwesenden Odin, den Allvater selbst, wie er sein eigenes Opfer beschrieb.

Vom Speer verwundet, dem Odin geweiht,
Mir selber ich selbst,
Am Ast des Baums, dem man nicht ansehen kann
Aus welcher Wurzel er spross.

Ihre Stimme schwoll an, keuchend in Todesqual, und die Spannung in ihren Armen, sie zeigte an, wie die eisigen Bande den Weisen hielten.

Sie boten mir nicht Brot noch Met;

Von schlechtem Gewissen geplagt, rutschten die Zuhörer unwohl auf ihren Sitzen. Jeder volle Magen im Saale drehte sich um bei dem Gedanken an Odins Hunger und Durst.

Da neigt ich mich nieder

Rikas Augen weiteten sich vor Entsetzen, als sehe sie Niflheim wahrhaftig vor sich, die Runensymbole eingeritzt in eisige Tafeln, von geisterhaften Nebelschwaden umhüllt. Von überall in der Halle drang ersticktes Keuchen an ihr Ohr, denn offenbar hatten die Zuhörer dieselben grausigen Bilder vor Augen.

Auf Runen sinnend …

Krampfhaft schien sie nach den unsichtbaren Zeichen zu greifen, die Stimme beinahe hysterisch.

Lernte sie seufzend …

Rika zuckte heftig, wich einen halben Trippelschritt zurück und krampfte sich zusammen, als fiele sie gleichsam vom Aste der Weltenesche in jenem fernen, eisigen Reich. In einem einzigen, blendenden Wimpernschlag nahm sie die Zuhörer mit über den borkigen Stamm der Yggdrasil, zurück zu Wärme und Licht von Midgard.

Endlich fiel ich zur Erde.

Sie schloss mit einem Wispern, das durch sämtliche Winkel der Halle lief und widerhallte von den mit gehärtetem Leder überzogenen Schilden, die an den Wänden hingen.

Stille schwebte im Saale – so mächtig, dass niemand sich getraute, den Zauber zu brechen. Rika hatte sie mitgenommen auf eine atemberaubende Reise durch die neun Welten, nach Niflheim und zurück. Noch immer wagten die Zuschauer kaum zu atmen.

„Bei allen Göttern!", fluchte Björn leise. „Rika, du bist wahrhaftig eine Skaldin!"

Sie wandte sich zu ihm um und schenkte ihm das erste echte Lächeln, das ihre Lippen zierte, seit sie Magnus bäuchlings im Stroh hatte liegen sehen.

„Rika! … Rika!" Es war der junge Jorand, der mit dem Jubelrufen begann, in die ein paar der Krieger, die ganz in der Nähe saßen, gleich einstimmten. Alle in der Halle nahmen den Ruf nun auf, begleitet vom Dröhnen der Fäuste, die dumpf auf die Bänke hämmerten. „Rika! Rika!“

Mit erhobener Hand gebot sie dem Saale zu schweigen und begann dann, die Sigurd-Sage vorzutragen. In ihren Adern brauste die Lust an ihrer Kunst, die ihre Willenskraft aufwallen ließ und ihren Körper derartig mit Energie auflud, dass es so schien, als werfe sie bei allen Gebärden Blitze mit ihren Fingerspitzen.

Björn beugte sich vor, um ihr Gesicht besser sehen zu können. So etwas hatte er nie zuvor erlebt. Und er hatte tatsächlich geglaubt, eine solche Frau könne er zu seiner Gefangenen machen! Während er ihr so lauschte, wie sie mit ihren Worten den nächsten Zauber über die Halle wirkte, begriff er, dass eigentlich er derjenige war, der in Gefahr geriet, gefangen genommen zu werden.

6. KAPITEL

Er ertrank. Wieder und wieder schlugen die Wogen über seinem Kopf zusammen, und die Strömung zog ihn in die Tiefe. Er rang nach Luft, doch nur salziges Wasser drang ihm in den Mund. Panisch zerrte er sich das Panzerhemd vom Leib und strebte wild strampelnd der Oberfläche zu. Seine Fingerkuppen stießen gegen eine feste Substanz. Eis! Gleich säuerlicher Galle stieg in ihm die Todesangst auf.

Luftblasen quollen ihm über die Lippen, perlten an der Unterseite der Eisdecke entlang und suchten sich einen Ausgang zur lichten, luftigen Welt. Er schwamm ihnen nach, Ausschau haltend nach jener Öffnung, durch die er ins Wasser geschlüpft sein musste. Brennend stach ihm das eisige Nass in die Augen. Mit den Fäusten hämmerte er von unten gegen das Eis, aber es war zu dick.

Seine Lungen schmerzten, verlangten brennend nach Luft. Ihm war, als müssten sie ihm jeden Moment den Brustkasten sprengen, rot und pulsierend wie ein grausiger, blutrünstiger Greif. Einmal hatte er so etwas Ähnliches schon gesehen: einen Todgeweihten, die Lungen durch die Rippen aus dem Brustkorb gerissen und über des Sterbenden Rücken gebreitet wie schwammige Flügel. Ein grässlicher Tod, verhängt allein als Strafe für den abscheuliche Frevel des Vatermordes. Nun hatte er eine Ahnung, wie es sein musste, so zu sterben.

Schon begann er zu sinken, denn das Gewicht der vollgesogenen Kleidung zog ihn hinunter in die Tiefe. Das eiskalte Wasser verzögerte seine Bewegungen; ohne Luft hatte sein Hirn keine Herrschaft mehr über die fuchtelnden Gliedmaßen. So war er für Hel bestimmt, verdammt und ohne Hoffnung auf Walhalla. Ein unwürdiger Tod durch Ertrinken, der keine Walküre veranlassen würde, ihn in die Ruhmeshalle zu tragen. Sein Todesringen erlahmte; die Augen geschlossen, ergab er sich seinem Schicksal.

Plötzlich wurde er in der Strömung umhergewirbelt, sodass er schlagartig die Augen aufriss, um nach dem Grund für die Wellenbewegung zu schauen. Grünliche Schuppen blitzten da vor ihm auf, und kalte Drachenaugen huschten an ihm vorbei. Jormungand war es, die Midgardschlange, das Ungeheuer des Weltmeeres. Sie wendete im dunklen Wasser und stieß direkt auf ihn zu, das riesige Maul weit aufgerissen, von Tausenden Reißzähnen starrend.

Er raffte den letzten Rest an Luft in den Lungen zusammen und schrie.

Der erstickte Schrei riss Rika aus tiefstem Schlaf. Im Finstern brauchte sie eine Weile, bis sie sich endlich entsann, wo sie war: Im Bett von Björn dem Schwarzen. Doch nein, jener entsetzliche Laut, den sie gerade vernommen hatte, der konnte unmöglich von diesem Finsterling stammen.

„Nein!" Wild um sich schlagend, wühlte er sich durch die Felle und Decken, die seine Lagerstatt bildeten. Seine Hand stieß auf Rika, die ganz an den Rand des Lagers zurückgewichen war, und zog sie an sich.

Als Rika begriff, dass er noch schlief, da rüttelte sie ihn unsanft. „Wach auf!", befahl sie scharf. „Du träumst!"

Die Brust von heftigen Atemzügen wogend, fuhr Björn ruckartig hoch und klammerte sich an Rika wie der Schiffbrüchige an ein hingeworfenes Tau. Dann atmete er tief durch, und Rika fühlte, dass ihm das Herz in der Brust wie im Galopp raste.

Es lag nichts Inniges in seiner Umarmung, weswegen Rika sich auch nicht sträubte. Ein Zittern durchlief seinen Körper. Der wildverwegene Räuber glich mehr einem kleinen, verängstigten Knaben, sodass sie zu gerne gewusst hätte, welch geisterhafte Erscheinung ihm wohl derart in die Glieder gefahren war.

„Ein Traum …“, wiederholte er. „Es war nur ein Traum.“

„Willst du ihn mir erzählen?“

„Nein“, wehrte er heftig ab. „Ich möchte ihn lieber nicht noch einmal durchleben.“

Sie spürte sein kaum unterdrücktes Beben, und für einen kurzen Augenblick empfand sie Mitleid mit ihm. „Zuweilen, wenn Ketil einen bösen Traum hat, hilft es ihm, wenn er ihn mir schildert.“ Ihre Stimme klang heiser.

„Das fehlte gerade noch“, brummte da Björn. „Jetzt vergleichst du mich auch noch mit einem Schwachkopf.“

Rika riss sich aus seiner Umarmung und setzte sich auf. „Mein Bruder ist ein lieber und gütiger Mensch, rein von Geist und Gemüt. Er tut keiner Menschenseele etwas zuleide. Der Tag, an dem du gut genug bist, um mit ihm gleichgesetzt zu werden, der ist noch lange hin.“ Ihre Stimme klang irgendwie belegt.

„Ach, Rika, mir scheint, du findest keinen Gefallen an mir. Du hast es dir zwar kaum anmerken lassen, aber allmählich dämmert es mir.“ Er hörte sich erschöpft an. „Was ist mit deiner Stimme geschehen?“

„Die ist bloß etwas geschwächt. Ich habe noch nie zuvor so viele Sagen in einer einzigen Nacht vorgetragen. Doch man ließ mich ja nicht aufhören.“

Stundenlang hatte sie rezitiert, eine Saga und Edda nach der anderen, und je nach Inhalt tobte der ganze Saal vor Gelächter, oder es herrschte gespanntes Schweigen. Offenbar hatte Björn dann erkannt, dass sie sich vor Erschöpfung kaum noch auf den Beinen halten konnte, denn kurzerhand hatte er ihren Vortrag abgebrochen, indem er sich Rika auf seine Schulter lud und sie mit dem Hinterteil voran aus der Langhalle trug.

In der Abgeschiedenheit seiner kleinen Kammer angelangt,

hatte sie heftig aufbegehrt und sich geweigert, bei ihm zu nächtigen, da sie niemandes Bettsklavin sei. Er bedeutete ihr, dass ihr dann nur die Wahl bleibe, mit Gunnars ganzem Gefolge, insgesamt an die fünfzig Mann, in der Halle zu übernachten. Als sie begriff, dass sie sich entweder fünfzig Kerle vom Halse halten musste oder nur einen, stand fest, dass Björn diese Auseinandersetzung für sich entschieden hatte.

„Ein Schluck tut mir jetzt sicher gut", bemerkte sie und massierte sich dabei die weiche Haut an der Kehle. Dann warf sie die Decken von sich und schickte sich an aufzustehen, um sich dann tastend durch die Kammer zu bewegen.

„Das halte ich nicht für eine gute Idee." Björn schwang die langen Beine über den Rand der Lagerstatt. Rika vernahm, wie er im Finstern nach Feuerstahl, Flintstein und Zunder tastete. Ein Funke entfachte den Zunder, sodass Björn den Docht einer kleinen Tonlampe entzünden konnte. Das Flämmchen erhellte schwach sein Gesicht, als er sich wieder Rika zuwandte. „Jedenfalls nicht in dem Aufzug."

Die kratzige Tunika, die Astryd ihr aufgezwungen hatte, schabte ihr die Haut wund, und deshalb hatte er ihr eine von seinen gegeben. Weich war sie und weit, und wenn auch noch ein wenig von seinem Duft in dem Gewebe haftete, so war Rika doch froh, dass sie sie hatte. Allerdings reichte der Saum ihr bloß bis zur Mitte der Oberschenkel. Deshalb entging ihr auch nicht, wie Björn ihre nackten Waden begutachtete, und so winkelte sie unter dem weiten Tuch die Beine an und zog die Knie bis an die Brust. Björn hatte ganz recht: Falls sie sich derart knapp bekleidet in den Langsaal wagte, in dem die Männer schliefen, würde ihr später kein Mensch glauben, sollte sie darüber Klage führen, dass man über sie hergefallen sei.

„Ich hole dir etwas Hausbier", bot Björn ihr an, wobei er sich seine Beinlinge überzog. Mit der Lampe in der Hand schlüpfte er aus der kleinen Kammer.

Im Dunkeln kauernd versuchte Rika, sich ein Bild von diesem rätselhaften Gesellen zu machen. Er war geradezu ein wandelnder Widerspruch – barsch und doch sanft, furchterregend und bang zugleich, mal prahlerisch und herrisch, dann wieder hilfsbereit und zu Diensten. Wie sollte man schlau aus jemandem werden, wenn er so widersprüchlich auftrat? Man konnte ja niemals wissen, welches Gesicht er ihr von einem Moment auf den anderen zeigen würde. Auf sonderbare Weise brachte er sie mit dieser Haltung ganz aus dem Gleichgewicht.

Den raubeinigen Krieger zu hassen, das fiel ihr nicht schwer. Völlig anders hingegen verhielt es sich mit dem kleinen, verängstigten Knaben.

Nach einiger Zeit kam er zurück, in der Hand ein langes Trinkhorn, randvoll mit jenem dunklen Trunk, der nach Rikas Gefühl wie warmes Brot schmeckte.

„Oh, das ist aber des Guten zu viel", protestierte sie. In einer Ecke der Kammer stand zwar ein kleiner, tönerner Nachttopf, doch den zu benutzen, das brachte sie nicht über sich, und der Gang zum Abtritt fiel aus demselben Grunde aus, welcher verhinderte, dass sie sich selber etwas zu trinken holen konnte. Da musste sie sich bis zum Morgengrauen gedulden.

„Trink, bis dein Durst gestillt ist, und überlass mir den Rest. Vielleicht lässt mich das Bier ja besser schlafen." Er bot ihr das Rinderhorn. „Erbarmt euch, ihr Götter, und schenkt mir einen traumlosen Schlaf", seufzte er unterdrückt.

Sie nippte ganz kurz und ließ ein Schlückchen jenes vertrauten Gerstensaftes genüsslich durch ihre Kehle rinnen. Balsam war er für ihre strapazierten Stimmbänder, und außerdem wärmte es ihr den Bauch.

„Hab Dank. Das tut gut." Noch einmal kostete sie und reichte dann Björn das Trinkhorn zurück.

Er wiederum nahm einen kräftigen Schluck, wobei der Blick seiner dunklen Augen sie niemals losließ. „Wir sind beide hellwach", bemerkte er und hob das Gefäß etwas an. „Das hier müssen wir leeren, eh ich es niederlegen kann. Wie, so frage ich mich, sollen wir uns die Zeit vertreiben?" Diesmal nippte auch er an dem Bier, die Augenbrauen etwas gehoben, den Blick noch immer auf Rika gerichtet.

Rika rutschte zur Seite und lehnte sich, die Beine untergezogen, gegen die Wand. Was immer er auch im Schilde führen mochte – sie wusste schon jetzt, dass es ihr nicht gefallen würde.

„Ach, ich hab's!" Seine Stimme besaß etwas Tiefes, Wohliges, das Rika an das Schnurren eines großen Katers erinnerte. „Du könntest mir doch mehr über dich erzählen."

„Wenn ich es versuchte, würdest du's mir ja doch nicht abnehmen."

„Inzwischen bin ich aber geneigt, dir Glauben zu schenken. Einen so wortgewaltigen Skalden wie dich habe ich nie vernommen."

„Vielleicht will ich ja gar nicht, dass du mehr über mich erfährst", sagte sie, wobei sie die Arme über der Brust verschränkte. „Du würdest deine Erkenntnisse doch nur zu deinen Zwecken benutzen."

„Da hast du vermutlich recht." Er lachte in sich hinein. „Wie wäre es dann mit einer Geschichte?"

„Noch eine?" Erschöpft ließ sie die Schultern sinken.

„Nicht als Skaldin, Rika. Als solche hast du genug geleistet für eine Nacht." Abermals bot er ihr das Trinkhorn, doch diesmal wehrte sie kopfschüttelnd ab. „Bloß eine schlichte Mär, zwischen zwei Freunden erzählt, da einer von beiden einen bösen Traum hatte."

Sie wollte schon auffahren und ihm deutlich machen, sie seien ja gar nicht befreundet, doch dann fiel ihr ein, dass er als Herr noch ungleich mehr von ihr verlangen durfte. Da erschien ihr eine Geschichte tatsächlich noch als harmloser Wunsch.

„Was denn für eine?" Sie griff nach dem Rinderhorn und nippte zaghaft daran. „Was ist wohl das beste Mittel gegen den bösen Traum? Ein Epos von Schlachtengetümmel? Ein Abenteuer?"

„Nein, nichts dergleichen Pompöses, sondern vielmehr etwas Tröstliches, will mir scheinen." Er rückte zu ihr herüber, lehnte sich neben ihr an die Wand und streckte die Beine über die Bettstatt. „Wie wäre es denn mit einem Maidensang? Einer Liebesgeschichte? Gewiss kennst du eine."

In der Tat, sie kannte sogar eine beträchtliche Zahl, allerdings keine, die sie gern einem Mann erzählt hätte, erst recht nicht in seinem Bett.

„In manchen Gefilden, wohlgemerkt, sind sie verboten", wandte sie ein. Als Magnus sie ihr beibrachte, hatte er warnend darauf hingewiesen, dass etliche Skalden schon mit dem Tode bestraft worden waren, weil sie es wagten, solche Liebesepen selbst zu dichten. Ein Maidensang war mächtig, war doch die Liebe die stärkste Macht der Welt. Manchmal allerdings auch die mit der größten Zerstörungskraft. „Liebesgeschichten enthalten ebenso viele Gefahren wie Freuden."

„Das Wagnis nehme ich gern auf mich."

Im flackernden Lampenlicht war sein Lächeln ebenso berauschend wie jenes dunkle Bier. Sie musste sich dazu zwingen, den Blick von ihm zu wenden.

„Komm, Rika, trage mir einen Maidensang vor."

Im Geiste ging sie den ganzen Vorrat ihrer Geschichten durch, bis sie schließlich auf diejenige stieß, welche ihr am unverfänglichsten schien.

„Wohlan denn", willigte sie ein, „so höre denn die Ballade von Ragnar und Swanhilde, zwei Liebenden, denen das

Schicksal nicht hold war."

„Das Schicksal nicht hold?", wiederholte er mit langem Gesicht. „Wie kommt es, dass mich das nicht überrascht?" Und als sie ihn böse anblitzte, winkte er ihr mit der Hand. „Aber nur zu, fahre fort."

„Ragnar entbrannte einst in Liebe zu Swanhilde, der holden Maid von den Eilanden der Hebriden. Sie wiederum liebte auch ihn, sodass er um ihre Hand bat, und da ihr Vater gar große Stücke auf Ragnar hielt, wurde die Eheschließung beschlossen. Zu gegebener Frist fand die Vermählung statt, und Ragnar führte die Braut heim zu seinem Sitz auf einer sturmumtosten Klippe hoch über dem Meer."

„Demnach besaß er also Land?" Björn hob sich das Trinkhorn an die Lippen.

„Jawohl, denn das war die Mitgift von Swanhildes Vater." Gähnend kämpfte nun Rika gegen den Wunsch, sich an seine warme Schulter zu lehnen. „Und Ragnar baute für sie eine feste Burg mit hoch aufragendem Turm, auf dass er die Schiffe sehen konnte, wie sie kamen und wieder von dannen segelten."

„Wie war's denn bestellt um das Anwesen?", fragte er leise und nachdenklich.

„Das ist für das Geschehen nicht von Bedeutung."

„Tu einfach so und beschreibe es mir." Er schloss die Augen, und Rika nahm an, dass er sich seine eigenen Ländereien vorstellte, wie sie gewesen wären, hätte das Schicksal ihn nicht zum Zweitgeborenen bestimmt.

„Fruchtbar war es, das Land, reich und schön, zu gleichen Teilen gesegnet von Sonne und Regen, so wie Sorge und Freude auch auf ein jedes Leben fallen."

„Hm!" Offenbar behagte ihm diese Vorstellung. Dann schlug er die Augen auf und blickte Rika an. „Keine Steine?"

„Keine Steine", beteuerte sie. „Und jedes Samenkorn, das

zu Boden fiel, brachte ihm hundertfache Frucht."

Abermals schloss er die Augen, sichtlich zufrieden. „Ein herrliches Fleckchen Erde, so will mir scheinen. So waren sie also glücklich?"

„Oh ja! Den ganzen ersten Winter hindurch labten sie sich am Horn der Liebe und fanden miteinander die Seligkeit." Da er die Augen geschlossen hielt, konnte sie wohl, so jedenfalls glaubte sie, in Muße sein Profil betrachten. Dunkle Wimpern ruhten auf hohen Wangenknochen. Ein üppiger Mund mit vollen Lippen zog sie unwiderstehlich an, sodass sie ihren Blick mit aller Macht von ihm wenden musste. Gerade Nase, kräftiges Kinn – ja, all seine Züge fanden ihr Wohlgefallen. Das musste sie ihm lassen.

Ein kräftiges Antlitz war's, und ehrlich dazu – alles in allem, so ihr Befund, allemal ein ansehnliches Mannsbild. Ihr Herz vollführte einen sonderlichen kleinen Hopser in ihrer Brust, und plötzlich fragte sie sich, was wohl aus ihnen geworden wäre, wäre sie diesem Mann nicht über Magnus' Leiche begegnet.

Er schlug die Augen auf.

„Dann folgte der Lenz." Rasch nahm Rika den Faden ihrer Erzählung wieder auf und beschloss für sich, nie wieder bei Lampenlicht einen Blick auf Björn zu werfen, so es sich eben vermeiden ließ. „Da reifte für Ragnar die Zeit, sich seinen Brüdern anzuschließen und mit ihnen auf Raubfahrt zu gehen."

„Natürlich erst nach der Frühjahrsaussaat", ergänzte Björn, wobei ein Lächeln seinen gefährlichen Mund umspielte.

„Gewiss doch." Entgegen all ihren Vorsätzen erwiderte sie sein Lächeln. „Swanhilde indes war untröstlich. ‚Wie soll ich denn wissen, wie es dir dann ergeht?', klagte sie weinend. ‚Du könntest verwundet werden oder auch krank.' Klug wie er war, erdachte sich Ragnar da einen Weg, wie sie sich über weite Fernen hin eine Botschaft zusenden konnten. Er fertigte zwei weiße Fahnen sowie zwei schwarze, und gab seiner Liebsten jeweils von beiden eine. ‚Halte Ausschau nach meinem Drachenboot in der Durchfahrt, und so es mit mir zum Besten steht, bauscht sich mein weißes Banner. Geht es dir selber gut, so hisse die weiße Flagge hoch auf dem Turm, auf dass auch mir leichter ums Herz sei‘, sprach er.“

Tief atmete Björn durch, da nun die Anspannung von ihm abfiel. „Ein trefflicher Plan, zumindest nach meinem Gefühl.“ Offenbar zog sich der böse Traum aus seinen Gedanken zurück.

„Anfangs durchaus“, betonte Rika. „Als aber dann aus Wochen Monate wurden und Ragnar noch immer nicht heimkehrte, sondern bloß von Zeit zu Zeit vorbeisegelte, da wurde Swanhildes Herz hart wider ihn. Denn, so sann sie, wenn Männer auf Raubzug gehen, lassen sie ihre Herzen zurück und nehmen allein ihre Leiber mit. Deshalb begann sie sich zu fragen, ob ihr Liebster sie wohl in den Armen eines angelsächsischen Mädchens vergessen haben mochte. Also fasste sie den Entschluss, ihren Gemahl auf die Probe zu stellen.“

„Au weh, so etwas geht nie gut.“ Björn schüttelte den Kopf.

Tadelnd spitzte Rika die Lippen, erzählte jedoch weiter. „Als sie dann endlich gewahrte, wie sich sein Drachenboot näherte, ließ sie das schwarze Tuch über dem Turme wehen und eilte sodann hinunter zum Gestade. Dort warf sie sich zu Boden und befahl ihrer Magd, sie solle sich über sie werfen und sie beweinen, als wäre sie tot.

„Puh!“ Mit hochgezogener Augenbraue sah Björn sie an. „Das war nun auf keinen Fall eine gute Idee!“

Rika überhörte seine Bemerkung. „Von Weitem schon erblickte Ragnar das flatternde schwarze Banner, und daher stürzte er sich kopfüber in die See und schwamm mit mächtigen Zügen, um seinem Schiff zuvorzukommen und vor dem

Boot am Strande zu sein. Als er dann taumelnd aus den Fluten wankte und seine Liebste dort liegen sah, da hielt er sie für tot, wie er's ja sollte. Ein berserkerhafter Schrei entrang sich seinen Lippen; er zückte den Dolch, und ehe ihm jemand in den Arm fallen konnte, rammte er sich die Klinge ins eigene Herz und sank tot zu Boden."

„Ich hab's ja gesagt", betonte Björn mit einem verschmitzten Lächeln auf den Lippen. „Den Mann auf die Probe zustellen, das war kein guter Gedanke."

Sie blickte ihn augenrollend an. „Willst du die Geschichte nun zu Ende hören oder nicht?"

„Doch, bitte!"

„Swanhilde sprang auf ..."

„... wusste sie doch, dass sie falsch gehandelt hatte", warf er ein.

„Richtig, es wurde ihr klar, dass sie einen Fehler begangen hatte", bestätigte Rika, „allein, der Schaden war nicht wiedergutzumachen und Ragnar bereits mausetot. Da riss sie ihm den Dolch aus der Brust, küsste ihres Geliebten kalte Lippen und ..."

„Die konnten noch gar nicht kalt sein", unterbrach Björn.

„Möchtest vielleicht du weitererzählen?"

„Nein, nein, fahre getrost fort." Er lehnte sich zurück, offenbar köstlich amüsiert. „Verzeih, dass ich dich unterbrach."

„Sie riss ihm also den Dolch aus der Brust, küsste die kalten Lippen und stieß sich die Klinge ins eigene Herz."

„Ach, nichts Schöneres weiß ich, als zwei im Tode vereinte Liebende! Das richtet einen im Nu wieder auf." Ironisch verzog er das Gesicht.

„Na, du wolltest ja unbedingt einen Maidensang hören", belehrte sie ihn.

„So ist es. Hab Dank, Rika. Ich glaube, jetzt kann ich schlafen." Er bot ihr einen letzten Schluck Bier, und als sie es kopfschüttelnd abwies, leerte er selber das Trinkhorn bis zur Neige. „Du weißt aber, was das eigentliche Problem von Ragnar und Swanhilde war, oder?"

„Du wirst es mir sicher gleich erklären."

„Der richtig gewählte Zeitpunkt."

Als Rika ihn verständnislos ansah, fuhr er fort: „Hätte Swanhilde nur einen Wimpernschlag früher die Augen geöffnet, wäre diese Tragödie zu vermeiden gewesen. Die Wahl des richtigen Augenblicks, sie ist entscheidend – sei's über den Ausgang einer Schlacht, sei's über Gedeihen oder Missernte. Für ein Jegliches unter der Sonne gibt es den richtigen Augenblick. Verpasst man aber die Gunst der Stunde, so kehrt der Augenblick niemals wieder."

Er legte das ausgeleerte Horn auf den Boden und beugte sich zu Rika herüber. „Und mir will scheinen, die Gunst der Stunde erfordert es, dass ich dich küsse."

Sie schrak zurück. „Was wird aus deinem Versprechen?"

„Dich erst dann zu verführen, wenn du mich anflehst?", raunte er fragend und rückte dabei etwas näher.

„Ja, genau das." Sie war überzeugt, dass man sogar im Dämmerlicht das Weiße um ihre grünen Augen sehen musste.

„Das gilt auch weiterhin", sagte er leise. „Ich will dich doch nur küssen, Rika. Ein Kuss, so einfach ist das. Mache es also nicht schwieriger, als es ist. Denk lieber an Ragnar und Swanhilde. Wenn wir den Augenblick nicht nutzen, stellt er sich möglicherweise nie wieder ein."

„Ein Kuss nur?" Ein leichtes Zittern lag in ihrer Stimme.

„Sag, dass du es geschehen lässt. Ein Kuss, dann blase ich die Lampe aus und bedränge dich nicht weiter", versprach er, wobei er die breiten Schultern zuckte. „Zumindest nicht heute Nacht."

„Nun gut." Rika konnte es selbst nicht glauben, dass es ihre eigenen Worte waren. Magnus hatte recht getan, sie vor der außergewöhnlichen Macht des Maidensangs zu warnen. „Einen einzigen Kuss."

Ein Lächeln ließ seine Züge erstrahlen.

Als wäre sie so zerbrechlich wie fränkisches Glas, umfasste er ihr Gesicht und führte die Lippen näher an die ihren heran, bis sie sich beinahe berührten. Sein Atem, erfüllt vom satten Aroma des Biers, strich warm über ihre Haut. Sein Daumen folgte der weichen Linie ihres Mundes, derweil sein Blick über ihr Antlitz glitt und schließlich auf ihren Augen verweilte. Sie spürte, wie sie hinabgezogen wurde in seine dunklen Tiefen, und schloss fest die Augen.

Seine Lippen legten sich auf die ihren in einer Liebkosung so zart wie hingehauchte Liebesworte. Sanft forschend bewegte er seinen Mund, als warte er auf Antwort von ihr, geduldig, aber beharrlich. Als ihre Lippen sich zart öffneten, glitt seine Zunge zwischen sie hinein mit derselben Vorsicht und Behutsamkeit, mit der er sonst einen unbekannten Hafen anlief.

Rika vermochte kaum zu atmen. Sein Mund sandte ein unergründliches Signal an ihren übrigen Körper, beängstigend und erregend zugleich. Ihre Haut begann zu kribbeln, so sehr fieberte sie seiner Berührung entgegen. Inniger wurde der Kuss, als habe jemand einen Funken entzündet. Feuer tanzte durch Rikas Glieder und schwelte tief in ihrem Leibe weiter. Jegliches Denken verlor sich im Nichts seines Kusses, und die einzige Wahrheit in der Welt war nur noch jenes berauschende Gefühl seiner Lippen auf den ihren.

Björn wiegte ihr geschorenes Haupt in seiner Handfläche, während die andere Hand an ihrem Hals herunterglitt. Fröstelnd erschauerte Rikas Haut unter seinen Fingerspitzen, als sie leicht über das eiserne Halsband strichen.

Es war der verhasste Eisenring, der sie jäh in die Wirklichkeit zurückriss. *Bist du noch ganz bei Trost?* Für diesen Mann war sie nicht mehr als ein Gebrauchsgegenstand, ein Werkzeug wie sein blutiges Schwert oder der schäbige Nachttopf, weit weniger wert als sein Drachenschiff!

Was hatte sie sich eigentlich eingebildet? Zu glauben, sie könne sich seiner Gesellschaft erfreuen! Ihn schwärmerisch anzuhimmeln mit großen Rehaugen – und, was das Schlimmste war, seinen Kuss zu erwidern! Wie hatte sie bloß Magnus' Mahnung vergessen können? Das Blut ihres Vaters, es kam doch über Björns Haupt! Wie mit Klauen ergriff nun das schlechte Gewissen Besitz von ihr. Beide Arme gegen Björns Brustkorb gestemmt, schob sie ihn mit aller Macht von sich.

Immerhin war er geistesgegenwärtig genug, sie verdutzt anzublicken.

„So“, zischte sie. „Nun hast du deinen Kuss bekommen.“ Sie drehte sich zur Wand und rollte sich eng zu einer kleinen Kugel zusammen.

Für eine Weile verharrte Björn noch in Schweigen, bevor er die Lampe löschte. „Gute Nacht, Rika. Mögest du traumlos schlafen.“

Das würde sie ganz gewiss. All ihre Träume waren gestorben.

7. KAPITEL

Als Rika wieder erwachte, war Björn fort. Er hatte aber das Lämpchen für sie entzündet und auf seiner Holzkiste brennen lassen. Ohne die Flamme wäre die fensterlose Zelle so finster gewesen wie eine mondlose Nacht. Ein Brett mit Brot und einem Stück salzigem Käse lag für Rika neben der Lampe. Forschend spähte sie in jeden Winkel, doch ihre kratzige Tunika war verschwunden.

Dass Loki den Kerl hole! Er wusste doch ganz genau, dass sie sich in der kurzen Tunika nicht aus der Kammer trauen durfte. Damit hatte er sie eingekerkert, ohne auch nur die Tür verriegeln zu müssen. Verdrossen schnaubend, nahm sie den Käse zur Hand, brach sich ein Stück ab und steckte es in den Mund.

Björns Kammer, ein rechteckiger Anbau an den Hauptsaal von Gunnars Langhaus, hatte nicht einmal einen eigenen Rauchabzug. Die Bettstatt bestand aus einer an der Wand aufgeschichteten Bank aus Torfstücken mit einer Lage Stroh darüber, obendrauf Felle und fein gewebte Decken.

Das einzige Möbelstück im Raum war eine massive Holzkiste, in der Björn seine Kleider und sonstige Habe verstaute. An der gegenüberliegenden Wand lehnte ein runder Schild, der Lederbezug vernarbt von klaffenden Spuren all jener Hiebe, die Björn in der Schlacht oder auf Raubzügen abgewehrt hatte. Ein Jammer, fuhr es Rika durch den Sinn, dass der Schild die Schwertstreiche gehalten hat.

Ein langes Breitschwert, sicher in einer Schulterscheide verwahrt, stand sauber ausbalanciert neben dem Rundschild. Die Finger um den Schwertgriff gelegt, versuchte Rika, die Waffe zu heben, doch bald schon musste sie feststellen, dass sie zu schwer für sie war, sodass sie ihre Anstrengungen mit einem missmutigen Laut einstellte. Sie würde wohl, vermutete sie, einen anderen Weg finden müssen, Björn den Schwarzen für Magnus' Tod büßen zu lassen.

Die Kammer war aufgeräumt, sauber gefegt und so genügsam wie ihr Bewohner. Der einzige Gegenstand, der nicht so recht in diese Männerdomäne passen wollte, war eine kleine, aus Knochen geschnitzte Flöte, die ebenfalls auf der hölzernen Truhe lag. Konnte er wohl darauf spielen? Oder war das Stück nur eine Trophäe, eine Art Andenken an ein unglückliches weibliches Wesen, das er sich erobert hatte? So ein Unhold!

Auf einmal ging die Tür auf, und um den Pfosten spähte der besagte Unhold.

„Aha, du bist auf. Umso besser." Mit einem Bündel Kleider auf dem Arm betrat er die Kammer und packte die Sachen neben Rika aufs Lager. „Hier, die kannst du anlegen. Weißt du, wie man ein Pferd reitet?"

„Ja, reiten kann ich", antwortete sie, wobei sie die Kleider sichtete, die er ihr überlassen hatte. Die Tunika war aus weichem, flauschigem Tuch, goldgelb wie reifer Weizen, das Gewand dagegen waldgrün. Rika betastete die zwei gleichartigen Silberspangen, welche ihr blitzend ins Auge fielen. Beide waren in jeder Hinsicht so fein gearbeitet wie diejenigen, welche Magnus ihr geschenkt hatte. Beim Gedanken an ihren Vater wandte sie sich jedoch angewidert von dem Kleiderschmuck ab.

„Normalerweise reisten wir mit einem Boot zu jenen Stätten, wo Magnus vortrug", erklärte sie. „Den Rückmarsch machte er aber auch gern auf dem Pferderücken, und zwar durch die spärlich besiedelten Gefilde."

„Ein so hoch gerühmter Skalde wie Magnus hätte doch gar nicht zu derart abgelegenen Orten fahren müssen." Björn brach sich einen Kanten Brot ab. „Von einem unserer Handelsfahrer hörte ich, dass er sonst am Hofe des Dänenkönigs weilte."

„Hin und wieder hielten wir uns dort sogar eine geraume

Weile auf, doch Magnus konnte das Leben bei Hofe nicht ertragen. All das Getue und Gepränge. Deshalb zog es uns in die Wildnis." Sie wand sich aus der kurzen Tunika, hielt sich dabei aber mit dem Bettzeug bedeckt. Falls er gehofft haben sollte, sie würde sich vor seinen Augen entkleiden, so sah er sich gewaltig getäuscht. „Außerdem sammelte er bisweilen im Hinterland neue Geschichten, und deshalb war ihm der Reiseaufwand die Mühe wert. Magnus pflegte zu sagen, dass alle Menschen einen Skalden benötigen, nicht nur die Mächtigen. Unsere Sagas und Eddas machen uns erst als Volk zu dem, was wir sind, und erhalten uns unsere Kraft."

„Ganz ohne Zweifel hast du gestern Abend Schwung in Gunnars Halle gebracht." In seinen dunklen Augen lag unverhüllte Bewunderung. „So viel wurde dort nicht mehr gelacht seit den Tagen, als mein Vater noch Jarl war." Seine Stimme verlor sich, als folge sie dem Hauch der Erinnerung.

„Ist er schon lang tot?", fragte sie. Der Verlust des eigenen Vaters schmerzte zwar noch wie ein Messerstich, doch sah sie die Trauer in Björns Augen.

„Etwas über ein Jahr", erwiderte er. „Manchmal kommt es mir länger vor, so viel hat sich verändert."

Rika weigerte sich, Mitleid zu empfinden mit dem Schmerz jenes Mannes, der ihr den eigenen Vater genommen hatte. Sie verschwand gänzlich unter den Fellen und Decken, und erst als sie nach einigem Hin und Her Gewand und Tunika angelegt hatte, warf sie voll angekleidet das Bettzeug von sich.

Björn musterte sie stirnrunzelnd. „Du machst aber viel Umstände um das bisschen Ankleiden! Schließlich ist es ja nicht so, als hätte ich dich noch nie nackt gesehen."

„Da war ich ohnmächtig, also zählt das wohl kaum." Sie fuhr sich mit der Hand über das kurz geschorene Haar. Es war dermaßen gestutzt, dass sie nicht einmal einen Kamm brauchte. „Ich wurde nicht zur Bettsklavin erzogen, und deshalb entspreche ich auch nicht deinen lüsternen Vorstellungen vom rechten Verhalten."

„Schade", gab er gedämpft zurück.

Zwar funkelte sie ihn finster an, doch insgeheim räumte sie ein, dass sie noch froh sein musste. Kleine Anzüglichkeiten dieser Art machten es ihr leichter, ihn so zu hassen, wie er's verdiente. In der vergangenen Nacht, als er verwirrt und verängstigt aus bösem Traum aufschreckte, da war sie versucht gewesen, ihn einfach nur als Mann zu betrachten, nicht als das Untier, als das sie ihn kennengelernt hatte.

Bei Lichte besehen kam aber nun die Frage auf, ob er sich nicht alles bloß ausgedacht und seinen nächtlichen Horror vorgetäuscht hatte, nur um sie gefügiger zu machen. Bei der Erinnerung an seinen zarten Kuss lief ihr ein Prickeln über die Lippen, und in der Brust wurde es ihr eng. Sie musste sich schütteln, um diese unerwünschten Anwandlungen abzuwehren. Es war ihr ein Rätsel, dass ihr Körper sich derart verselbstständigte und ganz anders reagierte, als es ihr Denken wollte. Ihre Lippen sahen in Björn keinen Feind. Der Kuss war ein Fehler gewesen, das stand für sie fest. Und da sie nun wusste, wie gerissen er vorging, nahm sie sich vor, in Zukunft doppelt vorsichtig zu sein.

„Wohin gehen wir?", erkundigte sie sich. „Ich hatte gehofft, du würdest mir gestatten, heute ein wenig bei meinem Bruder sein zu dürfen. Ich muss mich doch überzeugen, dass es ihm gut ergeht."

„Heute reiten wir in die Berge", erwiderte Björn. „Und dein Bruder ist bereits dorthin unterwegs. Ich werde Sorge tragen, dass du ihn siehst."

„Bist du denn sicher, dass man mich hier nicht vermissen wird?", fragte Rika spitzbübisch. „Vielleicht solltest du dich mit Astryd beraten. Eventuell gibt es ja noch irgendwo einen Abtritt zu schrubben."

„Mit Astryd habe ich schon gesprochen.“ Björn steckte sich noch einen Brocken Käse in den Mund. „Du wirst keinen Abort mehr schrubben. Man sollte die Skaldin von Sogna nicht für Drecksarbeit verheizen. Von nun an wirst du mir aufwarten, und zwar Tag und Nacht.“

„Da wären mir die Abtritte womöglich noch lieber gewesen“, brummte sie, während sie die Schnalle an ihren neuen Lederstiefeln schloss.

Sie überquerten den Hof hin zu den Stallungen. Dort stiegen sie auf zwei zueinander passende, kastanienbraune Wallache und trotteten vom Gehöft, vorbei an den Werkstätten des Schmieds und des Gerbers, entlang an üppigen, bestellten Äckern und dann einen schmalen Pfad hinan in einen duftigen Kiefernhain. Die Luft war frisch, und Rika zupfte an dem braunen Wollumhang, den Björn ihr um die Schultern gebreitet hatte.

Etliche Baumstämme, an denen sie vorbeiritten, waren uralt, von Wind und Wetter zernarbt und zu fantastischen, menschenähnlichen Gebilden geformt. So sahen sie aus wie Trolle im Wald, mit Astlöchern als Augen oder klaffende Münder und unförmigen Bärten aus Moos. Ruppige Böen zausten die Wipfel, sodass die Bäume sich wiegten in einem schauerlichen Reigen. Für Rika stand fest, dass sie sich lieber nicht bei Mondlicht in dieses Gehölz hineintrauen würde.

„Wohin führst du mich?“, wollte sie wissen. Schnee verheißende Winde wehten vom hohen Gipfel herunter, sodass Rika den Mantel enger um die Schultern zog.

„Zu den neuen Feldern“, gab Björn zurück, auf den Lippen ein Lächeln, bei dem einem schier das Herz stehen bleiben konnte. Die Sonnenstrahlen zauberten blaue Lichtpunkte auf sein dunkles Haar. Wenn er sich ganz besonders zuvorkommend gab, war er – das musste sie zugeben – ungeheuer anziehend.

So ähnlich, mahnte sich Rika, muss wohl Loki erscheinen, wenn dieser so launenhafte Göttersspross einen Narren verhext. Sie riss den Blick von dem Räuber los, der sie gefangen genommen hatte, und gab sich alle Mühe, nicht zu sehr darauf zu achten, wie sich alles in ihr vor Spannung zusammenkrampfte.

Björn wies den Pfad hinauf. „Oben befindet sich ein schönes, ebenes Plätzchen. Sind erst die Bäume gefällt und die Wurzeln gerodet, können wir unsere Ackerfläche verdoppeln. Dann können wir noch mehr Roggen und Gerste anbauen. In Sognefjord leben inzwischen mehr Siedler denn seit Menschengedenken. Und die benötigen Nahrung."

„Aber warum muss ich mir das ansehen?"

„Dieses zusätzliche Ackerland ist entscheidend für die gesamte Siedlung", erklärte er ihr. „Ich hatte gedacht, dass Skalden sich auch für das Leben der Menschen interessieren, nicht nur für ihre Erbauung." Als sie widerwillig nickte, fuhr er fort: „Wie dem auch sei, für mich ist es ebenfalls wichtig."

„Und wieso sollte mich das auch nur im Geringsten scheren?", konterte sie fauchend. Ach, wäre ihr doch bloß sein Kuss nicht dauernd im Kopfe herumgegeistert!

„Weil ich es will!", stellte er fest, die dunklen Augen zu Schlitzen verengt. Dann blickte er sich um und atmete tief durch. „Das Land versorgt uns mit allem, was wir brauchen, wenn wir es nur richtig behandeln. Rika, ich habe dich hergebracht, um dir die Dinge zu zeigen, welche mir etwas bedeuten. Wie soll ich dich sonst überzeugen, dass ich nicht jener Unmensch bin, für den du mich hältst?"

„Ja, wie bloß? Es ist nämlich ein Ding der Unmöglichkeit." Sie blitzte ihn so bitterböse an, wie es nur eben ging – wie schon des Öfteren bei besonders aufdringlichen Verehrern auf abgelegenen Gehöften, sodass diese liebestrunkenen Schwärmer Hals über Kopf Reißaus nahmen und zu ihren heimischen

Herzliebsten zurückeilten. „Nie werde ich vergessen, dass du meinen Vater auf dem Gewissen hast, wenn er auch nicht direkt von deiner Hand starb. Du vergeudest deine Zeit, Björn Schwarzhaar."

„Es ist ja meine Zeit!", versetzte er mit trügerischer Leichtigkeit. „Doch als ich dich letzte Nacht küsste, hatte ich in der Tat das Gefühl, als wärest du nicht abgeneigt, mir für einen Augenblick zu verzeihen."

Schlagartig stieg ihr die Röte heiß ins Gesicht. Er hatte es also doch gespürt, jenes flüchtige Aufflackern, als ihr Körper sie trog und sich ihm öffnete, ihm sanft entgegenfloss wie ein Bach dem Fjord, als sie seinen Kuss erwiderte. Beim Gedanken daran verspürte sie brennende Scham.

„Letzte Nacht sagtest du auch, es gebe für alles den richtigen Zeitpunkt", fauchte sie grimmig. „Für uns endete diese Zeit, noch ehe sie begann. Als nämlich mein Vater starb."

Er stieß seinem Pferd die Fersen in die Flanken und sprach kein Wort mehr, während sie weiter den steilen Pfad erklommen, tiefer hinein ins Dickicht des Waldes. Bald schon vernahm man das weithin hallende Krachen von Äxten, die in Baumstämme hieben, begleitet vom rasselnden Röcheln der langen Zwei-Mann-Sägen. Noch ehe Rika sie sehen konnte, roch sie bereits die sterbenden Bäume, welche die Luft mit dem beißenden Aroma des Kiefernharzes erfüllten.

Durch dichten Tann brachen die beiden in eine Lichtung, wo Männer Pferdegespanne sich ins Geschirr legen ließen, um die breiten Baumstümpfe, welche die Holzfäller stehen gelassen hatten, aus dem Boden zu reißen. Schweiß verdunkelte schon die Brust der Rösser, die sich dem Willen ihrer ebenso schwitzenden Meister unterwarfen.

Björn ließ sich vom Pferderücken gleiten und stemmte sofort die Schulter gegen einen besonders hartnäckigen Stumpf. Während er so neben den anderen Werkleuten angestrengt ächzte, wölbten sich die mächtigen Muskeln seiner Oberarme von der Anstrengung.

„So, jetzt hoch mit dir!“, brüllte er, derweil sich die gesamte Mannschaft aus Mensch und Ross gewaltig ins Zeug legte. Die langen, schlangenartigen Wurzeln schnellten aus dem Boden, bis sie zum Zeichen der Unterwerfung unter den menschlichen Willen gen Himmel wiesen.

Mit der kraftvollen Eleganz des geborenen Reiters sprang Björn dann wieder auf den glänzenden Pferderücken und trieb den Wallach mit einem Zungenschnalzen an. Zwar warf er einen Seitenblick auf Rika, aber sie wandte sich jählings ab, entschlossen, sich nicht von ihm beim Zuschauen ertappen zu lassen. Stattdessen ließ sie den Blick über die Rodung schweifen.

„Du sagtest doch, Ketil sei hier.“ Sie schirmte die Augen mit der Hand ab. „Ich sehe ihn nirgends.“

„Der wird wohl irgendwo die Axt schwingen. Heute Morgen erzählte er mir nämlich, das Holzhacken mache ihm Spaß“, erwiderte Björn, während er zum anderen Ende der Waldlichtung hinüberspähte, ob Ketil vielleicht dort zu sehen war. „Er ist ein kräftiger Bursche, dein Bruder. Ich habe Surt aufgetragen, ein Auge auf ihn zu halten. Er meinte aber, Ketil kenne sich offenbar aus mit einer gestielten Klinge.“

„Oh ja. Er bringt es glatt fertig und holzt einen Baum ab, nur weil ihm das Stapeln der Scheite hinterher so gefällt.“ Dass Ketil sich mit Björn unterhalten hatte, behagte ihr ganz und gar nicht. Es reichte nämlich durchaus, dass sie selber ständig mit ihrem Häscher die Klinge kreuzte, zumal ihr keine Wahl blieb und sie ohnehin klug genug war, sich vor ihm in Acht zu nehmen. Ketil hingegen konnte eine Blindschleiche nicht von einer Kreuzotter unterscheiden. Sanftmütig, wie er war, nahm er stets alles, was man ihm sagte, für bare Münze – leichte Beute für einen wie Björn, der alles, was Ketil von sich gab, zum eigenen Vorteil drehen konnte.

„Dort ist er ja!“ Lang streckte Björn den Arm aus und zeigte auf den jungen Mann, der in einiger Entfernung auf eine hoch aufragende Kiefer einhieb. Björn setzte seinen Wallach in Trab, worauf Rika es ihm nachtat.

Als sie nahe genug heran waren, legte Rika die Hände wie einen Trichter um den Mund und rief Ketils Namen. Er hielt inne und schaute sich um. Als er Rika gewahrte, verzog sich sein schweißüberströmtes Gesicht zu einem breiten Grinsen. Nachdem er die Axt mit der Klinge in den Baumstamm geheftet hatte, stiefelte er auf die Neuankömmlinge zu.

Da frischte plötzlich der Wind auf über der offenen Rodung, erfasste die Baumeswipfel und schwang sie vor und zurück. Ein Zittern durchlief den Stamm, den Ketil behauen hatte; ein Knirschen ertönte, und dann … gab er ganz langsam nach und begann zu stürzen.

„Lauf, Ketil!“, schrie Rika gellend. „Schnell!“

Ketil schaute über die Schulter, doch statt zur Seite zu rennen und somit dem niederkrachenden Stamm zu entgehen, lief er geradeaus weiter, genau in dieselbe Richtung, in welche die Kiefer kippte. Rika war die Kehle wie zugeschnürt; Panik erfasste sie. *Er schafft es nicht vor dem niedersausenden Wipfel!*

Björn hieb seinem Ross die Ferse in die Flanken und sprengte blitzschnell davon. Im Handumdrehen hatte er Ketil erreicht. Die Hände auf den Mund gepresst, sah Rika zu, wie er vom Pferderücken sprang und sich auf Ketil stürzte. Im letzten Moment, bevor der wuchtige Stamm zu Boden krachte, konnte er ihren Bruder zur Seite stoßen.

Erstickt hielt sie die Luft an, als Ketil sich aus dem Gefahrenbereich wälzte. Der Bruder des Jarls hingegen verschwand unter einer gewaltigen Lawine aus Zweigen und Nadeln.

8. KAPITEL

Männer schwärmten um den gestürzten Baum herum wie Bienen um einen umgekippten Bienenkorb. Rika glitt vom Pferderücken und rannte zu Ketil, ohne zu der Kiefer zu blicken, aus Angst, sie könnte womöglich Björns zerschmetterten Körper unter der Masse aus zerborstenem Holz sehen. Tränen rannen ihr über die Wangen.

Schock, so redete sie sich ein. Gewiss, auch Erleichterung darüber, dass Ketil außer Gefahr war. Der Kloß, der ihr zum Ersticken eng hinten im Halse saß, der galt bestimmt nicht Björn dem Schwarzen, dem Manne, der sie versklavt und damit ihren Lebensweg auf immer verändert hatte.

Ketils Gefährte Surt wand sich hinein in die Krone der gefallenen Kiefer. Einige Augenblicke später kroch er wieder aus dem Gewirr aus Ästen und Zweigen hervor und rieb sich mit der Hand über die harzverschmierte Wange. „Er lebt noch, aber …“

Mehr wollte Rika gar nicht hören. „Was steht ihr herum?“, rief sie, die Stimme hallend und herrisch, ein sprachliches Erbe ihrer skaldischen Kunst. „Haut ihn heraus! Surt, zeige den anderen, wo er steckt, sodass sie ihm nicht noch mehr Schaden zufügen.“ Wie selbstverständlich übernahm sie die Aufsicht über die Bergung des Verunglückten, indem sie die Retter hier anspornte, dort lautstark zurechtwies, bis endlich das letzte Stück des Stammes, der Björn auf den schwammigen Boden drückte, beiseite geräumt war.

Seine Augen waren halb geschlossen; an einer Schläfe prangte eine hühnereigroße Beule. Arme und Brustkorb waren übersät von zahllosen kleinen Stichen und Schnitten. Ein Ast so dick wie Rikas Handgelenk steckte aufrecht in einem der muskelbepackten Oberschenkel, zitternd wie der Schaft eines Riesenpfeils.

Schon packte Surt diesen Ast, um ihn herauszuziehen.

„Nicht!", schrie da ein junger Mann, den Rika als Jorand erkannte, den schlaksigen Jüngling mit dem geselligen Lächeln, dem sie auf dem Drachenboot begegnet war. Sein Gesicht war angespannt vor Besorgnis. „Warte! Der Ast verhindert, dass die Wunde blutet. Reißt du ihn aber heraus, wird Björn verbluten, ehe wir ihn vom Berg herunterschaffen können."

Jorand zog sich das lederne Schweißband vom Kopf und drehte es stramm um Björns Schenkel, direkt oberhalb der Wunde. „Ich brauche Tuch!"

Rika fasste den Saum ihrer weichen, neuen Tunika, löste die Naht und riss dann einen langen Streifen ab. Jorand nickte ihr dankbar zu und wies Surt mit einer Handbewegung an, den Ast aus Björns Schenkel zu ziehen. Sofort quoll schwarzes Blut aus dem tiefen Einstich, gefolgt von einem hellroten Strom – Beweis dafür, dass Björns Herz noch in der Brust schlug. Mit Rikas Tuch legte Jorand sodann einen festen Verband um die Verletzung. Der Verwundete ließ die gesamte Prozedur über sich ergehen, ohne auch nur mit der Wimper zu zucken.

Während die Männer ihn dann auf eine schnell geflochtene Schlepptrage betteten, wurde Rika von einem Gefühl düsteren Grauens gepackt. In der kurzen Zeit, in der sie nun auf dem Jarlshof weilte, hatte sie von der Dienstmagd Inga erfahren, dass der Jarl nicht eben für seine Menschenliebe bekannt war. Hörige hatten keine Rechte, selbst wenn sie nichts Falsches getan hatten. Was würde wohl Gunnar mit dem Sklaven machen, der verantwortlich war für den Tod seines Bruders?

Verstohlen nahm sie Surt beiseite. „Schnappe dir Ketil und verstecke ihn irgendwo ..." Sie war außer Stande, den Satz zu Ende zu sprechen. Zu sehr schnürte ihr die Vorstellung, Björn könne sterben, die Kehle zu. „Verbirg ihn einfach, bis ich mich melde."

Surt nickte und löste sich, Ketil im Schlepptau, ungesehen von der Hauptgruppe der Männer, derweil Rika und die anderen bergab den Rückmarsch antraten. Sie trottete neben der Trage einher und sah auf Schritt und Tritt, wie dem Verletzten mehr und mehr die Farbe aus dem Gesicht wich.

Läufer eilten der Marschgruppe voraus, um Kunde zu geben von dem Unglück und weitere Vorbereitungen zu treffen. Als die Kolonne dann auf das vor dem Langhaus liegende Wiesenstück einschwenkte, stand Astryd schon wartend da, denn Krankenbehandlung und Pflege oblagen der Herrin des Hauses. So trug man Björn hinein in seine stickige Kammer. Rika wollte ihm folgen, doch Astryd versperrte ihr den Weg.

„Halte dich da heraus!“, befahl sie, die Lippen gehässig verzerrt. „Er braucht deine Dienste nicht mehr. Vielleicht auf immer.“

„Ich möchte aber doch helfen“, entgegnete Rika, worauf die Herrin von Sogna ihr einen heftigen Schlag ins Gesicht versetzte.

„Ich dulde keine Widerworte von einer Sklavin!“, zischte Astryd. „Tu, was ich dir sage, sonst bekommst du beim nächsten Mal die Peitsche zu spüren! Und nun geh und hol mir reinen Alkohol. Danach hilfst du Inga, Wasser zu erhitzen!“

Mit brennenden Wangen rannte Rika zum Sudhaus, um den benötigten Alkohol zu holen. Sie brachte ihn zu Björns Kammer, durfte sie jedoch nicht betreten. Danach half sie Inga, den großen Specksteinkessel der mittleren Feuerstätte zu schrubben, und schöpfte anschließend Wasser vom Bach, um den Behälter zu füllen.

Einmal sah sie, wie Jorand aus Björns Zelle trat und zu ihr herüberblickte, die Lippen ein düster wirkender Strich. Allerdings sprach er kein Wort, sondern füllte nur einen Ledereimer mit dem kochend heißen Wasser. Weiterhin Rikas Blick ausweichend, verschwand er wieder in Björns Kammer.

Endlich erschien Astryds schwellender Leib im Türrahmen. „Er verlangt nach dir“, bemerkte sie hasserfüllt.

Hastig eilte Rika an ihr vorbei. Lang ausgestreckt lag Björn auf der Lagerstatt, das Bein stramm verbunden, das Tuch noch immer durchweicht von einem roten Fleck. Seine Augen waren nun gänzlich geschlossen, und wäre er nicht so bleich gewesen, hätte man meinen mögen, er ruhe in ganz natürlichem Schlummer. Rika bemerkte, wie seine Brust sich in flachen Atemzügen hob und senkte. Die Beule an seiner Schläfe schillerte inzwischen in einem bläulichen Violett mit gelben Zwischentönen.

„Björn“, wisperte sie, während sie an seiner Liege niederkniete und seine schwielige Hand umfasste. Sie fühlte sich kühl an, und seine Finger erwiderten Rikas Druck nicht.

„Er wird dir nicht antworten“, sagte Astryd. „Er ist wieder ohnmächtig geworden. Vielleicht wacht er auf, vielleicht auch nicht. Das wissen allein die Nornen.“

Die Nornen, jene drei Schicksalsfrauen, welche den Gang allen menschlichen Lebens lenkten, hatten ganz zweifellos schon die Länge von Björns Lebensfaden vorausbestimmt und weit im Voraus bereits sein Geschick entschieden. Falls er am Ende angelangt war und die Nornen beschlossen hatten, den Lebensfaden abzuschneiden, konnte nichts mehr den Lauf der Dinge aufhalten.

„Ich habe mein Möglichstes für ihn getan.“ Astryd schüttelte den Kopf. „Ein Jammer, dass er auf diese Weise ums Leben kommen soll. Ein Krieger wie Björn sollte ruhmreich von hinnen scheiden, nicht auf seinem Lager dahinsiechen.“

Rika hätte ihr gern erklärt, dass er durchaus eine Ruhmestat begangen hatte. Kein anderer ihr bekannter Edler hätte sein Leben für einen Leibeigenen riskiert. Das aber durfte sie freilich nicht offen sagen. Nie hätte Astryd geglaubt, dass es eine Heldentat war, Ketil vor seinem eigenen Ungeschick zu retten, und sollte der hellhörigen Herrin jemals der wahre

Grund für Björns Unglück zu Ohren kommen, so konnte das lebensgefährlich für Rikas Bruder werden.

„Entkleide ihn, Jorand“, gebot Astryd, um sich sodann an Rika zu wenden. „Bade ihn und salbe hiermit die Einstiche.“ Astryd reichte ihr eine kleine Schüssel mit einer übel riechenden Paste.

„Und was dann?“ Rikas Augen weiteten sich. Zum ersten Mal im Leben war sie in einem Krankenzimmer und hatte noch nie zuvor einen schwer Verwundeten gepflegt.

„Dann bleibst du bei ihm sitzen und kümmerst dich um seine Bedürfnisse“, wies Astryd sie an.

Jorand zerschnitt die Kleidung des Verletzten, um ihn nicht mehr als nötig bewegen zu müssen. Danach breitete der Jüngling eine dünne Decke über seinen Anführer, damit er nicht bloßlag. Wortlos sammelte er die Fetzen von der Tunika und den Beinlingen ein und verließ hinter der Herrin die Kammer. Rika blieb allein mit Björn zurück.

Sie seifte ein kleines Tuch ein und begann, die Spritzer aus geronnenem Blut von Björns Armen und Brustkorb zu waschen. Seine Tunika hatte den Kratzern und Stichen wenig entgegenzusetzen gehabt, doch Rika entfernte geduldig die letzten Splitter und säuberte sanft die zerschundene Haut. Die Salbe, die sie ihm auf Astryds Geheiß hin auftragen sollte, roch derart beißend nach Salmiakgeist, dass Rika die Augen tränten. Während sie etwas davon auf jede Schramme und Schrunde tupfte, beneidete sie den Verwundeten fast dafür, dass er von alledem nichts merkte.

Als sie sich seiner Taillengegend zuwandte, wurde ihr Blick magisch angezogen von jenem schmalen Band schwarzen Flaums, welches sich, vom Nabel beginnend, abwärts erstreckte. Was, wenn er an seinen empfindlichsten Stellen getroffen war? Mit angehaltenem Atem schob sie die Decke nach unten.

Offenbar war er unversehrt, denn eine Verletzung konnte

sie nicht erkennen. Ein Weilchen stand sie so da und schaute ihn an, und immer klarer wurden ihr die Geheimnisse eines Mannes. Was war er doch für ein sonderbares Gemisch aus Kraft und Empfindlichkeit – und nirgendwo manifestierte sich dies deutlicher als in dem verschlungenen Dickicht aus dunklem Haar dort zwischen den Schenkeln.

Sie hatte ihn vorher gesehen, vollkommen erblüht und erregt, und mehrmals war ihr seitdem jenes bedrohliche Bild unerwartet durch die Gedanken gegeistert. Kaum zu glauben, dass dieses weiche, schlaffe Etwas dasselbe Körperteil sein sollte. Plötzlich zog eine Gänsehaut über jenen Beutel, der seinen Samen enthielt, was Rika jäh aus ihren Betrachtungen riss. Verschämt zog sie die Decke bis unter sein Kinn und schlug die untere Hälfte zurück, um die Verletzungen an seinen schlanken Beinen zu säubern und zu salben.

Kümmere dich, so Astryds Geheiß, um seine Bedürfnisse. Bald schon musste Rika feststellen, dass sich die Bedürfnisse eines Ohnmächtigen sehr in Grenzen hielten. Sie drückte ihm ein nasses Tuch gegen die Schläfe, auf dass die Schwellung abklingen möge. Sie breitete die Decken ordentlich über ihm aus und wickelte sie ihm warm um die Füße. Als ihr zuletzt nichts weiter einfiel, blieb sie still neben ihm auf der Bettstatt sitzen und hielt seine Hand.

Er hatte kräftige Hände mit breiten Fingern, überzogen mit feinen dunklen Härchen. Unter den Nägeln hatte sich etwas Schmutz angesammelt, den Rika mit einer Messerspitze entfernte.

Forschend musterte sie sein Gesicht. Die harten Züge um seine Augen, stets Wind und Wetter ausgesetzt und geformt von langen Jahren an der Ruderpinne, hatten sich etwas entspannt, sodass er um Jahre jünger aussah. Seine Haut war bleich, beinahe von einem ungesunden Grau. Rika legte ihm die Hand auf die Brust, um nachzufühlen, wie der mächtige Herzmuskel sich unter der Handfläche zusammenzog. Das Pochen wirkte gleichmäßig, wenn auch ein wenig schnell.

„Mach die Augen auf, Björn“, flüsterte sie. Ihr Magen drehte sich wie Rohwolle auf einer Spindel. Was kümmerte es sie, was aus diesem Kerl wurde? Durchaus möglich, dass noch das Blut von Magnus Silberzunge an seinen Händen klebte. An jener Hand, die sie gerade so sanft in der ihren hielt. Noch während sie ihn stumm aufforderte, die Augen zu öffnen, wurde sie von einem anderen Teil ihres Herzens als Verräterin verdammt.

„Armes Bruderherz!“ Beim Klang der Stimme hinter ihr fuhr sie ruckartig hoch. Völlig auf Björn fixiert, hatte sie ganz und gar überhört, wie Gunnar geräuschlos wie eine Katze in die Kammer getreten war. „Wahrscheinlich liegt er im Sterben. Wenn du an meinem Bette säßest, würde ich mit Sicherheit erwachen.“

Es lag etwas Schlüpfriges in seiner Stimme, ähnlich einem Tupfer Walöl auf den Wellen. Rika gefiel es gar nicht, wie sein Blick über ihren Körper glitt.

„Ist er denn noch nicht aufgewacht?“

„Nein, Herr.“ Rika verschränkte die Hände im Schoß und schlug die Augen nieder. Als Gunnar einen Schritt auf sie zutrat und ihr näher kam als schicklich, zuckte sie instinktiv zurück. Ehe sie sich versah, hatte er sie in eine Ecke gedrängt.

„Jetzt gibt es kein Entkommen mehr, meine kleine Skaldin“, murmelte er, die Pupillen gänzlich geweitet, wodurch seine blassen Augen beinahe so dunkel wirkten wie die von Björn – schwarze Löcher mit eisgrauen Ringen darum.

„Ich bin nicht deine Skaldin“, gab sie zurück. „Ich gehöre deinem Bruder.“ Zwar klangen ihr die Worte seltsam in den Ohren, doch falls sie sich damit den Jarl vom Halse halten konnte, wollte sie gern behaupten, dass sie Björns Eigentum war.

„Das ist ja eine sonderbare Wendung, was?“, fragte er, wobei er immer näher heranrückte. „Seit unseren Knabentagen wollte Björn immer schon das, was ich besaß. Das Land will er, weißt du? Von jeher war er auf Landbesitz aus!"

Rika gab keine Antwort. Da sie nicht wagte, ihm in die Augen zu schauen, studierte sie angestrengt den steinernen Fußboden, bemüht, jenes Zittern in Schach zu halten, das sie zu überkommen drohte.

„Immer zerfressen vor Neid", fuhr Gunnar fort. „Merkwürdig fürwahr, dass nun ich meinerseits ihn beneide." Der Jarl neigte sich ihr zu und holte tief Luft, die Nase ganz nah an Rikas Hals, sodass die Spitzen ihres geschorenen Haars um seine Ohren spielten. Ihr war, als komme ihr jeden Moment das Frühstück aus Käse und Brot wieder hoch.

Besitzergreifend legte der Jarl ihr den Arm um die Taille. „Aber obwohl er natürlich niemals haben kann, was mein ist, geht doch alles, was ihm gehört, allein auf meine Gutmütigkeit zurück. Von Rechts wegen warst auch du mein Eigentum. Mir scheint, ich könnte mir überlegen, dich zurückzufordern."

„Da hat doch dein Bruder sicher ein Wörtchen mitzureden", wandte sie ein, krampfhaft bestrebt, sich nicht anmerken zu lassen, dass sie allmählich von Panik ergriffen wurde. Es mochte ja sein, dass Björn der Schwarze sich an gewisse Prinzipien hielt, wodurch sie vor einer Schändung einigermaßen sicher war. Sie bezweifelte allerdings, dass der Erstgeborene sich in dieser Hinsicht von Gewissensbissen leiten ließ. Das anzügliche Funkeln in seinen Augen unterstrich diese Vermutung.

Gunnar warf einen abschätzigen Blick über die Schulter auf seinen Bruder, der still und abgezehrt und bleich wie der Tod auf seinem Lager ruhte. „Ich höre keinen Einwand von ihm."

Sie nahm einen neuen Anlauf. Indem sie unter seinen Armen wegtauchte, entwich sie aus dem Winkel. „Hast du auch die Gefahr bedacht, in welche du dich begibst?"

„Ich sehe keine Gefahr", tönte da Gunnar. „Du bist zu klein, um dich mir zu widersetzen, und Björn ist nicht in der rechten Stimmung, dir zu helfen."

„Aber das Wagnis, sich an einer Skaldin zu vergehen – wie steht es damit?" Fieberhaft zermarterte sie sich das Hirn, dabei auf flinken Beinen bemüht, Gunnars Griff zu entweichen. „Besitze ich doch die Gabe der Poesie. Nehmen wir an, du schneidest im Vergleich mit deinem Bruder als Liebhaber schlechter ab, und ich erdichte ein kleines Epos über deine ... Unzulänglichkeit?"

„Ich schneide dir eben die Zunge heraus." Das kalte Funkeln in seinen Augen, der harte Strich seiner dünnen Lippen – all das verriet ihr, dass dies keine leere Drohung war.

„Und wie würdest du das den Männern erklären, welche mich Abend für Abend an deiner Tafel hören möchten?" Sie wich zur Seite aus, als er nach ihr griff. „Eines lass dir gesagt sein: Ein Vortrag genügt, und meine Worte verfolgen dich bis an das Ende deiner Tage. Es wäre zu köstlich, um es nicht dauernd aufs Neue zu wiederholen. Egal, ob man es in deiner Anwesenheit tut oder insgeheim – die Verse besingen dich immerzu als Gunnar Kurzschwert, und das vor jenen Männern, die du doch unbedingt gern anführen möchtest!"

Er hielt kurz inne, als wägte er ihre Mahnungen ab. „Das setzt natürlich voraus, dass du mit mir nicht zufrieden bist." Dann hob sich eine der blassen Augenbrauen, und entschlossenen Schrittes strebte er auf Rika zu. „Aber das wirst du sein."

Er täuschte sie mit einer Finte, und als Rika sich zur anderen Seite duckte, packte er zu und riss sie sich an seine Brust. Grob presste er ihr die Lippen auf den Mund und stieß ihr die Zunge gegen die zusammengebissenen Zähne, um ihr gewaltsam den Mund zu öffnen. Es war ein derart brutaler Kuss, dass sie fast wund davon wurde. Verzweifelt hämmerte sie auf seine Brust und seine Schultern ein, bemüht, sich aus seinem Griff zu befreien. Als er sich schließlich von ihren Lippen löste, rang sie krampfhaft nach Luft.

„Lass mich los, du nichtsnutziger Krümel aus einem Bettlernabel!“, blaffte sie ihn an. „Du Dreck von Lokis ungewischtem Hintern! Waldschrat, schlappschwänziger! Du Troll mit Zwergengemächte!“

Gunnar lachte aus vollem Halse. „Welch vortreffliche Verwünschungen. Aber gleich wirst du in höchsten Tönen quieken – wenn ich dich erst mit meiner Klinge aufspieße.“ Er nestelte vorn an seinen Beinlingen herum. „Siehst du, von wegen Schlappschwanz und Kurzschwert!“

„Nicht!“ Es war ihr einerlei, wer sie hörte, obwohl sie ahnte, dass niemand ihre Hilferufe durch die fußdicken Wände vernehmen würde.

„Lass sie los, Gunnar!“ Die Stimme war kraftlos zwar, doch es war die von Björn.

Der Jarl wirbelte herum und blickte seinen Bruder an. Björn hatte sich auf die Ellbogen hochgestemmt, das Gesicht eine weiße, grimmige Maske. Die blanke Mordlust lag im rot geäderten Weiß seiner dunklen Augen.

Gunnar lachte verlegen. „Gemach, Brüderchen“, stieß er hervor. „Stell dich doch nicht so an! Ganz unter uns – was ist schon ein Weibsbild mehr oder weniger?“

„Wenn du nicht sofort deine Finger von ihr nimmst, wirst du es bald merken.“

Gunnar zog die Augen zusammen. „Rede kein dummes Zeug! Du bist so schwächlich wie ein altes Weib und gar nicht in der Lage, mich aufzuhalten!“

„Wenn du ihr etwas antust, prügele ich dich blutig. Das schwöre ich dir über dem Grabhügel unseres Vaters.“ Mit steifen Bewegungen setzte Björn sich auf. Die Züge hart wie aus Granit gemeißelt, schwang er die Beine über die Kante der Liegestatt und erhob sich, das Körpergewicht größtenteils auf sein gesundes Bein gestützt. In seiner linken Wange zuckte ein Muskel. Nackt, aber entschlossen stand er seinem älteren Bruder gegenüber, die Fäuste geballt. „Wie du siehst, bin ich vielleicht doch im Stande, dich aufzuhalten“, knurrte er durch die zusammengebissenen Zähne.

Gunnar funkelte ihn böse an, um dann wiederum Rika anzublitzen. Tief aus seiner Kehle drang ein dumpfer, angeekelter Laut. Rika war gespannt, wie der Jarl wohl später einen Zweikampf mit seinem verletzten Bruder erklärt hätte, der inzwischen aussah wie einer jener Berserker, die in ihrer Raserei unempfindlich sind gegen Schmerz und so gefährlich wie ein verwundeter Bär.

„Wahrscheinlich ist sie den ganzen Aufwand nicht wert.“ Gunnar drehte sich auf dem Absatz um und stampfte zur Kammer hinaus.

Als sich die Tür hinter Gunnar schloss, wankte Björn ein wenig und ließ sich dann matt zurück auf die Bettstatt sinken. Rasch eilte ihm Rika zur Seite, um ihm zu helfen, sich hinzulegen.

„Du blutest ja wieder!“, schalt sie ihn, als er die Beine aufs Bett hob. Nochmals riss sie sich einen Streifen vom Saum und wickelte ihn fest um seinen Schenkel.

Er sank zurück in die Polster und ließ sich ohne Widerspruch von ihr pflegen. Nachdem sie die Decke sorgsam über ihn gebreitet hatte, erzitterte sein Bauch unter einem unterdrückten Lachanfall. Dann verzog sich sein Mund zu einem breiten Lächeln, und Rika bemerkte zum allerersten Mal, dass sich dabei ein tiefes Grübchen in eine seiner Wangen bohrte.

„Schlappschwänziger Troll! Zwergengemächte!“, wiederholte er leise, ehe er wieder die Augen schloss, diesmal jedoch nur, um in einen leichten Schlaf hinüberzugleiten.

Rika konnte nur hoffen, dass es ein traumloser Schlummer war.

9. *KAPITEL*

Genesung ist kein Wettrennen!", belehrte Rika ihn. „Du kannst deine Muskeln nicht mit Gewalt heilen, womöglich noch in knapp einer Woche."

„Wenn du einen Faulenzer aus mir machst, werde ich überhaupt nicht gesund", brummte Björn, wobei er sich allerdings ein listiges Lächeln erlaubte. Das Weib war aber auch die reine Ablenkung auf zwei Beinen. Zwar war er nach wie vor außer Gefecht, doch Rika brachte trotzdem sein Blut in Wallung, allein schon durch ihre Nähe. Einladend lupfte er die Decke. „Es sei denn, du bötest mir einen Grund, im Bett zu bleiben."

Sie zog die Stirn kraus. Am liebsten hätte er ihr die tiefen Furchen fortgeküsst. „Stell dich nicht dümmer, als du bist!", mahnte sie. „Ich bin noch immer nicht deine Bettsklavin. Aber dein Wohlergehen liegt mir am Herzen, und durch dein Verhalten machst du es nicht besser. Du könntest getrost einräumen, dass es Dinge gibt, die auch du nicht zu beherrschen vermagst."

Björn schüttelte den Kopf und strengte sich umso härter an. Allein, es würde seine Zeit dauern, bis die tiefe Wunde in seinem Oberschenkel verheilte. Die Schwellung an der Schläfe war abgeklungen, wenngleich die Stelle laut Rika nach wie vor tiefblau und gelblich verfärbt war.

Vorsichtshalber blieb Björn in seiner Kammer, um das wahre Ausmaß seiner Schwäche nicht nach außen dringen zu lassen. Jeden Tag aber stand er ein wenig länger auf den Beinen und hinkte im Raum auf und ab, bis ihm vor Anstrengung der Schweiß über beide Wangen rann. Einmal gab das verwundete Bein unter seinem Gewicht nach, sodass er mit voller Wucht auf den Steinboden krachte.

„Bis du erst wieder blutest!", schimpfte Rika. „Du brauchst einen Gehstock!"

„Ich lasse mich von dir nicht zum Krüppel machen, Mädel!" Grimmig sah er sie an, doch als sie ihm zurück aufs Lager half, gab er nach. „Na ja, mag sein, dass so ein Stab ganz nützlich wäre, zumindest vorübergehend."

Jorand kam Rikas Bitte um einen Stab nur allzu gern nach. Er unterbrach die Arbeit an der Beplankung seines Langbootes, um einen passenden Stecken für seinen Anführer zu schneiden und zu glätten.

Jeden Tag huschte Rika nur so lange aus Björns Zelle, um ihm das Schneidbrett zu füllen und den Nachttopf zu leeren. Nach dem Nachtmahl indes musste sie ihn notgedrungen länger allein lassen, und zwar für die Zeit, in welcher sie einer schon ganz aufgeregt wartenden Männerhorde eine Saga vorzutragen hatte. Danach begleitete Jorand sie wieder zurück zu Björns Krankenlager.

Gunnar und seiner Gemahlin ging sie geflissentlich aus dem Wege.

So verstrich eine Woche, ohne dass die wahre Geschichte von Björns Unglück dem Jarl zu Ohren kam. Über den Hergang wurde verschwörerisch der Mantel des Schweigens gebreitet, weil Björn eine solch außergewöhnliche Großtat begangen hatte. Selbst die Augenzeugen seiner Rettungstat wussten nicht recht, was sie von der ganzen Geschichte halten sollten. Insgeheim kam es den Männern zwar merkwürdig vor, dass der Bruder des Häuptlings sein Leben für einen einfachen Hörigen aufs Spiel gesetzt hatte, zumal noch für einen Einfaltspinsel. Björns Handeln an sich aber ließ die Männer von Sogna nicht unbeeindruckt, denn sie gingen nun berechtigterweise davon aus, dass der Bruder des Jarls auch ihnen beistehen würde, wenn sie einmal in einer Zwangslage steckten. Diese Erkenntnis sorgte dafür, dass sie sich auf eine Weise für Björn einsetzten, wie sie es für Gunnar nie getan hätten. Die Führungskünste des Jarls nämlich beruhten allein auf Drohungen und Zwang.

Rika ließ Surt eine Nachricht zukommen, und nach einer Woche im Waldversteck kehrte Ketil zum Jarlshof zurück, einigermaßen erholt von seinem Schrecken. So hatte Rika den Bruder wieder, und sie verdankte sein Leben ausgerechnet dem Mann, dem sie den Tod des Vaters zur Last legte.

Jedes Mal, wenn sie diesen Widerspruch aufzulösen versuchte, krampfte sich alles in ihr zusammen. Einerseits hatte sie sich geschworen, Björn in alle Ewigkeiten zu hassen, bis der Kerl zu Staub zerfiel. Mit jedem neuen Tag aber ertappte sie sich dabei, wie sie ihn anlächelte und ihm mit willigem Herzen bei seinen Genesungsanstrengungen half. Nur nachts, wenn sie Björns gleichmäßigen Atemzügen lauschte und vor ihrem geistigen Auge das Bild des Vaters erschien, meldete sich ihr schlechtes Gewissen. Ein noch verzwickteres Rätsel hätte auch der verschlagene Loki sich nicht ausdenken können.

„Und wie fühlst du dich, Herrin?“ Mit gichtigen Fingern betastete Helge Astryds gespannten Leib. Die Bauchdecke verzog sich unförmig; offenbar stemmte das Ungeborene sich heftig gegen die Enge im Mutterleibe der Häuptlingsgattin.

„Wie soll ich mich schon fühlen, du blöde Alte?“, knurrte Astryd verstimmt. „Als stünde ich kurz vorm Platzen. Noch runder kann man ja gar nicht werden! Wann kommt das Kind denn endlich?“

„Es kommt, wenn es kommt“, versetzte die betagte Hebamme munter wie ein Sperling. Sie hatte in ihrem Leben mit zu vielen werdenden Müttern zu tun gehabt, um sich auf ihre alten Tage durch irgendwelche Gereiztheiten aus der Ruhe bringen zu lassen. „Ich habe mehr Kindern ans Licht der Welt verholfen, als ich zu zählen vermag, und niemand kann mit Sicherheit sagen, wann genau es so weit ist. Doch würde ich dennoch meinen, es ist ein Glück, dass ich heute eingetroffen bin. Fürwahr, es sollte mich wundern, wenn du am Morgen noch immer so rundlich wärst. Dein Gemahl tat gut daran, all seine freien Bauern an seine Tafel zu bestellen. Torvald, mein Herr, reist dieser Tage nie ohne mich, muss ich mich doch um seine Zipperlein kümmern. Da könnt ihr euch glücklich schätzen, dass wir zu Besuch weilen."

„Ein kluger Jarl hätte wohl seine Gutsbesitzer besser erst nach der Geburt des Sohnes herbestellt. Dann hätten alle bejubeln können, dass ich dem Hause Sogna den rechtmäßigen Erben schenkte." Sie schnaubte verächtlich. „Die Wahrheit ist, dass Ornolf Blutaxt mit einer Schiffsladung Handelswaren aus Miklagard zurück ist. Deshalb beordert Gunnar seine freien Bauern her, damit sie kaufen und handeln. Der Kerl hat nichts anderes im Kopfe als sein Geld und sein Gemächte!"

Helge schnalzte mit der Zunge. Der Jarl von Sogna witterte also Gewinn! Die Tatsache, dass die Einberufung einer Versammlung ganz nebenbei auch eine erfahrene Hebamme mit sich brachte, war nur ein glücklicher Zufall. Falls Gunnar tatsächlich die klingende Münze über die gefahrlose Geburt seines Stammhalters stellte, so konnte man die Herrin von Sogna ob der Wahl ihres Gatten wahrlich nur bedauern.

Sie zog der werdenden Mutter die Tunika wieder über den Leib und fasste sie bei der Hand, um ihr aufzuhelfen. Dabei fiel ihr Blick auf einen Bernsteinhammer, den Astryd am Hals trug. Sie stutzte und musste zwei Mal hinsehen, und ehe sie sich versah, griff sie auch schon danach und führte ihn näher an die Augen, um ihn genauer zu betrachten.

Es konnte nicht sein! Und doch, da war es. Bernsteinhammer gab's zwar in großer Zahl, aber zwei kleine Thor-Amulette mit eingeschlossener winziger Orchidee, so wie jenes, das einst Helges schon lange verstorbener Herrin gehört hatte – ausgeschlossen!

„Kleine Elfe", wisperte sie und fühlte ihr runzliges Gesicht erbleichen. Wie oft durch die langen Jahre hindurch hatte sie sich in ihre Träume gestohlen, die Erinnerung an jenes erbärmliche Fellbündel auf der Eisscholle? Wie oft war Helge mit einem Ruck und von Schuldgefühlen geplagt aus dem Schlaf hochgeschreckt?

Auch jetzt wieder entsann sie sich messerscharf. Es hatte einfach nicht aufhören wollen zu jammern, das kleine Ding …

Astryd riss ihr den Hammer aus der Hand. „Was ist mit dir, Alte?"

„Verzeih, Herrin", bat Helge, das Haupt demütig geneigt. „Aber woher stammt dieser Bernsteinhammer? Was für ein zauberhaftes Kleinod!"

„Eine der Hörigen trug es, als sie hier ankam", erklärte Astryd, das Gesicht verzerrt. „Viel zu fein für solches Pack, aber sie ist ein freches Ding. Gibt sich als Skaldin aus, das Flittchen, obwohl es nichts weiter ist als eine Bettsklavin für meinen Schwager."

Mit einiger Mühe half Helge der Herrin von Sogna auf die geschwollenen Füße. „Und wo könnte ich die finden, diese Sklavin?"

„Bestimmt in der Kammer von Björn dem Schwarzen", gab Astryd zurück. „Doch heute Abend erlebst du sie ohnedies. Sie unterhält die Männer mit dümmlichen Geschichten, obwohl mir ein Rätsel ist, was die Kerle an ihrer Vorstellung finden."

Helge war gespannt, ob sie ihre kleine Elfe wohl auf Anhieb erkennen würde.

An diesem Abend, bemerkte Gunnar, sah sich sein kleiner Bruder offenbar erstmals wieder nach seinem Unglück in der Lage, gemeinsam mit den anderen das Nachtmahl im Langhaus einzunehmen. Zähneknirschend beobachtete er, wie Björn von der versammelten Mannschaft mit Hochrufen begrüßt wurde.

Der Verwundete stützte sich leicht auf einen Stab, als er, von seiner Sklavin begleitet, nach vorn zur Ehrentafel hinkte.

„Ich wusste ja gar nicht, dass wir solch einen Tattergreis in unserer Mitte haben“, scherzte der schmerbäuchige Knut lauthals, als Björn gerade an ihm vorbeihumpelte. Gunnar grinste bei dieser Bemerkung.

Schneller, als Knut dies ahnen konnte, verlagerte Björn sein ganzes Gewicht auf das gesunde Bein und rammte dem sitzenden Scherzbold die Spitze des Steckens in den Leib. Als Knut unter der Wucht des Stoßes vornüberknickte, schwang Björn den Knüppel hoch in die Luft und ließ ihn krachend auf Knuts breites Hinterteil niedersausen, sodass der stämmige Bursche der Länge nach hinschlug.

„Wenn du so lahmarschig bist, Knut“, bemerkte Björn mit zufriedenem Grinsen, „dann haben wir offenbar nicht nur *einen* Tattergreis hier im Saal!“ Er hielt dem am Boden liegenden Wikinger die Hand hin.

Herzhaft lachend rappelte Knut sich auf und verschränkte die Unterarme mit seinem siegreichen Gegner. „Schön, dich wieder gesund und munter unter uns zu wissen, Björn Schwarzhaar! Nur dachte ich, es müssten sämtliche Waffen außer den Fleischmessern am Eingang abgegeben werden!“

Mit dieser ruppigen und doch großherzigen Bemerkung wurde Björns Schwäche kurzerhand in Stärke umgewandelt. Gunnar grollte verärgert, auch weil sein jüngerer Bruder auf seinem Weg zur Empore nicht recht vorwärtskam, da alle Krieger, an denen er vorbeihinkte, ihm erst einmal gratulierten und gute Besserung wünschten. Aus schmalen Augen verfolgte Gunnar das Geschehen, misstrauisch angesichts der Ehrerbietung, die man Björn entgegenbrachte. Dem musste ein Riegel vorgeschoben werden, und zwar bald.

Als Björn am Podest angelangt war, erhob sich ein neben Gunnar sitzender Bär von einem Mann. Es war Björns Onkel

Ornolf, der seinen jüngsten Neffen mit einer solch ungestümen Umarmung begrüßte, dass dem fast die Rippen knackten. Ornolf hatte eine spiegelblanke Glatze und drum herum einen Kranz aus eisengrauen Strähnen, deren Spitzen bis auf die Schultern reichten. Seine Kleidung bestand aus einem wunderlichen Mischmasch aus Fellen und fremdländischer Seide.

„Björn, mein Junge!" Ornolfs Stimme dröhnte wie das Bersten eines kalbenden Gletschers.

„Onkel!" Björns Augen glitzerten vor Vergnügen. „Wieso hat man mir verschwiegen, dass du hier bist?"

Als Ornolf Rika beäugte, da ließ ein wissendes Lächeln die Spitzen seines buschigen Schnauzbarts erzittern. Er war schon immer ein Schwerenöter gewesen, und Gunnar musste einräumen, dass die Skaldin an diesem Abend besonders bestrickend aussah. Obwohl, das tat sie eigentlich immer.

„Vielleicht dachte ich ja, du wärest anderweitig beschäftigt." Abermals glitt Ornolfs Blick anerkennend über Rika hin. „Dazu noch aus durchaus verständlichem Anlass, so, wie sie aussieht!"

„Rika, das hier ist mein Onkel Ornolf." Björn wandte sich um und zog die Skaldin nach vorn, um sie dem Älteren vorzustellen. „Unter allen Handelsfahrern von Sogna macht er den meisten Gewinn, ein wahrer Teufelskerl auf dem Drachenschiff. Zusammen mit meinem Vater entdeckte er den Handelsweg in den tiefen Süden. In jungen Jahren, wohlgemerkt."

„Pah! Das hört sich ja an, als wäre ich ein sabbernder Graubart!"

„Nun, den Graubart kannst du nicht abstreiten. Aber ein jeder, der schon mit dir die Klinge kreuzte, würde sich hüten, dich einen Sabbernden zu nennen." Offenbar war Björn sehr von ihm eingenommen. „Onkel, darf ich dir die neue Skaldin von Sogna vorstellen?"

„Eine Skaldin? Ich sehe ihrem Vortrag mit Freude entgegen." Ornolf beugte den Kopf und vollführte eine Geste, die er wohl aus dem Osten mitgebracht hatte. Das Lächeln indes war von seinen Lippen verschwunden. Offenbar hatte er den Eisenring um Rikas Hals bemerkt. Er starrte ihn an, die drahtigen Brauen derart zusammengekniffen, dass sie fast über der Hakennase zusammenstießen. Als Rika ihn mit gehobener, rötlicher Augenbraue fragend ansah, erwachte er aus seiner Verblüffung und fasste sich. „Verzeiht, ich weilte das ganze letzte Jahr in Miklagard und trieb dort Handel mit den Arabern. Zweifellos habe ich mir da ein etwas gespreiztes Gehabe angewöhnt. Nimm Platz, Björn, ehe du mir noch umkippst. Wir haben uns sicher viel Neues zu erzählen."

Rika sorgte dafür, dass Björn bequem saß, und belud dann ein Schneidbrett mit seinen Leibspeisen. Dabei entging Gunnar nicht, wie sich ein rötlicher Hauch über ihr Gesicht legte, während sie seinen Bruder umsorgte. Gunnar konnte sich nicht erinnern, wann er das letzte Mal auf diese Weise von einem Frauenzimmer verwöhnt worden war. Schon lange, bevor sie durch das in ihr heranreifende Kind zu einer schwerfälligen Kuh geworden war, hatte Astryd keinen Finger mehr für ihn krumm gemacht.

Die Skaldin neigte sich nun Björn zu und flüsterte ihm etwas ins Ohr. Als er nickte, drehte sie sich um und glitt geschmeidig von dannen, angetan mit neuer Tunika und neuem Gewand, die Björn ihr wohl gegeben hatte. Locker schritt sie einher, hoheitsvoll wie ein langhalsiger Kranich. Gunnars lüsterner Blick folgte ihr.

Als Inga an seinen Tisch trat, um ihm das Horn mit Met zu füllen, da hielt er die Magd am Handgelenk fest. „Was hat unsere Skaldin denn mit diesem täppischen Lulatsch da drüben zu schaffen?", fragte er sie. Rika hatte sich nämlich ganz nah zu einem hünenhaften Blondschopf gesetzt, dem sie den Arm tätschelte.

„Oh, Herr, das ist ihr Bruder Ketil“, antwortete Inga. Gunnar verstärkte den Griff um ihr Handgelenk und zeigte ihr damit an, dass seine Wissbegier noch nicht befriedigt war. „Er ist ein bisschen einfältig, doch ein lieber Kerl und harter Arbeiter. Rika liebt ihn heiß und innig, und er vergöttert sie. Eine solch enge Verbindung zwischen Geschwistern habe ich noch nie erlebt.“

„So?“ Er ließ die Magd los und hielt ihr das leere Trinkhorn hin, den Blick nach wie vor auf Bruder und Schwester gerichtet. Wie kam es bloß, dass ihm die Verbindung zwischen den beiden entgangen war? Aus schmalen Augen musterte er sie.

Ähnlichkeiten, die auf gemeinsame Abstammung schließen ließen, erkannte er nicht, was wohl erklärte, dass er die zwei übersehen hatte. Sie steckten die Köpfe zusammen und erzählten sich anscheinend einen Scherz, denn am Ende schüttelte sich der schwachköpfige Bruder vor Lachen. Und der Ausdruck auf Rikas Gesicht verriet, dass sie ihn heiß und innig liebte, auch wenn der hünenhafte Sklave nicht ganz richtig im Kopf war. Interessant, fand Gunnar – und für seine Pläne allemal nützlich.

„So hab ich's gern. Enge Familienbande gehen einem doch immer ans Herz, nicht wahr?“ Er bedeutete Inga, auch seinem Onkel das Trinkhorn zu füllen.

Aus einer dunklen Ecke am gegenüberliegenden Ende des Langsaals wurde Rika von noch einem Augenpaar verfolgt. Reue allein übertraf die Wehmut in seinem Blick.

„Gudrid“, flüsterte Torvald. Hätte Helge ihn nicht vorgewarnt – er wäre überzeugt gewesen, er hätte den Geist seines geliebten Weibes gesehen, nicht aber die Tochter, welche er ausgesetzt hatte vor langer Zeit.

10. KAPITEL

So habe ich mir noch nie im Leben vor Lachen den Bauch gehalten", versicherte Björn und ließ sich rücklings aufs Lager sinken. „Also, wie du die zum Besten gegeben hast, diese Geschichte mit Thor und Loki ..."

„Die vom geraubten Hammer?", unterbrach ihn Rika. „Wie Thor und Loki als Frauen verkleidet aufbrachen, um dem Riesen Thrym den Hammer des Donnergottes wieder zu entreißen?" Sie löste die Seitenschnallen an Björns Lederstiefeln und zog ihm das Schuhwerk aus, wobei ihre Finger sacht über seine Fußspitzen fuhren – noch so ein männlicher Körperteil, den sie wohlgestalt und anziehend fand. Schon wieder krampfte sich ihr der Magen zusammen vor schlechtem Gewissen, dazu noch von einem ganz anderen Empfinden, welches sie nicht zu bestimmen wusste. Rasch schlug sie die Augen nieder.

„Das war köstlicher als ein Festmahl. Wenn ich nur dran denke, tun mir sämtliche Rippen weh." Abermals drang ein verhaltenes Lachen tief aus seinem Bauch.

Lächelnd schlug Rika Funken mit dem Feuerstahl, um den Zunder zu entfachen und die Lampe anzuzünden. Sobald der Docht glomm, schloss Björn die Tür, sodass man das Zechgetöse aus dem angrenzenden Saal nur gedämpft vernahm.

„Ich sah es direkt vor mir", betonte er. „Dabei wär es besser gewesen, ich hätte es nicht gesehen. Zwei hässlichere Frauenzimmer kann ich mir nicht vorstellen, und die spuken mir nun fortwährend im Kopfe herum." Er schüttelte die schwarze Mähne, als könne das den entsetzlichen Eindruck des in Frauenkleidern auftretenden Donnergottes fortwischen. „Wie um alles in der Welt schaffst du das bloß?"

„Was denn?", fragte sie.

„Den Leuten Bilder ins Hirn zu pflanzen, ob sie es nun

wollen oder nicht!“

„Wer weiß? Vielleicht würde es dir ebenfalls gelingen. Es kommt auf einen Versuch an. Im Grunde ist es ganz einfach. Als Erstes sehe ich es klar und vollständig im Geiste, und dann übertrage ich es in Gedanken auf meine Zuhörer. Es bedarf eben einiger Übung und eines gewissen Etwas.“

„Und was soll das sein?“, wollte er wissen, wobei er die Arme hob, um es ihr leichter zu machen, ihm aus der Tunika zu helfen. Im Zuge der Krankenpflege hatten sie sich eine gewisse Routine angeeignet.

„Die Gabe. Magnus behauptete immer, ohne Begabung seien es bloße Worte.“ Spielerisch vollführte sie eine tiefe Verneigung. „Aus diesem Grunde, Björn Schwarzhaar, nennt man es Kunst.“

„Dann wage ich einen Versuch.“ Er fasste sie bei den Handgelenken und zog sie an sich, bis sie zwischen seinen gespreizten Knien stand. „Beschreibe mir doch das Bild, das ich dir in Gedanken übertrage.“

Sie blickte in seine Augen und merkte, wie sie von seinem durchdringenden Blick gefangen genommen wurde. Ein Bild schimmerte dort – aber was war es, was sie dort sah? Begehren? Ganz ohne Zweifel. Begehren war immer vorhanden, wenn sie ihn dabei ertappte, wie er sie anstarrte. In ihrem Denken nahm etwas Gestalt an, blieb jedoch weiterhin unscharf. Stirnrunzelnd schüttelte sie den Kopf.

„Leider kann ich nichts erkennen. An was dachtest du denn?“

Die Hände besitzergreifend um ihre Taille gelegt, zog er sie an sich. „Nur dass ich dich küssen möchte, mehr noch als meinen nächsten Atemzug tun.“

„Oh!“ Das Herz in ihrer Brust vollführte einen merkwürdigen kleinen Hopser. „Vielleicht solltest du die Augen schließen und angestrengter nachdenken.“

Ein Lächeln legte sich über seine Züge, doch er folgte ihrer Anweisung und presste die Wimpern fest zu. „Wenn du meinst, dass es hilft …“ Sein Griff um ihre Taille verstärkte sich.

Rika bemühte sich um Fassung. Zwar waren sie sich während seiner Genesung schon viele Male derart nahe gewesen, doch das Wissen, dass er sie küssen wollte, brachte ihr Inneres zum Schwingen. Zu ihrer Zerknirschung begriff sie, dass sie schon vor freudiger Spannung bebte.

Bereits seit dem Tage des Unfalls schlug sie sich mit der Tatsache herum, dass sie zunehmend zärtliche Gefühle für Björn hegte. Das sei, so versuchte sie sich einzureden, nur die natürliche Folge der Pflege und die Freude über die offensichtliche Erholung des Kranken. Nun aber, da sie herunterblickte auf sein schönes Gesicht, war sie sich nicht mehr so sicher. Eine Kraft so stark wie eine wirbelnde Strömung zog sie unwiderstehlich zu ihm hin.

Dabei hatte er den Raubzug angeführt, bei dem ihr Vater ums Leben gekommen war, und ihre Welt von Grund auf zerstört. Eigentlich musste sie ihn mit jeder Faser ihres Seins verabscheuen. Es gab so viele Gründe, sich von ihm fernzuhalten, doch in diesem Augenblick war Björn bloß ein Mann, der sie küssen wollte.

Und sie wollte ihn erwidern, den Kuss.

Sie senkte den Mund auf den seinen, und beide fanden einander mit einer Natürlichkeit, die Rika wie eine Heimkehr erschien. Seine Lippen, fest und warm, schmeckten noch flüchtig nach süßem Met. Er zog Rika an sich; sanft glitt sein Mund über den ihren hin, sodass ihr beinahe sämtliche Sinne vergingen. Nach Atem ringend, löste sie sich von ihm.

„Ich glaube, es wirkt“, sagte er leise. Leicht vorgebeugt, eroberte er abermals ihren Mund und küsste sie scheu und zärtlich, als habe er Angst, der leichteste Druck könne ihr wehtun. Ganz ohne Hast kostete er sie, als fände er sie unbeschreiblich köstlich.

Als er zurückweichen wollte, merkte Rika zu ihrem Entsetzen, dass sie leise stöhnend an seinen Lippen verharrte, als wolle sie ihn drängen, doch noch zu bleiben. Und wie er anhob, ihren Mund mit seiner Zunge zu erkunden, schlang sie die Arme um seinen Nacken.

Sein Mund war ein Wunder, ein Hort der Seligkeiten, welche sie eben erst zu entdecken begann. Als sie ganz scheu ihre Zungenspitze hineingleiten ließ, griff er zu und schmiegte Rika noch enger an sich. Verstohlen schaute sie ihn an und sah, dass sein Gesicht beinahe qualvoll wirkte. Bereitete es ihm gar Schmerzen, sie so sehr zu begehren?

Endlich löste er sich von ihrem Mund und schmiegte sich eng an ihren Körper. „Rika", hauchte er ihr ins Ohr, dem Schwung der Muschel sanft mit den Lippen folgend, bis er das weiche Ohrläppchen ganz mit ihnen umschloss.

Ein leises Keuchen entrang sich ihr, als sie sich ganz seinem Mund ergab, derweil er eine Spur von federleichten Küssen an ihrem Hals herunterzog und mit den Fingern am Verschluss ihrer Spangen nestelte. Eh sie sich versah, glitt ihr das Gewand von den Schultern und sank hinunter auf den Boden. Es kümmerte Rika nicht. Die Sehnsucht nach seiner Berührung wurde rasch unerträglich. Seine Hände fanden ihre Brüste und streichelten sie in sanft kreisenden Bewegungen durch die Wolle der Tunika. Den Rücken durchgebogen wie eine Katze, welche noch hingebungsvoller gestreichelt werden möchte, wölbte sie sich ihm entgegen und spannte sich gegen das dünne Tuch, das sie noch trennte.

Björn stand auf und lupfte den Saum ihrer Tunika. Rika hob die Arme, sodass er ihr das Kleidungsstück über den Kopf streifen konnte. Dann ließ er es hinter ihr als Knäuel zu Boden fallen. Alles schien ganz natürlich, und doch verspürte Rika ein Prickeln auf ihrer nackten Haut.

Unwillkürlich legte sie einen Arm über die Brüste, während sie mit der freien Hand ihre Scham bedeckte, teils als Schutz gegen seinen heißen Blick, teils aber auch, um jenes bestürzende Sehnen zu lindern.

„Nicht doch, Rika mein", raunte er mit rauer Stimme, zog ihre Hände spielerisch fort und legte sie sich auf die Schultern. „Es bereitet mir Freude, dich einfach nur anzuschauen. Ich habe auch nicht das Geringste dagegen, wenn mir dies Bild ständig im Kopfe bleibt. Du bist nämlich ganz und gar hübsch und schön …", ihre Brust mit der Hand umschließend, liebkoste er sacht die Knospe mit seinem Daumen. Rika war, als zucke ihr ein Blitz von dort bis tief hinab in den Leib, „… und so weich!"

Er setzte sich wieder auf die Kante der Lagerstatt, zog Rika an sich und bettete sein Gesicht zwischen ihre Brüste. Eine nach der anderen umschloss er die schwellenden Knospen mit seinen Lippen. Seine breiten, schwieligen Hände streiften sacht über Rikas bloße Haut, sodass sie zitternd erschauerte.

Rika vermochte kaum zu atmen. Normalerweise waren Worte ihr Leben, doch in diesem Moment wollte ihr kein einziges einfallen. Erfüllt von brennendem Verlangen, war sie gefangen im Strudel ihrer Gefühle.

Als dann seine Hand den Kern ihrer Weiblichkeit fand, schrie sie auf und zuckte zurück. „Nein! Bitte!"

„Du hast recht." Mit stockendem, stoßweise kommendem Atem stemmte Björn sich mühsam hoch. „Wir sollten gleichgestellt sein." Er streifte seine Beinlinge ab und entstieg ihnen. „Ich bin ganz dein, Rika."

Er nahm ihre Hand und führte sie an seine mächtige, schwellende Männlichkeit, damit sie diese erforschen konnte. Sacht ließ sie die Handfläche über den heißen, straffen und doch so samtglatten Schaft gleiten. Mit geschlossenen Augen neigte sich Björn ihr schwankend entgegen. Und als sie ihre Hand fest um seine Härte legte, da drang ein stockendes Keuchen aus seiner Kehle, als führe sie ihn bereits bis an den Rand der Selbstbeherrschung, als wäre es schon beinahe um ihn geschehen.

Die Arme um sie geschlungen, hielt er sie fest umklammert und küsste sie, und diesmal plünderte er ihren Mund mit einer an Verzweiflung grenzenden Wildheit. Heiß und gierig erwiderte sie seinen Kuss, ließ ihre Hände an seinem muskulösen Rücken hinuntergleiten und legte sie fest um seinen straffen Hintern.

Er bettete Rika aufs wartende Lager und ließ sich der Länge nach neben ihr nieder. Sein Mund war überall, entfachte kosend das Feuer in ihr, bis sie lichterloh brennend ein Stöhnen vernahm. Dass es aus ihrem eigenen Munde drang, begriff sie erst mit einiger Verzögerung.

Er ließ die Finger über ihren flachen Bauch streifen bis hinunter zu ihren feuchten Tiefen, und als seine Fingerkuppe über das Zentrum ihrer Wonne hinglitt, da überlief sie ein seliger Schauder.

„Bitte mich, Rika!", drängte er flehend. „Sprich mich los von meinem Gelöbnis. Bitte mich, zu dir zu kommen!" Den Körper sanft über den ihren hingestreckt, ließ er die Lippen an ihrem Hals emporspielen, hinweg über den eisernen Ring bis hin zu ihrem Mund.

Mit einem Male zuckte ihr ein Wort durch den Sinn: Bettsklavin. Ihr war, als versenge der Eisenring ihr die Haut. *Bist du von Sinnen?* Er hatte gesagt, sie müssten beide gleichgestellt sein, aber das war bloß Lüge. Gleichrangig würden sie niemals sein, solange das schwere Eisen ihren Nacken umschloss. Sie durfte sich Björn auf keinen Fall freiwillig hingeben. Jedenfalls nicht, solange sie dieses verhasste Symbol der Sklaverei trug.

Die Schenkel krampfhaft zusammengepresst, legte sie ihre Füße über Kreuz und stemmte sich gegen Björns Brust, bis er schließlich merkte, dass sie seine Liebkosungen nicht erwiderte. Er löste sich von ihr.

„Nein!“ Sie stieß ihn von sich. „Nein, ich werde nicht bitten, du schwarzer Björn! Um nichts!“

Aus ungläubigen Augen starrte er auf sie herunter. Sie begehrte ihn doch! Davon war er voll und ganz überzeugt. Aber sie wies ihn zurück, auch wenn ihr Körper gleichsam nach Erfüllung schrie, und zwar ebenso laut wie der seine.

Rasch rückte sie beiseite bis hin zur Wand, krümmte sich dort zusammen und machte sich so klein wie möglich. Noch immer verzehrte er sich nach ihr mit einem quälenden Sehnen, das ihm den Schlaf rauben würde, bis es sich endlich verlor, so wie es auch ihn zermürbte. Ihre Erregung, sie war nicht vorgetäuscht gewesen. Konnte sie ihr Begehren tatsächlich so rasch verdrängen?

Lange noch musterte er sie im flackernden Lichte des Dochtes. *Also hasst sie dich immer noch?*

„Ach, Rika!“, flüsterte er, bevor er die Lampe löschte. „Wirst du mir nie verzeihen?“

11. KAPITEL

Das Holz spielte einfach nicht mit. Als Björn versuchte, den Plankengang an die Spanten anzupassen, stimmte die Krümmung immer noch nicht. Dabei hatte er den ganzen Tag an der Planke herumgeschliffen.

„Gib es ruhig zu!“, rief Jorand. „Du bist zwar ein guter Steuermann. Auch bringst du frisch gerodete Felder dazu, dass sie vor überreicher Frucht tanzen und singen. Und wenn es brenzlig wird, hätte ich niemanden lieber zur Rückendeckung als dich. Aber ein Schiffszimmermann bist du nicht.“ Er grinste genüsslich, denn er selber war dabei, ein meisterhafter Bootsbauer zu werden. Dass Björn es in diesem Handwerk nie und nimmer zu Meisterehren bringen würde, dämpfte allerdings in den Augen des jungen Mannes seine Stellung als Schiffsführer in keiner Weise. „Ein Mann kann eben nicht auf allen Gebieten gut sein.“

„Und zuweilen taugt er zu absolut nichts“, brummte Björn verdrossen, wobei er Rika, die gerade mit schwingenden Schritten dem Langhaus zustrebte, mit dem Blick folgte. Sie hatte ihm Wasser gebracht und den Verband an seinem Schenkel gewechselt. Danach stauchte sie ihn zurecht wie ein ungezogenes Kind, weil er nach ihrer Ansicht zu lange stand. In ihrer Besorgnis, so sein Gefühl, lag beileibe nichts Fürsorgliches, sondern vielmehr Gereiztheit darüber, dass er die Wunde nur noch verschlimmerte und die Genesung verzögerte, was noch mehr Mühsal für sie nach sich zog.

„Nun, für irgendetwas hat doch jeder ein Händchen“, fuhr Jorand fröhlich fort, während er das Querbeil über eine lange Eichenplanke raspeln ließ.

Ein Händchen? War’s das, was man brauchte, um eine Frau dazu zu bewegen, einen Mann zu lieben? Björn behandelte Rika herzlich und liebevoll. Er hielt sich an sein Versprechen, sie nicht gegen ihren Willen zu nehmen, wenngleich nur die Götter allein wussten, welche Selbstbeherrschung ihn das kostete. Im Dunkeln neben ihr zu liegen, von ihrem Duft umhüllt den süß seufzenden Atemzügen zu lauschen, hautnah ihren weichen Körper zu spüren und dann jenes schmerzliche Sehnen ertragen zu müssen – all das wurde ihm immer mehr zur nächtlichen Folterqual. Dabei hatte er doch eine Verwundung auf sich genommen, welche vom Schicksal im Grunde für ihren Bruder bestimmt gewesen war. Wie sollte er ihr denn noch beweisen, was er für sie empfand? Außer einer unverblümten Liebeserklärung hatte er doch schon alles versucht! Mürrisch hockte er sich auf eine umgestülpte Kiste.

War es etwa Liebe, was er da fühlte? Auf jeden Fall ein hoffnungsloses Brennen, gegen das die oberflächlichen Eskapaden seiner Vergangenheit schier verblassten. Wichtiger als die Verführung an sich war es ihm, Rikas Herz zu gewinnen, ihr Wesen. In gleichem Maße, wie er sich nach ihr verzehrte, wollte er ihre Seele erfüllen. Er wollte sie mit Haut und Haaren.

Inn makti murr – die mächtige Leidenschaft, von der natürlich auch Björn gehört hatte. So nannten die Wikinger jenen Liebeswahn, der Menschen den Kopf verdrehen und einen Mann in eine Schüssel Grütze verwandeln konnte, alles nur wegen eines Weibes. Dass dies auch ihm zustoßen könne, damit allerdings hatte Björn nicht gerechnet.

Zufällig sah er nun, wie Torvald, ein allseits geachteter freier Bauer und einer der ältesten Freunde seines verstorbenen Vaters, Rika anhielt und einige Worte mit ihr wechselte. Ihr Lachen perlte dermaßen glockenhell den steilen Pfad hinunter, dass es ihm grell in den Ohren widerhallte. Was hatte der Alte wohl zu ihr gesagt? *Wieso erklingt ein solches Lachen nicht auch für mich?*

Gemächlich kam Torvald nun auf ihn zugeschlendert, hinunter zum Strand, wo Langboote in unterschiedlichen Stadien der Fertigstellung auf Kiel lagen. Einige waren sogenannte Knorren, breite, bauchige Lastenfrachter für den Transport von Vieh und Siedlern zu neuen Siedlungsgebieten auf den Hebriden oder den Färöer-Inseln. Andere wiederum, schlanke, kurze Gefährte, sollten einmal als Handelsschiffe die flacheren Flüsse befahren. Leicht zu handhaben, waren sie dennoch solide genug, um Stromschnellen zu überwinden und Güter bis in die entlegensten Winkel zu befördern, beispielsweise bis Miklagard, der sagenumwobenen Stadt des Südens.

Und wieder andere sollten als Draken dienen, als die todbringenden Windhunde der Meere, die all jenen Recken Reichtümer einbrachten, welche kühn genug waren, in diesen flachgängigen Drachenseglern auf Raubzug zu gehen. Björn wusste jedoch, dass Gunnar die neuen Drachenschiffe nicht etwa zur Seeräuberei nutzen wollte. Nein, der Jarl hatte vielmehr vor, sie für seine ganz persönlichen Feldzüge einzusetzen, für seinen Traum, die Ländereien an den Fjorden zu einen und sich ein eigenes Königreich zu formen.

Die Welt, so hatte Gunnar gesagt, befinde sich im Umbruch, und möglicherweise lag er damit gar nicht so falsch. Nicht ausgeschlossen, dass einmal die Zeit kommen würde, da die Fjorde zur Einheit gezwungen waren, um stark zu bleiben. Allein, ein starker Anführer war Gunnar nicht. Die Art und Weise, in der er die Gehöfte am Sognefjord geplündert und ausgenommen hatte, bewies Björn, dass sein Bruder nicht Manns genug war, alle Nordmannen hinter sich zu vereinigen. Anwandlungen wie diese stellten zwar einen Bruch von Björns Treueverpflichtung dar, doch sie gingen ihm trotzdem beständig im Kopf herum – eidbrüchige Hirngespinste, tagsüber ebenso hartnäckig wie der immer wiederkehrende Albtraum, welcher im nächtlichen Dunkel seinen Schlaf heimsuchte.

Björn selber war keineswegs der Ansicht, dass die Fjorde

einen König benötigten. Die Christen, ja, die ließen sich von einem solchen Herrscher regieren, Nordmannen hingegen hatten das Gesetz. Das Gesetz machte sie frei. Es regelte Meinungsverschiedenheiten. Es forderte Gerechtigkeit ein und verhängte festgesetzte Strafen, die im angemessenen Verhältnis zum begangenen Frevel standen. Nach dem wenigen, das Björn über Könige wusste, war jene Gerechtigkeit, die solche Herrscher vertraten, alles andere als gerecht. Eine Bestechung hier, eine Begünstigung dort, und so ein Fürst vermochte seine Untertanen ganz nach Belieben zu vernichten oder zu fördern.

Björn war durchaus gewillt, das hinzunehmen, was das Schicksal ihm vorausbestimmt hatte. Dem Befehl eines Königs hingegen hätte er sich weit weniger gleichmütig unterworfen, erst recht dann nicht, wenn sein eigener Bruder dieser König gewesen wäre.

„Björn Schwarzhaar“, sprach Torvald ihn an, „ich suche dich schon geraume Zeit.“

„Und ich suche nach einer Ausrede, um meiner Arbeit zu entkommen. Deshalb freue ich mich, dich zu sehen.“ Björn klatschte sich das Sägemehl von den Händen. „Zweifellos wird Jorand heilfroh sein, wenn ich hier das Feld räume, denn ich bin ihm keine große Hilfe. Lass uns ein Stück gehen, Torvald. Mein Bein wird schon ganz steif.“

Zu Björns Rechter erhob sich eine steile Böschung, zu seiner Linken kräuselten sich die Wasser des Fjords. Humpelnd bewegte Björn sich zum steinigen Strand hinunter, wobei er den Stab mehr als Gehstock benutzte denn als Krücke. Er schleppte ihn ohnehin nur deshalb mit sich herum, weil Rika darauf bestand. Außerdem verspürte er wenig Lust, in aller Öffentlichkeit auf die Nase zu fallen, sollte das Bein ihm noch einmal den Dienst versagen.

„Weswegen suchst du mich denn?“, wollte er wissen.

Eine Zeit lang blieb der alte Mann stumm, als wisse er nicht recht, wie er anfangen solle. „Ich möchte dir einen Handel vorschlagen“, sagte er dann. „Ein junger Bursche wie du hat doch sicherlich stets Verwendung für Silber. Auf meinem Hof habe ich einen ganzen Hort davon, versteckt noch aus den Tagen, als ich mit deinem Vater auf Raubfahrt ging. Groß wie ein Kohlkopf ist er, mein Silberschatz, und alles feinste Arbeit. Nicht etwa nur Hacksilber.“

„Die *Seeschlange* ist unverkäuflich“, unterstrich Björn. Sein Boot war der einzige Besitz, der einen solchen Preis wert gewesen wäre. Warum Torvald aber so erpicht auf das Schiff sein sollte, ging ihm nicht recht in den Kopf. Er war zwar noch recht rüstig, der Alte, aber die Tage, die ihm für die Seeräuberei verblieben, waren mit Sicherheit gezählt. Möglich, dass er den Tod in der Schlacht suchte, etwa wie Einar Blutadler, der sich seinerzeit eigens mit Goldketten behängt hatte, nur um einen Anschlag regelrecht herauszufordern. Er ging auch auf, der Plan, und der greise Recke starb mit singendem Schwert in der Faust. So sehr Björn also das Vorhaben an sich einleuchtete – für so eine selbstmörderische Todesfahrt nach Walhalla gedachte er seine *Seeschlange* denn doch nicht herzugeben. „Ich trenne mich nicht von ihr.“

„Ich hab es auch gar nicht auf deine *Seeschlange* abgesehen“, stellte Torvald klar. „Sondern auf deine Skaldin. Ich hätte nicht übel Lust, sie dir abzukaufen.“

Das Echo von Rikas Lachen hallte in Björns Gedanken wider. Aus schmalen Augen musterte er den Alten. „Auch sie ist unverkäuflich.“

„Wäre sie eine Freie, wäre mein Silber gewiss das Zehnfache ihres Wergeldes wert“, argumentierte Torvald. „Mindestens. Du bräuchtest dich auch nicht um sie zu sorgen. Es würde ihr gut ergehen bei mir.“

Da also lag der Hund begraben. Auf seine alten Tage wollte

der Kerl noch etwas Junges für sein durchgelegenes Lager! Bei der Vorstellung von Rika mit einem anderen brannten Björn heiß die Augen. „Bedaure", beschied er sachlich, bemüht, um seines toten Vaters willen seine Empörung in Schach zu halten. Dennoch war es ihm ein Rätsel, wieso Harald sich überhaupt mit diesem lüsternen alten Bock angefreundet hatte.

Torvald hielt inne, derweil Björn ungerührt weiterstapfte. „Mein Anwesen?", rief der Alte ihm nach. „Würdest du denn mein Land für sie eintauschen?"

Wie angewurzelt blieb Björn stehen. Torvalds Äcker zählten zu den reichsten am ganzen Fjord, fruchtbar und flach und leicht zu bestellen. Der Alte bot ihm also das, was ihm am meisten am Herzen lag. Zumindest war es ihm das Liebste gewesen, bevor Björn jenem grünäugigen Rotschopf begegnet war, der als sterblicher Mensch verkleideten Elfenmaid.

„Nein!", wiederholte er energisch und humpelte weiter.

„Als deine Bettsklavin ist sie zu schade." In Torvalds Stimme lag ein gereizter Unterton.

Björn wandte sich um und trat ganz nah an Torvald heran, bis er dem hoch aufgeschossenen Landmann Aug in Aug gegenüberstand. „Aber als deine wohl nicht, he, Alter?"

Sein Gegenüber stieß einen angewiderten Laut aus. Sein bleiches Gesicht lief rot an. „Du verstehst mich falsch. Ich habe keineswegs die Absicht, sie mir ins Bett zu holen. Ich würde ihr vielmehr die Freiheit schenken. Rika ist nicht für die Leibeigenschaft bestimmt, sondern gehört sich selbst."

„Da hast du allerdings recht", räumte Björn ein. Zorn und Empörung verrauchten bereits ein wenig.

Rikas Haltung, ihre Bereitschaft zum Dienen, wenn auch ohne Unterwürfigkeit – all das ließ keinen Zweifel daran, dass sie tatsächlich sein Eigentum war. Rein rechtlich gesehen verhielt es sich wohl so. Falls ihm der Sinn danach stand, konnte er auch über ihren Körper verfügen oder sie züchtigen, egal, ob mit oder ohne Grund. Ein Herr durfte einen Sklaven sogar töten, ohne eine Strafe dafür befürchten zu müssen. Als er Rika damals in Hordaland gefangen nahm, da hätte er ihr ohne Weiteres auch Gewalt antun können. Aber er wollte ihr Herz. Und das wiederum musste er sich gewinnen.

Er blieb hartnäckig. „Ich gebe sie nicht fort."

„Du entehrst sie aber!" In den grauen Augen des Alten schwelte glimmender Zorn. Seine Hände verkrampften sich zu Fäusten.

Allmählich geriet Björn in Wut. „Was ich mit meinem Eigentum tue oder lasse, ist allein meine Angelegenheit. Ich weiß zwar nicht, Alter, wieso es dich etwas angehen sollte, aber ich trete ihr nicht zu nahe. Rika ist immer noch Jungfrau." Er machte auf dem Absatz kehrt und stapfte von dannen. „Kannst sie getrost selber fragen!", rief er noch über die Schulter. „Aber behellige mich nie wieder. Ich verkaufe sie dir nicht."

Vom Kamm der Böschung über Björn und Torvald hatten Gunnar und Ornolf dem Zwiegespräch zwischen den beiden zugehört. Kopfschüttelnd spie der Häuptling aus. „Pah!", grunzte er unwirsch. „Da kommt man ins Grübeln, wer noch Herr und wer Sklavin ist, stimmt's?"

Versonnen schaute Ornolf dem davonhinkenden Björn hinterdrein. Gunnar war, als entdecke er in des Onkels scharfen Augen eine Mischung aus Zustimmung und Sympathie. „Mir scheint, dein Bruder hat sein Herz verloren."

„Oder seinen Verstand", knurrte Gunnar. „Torvald sollte sich tunlichst hüten, mir sein Land im Tausch gegen Astryd anzubieten, es sei denn, er wäre bereit, sie auch zu nehmen, die zänkische Meckerliese! Da wären wir uns im Handumdrehen handelseinig. Ein Dummkopf ist er, mein Bruderherz, dass er Zeit und Kraft verschwendet auf eine solche Nebensächlichkeit wie ein Weibsbild – und obendrein noch auf eine Hörige!"

Noch immer saß der Stachel von Rikas Abfuhr tief, und Gunnar war jemand, der eine Kränkung nicht so schnell vergaß, auch wenn ihn die Tatsache besänftigte, dass dieses unverschämte Frauenzimmer seinen Bruder ebenfalls abgewiesen hatte. Allein, Gunnar war ein entschlossener Mann. Bekam er seinen Willen nicht, so sträubten sich ihm vor Wut die Nackenhaare wie bei einem gereizten Köter. Egal, ob Männlein oder Weiblein, alles musste sich seinen Wünschen fügen.

„Da wir gerade von Frauen sprechen", bemerkte Ornolf, wobei er sich mit der Hand über den Nacken fuhr. „Der Araber hätte da ein Anliegen."

„Der will doch nicht etwa unsere Handelsbeziehungen abbrechen, oder?"

„Nein. Abdul Azziz ist mehr als zufrieden mit unseren Waren. Felle und Bernstein gelten im Süden als außerordentlich ausgefallene Güter, und an Stoßzähnen vom Walross kann er gar nicht genug bekommen."

Gunnar gluckste. „Für Sogna war es ein guter Tag, als ihr zwei, dein Vater und du, damals vor vielen Jahren zur ersten Fahrt gen Miklagard aufbracht. Auch wenn es bis zu der großen Stadt beinahe so weit ist wie nach Niflheim."

„Manche stießen noch weiter vor", erwiderte Ornolf. „Sven Langbogen aus Birka behauptet, er hätte eine Stadt der Wunder gesehen, und zwar mitten in einem riesigen Ödland, wo sämtliche Reichtümer Midgards zu finden seien. Doch um dorthin zu gelangen, musste er einen langen Marsch auf dem Rücken eines verfluchten Kamels hinter sich bringen." Ornolfs Lippen verzogen sich angewidert. Gunnar wusste, wie sehr sein Onkel jegliche Art des Reisens außer per Schiff verabscheute. „Konstantinopel – ich meine natürlich Miklagard – rühmt sich eines vorzüglichen Hafens. Für meinen Geschmack ist die Stadt reich genug. Außerdem war es auch ein guter Tag für Sogna, als ich vor gut einem Dutzend Jahren dort Abdul

Azziz begegnete und mit ihm handelseinig wurde. Jedes Mal, wenn ich von dort zurückkehre, mehrt das deinen Reichtum, Neffe. Erst die jüngste Fahrt hat dein Vermögen an Silber verdoppelt und Sogna zudem eine Menge Gold gebracht."

„Was also will denn Abdul Azziz?"

„Eine dauerhaftere Beziehung zu Sogna", erklärte Ornolf. „Eine, welche durch Heirat gefestigt ist, wie es dem Brauch seines Volkes entspricht. Er möchte, dass du ihm ein nordisches Eheweib schickst."

„Ich dachte immer, er wäre bereits vermählt", wandte Gunnar ein.

„Um ehrlich zu sein – ich glaube, er hat ein halbes Dutzend Frauen. In dieser Hinsicht sind die Araber wohl kultivierter als wir." Ornolf schmunzelte. „Unsere Weiber mögen ja eine Buhle im Hause noch hinnehmen, aber keinesfalls eine zweite Ehegemahlin. Jedenfalls nicht freiwillig. In Abduls kleinem Harem, da wimmelt es geradezu von dunkelhäutigen Schönen, die nicht lange gefragt werden, wenn ihren Reihen noch ein weiteres weibliches Wesen hinzugesellt wird."

Nachdenklich zupfte Gunnar an der Unterlippe. „Die Frage lautet: Wen soll ich schicken? Heiratsfähige Schwestern habe ich keine und Töchter ebenfalls noch nicht. Die soll man mir übrigens auch nicht wünschen, solange Astryd mir keinen Sohn geboren hat." Er hob die Hand, als wolle er das Bild eines weiblichen Kindes abwehren. „Vermutlich könnte ich Inga senden oder eine der anderen Dienstmägde. Ansehnlich genug sind sie ja."

„Es muss aber eine Maid von einigem Stand sein und außerdem von unzweifelhafter Tugendhaftigkeit", unterstrich sein Onkel bestimmt. „Sonst fühlt sich der Araber beleidigt."

In den Gefilden rund um die Fjorde erforderten Kränkungen oder Beleidigungen oftmals Blutvergießen, ehe die Ehre wiederhergestellt und die Angelegenheit aus der Welt geschafft war. Ornolf behauptete immer, hinsichtlich der Wahrung seiner persönlichen Ehre sei sein arabischer Handelspartner noch pingeliger als die Nordmannen.

„Vielleicht hat einer deiner freien Bauern ja eine passende Tochter zu bieten."

„Ich werde es mir überlegen", versetzte Gunnar, während sein Blick dem Bruder folgte, der sich mit stockenden Schritten zum Strand hinunter bewegte. Seit jener Auseinandersetzung über die rothaarige Sklavin hatten die beiden Brüder kein Wort mehr miteinander gewechselt. In der Vergangenheit hatten sie sich zwar durchaus schon einmal unter vier Augen gestritten, doch dies war das erste Mal, dass sein jüngerer Bruder sich offen und unverhohlen gegen Gunnar stellte. Und das über etwas dermaßen Nebensächliches wie ein Frauenzimmer!

Was aber wäre, wenn Björn gewichtigere Dinge an sich reißen würde? Wie viele würden ihm folgen? Noch so eine Situation, die Gunnars ganze Aufmerksamkeit erforderte. „Was für Neuigkeiten hast du denn sonst noch aus den südlicheren Fjorden?"

Skeptisch verzog Ornolf den Mund unter dem buschigen Schnauzbart, als ob er wüsste, dass Gunnar das Folgende nicht gern hören würde. „Halfdan schart Männer um sich", berichtete Ornolf. „Er zieht sie an wie der Honig die Ameisen, und jeden Tag schwärmen sie in größerer Zahl an seine Tafel. Schon hat er Raumarike in seinem Griff, und wie es aussieht, wird er auch noch seine Nachbarn schlucken. Es heißt, sie würden sich ihm vermutlich freiwillig unterwerfen, denn Halfdan ist bei seinem Volk sehr beliebt."

Ein übellauniges Grollen drang tief aus Gunnars Kehle. „Ich brauche mehr Männer, mehr Silber und mehr Zeit", klagte er.

„Im Augenblick bist du zahlenmäßig unterlegen. Da wären

wir gut beraten, Halfdan nicht in offener Feldschlacht gegenüberzutreten. Hast du mal erwogen, dich mit ihm zu verbünden?" Ornolf hielt seine Stimme so leutselig wie eben möglich. „Vielleicht das Angebot, seinen Sohn auf deinem Hof auszubilden? Oder einer Ehe zwischen Angehörigen eurer beider Sippen? Sobald dein Kind geboren ist?"

„Wozu sollte ich vor ihm kriechen?" Gunnars blasse Augen überzogen sich mit einem frostigen Hauch. „Die Nordmannen werden einen König haben, so hast du selber gesagt. Und ich werde dieser König sein, und mein Sohn wird mein Nachfolger. Ich will es so, Onkel!"

Der Ältere musterte seinen Neffen kurz von der Seite. Schon immer hatte Gunnar über einen unbeugsamen Starrsinn sowie den entsprechenden Jähzorn verfügt. Dann blickte Ornolf wieder hinunter zum Strand, wo sein dunkelhaariger Neffe sich auf seinen Stab stützte. Nicht zum ersten Male wünschte Ornolf, die Mächte des Schicksals hätten die Geburtsfolge der beiden umgekehrt und Björn zum Erben von Sogna bestimmt. Die Männer scharten sich um ihn wie von selbst, und Ornolf hegte nicht den geringsten Zweifel, dass Björns Mannschaft ihrem Anführer durch dick und dünn folgen würde, sei es bis hinab in die Unterwelt, und das mit einem fröhlichen Lied auf den Lippen.

„Und aus diesem Grund", fügte Gunnar hinzu, „wirst du binnen Monatsfrist wieder nach Miklagard zurückkehren."

Ornolf schloss die Augen. Die Route nach Miklagard – oder Konstantinopel, wie es die Einheimischen nannten – war lang und strapazenreich. Das lag nicht allein an den Gefahren, welche am Wegesrand lauerten, sondern auch daran, dass man sich nach der Ankunft in dieser riesigen Stadt durch allerlei Machenschaften lavieren musste. Deshalb hatte Ornolf gehofft, den Winter in Sogna verbringen zu dürfen, ehe der nächste Aufbruch nach Süden anstand. Ursprünglich wollte er seinem Neffen, dem Jarl, hilfreich zur Seite stehen und ihn allmählich überzeugen, auf friedlicheren Pfaden zu wandeln. Merkwürdig fürwahr, aber je älter man wurde, desto süßer wurde der Klang des Friedens. Vielleicht, dachte Ornolf, hast du zu lange im üppigen Süden zugebracht. Schönes Wetter und gutes Leben – all das machte einen zum Weichling.

„Handelsware haben wir noch und noch“, fuhr Gunnar fort. „Meinem Brüderchen war in den Frostgefilden das Jagdglück hold, demzufolge quellen unsere Lager über von Fellen und Walrosszähnen. Überdies fiel uns beim Raubzug nach Hordaland ein Bernsteinhort in die Hände. Mithin haben wir mehr als reichlich für eine lohnende Handelsfahrt. So Abdul Azziz auf ein nachhaltiges Band mit uns aus ist, wollen wir ihn nicht warten lassen.“

„Wie aber steht es mit einer Braut für ihn?“, wollte Ornolf wissen. Was mochte sein hinterhältiger Neffe da bloß schon wieder im Schilde führen?

„Triff du nur die notwendigen Reisevorbereitungen“, wehrte Gunnar ab, wobei sich seine Mundwinkel zu einem berechnenden Lächeln verzogen. „Die Kleinigkeit mit der Braut, die kannst du getrost mir überlassen.“

12. KAPITEL

Helge, die alte Hebamme, hatte sich geirrt. Es dauerte nämlich noch eine volle Woche, bis der Erbe von Sogna beschloss, das Licht der Welt zu erblicken. An einem regnerischen Tag, an dem Himmel und Wasser sich gegenseitig an trübem Grau zu überbieten suchten, wurde der Drache von Sogna endlich ins Kindbett beordert.

Stummes Erdulden aber war ihre Sache nicht.

Astryds Gekreisch ließ die Balken des Langhauses erzittern und die Dienstmägde so kopflos herumrennen wie ein aufgescheuchter Hühnerhaufen. Ungeachtet des Regens, welcher gleich kalten, nassen Nadelstichen niederprasselte, verließ Gunnar fluchtartig seine Wohnstatt, um auf die Jagd zu gehen, gefolgt von der Mehrzahl seiner Kampfgenossen, die heilfroh waren, sich ihm anschließen zu können.

Wie von Rika vorhergesagt, hatte Björn sich überanstrengt, sodass seine Wunde wieder aufbrach und er gezwungen war, in der Haupthalle herumzusitzen und sich Astryds übertriebenes Wehklagen anzuhören. Auch Rika blieb nichts anderes übrig.

„Ich wusste gar nicht, dass man diesen Radau so gut durch das Flechtwerk der Wände hört." Mit wildem Blick sah er Rika über das Schachbrett hinweg an, das zwischen ihnen auf dem Tisch stand. „Geht das immer so bei Geburten?"

„Woher soll ich das wissen? An Skalden besteht eher selten Bedarf am Kindsbett." Ein lang gezogenes Jammern drang zu ihnen herüber. „Thor sei's gedankt", murmelte sie mit dem mangelnden Mitgefühl der Jungfrau. Einerseits war sie angesichts Astryds Schmerzgestöhn froh, dass sie sich Björn nicht hingegeben hatte. Andererseits geisterte ihr die Nacht wieder und wieder im Kopf herum, wobei sie abermals seine Küsse erlebte, jenes verzückte Erschauern, als sie seine Hände spürte, bis Lippen und Haut regelrecht kribbelten und sie sich fragen musste, was sie sich sonst noch an Seligkeiten versagt haben mochte. Was an diesem Mann war es bloß, das sie in ein solches Nervenbündel verwandelte? Sogar jetzt reichte ein bloßer Blick von ihm, und schon begann ihr Herz zu tanzen.

Schließlich wandte Björn sich wieder den vor ihm stehenden schwarzen und elfenbeinfarbenen Steinen zu. Sein Onkel Ornolf hatte ihm das verschnörkelt geschnitzte Schachspiel aus Miklagard mitgebracht. Als Björn erfuhr, dass Rika die Regeln beherrschte, bestand er darauf, dass sie ihm das Spiel beibrachte, und es erwies sich als weitaus anspruchsvoller, als er es gedacht hätte. Zwar galt er als Meister des *Hnefatafl*, des strategischen Brettspiels der Wikinger, aber die Vielzahl an Zugfolgen und Eröffnungen im Schach zu erlernen, das würde schon einiges an Zeit erfordern. Im Augenblick führte er die Figur mit dem Kreuz auf der Spitze, die laut Rika Bischof oder Läufer genannt wurde. Mit dieser fuhr er schräg übers Brett, um Rikas weiße Dame zu bedrohen.

„Wie willst du das Spiel erlernen, wenn du meine Belehrungen nicht beherzigst?“, murrte sie, indem sie mit ihrem Springer angriff und den Läufer vom Brett katapultierte. „Du passt ja gar nicht auf.“

„Ja, weil das alles so undurchsichtig ist.“ Inzwischen waren weit mehr weiße als schwarze Steine auf dem Brett. Wie konnte das sein, dass ein Weib auf dem Gebiet der Strategie gewiefter war als ein Mann?

„Als ich am Danewerk war, der dänischen Grenzbefestigung, und dort in Haithabu das Schachspiel erlernte, erzählte man mir, dass die Steine den Rangstufen an einem christlichen Fürstenhof nachempfunden sind“, erklärte sie. „Da gibt’s den Herrscher und sein Gefolge.“ Ihre Finger tanzten über das Brett und verweilten auf dem König. „In dieser Hinsicht denkst du einfach noch nicht richtig.“

Es war ein Wunder, dass er überhaupt denken konnte, wenn er sah, wie ihre blasse Hand die Schachfiguren liebkoste. Denn dabei überkam ihn die Erinnerung an ihre schmalen Finger, kühl und glatt auf seiner erhitzten Haut.

„Die Läufer oder Bischöfe stehen für die christliche Religion dort." Sie hielt ihm die gerade geschlagene Figur unter die Nase und legte dann die Fingerspitze auf ihren Reiter. „Und die Springer, die stellen die besten Kämpfer des Königs dar."

„Das ist die einzige Figur, deren Verhalten mir einleuchtet. Ein überraschender Flankenangriff der Reiterei, wenn die Schlacht gerade auf Messers Schneide tobt." Selbstverständlich hätte sich Björn auch einem Frontalangriff gestellt, bewaffnet mit nichts weiter als einer überlangen Lanze, im Winkel gegen die Angreifer aufgerichtet, um sie einem herangaloppierenden Gaul geradewegs in die Brust zu rammen. Allerdings, so seine Vermutung, hätte es die Spielregeln noch vertrackter gemacht, dem Reiter zusätzliche Bewegungen zu gestatten.

„Und der Turm, der dient als Festung." Rika setzte die Fingerspitze auf die zinnenbewehrte Turmspitze.

„Was ein überaus törichter Spielstein ist, denn solche Befestigungen können sich nicht bewegen", warf er ein.

Sie überhörte sein Genörgel. „Dann haben wir hier die Bauern, die glücklosen Fußsoldaten, die von christlichen Königen einfach verheizt werden wie Klafterholz beim Freudenfeuer."

„Warum darf denn die Königin sich völlig frei bewegen, der König hingegen immer nur ein Feld pro Zug?" Björn setzte seinen Springer, um Rikas Dame zu bedrohen. „Allmählich habe ich das Gefühl, das ist ein Weiberspiel!"

„Aber lenken denn Könige nicht genau auf diese Weise ihre Schlachten?", fragte Rika. „Magnus sagte mir immer, sie säßen auf imposanten Schlachtrössern oben auf einem Hügel und überwachten von dort den Gang des Geschehens."

„Das mag wohl sein, doch zur Ehre gereicht es ihnen mitnichten." Grübelnd betrachtete Björn das gescheckte Schachbrett, als überlege er sich mögliche Züge. „Wie kann ein Mann sich König nennen, wenn seine Kämpfer sich in Gefahr begeben und er sie nicht von der Spitze aus führt?"

„Da du gerade Gefahr erwähnst", bemerkte sie mit einem zufriedenen Schmunzeln, wobei sie ihre weiße Dame in Angriffsstellung brachte. „Dein König ist in Bedrängnis. Schach!"

„Und deine Königin ebenfalls", gab er grinsend zurück, indem er die weiße Dame mit dem Springer kippte und triumphierend vom Spielbrett nahm.

Schwungvoll rauschte da Rikas Turm quer über das Schachbrett und schlug Björns König. „Schachmatt! Björn, du musst auf deinen König achten, statt die ganze Zeit nur Jagd auf meine Dame zu machen!"

„Dafür kann ich nichts, dass ich lieber einer Frau nachstelle, als mir über einen Mann Sorgen zu machen." Er musterte sie mit hochgezogener Augenbraue. „Lass es uns noch einmal probieren. Irgendwann besiege ich dich."

Während sie die Figuren erneut aufstellten, bemerkte Björn, wie Rika ihn unter gesenkten Wimpern mit raschen, unergründlichen Blicken verstohlen ansah. Er hätte glatt ein Jahr in Walhalla hingegeben, hätte er erfahren können, was dieser Frau da im Kopfe herumging. Aus der angrenzenden Schlafkammer drang abermals Gejammer herüber. Astryd kreischte aus Leibeskräften und tat lauthals ihre Zweifel an der Vaterschaft ihres abwesenden Gatten kund.

„Letzte Nacht hattest du wieder einen bösen Traum, nicht wahr?"

Er legte die Stirn in Falten. „Dass ich dich aufgeweckt habe, war mir nicht bewusst."

„Du wirst häufig von Träumen heimgesucht, Björn. Zuweilen mehrmals in einer Nacht." Sie beugte sich vor. „Bist du sicher, dass du mir nicht davon berichten willst? Ketil ..." Sie unterbrach sich. „Ich meine nur, es könnte dir eventuell helfen, wenn du darüber sprichst."

„Ich wüsste nicht, wie", knurrte er unwirsch. Die Arme über der Brust verschränkt, tat er so, als beschäftige er sich intensiv mit seinen Figuren.

„Es könnte aber doch möglich sein. Ich finde, du benimmst dich eigensüchtig."

Er beäugte sie scharf. „Wie das?"

„Immerhin schrecken die Träume mich genauso aus dem Schlaf wie dich", stellte sie fest.

Unbehaglich wand er sich auf seinem Stuhl. Gewiss, der Traum machte ihm Angst, aber in letzter Zeit fürchtete er noch mehr, vor Rika als Feigling dazustehen. In der vergangenen Nacht, da war ihm sogar, als habe er sie inmitten des Albtraums böse angefahren. Doch als er dann zu sich kam und erwachte, da schien es so, als schlafe sie tief und fest. Tat sie nur so? Einerseits drängte es ihn, sie in seine geheimen Ängste einzuweihen. Andererseits war er ja derzeit schon ein Krüppel. Wie konnte ein Mann seine Schwäche eingestehen und dennoch ein Mann bleiben?

„Willst du es mir denn nicht sagen? Ich bitte dich drum!"

Als er ihrem offenen Blick begegnete, da sah er eine solche Wärme in ihren Augen, dass er beschloss, Rika doch ins Vertrauen zu ziehen.

„Nun also gut, Mädchen, meinetwegen. Damit du endlich Ruhe gibst." Er stieß sich vom Tisch ab und fuhr sich mit der Hand übers Gesicht. „Der Traum ist immer derselbe." Vielleicht, so sagte er sich, musst du die Fakten einfach mutig offenlegen. Dann lässt dich die Panik, die dich im Traum packt, wenigstens tagsüber in Ruhe. „Ich bin unter Wasser und kann nicht an die Oberfläche zurück."

„Wieso nicht?“ Sie eröffnete die Partie, indem sie den Königsbauern zwei Felder vorrücken ließ.

„Entweder versperrt mir Eis den Weg, oder es greift eine Art Hand von unten nach mir, die mich in der Tiefe festhält.“ Er machte denselben Eröffnungszug wie sie, nur spiegelverkehrt. „Dann bekomme ich keine Luft mehr und gehe unter.“ Seine Stimme verebbte.

„Und dann?“

„Jormungand“, flüsterte er, unfähig, Rikas Blick zu begegnen. „Ich sehe die Große Schlange.“

Erschrocken zuckte Rikas Hand zum Mund. „Ein scheußlicher Traum. Kein Wunder, dass du so zitterst …“

„Und dann wache ich auf und mache mich zum Narren.“ Er schnaubte angewidert.

„Aber es leuchtet doch ein, dass du da schreist. Die Weltenschlange verbreitet ja schon allseits Angst und Schrecken, wenn wir wach sind.“ Sie berührte Björns Unterarm. „Angst zu haben, ist keine Schande, Björn. Sondern menschlich.“

„Ein tapferer Mann fühlt keine Angst.“

„Unfug. Egal, um welche verwegene Heldentat es sich handeln mag – solange man keine Angst überwinden muss, beweist man auch keine Tapferkeit.“ Rika zog ihren Läufer auf eine neue Position. „Sich einer Aufgabe zu stellen, vor der man sich nicht fürchtet, erfordert doch keinen Mut. Wahrer Heldenmut offenbart sich hingegen erst in der Überwindung der Furcht.“

Dankbar für diese neue Sichtweise, ließ Björn sich ihren Rat durch den Kopf gehen. Vielleicht war er ja doch nicht so ein Feigling, wie er allmählich befürchtet hatte. Er nickte leicht. „Da könntest du recht haben.“

„Natürlich habe ich recht. Jetzt müssen wir bloß noch ergründen, warum du von der Schlange und vom Ertrinken träumst.“ Mit offensichtlichem Wohlgefallen begutachtete sie die

Stellung der Schachfiguren. „Du bist am Zug."

„Der Anfang ist ja noch recht einfach." Er ließ einen weiteren Bauern vorrücken. „Als Knabe wäre ich mal beinahe ertrunken. Als ich höchstens fünf, sechs Winter zählte. Es gehört zu meinen frühesten Erinnerungen."

„Wie entsetzlich!" Sie schlug seinen Bauern mit ihrem Läufer. „Wie ist das geschehen?"

„Gunnar und ich waren mit einem kleinen Fellboot auf See." Er lehnte sich zurück und kramte in seinen Erinnerungen an jene Kinderzeit. „Wir waren den ganzen Tag in den Uferfelsen herumgeklettert, hatten nach Möweneiern gesucht und befanden uns auf dem Heimweg. Ich entsinne mich noch, wie wir in Streit darüber gerieten, wer denn die meisten Eier geräubert hatte. Gunnar ist an die fünf Jahre älter als ich, und deshalb war er in meinen Knabenaugen schon fast erwachsen. Da musste ich mich ihm gegenüber unbedingt aufspielen und behaupten, ich hätte die meisten gefunden. Immerhin sind wir ja Brüder, und Brüder zanken sich nun einmal. Erst beschimpften wir uns, dann schrien wir uns an, und dann ..." Björn verzog das Gesicht, einerseits wegen der Erinnerungslücke, andererseits wegen des verlorenen Bauern. „... Ich weiß nicht mehr genau, wie es geschah, aber plötzlich lag ich im Wasser und ging unter. Ich konnte noch nicht schwimmen."

„Das würde den Traum teilweise erklären", befand Rika. „Und wie ging es weiter?"

„Gunnar zog mich heraus", fuhr er rasch fort. „Bloß wie – daran erinnere ich mich nur ganz verschwommen. Als Nächstes weiß ich noch, wie ich mich an seinen Arm klammerte, dann über die Bordwand kletterte und mich in das kleine Boot plumpsen ließ. Mein Bruder rettete mir das Leben. Und selbst als kleinem Knaben war mir klar, dass ich in seiner Schuld stand. Direkt dort in dem Bötchen schwor ich ihm Gefolgschaft, einen Eid, den ich später in meines Vaters Halle wiederholte. Wir haben zwar unsere Meinungsverschiedenheiten, Gunnar und ich, doch sein Gefolgsmann bin ich dennoch." Verlegen grinste er Rika an. „Und schwimmen kann ich bis auf den heutigen Tag nicht. Nicht einen Zug."

„Dann bist du wahrhaftig ein mutiger Mensch, Björn", behauptete sie. „Wenn ich nicht schwimmen könnte, würde ich keinen Fuß in ein Boot setzen."

Lächelnd sah er sie an und nahm ihr den Läufer. Sie hatte die Gefahr nicht kommen sehen. Vielleicht lag der Schlüssel zu einem Sieg darin, sie abzulenken.

„Wie sonderbar ..." Rikas Stimme erstarb zu einem Flüstern.

„So sonderbar ist das auch wieder nicht, dass ich deinen Bischof schlage", erwiderte er gekränkt.

„Nein, dass du beinah ertrunken wärst, das meinte ich." Rika hielt inne und nagte an ihrer Lippe. „Auch ich wurde dem Wasser übergeben, wenngleich ich mich nicht daran erinnern kann."

Mit schräg gelegtem Kopf sah Björn sie an.

„Ich bin nicht die leibliche Tochter von Magnus", beichtete sie ihm mit seltsam stockender Stimme. „Er und Ketil, sie fanden mich auf einer Eisscholle treibend. Von da an pflegte er mich immer seine ‚piktische Prinzessin' zu nennen. Weil ich so blau war, als sie mich aus den Fluten fischten."

„Wer dich ausgesetzt hat, muss ein Dummkopf gewesen sein", meinte Björn kopfschüttelnd.

Sie bedachte ihn mit einem wehmütigen Lächeln und fuhr sich mit den Fingern durch ihren kurz geschorenen Schopf. „Ich betrachte es als Geschenk. Sonst wäre ich ja nicht Magnus begegnet." Ihr Kinn zitterte etwas; sie wich Björns Blick aus.

Er ahnte, wie schwer es ihr fallen musste, ihm dies alles zu erzählen. Er wusste auch, dass sie ihm immer noch die Schuld an Magnus' Tod gab. Warum also schaute sie so ... so schuldbewusst drein? Genau, sie wirkte so, als würde sie von einem schlechten Gewissen gequält. Als sie seinen Blick erwiderte, war ihr Gesicht blass und schmal. Schuld. Auch er fühlte sie plötzlich.

„Rika, ich wünschte ..." Nur Schwächlinge wünschten sich das Unmögliche. Trotzdem war er davon überzeugt, dass er sogar freiwillig jegliche Hoffnung auf eigenes Land fahren lassen würde, falls er ihr Magnus damit zurückgeben konnte. Dennoch wurde er aus ihrer Miene nicht schlau. Weshalb sollte sie ein schlechtes Gewissen haben? Höchstens deshalb, weil sie nun doch anfing, etwas für ihn zu empfinden. Genau, so musste es sein. Es ging gar nicht anders.

Tief seufzend zog sie den nächsten Bauern. „Wie dem auch sei, zurück zu deinem Traum. Das geschah ja vor langer Zeit, dass du beinahe ertrunken wärst. Hat dich der Traum danach immer verfolgt?"

Björn zog die Stirn kraus. „Nein. Und wenn ich es recht bedenke, habe ich eigentlich schon Jahre nicht mehr an den Vorfall gedacht."

„Wann ging es denn los mit den Träumen?"

Die Ellbogen auf den Tisch gestützt, legte er die Fingerspitzen gegeneinander, sodass Hände und Arme ein Dreieck bildeten. „Erst im vergangenen Jahr. Nachdem mein Vater starb."

Da sie fragend die Augenbraue hob, erzählte er weiter. „Wenngleich schon an die fünfzig, war mein Vater noch ein rüstiger Mann. Schon immer begab er sich gern allein auf Jagd, weil, so seine Erklärung, das Alleinsein hin und wieder gut sei für sein inneres Gleichgewicht. Dann zog er in die Berge und erlegte den einen oder anderen Hirsch. Als eines Tages sein Pferd herrenlos zum Stall zurückkehrte, machten wir uns auf, ihn zu suchen."

„Ein Unfall?"

„Nein. Mord. Jemand hatte ihm aufgelauert, aber er hatte

sich zur Wehr gesetzt. Sein Schwert wies tiefe Kerben auf, jedoch keine Blutspuren.“ Björn fuhr sich mit der Hand durchs Gesicht. „Das Schlimmste an der Sache war … der Todesstoß erfolgte von hinten. Die Wunde im Rücken aber gilt als Wunde des Feiglings.“

Rika biss sich auf die Unterlippe. „Du glaubst also, dein Vater sei im Kampf geflüchtet. So muss es sich aber durchaus nicht zugetragen haben. Nicht immer liegen die Dinge so, wie es nach außen hin scheint. Allerdings ist wohl ganz offenbar, dass deines Vaters Tod deinen Traum ausgelöst hat. Aber welche Bedeutung siehst du in der Midgardschlange?“

Björn lehnte sich zurück. Die Finger hinter dem Kopf verschränkt, musterte er eines von Gunnars Symbolen auf den zahlreichen Schilden, welche die Wände zierten. Verschlungene Schlangenleiber. Stirnrunzelnd studierte er eine der Abbildungen und zuckte schließlich die Achseln. Er hatte ja auch seinem heiß geliebten Drachenboot den Namen *Seeschlange* verliehen. Anscheinend hatten beide Brüder eine Beziehung zu diesen furchterregenden Kreaturen. Ob Gunnar wohl von ähnlichen Albträumen heimgesucht wurde? Am besten, nahm Björn sich vor, denke ich gar nicht erst an jene Bilder dieses scheußlichen Untiers, das mich im Schlaf verfolgt! „Du bist die Skaldin. Du müsstest es doch am besten wissen.“

„In der nordischen Mythenwelt wird die Weltenschlange mit Verrat und Zerstörung in Verbindung gebracht“, erklärte Rika. Ihre Augen zuckten aufwärts und dann nach links, während sie in Gedanken ihren Vorrat an Epen durchging. „Jormungand hilft zwar beim Untergang der Götter zu Ragnarök, wird aber selber in der allerletzten Schlacht getötet. Das müsste dir also Mut machen.“

Aus schmalen Augen betrachtete Björn das Schachbrett. Verrat? Wieso sollte ihn das in seinen Träumen beschäftigen?

Plötzlich bemerkte er auf dem Spielbrett eine Lücke in Rikas Verteidigung. Sie hatte ihren König ohne Deckung gelassen. Blitzartig brachte er seine Dame vor und ging in Angriffsposition.

Dann lehnte er sich triumphierend zurück. „Schach und matt!"

13. KAPITEL

Parieren und zustoßen!", bellte Ornolf, während die Klingen mit lautem Geklirr heftig aufeinanderprallten. Rückwärts tänzelte Björn über den Kampfplatz, locker und körperbeherrscht. Falls die Wunde im Oberschenkel ihn behinderte, sah man es ihm nicht an.

„Jetzt kehrt und Aufwärtsstoß!", donnerte Ornolf.

Björn wirbelte herum und ließ die Schwertspitze unter dem Arm hindurch auf seinen Onkel zublitzen. Zum Glück ahnte der erfahrene Kämpe den Gegenstoß und sprang beiseite.

„Genau, so geht's!", lobte er, wobei er sich den Schweiß von der glänzenden Glatze wischte.

„Raffiniert!" Björn hieb dem Onkel die Pranke auf die Schulter. „Erst irritiert man den Gegner, indem man ihm den ungeschützten Rücken zuwendet, und dann rennt er einem direkt mit dem Leib ins offene Messer. Ausgekochte Schlitzohren, deine Araber, was?"

„Und ob", schnaufte Ornolf, noch keuchend vor Anstrengung, nachdem er seinem Neffen die neuesten, im Südland gelernten Schwertkunststücke gezeigt hatte.

Abdul Azziz, Ornolfs arabischer Handelspartner, war nebenbei ein vortrefflicher Kämpfer, wie's Kaufleute notgedrungen sein mussten in einem Lande, in dem Karawanen als leichte Beute für marodierende Wüstenbanden galten. Der Araber maß sich gerne zum Spaß mit seinem nordischen Gegenüber, der ihm zwar an Körpergröße überlegen, aber in etwa gleichaltrig war. Ohnehin überragten die Nordmänner die einheimischen Bevölkerungen meist um Haupteslänge, egal, wo sie auftauchten. Wie dem auch sei – der dunkelhäutige, zierliche Abdul führte seine lange, gebogene Klinge mit viel Geschick und war gleichzeitig großzügig genug, seinen hünenhaften nordischen Freund in die morgenländische Fechtkunst einzuweihen.

„Eins vergiss nie", mahnte Onkel Ornolf. „Du musst dich blitzschnell umdrehen, um einen letzten Stoß des Gegners noch abzuwehren. Ein tödlich Getroffener kann dich noch ebenso leicht erwischen wie ein unversehrter."

„Brüderchen!" Plötzlich hörten die beiden Gunnars Stimme über den Vorhof hallen.

„Hab Dank, Onkel. Ich werde es mir merken." Während er zusammen mit Ornolf über die Wiese auf Gunnar zuschlenderte, überlegte Björn sich ein unverfängliches Gesprächsthema für seinen Bruder. Er hatte nämlich keineswegs die Absicht, sich dafür zu rechtfertigen, dass er Rika verteidigt hatte, selbst nicht vor dem Jarl. Aus diesem Grund waren die beiden Brüder sich wohlweislich aus dem Wege gegangen, und zwar seit Wochen schon. „Wie geht's denn heute meiner niedlichen, kleinen Nichte?"

Gunnars Gesicht verzog sich zu einer sauren Grimasse, so als habe er gerade einen verdorbenen Hering gegessen. „Die spuckt wahrscheinlich herum und versaut sämtliches Tuch in Reichweite. Nützlich wird sie vermutlich erst in dreizehn Jahren, wenn ich sie mit jemandem verheiraten kann. Vorerst jedenfalls halte ich mich von ihr fern." Björn wusste, sein Bruder war nach wie vor fuchsteufelswild darüber, dass Astryd ihm ein Mädchen geschenkt hatte. „Und überhaupt sieht sie aus wie ein Gnom."

„Das tun Säuglinge immer", wandte Björn leutselig ein. „Mit der Zeit wird sie ansehnlicher werden." Und mit Haaren auch, dachte er weniger freundlich. „Sagt jedenfalls Rika."

„Ach ja, Rika", betonte Gunnar. „Da triffst du genau das, weswegen ich dich sprechen wollte." Brüderlich legte er Björn den Arm um die Schultern und führte ihn weg vom Vorhof, auf dem gerade die Kämpfer übten.

„Was ist mit ihr?“, fragte Björn argwöhnisch, die Hände sofort zu Fäusten geballt. Noch war er nicht bereit, mit Gunnar über Rika zu diskutieren. Er sah immer noch ihre angstvoll geweitete Augen vor sich, hörte die vor Lüsternheit heisere Stimme des Bruders.

„Stimmt es, was mir zu Ohren gekommen ist?“ Gunnar senkte die Stimme. „Sie weist dich ab und gibt sich dir nicht hin?“

„Wo hast du denn das her?“

„Das tut hier nichts zur Sache“, blaffte Gunnar. „Ein Jarl erfährt eben Dinge. Also, ist sie noch Jungfrau?“

Björn war versucht zu lügen. Die Sache ging seinen Bruder nichts an. Andererseits hatte er Gunnar nie etwas verheimlicht und sah keinen Anlass, nun damit anzufangen. „Ja, allerdings“, knurrte er.

„Was ist denn in dich gefahren, Brüderchen?“

„Dass ich ein Weib nicht mit Gewalt nehme, heißt noch lange nicht, dass etwas mit mir nicht stimmt.“ Björn schüttelte Gunnars Hand ab. „Ich habe auch nicht gerade den Eindruck, als führtest du deine Astryd am Nasenring durch die Gegend!“

„Na, eine Ehefrau ... das ist auch etwas ganz anderes“, seufzte Gunnar. „Glaub mir. Aber die Wünsche einer Sklavin, die sollten einen Mann doch eigentlich nicht groß kümmern.“

„Tun sie aber“, gestand Björn. „Ehrlich gesagt, Bruder, würde ich Rika sogar zur Gemahlin nehmen.“

„Heiraten? Die? Offenbar ist diese Rika nicht nur eine begabte Geschichtenerzählerin, sondern eine Zauberin obendrein.“ Gunnar schien erschüttert. „Wir wissen so gut wie nichts über sie. Sie könnte durchaus des Seidr mächtig sein, jener Zaubermacht der weisen Frauen!“ Er vollführte das Zeichen gegen das Böse, hatte er doch gerade die schmählichste aller dunklen Künste erwähnt.

„Lächerlich!“, fauchte Björn. „Zauberkraft kann nicht der

Grund dafür sein, dass ich sie ehelichen möchte."

„Wie kannst du das überhaupt erwägen? Sie hat dich mit einem Runenzauber verhext." Gunnar schüttelte den Kopf. „Dabei ist sie doch Hörige und deine Bettsklavin. Nur für eines bestimmt – deine Lust. Und eines kannst du mir glauben: Dem Lustgewinn des Mannes ist der Ehestand nicht eben förderlich."

„Vermutlich ist er aber meine einzige Hoffnung." Björn grinste spitzbübisch.

„Aber bedenke doch, was du dem Hause Sogna zufügst, wenn du so weit unter deinem Stand heiratest. Bei Lokis haarigen Zehen! Sie ist eine Leibeigene, Brüderchen."

„Ja, aber nur, weil ich sie dazu gemacht habe", wandte Björn ein. „Im Grunde genommen bin ich niemals zuvor einer Frau begegnet, die sich mir so überlegen vorkommt." Die Erinnerung an die trotzige und nackte Rika im Badehaus zauberte ein Lächeln auf seine Lippen. „Durchaus möglich, dass sie das sogar richtig sieht."

„Hm. Weißt du, was ich glaube?" Gunnar fuhr sich mit der Zunge über die Zähne. „Ich meine, du solltest ihr die Freiheit schenken."

„Die Freiheit?" Björn zuckte einen Schritt zurück. „Dann würde ich sie ja vollends verlieren."

„Das bezweifle ich. Ich habe sie gesehen, wenn sie sich unbeobachtet wähnt und dich betrachtet. Auf ihrem Gesicht liegt dann so ein Ausdruck ... ach, wenn mich doch ein Weib mal so anhimmeln würde."

Misstrauisch beäugte Björn seinen Bruder. Wünschte der Jarl sich immer noch, Rika möge sich ihm zuwenden? Vermutlich, so Björns Verdacht, würde sein Bruder wegen des feurigen Rotschopfs sogar Astryds Zorn auf sich nehmen. Dennoch, Gunnars Hinweis machte ihm Hoffnung. Gut möglich, dass Rika zwar auf Abstand zu ihm bedacht war, insgeheim aber trotzdem ein Auge auf ihn geworfen hatte.

„Meinst du, sie würde mich nehmen, wenn sie frei wäre?“ Selbst für seine eigenen Ohren klang seine Stimme dermaßen kläglich hoffnungsfroh, dass er gequält das Gesicht verzog.

„Aber gewiss doch“, beteuerte Gunnar. „Wäre sie eine Freie, so fiele sie dir in den Schoß wie eine reife Pflaume. Mir scheint, sie verweigert sich dir nur wegen des Eisenringes. Der ist ihr ein Gräuel. Als Skaldin ist sie eine stolze Frau, gleich einem schönen Falken, der ungebunden umherfliegen muss, aber nur allzu gern wieder auf deine Hand zurückkehrt, und zwar von ganz allein.“

Zuerst Torvald, und nun auch noch dein Bruder! Jetzt hatten ihm schon zwei Männer geraten, Rika müsse frei sein. Drei sogar, wenn er auf sein eigenes Herz hörte.

„Du hast recht, Gunnar“, sagte er. „Heute Abend nach dem Nachtmahl gebe ich ihr die Freiheit.“

„Ach, erzähl es doch noch einmal, Rika“, flehte Ketil, der das meiste Gewicht des riesigen Kübels schleppte, den sie zwischen sich trugen.

Rika sah ihn lächelnd an und begann zum zweiten Mal mit der Schilderung von „Ketil dem Kühnen“. Seit ihrer Kindheit war ihr bekannt, dass sie von Magnus und Ketil auf der Eisscholle treibend aufgefunden worden war. Doch um ihren Bruder zu erfreuen, hatte sie dieses Ereignis mit allerlei Fantasie kunstvoll ausgeschmückt. In ihrer Erzählung trat er nicht einfach nur als junger Einfaltspinsel auf. Nein, als Prinz aus fernen Landen hatte er das kleine Wesen den Fängen der bösen Jormungand entrissen, der Weltenschlange, deren Schuppenleib sich um die Erde windet.

An und für sich ähnelte Ketils Lebensgeschichte stark der ihren. Auch er war nach der Geburt ausgestoßen worden – ein Schicksal, welches etliche jener Kinder ereilte, deren ausdruckslose Züge ein geschädigtes Hirn verrieten. Magnus hatten den Kleinen am Rande von Trondheim vor einer Meute reißender Wölfe gerettet und seitdem behauptet, er habe die sanftmütigste Seele, die Odin je gen Midgard sandte, vor dem Tode bewahrt.

Derweil nun Rika dem Bruder die Mär erzählte, in welcher er eine solch heldenhafte Rolle spielte, ging ihr wieder einmal unwillkürlich die Frage durch den Kopf, wieso sie wohl auf der Eisscholle umhergetrieben war. Wieso hatte man sie ausgesetzt? Das Rätsel war wie ein Stich, ein dumpfes, unterschwelliges Ziehen, das nie ganz nachließ.

Und doch: Sobald sie die strahlende Miene des Bruders sah, verging dieses schmerzende Pochen unter der Wärme seiner unverhohlenen Zuneigung. Inzwischen hatte Björn es so eingerichtet, dass sie tagtäglich öfter mit Ketil zusammen sein konnte – sehr zu ihrer beider Entzücken.

Ketil entwickelte sich erstaunlich gut. Von seinem Freund Surt unter die Fittiche genommen, war er mit seiner Gutmütigkeit und freundlichen Art im Nu bei den übrigen Sklaven des Hauses akzeptiert. Er war ja auch anspruchslos genug: ein gutes Wort, genug zu essen und ein warmer Schlafplatz, mehr brauchte er nicht. Als einer, der sich ohnehin mit Entscheidungen schwer tat, fand er auch nicht das Geringste dabei, den lieben langen Tag Befehle auszuführen, solange er nicht angeschnauzt oder ausgeschimpft wurde. Ja, er fühlte sich richtiggehend wohl.

„Rika!", erschallte da plötzlich die Stimme des Hausherrn hinter ihnen. „Ich habe mit dir zu reden!"

„Geh du nur schon mit dem Eimer ins Haus, Ketil", mahnte sie leise. Wie immer, wenn sie den Jarl vernahm, ergriff ein ungutes Gefühl von ihr Besitz, besonders dann, wenn Björn nirgends zu sehen war.

Ketil blinzelte kurz zu Gunnar hinüber und hob den Kübel an. „Nimm dich vor dem in Acht!“, flüsterte er dann, ehe er sich zum Gehen wandte. „Der hat böse Augen.“

An der Unterlippe nagend, sann sie über die Warnung des Bruders nach. Bis jetzt hatte er sich nie auch nur mit einem Worte über jemanden beklagt. Die Hände demütig gefaltet, wartete sie, bis der Sippenführer herangekommen war. „Ich habe Pflichten zu erledigen, Herr, die meine Anwesenheit erfordern. Deshalb hoffe ich, dass es nicht zu lange dauert.“

Gunnar lachte. „Welch entzückende Frechheit! In der Tat, du bist eine Zierde meines Hofes.“ In aller Ruhe umkreiste er sie, als wolle er Maß an ihr nehmen. Dann blieb er zufrieden vor ihr stehen.

Da Rika klar war, dass er sie mit seinem aufdringlichen Blick einzuschüchtern versuchte, starrte sie ebenso kühl zurück. Sie standen ja in aller Öffentlichkeit; also gab es für sie keinen Grund, Angst vor ihm zu haben. Das zumindest redete sie sich ein. Nichtsdestoweniger konnte sie sich den Wunsch nicht verkneifen, Björn möge doch jeden Augenblick um die Ecke biegen.

„Ich soll's also kurz machen?“, fragte Gunnar. „Wohlan denn, dann ganz ohne Umschweife. Der große Ochse, der da eben bei dir war, der ist dein Bruder, nicht wahr?“

„Ja.“ Sie presste die Lippen zu einem geraden Strich zusammen. Es tat ihr in der Seele weh, wenn jemand so gemein über Ketil sprach. Zuweilen war es ihr ein Rätsel, wie die Menschen ihn ansehen konnten, ohne das Gute in seinem Wesen zu erkennen, das rein und klar aus seinen kindlichen Augen strahlte. „Er ist mein Bruder.“

„Ihr steht euch sehr nah, wie?“

„Ich bin alles, was er in der Welt besitzt, und er ist alles, was ich habe“, antwortete sie schlicht.

„Schön.“ Er hob die Augenbraue und beäugte Rika skeptisch. „Enge Familienbande – das lobe ich mir.“

„Ich freue mich, dich zufriedengestellt zu haben, Herr. Wenn du mich nun entschuldigen willst.“ Sie wandte sich zum Gehen, doch seine Hand schnellte vor und ergriff ihren Arm.

„Oh nein, nichts da!“, zischte er scharf, und offenbar ergötzte er sich daran, dass ihre Augen erschrocken aufblitzten. „Wir sind noch nicht fertig.“ Er zog sie ganz nah an sich heran, und sie spürte seine plötzliche Erregung lüstern an ihrer Hüfte. „Ich muss eine Braut an meinen Handelsgenossen in Miklagard schicken.“

„Ich begreife nicht, was das mit mir zu tun haben soll.“ Sie riss sich los und massierte sich die Stelle am Arm, wo seine zornigen, gierigen Finger rote Male auf ihrer blassen Haut hinterlassen hatten.

„Ich habe die Absicht, dich dorthin zu senden.“

Ein nervöses Lächeln ließ ihre Lippen erzittern. „Es ist nicht klug, eine Frau gegen ihren Willen zu verheiraten“, gab sie hoheitsvoll zurück, darauf bedacht, nicht allzu niedergeschlagen zu wirken. „Hast du die Saga von Botilla vergessen? Sie wurde von ihrer Sippe fünfmal zur Heirat fortgegeben, und alle fünf Ehen endeten mit Mord und Totschlag und Scheidung.“ Bestimmt, vermutete sie, erlaubte der Jarl sich einen schlechten Scherz mit ihr.

„Sei's drum!“ Gunnar ließ sich nicht irremachen. „Ich werde dich zu Abdul Azziz in Miklagard schicken.“

„Das wird aber gewiss schwierig werden, den ich gehöre ja deinem Bruder.“ Als er sie diesmal umkreiste, drehte sie sich mit ihm, um ihn nicht aus den Augen zu lassen.

„Und wenn du frei wärest?“

„Dann würde es dir noch schwerer fallen, mir deinen Willen aufzuzwingen“, zischte sie durch zusammengebissene Zähne.

„Durchaus nicht. Jedenfalls solange dein Bruder mir gehört." Ein tückisches Feixen breitete sich über seine abstoßenden Züge.

„Was meinst du damit?"

„Nur so viel: Wenn du dich nicht fügst, bleibt mir keine andere Wahl, als deinen Bruder – Ketil, so heißt er doch, oder? – nach Uppsala zu verfrachten. Sobald das Opferjahr anbricht." Nachdenklich tippte er sich an die Schläfe. „Ach, das ist ja schon im nächsten Sommer, nicht wahr?"

Acht Jahre zuvor war sie einmal mit Magnus und Ketil sowie dem Großteil der nordischen Bevölkerung beim Heiligen Hain zusammengekommen. Neun Tage lang wurde gehandelt, getrunken und über Eheschließungen beratschlagt. Und nächtens huldigte man Odin in den dunklen, schattigen Lauben der neben dem Tempel stehenden Baumriesen. Die mächtigen Äste bogen sich unter der Last von erhängten Opfern aller Art, seien es Pferde, Ziegen, Hühner oder auch Menschen.

Hilfloser, unbändiger Zorn brodelte in ihr auf. „Wie kannst du so etwas von mir verlangen, obwohl du doch weißt, dass es gar nicht in meiner Macht steht, es zu gewähren? Solange ich deines Bruders Leibeigene bin, darf ich nicht aus freien Stücken heiraten."

„Das soll also heißen, du würdest in die Ehe einwilligen, wärest du eine Freie?", wollte Gunnar wissen.

„Ja, das würde ich", bestätigte sie mit klopfendem Herzen. „Nicht etwa dir zum Gefallen, sondern um meinen Bruder zu retten."

„So habe ich denn dein Wort." Fast hätte er sich auf sie gestürzt. „Wärest du frei, würdest du freiwillig reisen und meinen Handelspartner im Süden ehelichen."

„Aber ich bin nicht frei."

„Nimm es doch einfach mal an", bat Gunnar. „Also … wenn du frei wärest."

„Ja, du hast mein Wort", sagte sie argwöhnisch. Worauf

wollte der Jarl hinaus? Solange sie den Eisenring um den Hals trug, war das Ganze doch ohnehin müßig. Zum ersten Mal, seit man es ihr um den Hals genietet hatte, war ihr das Eisengewicht eine Art Trost. „Wenn ich im Gegenzug deines bekomme."

„Was?"

„Dein Wort darauf, dass du meinem Bruder nichts zu Leide tust. Meine Einwilligung beruht auf deinem Versprechen, Ketil nicht in Gefahr zu bringen."

„Natürlich!", gab er blitzschnell zurück.

„Wenn ich führe, müsste Ketil mitkommen dürfen. Woher nämlich sollte ich sonst wissen, dass du dich an dein Wort hältst?"

„Wie kannst du es wagen, das Wort des Häuptlings zu Sogna anzuzweifeln?" Gunnars Augen verengten sich zu empört funkelnden Schlitzen. „Wärest du ein Mann, so lägest du jetzt tot zu meinen Füßen. Ich schwöre auf jeden Gott, den du mir nennen magst. Möge Astryd mir nie einen Sohn gebären, wenn ich diese Übereinkunft breche."

Mehrere Herzschläge lang blieben beide stumm.

„Aber ich gehöre Björn. Ich bin keine Freie, und daher hat dieses Gespräch keine Bedeutung", betonte sie noch einmal, um nicht zu verraten, wie sehr ihr der Schreck in die Glieder gefahren war. Nun wusste sie auch, wie der Hase fühlte, der dem Angriff eines Habichts knapp entkommen war: ein schriller Schrei, ein gefiederter Blitz und das Ratschen scharfer Krallen, welche das Langohr um Haaresbreite verfehlten. Nur mit Mühe beherrschte sie ihr Zittern. „Vergebung, Herr, aber ich habe zu arbeiten."

Sie machte kehrt und entfernte sich von ihm, fest entschlossen, Björn über Gunnars Drohung hinsichtlich Ketils zu unterrichten. Björn würde sicher einen Rat wissen.

„Eins noch, Rika." Gunnars Stimme umschmeichelte ihr

Ohr, sodass sie erstarrte. „Ein Wort von dieser Unterredung an Björn, und das Wohlbefinden deines Bruders könnte erheblichen Schaden nehmen. Ich werde dafür sorgen, dass man deinen Ketil zum Heiligen Hain schickt, das schwöre ich. Und was meinen Bruder angeht ..."

Rika wirbelte wieder herum. Es war, als habe Gunnar ihre geheimsten Gedanken gelesen.

„Björn hat ja bewiesen, dass er in jüngster Zeit zu Unfällen neigt. Solltest du das Bedürfnis verspüren, ihm dieses Gespräch auf die Nase zu binden, so könnte es sein, dass bei nächster Gelegenheit wieder ein Missgeschick geschieht. Leider. Ja, ich bin geradewegs überzeugt davon. Für einen gewissen Preis lässt sich ein Unglück jederzeit einrichten, und ich bin ein sehr wohlhabender Mann. Beim nächsten Mal würde er sich wahrscheinlich nicht erholen."

Während er dies sagte, ging er auf Rika zu, bis er direkt vor ihr stand. Rika musste sich überwinden, sonst wäre sie zurückgeschreckt.

„Kein Wort!", fauchte er. „Unter keinen Umständen. Meine Augen und Ohren sind überall auf Sogna. Also bilde dir bloß nicht ein, du könntest mich hintergehen. Hast du mich verstanden?"

Sie nickte, wusste sie doch nicht, ob sie auch nur einen Ton hervorbringen würde. Mit der Schulter voran schob Gunnar sich an ihr vorbei und trat ins Langhaus.

14. KAPITEL

Björn platzte fast vor Nervosität. Er hatte sich ebenso gewissenhaft vorbereitet, wie er auch die Belagerung einer Stadt geplant hätte. Alles war bereit für seinen Sturmangriff auf Rikas Herz.

So aufgeregt war er nicht mehr gewesen, seit er mit seiner *Seeschlange* zur ersten Fahrt aufgebrochen war, damals ein Wendepunkt in seinem Dasein. Endlich war er ein Mann – Herr über ein eigenes Boot, eine eigene Mannschaft, sein eigenes Leben.

Der heutige Abend würde auch so ein Meilenstein sein, war es doch der Abend, an dem er sein Leben willig einer Frau darzubringen gedachte.

Bei jenem Überfall in Hordaland, da war er fasziniert gewesen von ihrem Gesicht und ihrer Gestalt, und ihr beherztes, unerschrockenes Auftreten in schwieriger Lage hatte ihn erheitert. Da hatte er noch gedacht, sie werde ihm für einige Wochen als willkommene Ablenkung dienen. Dass er sie dermaßen begehren würde, hatte er nicht geahnt, und schon gar nicht damit gerechnet, sich in ihr Wesen und ihren Witz zu verlieben, in jene Frau, welche sich hinter den hinreißend grünen Augen verbarg.

Als zum Ende des Nachtmahls der Lärm von Essen und Trinken allmählich abflaute, da stimmten die Männer wieder die Sprechchöre an und forderten ihre Skaldin auf, die Saga des Abends vorzutragen. Nach staubtrockenen Stunden harten Tagewerks war Rikas Auftritt der Höhepunkt ihres Tages und wurde mit gleicher Vorfreude herbeigesehnt wie ein Horn frischen Mets oder eine saftige Wildbretkeule.

Als Rika sich erheben wollte, legte Björn ihr die Hand auf den Arm und hielt sie an. Statt ihrer stand er nun auf und gebot der lärmenden Menge mit erhobenen Händen zu schweigen.

„Zwar besitze ich nicht die Redegabe einer Rika Magnusdottir, doch möchte ich trotzdem zu euch sprechen“, rief er aus, wobei seine tiefe Stimme den Saal ohne Weiteres füllte. „Inzwischen ist sie seit der kurzen Frist einer Jahreszeit meine Sklavin, und nie hat ein Herr es besser getroffen.“

Einige der Männer bekräftigten dies lautstark mit zweideutigen Zwischenrufen, die Björn mit gutmütigem Schmunzeln quittierte. Torvald, welcher im hintersten Winkel des Langsaals saß, lehnte sich zurück, die langfingrigen Hände vor sich gefaltet, und nickte wohlwollend, als ahne er schon, was als Nächstes folgen musste.

„Gefangen nahm ich sie beim Angriff auf Hordaland, doch in der dann folgenden Zeit, da nahm sie mich gefangen.“ Lächelnd sah er auf sie hinunter, die dunklen Augen weich und einladend.

Vor Verblüffung bekam Rika den Mund nicht zu. Was machte er da? Im Augenwinkel bemerkte sie Gunnar, dessen grausames Gesicht triumphierend leuchtete. Sie hatte das schreckliche Gefühl, dass sie gefangen war wie die nichts ahnende Fliege, die unversehens ins Spinnengewebe taumelt und dessen Gefahr erst erkennt, wenn sie das Gewicht der herankrabbelnden Spinne spürt. Ohne sich dessen bewusst zu sein, tastete sie mit der Hand nach dem Metallreif an ihrem Hals und begann zu zittern.

„Und aus diesem Grunde schenke ich ihr heute Abend die Freiheit“, rief Björn, indem er dem Schmied ein Zeichen gab, mit seinem Werkzeug vorzutreten. Tosender Jubel aus sämtlichen Männerkehlen brandete durch die Halle.

„Nicht, Björn!“, flehte da Rika klagend, doch bei dem Getöse hörte er offenbar nichts.

Der Schmied bedeutete ihr, den Kopf seitlich auf den Tisch zu legen, und setzte sodann den Meißel an jenem Nietnagel, der das Halsband zusammenhielt. Klingend hallte der Hammerschlag in ihren Ohren wider, gefolgt von abermaligen Jubelrufen. Vom Eisengewicht befreit, fühlte sie sich fast nackt und derart leicht, dass sie schon fürchtete, sie könne entschweben. Sie musste sich zwingen, tief durchzuatmen.

Danach fasste Björn sie bei beiden Händen und half ihr auf die Füße. „Rika Magnusdottir", sagte er, „hiermit gebe ich dir deine Freiheit zurück." Er fuhr ihr sanft mit den Fingerknöcheln übers Gesicht und wischte die Träne fort, welche ihr über die Wange rann. Dann führte er ihre Hand an seine Lippen und küsste sie. „Und wenn du mich haben willst, so gebe ich dir mich selbst noch dazu." Er zog sie an sich. „Heirate mich, Rika."

„Oh, Björn!" Stockend versuchte sie durchzuatmen, doch es gab keine Luft in der verqualmten Halle. Sie hatte Gunnar ihr Wort gegeben, weil sie dachte, es sei eine Schuld, die sie niemals würde einlösen müssen. Diese heimtückische Kröte! *Er muss Björns Pläne bereits gekannt haben, als er mich ansprach!* Und nun war sie gefangen, ohne Aussicht darauf, Björns Bitte zu entsprechen.

Gespanntes Schweigen legte sich über die Anwesenden. Wie ein Mann beugten sie sich vor, voller Erwartung auf Rikas glückliches Ja zu diesem Antrag. Die Kehle war ihr wie zugeschnürt; nicht ein Wort wollte ihr über die Lippen.

Als sie sich von Björn losriss und in die sternenbekränzte Nacht hinausstürzte, da wich betroffenes Schweigen schließlich ungläubigem Geraune. Rasch eilte Björn ihr nach.

„Was ist mit dir, Rika?"

„Lass mich, Björn! Ich mag dich nicht ansehen", stieß sie hervor, die Augen erfüllt von heiß brennenden Tränen. „Nicht jetzt!"

Er holte sie ein und schlang die Arme um sie. Sie wehrte sich einen Moment, um sich danach jedoch willig in seine Umarmung zu fügen und diese voll auszukosten, wusste sie doch, es würde die letzte sein.

„Geht es denn immer noch um Magnus? Du weißt doch, wie sehr ich die Sache mit deinem Vater bedaure“, flüsterte er ihr drängend ins Ohr. Sie bebte in seinen Armen. „Ich will es gern wiedergutmachen, ein ganzes Leben lang.“

„Nein, Björn, das ist es nicht.“ Sie spürte das galoppierende Pochen seines Herzens an ihrem Rücken. Ihr eigenes drohte ihr in der Brust zu zerspringen. Sie durfte Björn nicht die Wahrheit sagen, sonst würde Ketil eines grässlichen Todes sterben. Außerdem hatte Gunnar angedeutet, er werde sogar seinen Bruder töten, sollte sie auch nur ein Sterbenswörtchen verraten.

Björn wirbelte sie herum und zwang sie, ihn anzusehen, indem er ihr Kinn mit seinen großen Händen umfasste. „Willst du mich absolut nicht haben?“

„Ich *kann* nicht!“, schluchzte sie.

„Was soll dieses dumme Gerede?“ Seine Geduld mit Worten ging zur Neige, und so eroberte er Rikas Mund mit dem seinen. Willig ergab sie sich seinem Kuss und überließ ihm ihre Lippen.

Dann aber stöhnte sie auf und riss sich von ihm los. „Ich darf dich nicht heiraten, denn ich bin einem anderen versprochen. Ich gab mein Wort.“

„So ist es“, rief da eine Stimme, und Gunnar trat aus dem Schatten des Hauses. Unter dem fahlen Mondlicht war sein Gesicht nur schwer zu erkennen. „Du kannst der Skaldin von Sogna gratulieren, Brüderchen. Sie soll Gemahlin werden von Abdul Azziz, unserem geschätzten Handelsgenossen in Miklagard. Eine Verbindung, welche uns allen zugutekommt.“

„Welche *dir* zugutekommt, meinst du wohl!“ Mit starren Schultern wandte sich Björn seinem Bruder zu. „Du hast das alles eingefädelt!“

„Allerdings“, erwiderte er. „Rika und ich, wir hatten ein

kleines Gespräch, nachdem du mir verrietest, dass du ihr die Freiheit zurückgeben wolltest. Und sie willigte ein in die Eheschließung. Stimmt's, meine Teure?"

„Heute Nachmittag konnte sie ihre Einwilligung gar nicht geben", befand Björn. „Da war sie nämlich noch unfrei. Deshalb kannst du auch nicht bestehen auf dem, was sie gesagt haben mag."

„Oh doch!" Gunnars eisiger Blick schweifte zu Rika. „Ich bestehe auf unsere Abmachung. In jeder Hinsicht."

„Dann zieh blank, Bruder", knurrte Björn zähnefletschend, während er sein Schwert mit metallischem Klirren aus der Scheide fahren ließ. „Denn ich werde dich töten."

Entsetzt hielt Rika den Atem an. Magnus hatte sie stets gelehrt, es gebe keinen schändlicheren Krieg als den Bruderkampf. Dass sie selber der Anlass war für dies Zerwürfnis, verstärkte noch ihren Schrecken.

„Mit Freuden stelle ich mich deiner Herausforderung." Eine Augenbraue hoheitsvoll emporgezogen, sah Gunnar seinen Bruder zwar an, machte indes keinerlei Anstalten, den Schwertgriff zu erfassen. „Allein, ehe du eidbrüchig wirst und dich selbst richtest, verbannt auf Erden und später in einer anderen Welt zu einem Dasein in Niflheim verdammt, solltest du dich vielleicht zuerst vergewissern, ob deine Rika den Aufwand auch lohnt. Da sie nunmehr nicht länger deine Sklavin ist, frage sie doch, ob sie gewillt ist, sich an ein aus freien Stücken gegebenes Versprechen zu halten."

Björn zögerte. Als er sein Schwert zog, da wusste Rika, er war voll und ganz auf ein Duell mit seinem Bruder eingestellt. Seine gespannten Muskeln zeugten von einem tödlichen Vorsatz. Nun aber ließ sein Eid ihn innehalten, wie nicht anders zu erwarten. Eidbrüchigkeit war ebenso schlimm wie heimtückischer Meuchelmord statt eines offenen Zweikampfes. Ein Mann, der nicht zu seinem gegebenen Worte stand, war wertlos. Als aber nun Björn nach Abwägen aller Umstände dennoch trotzig die Klinge erhob, da öffnete Rika bestürzt den Mund.

„Du wirst sie nicht zwingen, den Araber zu heiraten", sagte Björn tonlos.

„Nein, durchaus nicht. Wir lassen die Skaldin selbst entscheiden." Damit wandte Gunnar sich an Rika. „Es liegt ganz bei dir. Bist du gewillt, aus freien Stücken die Ehe mit Abdul Azziz einzugehen? Ich werde deinen Entschluss beherzigen und mich dementsprechend verhalten." In seinen blassen Augen brannte die absolute Gewissheit, dass Ketil würde sterben müssen, falls Rikas Antwort dem Jarl missfallen sollte. Und falls sie Björn von Gunnars Drohung berichtete, so würde der Jarl es irgendwie anstellen, dass seinem Bruder bei Gelegenheit wieder ein „Unglück" zustieß.

Die straffen Muskeln schon etwas gelockert, drehte Björn sich zur Seite und sah Rika an. Er war bereit gewesen, für sie seine Ehre hinzugeben, und hätte den Kampf mit seinem Bruder gewiss nicht gescheut. Voller Hoffnung schwang sich ihr Herz auf, um jedoch jäh wieder zu sinken. Björn würde sich zum Schwurbrecher machen, zum Ausgestoßenen, vielleicht sogar vom Thing wegen Treuebruches zum Tode verurteilt werden. Nicht ausgeschlossen auch, dass er noch diese Nacht vor ihren Augen sterben würde, niedergestreckt von der Klinge des eigenen Bruders.

Rika brachte kein Wort hervor. Sie blickte Björn an, schaute in sein so ernstes, eindringliches Gesicht, in seine dunklen Augen, in denen sein Herz so hoffnungsvoll schimmerte. Hier stand der Mann, der zur Liebe ihres Lebens hätte werden können.

„Rika?" Sein ungläubiges Stirnrunzeln verriet ihr, dass er ihr Zögern nicht begriff.

Ihr Vater war tot und ihr lieber, einfältiger Bruder das

Einzige, was sie noch hatte. Ketil war auf sie angewiesen. Sie durfte sich ihre eigene Glückseligkeit nicht um den Preis seines Todes erkaufen. Auch konnte sie nicht zulassen, dass der Mann, den sie liebte, ihretwegen die Ehrlosigkeit wählte. Die Schultern gestrafft, richtete sie sich zu voller Größe auf und setzte eine möglichst unbeeindruckte Miene auf.

„Aus freien Stücken, Björn, gebe ich hiermit kund und zu wissen, dass ich den Araber zum Gemahl nehme", sprach sie ohne den kleinsten Hauch eines Zitterns in der Stimme. Es war die überzeugendste Darbietung ihres Lebens.

Gunnar schob sich zwischen sie und Björn. „Hast du denn wirklich geglaubt, Bruderherz, ein Weib würde sich mit einem zufriedengeben, der nichts weiter werden will als ein dreckiger Bauernlümmel?" Zynisch rieb er ihm Rikas Abfuhr unter die Nase. „Wenn man's mal überlegt – keine ernsthafte Konkurrenz, was? Ein Mann von Rang und Namen oder einer, der gerade mal ein Schiff vorweisen kann. Da mag ich ihr die Wahl beim besten Willen nicht verübeln."

Die Spitze von Björns Schwert senkte sich.

„Komm, meine Teure", sagte Gunnar, indem er Rika den Arm bot. „Verkünden wir deine bevorstehende Hochzeit in der Halle. Danach darfst du die Männer mit einer deiner Geschichten unterhalten."

Dann wandte er sich abermals an Björn, dessen massige Schultern ebenso herabgesunken waren wie seine Klinge. „Rika wird mit allen Ehren auf die Reise geschickt, als wäre sie die Tochter des Hauses. Und zum Beweis deiner erneuerten Gefolgschaft zu mir und Sogna wirst du sie zu ihrem künftigen Bräutigam begleiten." Zu diesem raffinierten kleinen Schachzug konnte Gunnar sich nur selber beglückwünschen: den Handelsgenossen bei Laune gehalten, einem widerspenstigen Weibsbild den Zahn gezogen und sich dazu noch des immer beliebter werdenden Bruders entledigt – und alles auf einen einzigen kühnen Streich.

Barsch griff er nach Rikas Hand, da sie selbst keine Anstalten machte, seinen dargebotenen Arm zu nehmen. Er quetschte ihr grob die Finger zusammen, als wolle er Rika auf diese Weise noch einmal an ihre Abmachung erinnern, die sie ihres Bruders wegen mit dem Jarl getroffen hatte. Und während der Sippenführer sie zurück zum Langhaus geleitete, rief er seinem Bruder über die Schulter zu: „Du bürgst mir dafür, dass sie wohlbehalten in Miklagard eintrifft!“

15. KAPITEL

Kann denn nicht jemand dafür sorgen, dass dieses grässliche Blag mit dem Geplärre aufhört?", blaffte Astryd herrisch, während sie sich wieder auf ihr Lager zurücksinken ließ. „Schon schlimm genug, dass es ein Mädchen ist. Muss sie da auch noch so einen Radau veranstalten?"

„Sie hat bestimmt nur Bauchgrimmen." Helge nahm den unglücklichen Winzling auf die Arme und klopfte ihm sanft den Rücken. Das Kind hörte sofort auf zu brüllen und ließ einen kleinen Rülpser vernehmen.

„So ist es recht, mein Lämmchen, siehst du wohl", gurrte die alte Hebamme und legte die Kleine wieder ins Bettchen. „Jetzt wird sie gewiss süß schlummern, würde ich meinen."

„Was soll ich bloß ohne dich anfangen?" Astryd lugte unter dem milchweißen Arm hervor, den sie sich über die Augen gelegt hatte. „Reist du tatsächlich ab, Helge?"

„Mein Herr bricht auf gen Miklagard, sagt er. Da kann man nichts machen." Insgeheim war die alte Frau heilfroh, endlich Astryds weinerlichem Gequengel entkommen zu können, auch wenn ihr die Vorstellung, für diese Flucht bis Miklagard zu segeln, doch etwas übertrieben vorkam. „Torvald wünscht sich ein letztes Abenteuer, und für die Skaldin benötigt dein Gemahl eine Dienstmagd, die der Braut während der Reise zu Diensten ist. Da ich sowieso stets gemeinsam mit meinem Gebieter reise, schlagen wir hier schlicht zwei Fliegen mit einer Klappe."

„Rika! Immer nur Rika! Diese rothaarige Hexe ist eine Seuche, seit mein Schwager sie angeschleppt hat. Hochnäsig und dünkelhaft, und dann hat sie auch noch unverschämtes Glück." Astryds Gesicht lief vor Wut rot an. „Unser Handelspartner in Miklagard ist sagenhaft reich. Und da muss ich mit ansehen, wie diese nichtsnutzige Hörige zur Tochter des Hauses befördert und mit allen Ehren in Marsch gesetzt wird, um die neue Gemahlin dieses Arabers zu werden. Unerträglich ist das, Helge! Die Ungerechtigkeit zerrt mehr an meinen Nerven als das Gekreische von diesem Balg dort."

Der Säugling zuckte im Schlaf. Helge hielt den Atem an, aber die kleine Dagmar schlief weiter.

„Wenn Gunnar doch nur einmal die Bedürfnisse seines Weibes und seines Kindes über die einer Sklavin stellen würde!", klagte Astryd schmollend. „Immer noch ist er mir gram, nur weil ich ihm eine Tochter geboren habe. Ich weiß es! So ist er eben, nachtragend und kleinlich."

„Ach, nicht doch, Herrin", säuselte Helge tröstend. „Quäl dich doch nicht so. Gewiss bekommst du beim nächsten Mal einen Sohn."

„Wenn ich nur so sicher sein könnte."

„Da gibt es doch Mittel und Wege, Herrin." Helge sandte den Göttern, die zufällig gerade lauschen mochten, ein stummes Dankeschön zu. Hier bot sich nämlich genau das Stichwort, auf das sie gehofft hatte. „Früher, als ich noch ein kleines Mädchen war, da lebte im übernächsten Dorf eine weise alte Frau. Und die schwor Stein und Bein, einen Hammer um den Hals zu tragen, bringe Unglück, wenn man einen Knaben zur Welt bringen möchte."

„Was?" Astryds Hand fuhr zu dem Bernsteinanhänger an ihrem Hals.

„Oh ja!", unterstrich Helge ernst. „Willst du einen Sohn, so solltest du anfangen, ein Bildnis von Freya zu tragen, der Herrin von Asgard. Du weißt ja, wie eigen die Göttin gegenüber den Mannsbildern ist. Sie würde dir ganz gewiss helfen, einen Sohn zu gebären."

„Warum hast du mir das nicht gleich bei deiner Ankunft gesagt? Dann wäre vielleicht noch Zeit gewesen!" Astryd riss sich die Lederschlinge über den Kopf. „Aus meinen Augen damit!", kreischte sie. „Diese abscheuliche Skaldin! Ich schwöre, das hat sie mit Absicht getan!"

Helge streifte sich den Lederriemen über den Kopf und ließ den Bernsteinhammer vorn im Ausschnitt ihrer Tunika verschwinden.

„Wann reist du ab, Helge?", schniefte Astryd, und für einen Augenblick bedauerte die alte Hebamme sowohl die Hausherrin als auch das hilflose Kind, welches nun in der nachlässigen Obhut der Mutter verblieb.

„Da es sich um eine Hochzeitsgesellschaft handelt, laufen wir mit der Flut am Freitagmorgen aus", erklärte Helge. Hochzeiten fanden immer an jenem Tag statt, welcher der Freya und dem Freyr gewidmet war, mithin den beiden Gottheiten der Fruchtbarkeit und der Vermehrung. Da aber der Jarl von Sogna in keiner Weise den eigentlichen Termin der Vermählung von Rika und Abdul Azziz vorherbestimmen durfte, hatte Gunnar beschlossen, die Fahrt bereits unter einem günstigen Stern anzutreten, indem er den Abreisetag auf einen Freitag legte.

„Aber das ist ja schon morgen! Ohne dich, Helge, bin ich verloren." Astryds Gejammer verhärtete sich zu einem barschen Keuchen. „Aber je eher ich diese rothaarige Hure loswerde, desto besser."

In ihrer Wiege zuckte die kleine Dagmar bei diesen scharfen Worten erschrocken zusammen, wachte auf und fing aus Leibeskräften an zu brüllen.

16. KAPITEL

Das eintönige Schaben des Wetzsteins auf Stahl direkt draußen vor ihrer Tür ging Rika dermaßen durch und durch, dass sie gellend hätte kreischen mögen. „Kann der Kerl seine Klinge nicht anderswo schärfen?“, fauchte sie, derweil sie, die Hände krampfhaft über die Ohren gestülpt, in ihrer kleinen Kammer auf und ab lief.

Es gab für sie nichts weiter zu tun. Nun, da man sie in den Stand einer Freien erhoben und mit der ehrenvollen Aufgabe betraut hatte, das Haus Sogna in einer vorteilhaften Verbindung zu vertreten, war Rika aller lästigen Pflichten ledig. Sie ging zwar zur Anprobe der wirklich herrlichen Gewänder, die Gunnar für sie ausersehen hatte, aber ansonsten fand sie nichts, womit sie sich die Zeit hätte vertreiben können.

Björn hatte ihr seine Kammer zur Verfügung gestellt, sodass sie immerhin ihre Ruhe genoss, doch sobald sie nur die Zelle verließ, stolperte sie fast über seine langen Beine. Gunnars Auftrag, Rika unversehrt nach Miklagard zu befördern, nahm Björn überaus ernst, und zwar dermaßen, dass er sogar der Länge nach ausgestreckt vor ihrer Türe schlief. Und wenn er einmal wegen der Reisevorbereitungen zu seinem Schiff gerufen wurde, ließ er den jungen Jorand als seinen Stellvertreter zurück. Nicht einmal zum Abtritt durfte Rika ohne Begleitung gehen. So fühlte sie sich nun in vielerlei Hinsicht noch mehr als Gefangene als zu der Zeit, in der sie das eiserne Halsband getragen hatte.

Ihr Blick fiel auf die beinerne Flöte, die auf Björns Kiste ruhte. Sie nahm das Instrument zur Hand und führte es an die Lippen. Eine bedrückend traurige Weise entschwebte dem schlanken Rohr, ein Abbild von Rikas Stimmung. Während die letzten Töne verklangen, stellte Rika fest, dass jenes schabende Schleifen von jenseits der Tür verstummt war. Stand er auch jetzt dort draußen und lauschte den wehmütig klagenden Flötenklängen? Sagten sie ihm, wie sehr sie sich nach ihm sehnte?

Wenngleich sie Björn tagtäglich sah, war es doch so, als wäre er gar nicht da. Sein Gesicht zeigte dieselbe ausdruckslose Leere wie seinerzeit bei dem Überfall auf Hordaland, mitleidlos und ohne jegliche Regung. Er war ein Mann, dem es inzwischen einerlei war, was aus ihm oder anderen wurde, solange er nur seine Pflichten gegenüber Sogna erfüllte. Offenbar hatte er sein Herz verschlossen, derweil sein Körper sich nur bewegte, indem er der Macht der Gewohnheit folgte.

Ja, geht es dir denn anders?

Unwillkürlich kam sie zurück, die Erinnerung an seine Lippen auf ihrer Haut, und Rika spürte, wie ihre Knospen sich hart aufrichteten. Welch bestürzendes Sehnen hatte er in ihr wachgerufen! Selbst jetzt noch schreckte sie mitunter aus dem Schlaf, erhitzt von einem ach so lebensechten Traum, in dem Björn sie küsste. Dann spürte sie immer noch seine Hand, die tief in ihr ein brennendes Begehren auslöste, welches indes ohne Erfüllung blieb. Mit Herz, Geist und Körper sehnte sie sich nach jenem dunklen Kämpfer. *Warum hast du dich ihm nicht geschenkt, als dir die Gunst der Stunde noch winkte?*

Nun würde sie es niemals mehr können.

Sie legte die Flöte nieder und riss die Tür auf. Wie erwartet stand Björn davor und führte mit raschen, hell klingenden Strichen wieder den Wetzstein über die scharfe Schneide seines Schwertes.

Als er den Blick hob und Rika ansah, lag unverhohlene Verachtung in seinen dunklen Augen. „Ach, sieh einer an! Die Tochter des Hauses!"

Er redet mit dir! Na endlich! Rika verbarg ihre Überraschung. „Ich hätte eine Bitte."

„Deine Brautkleider sind fertig, die *Seeschlange* ist ausgerüstet, und während wir hier miteinander sprechen, presst Gunnar aus seinen Bauern noch so viel Silber heraus, dass es für eine Mitgift reicht, die selbst einem König gut anstehen würde", gab er harsch zurück. „Was willst du also noch mehr?"

„Ich wünsche, Ketil zu besuchen." Sie hatte das Anliegen aufgeschoben, aber nun sollten sie ja mit der Morgenflut auslaufen. Da konnte sie es ihrem Bruder nicht länger verheimlichen. „Ich muss ihm die Lage erklären."

Björn musterte sie düster und stieß sein Schwert in die Schulterscheide. „Ich wünschte, mich würde auch einmal jemand aufklären", brummte er. Vermutlich war ihm alles an diese Wende der Ereignisse ein Rätsel, dachte Rika. Gewiss ahnte er, dass sie ihn begehrte und ihn genauso liebte wie er sie, aber dennoch durfte sie ihm keinen Grund für ihre Gattenwahl nennen. Ein Jarl hielt nun einmal das Leben seiner Leibeigenen als auch seiner freien Bauern in den Händen. Selbst Björn durfte sich nicht sicher wähnen, nicht einmal aufgrund seiner Blutsverwandtschaft, denn Gunnars Drohungen hingen in der Luft. Also hielt sie lieber den Mund.

„Du musst tatsächlich mit Ketil reden", bemerkte Björn. „Heute Morgen hat er schon nach dir gefragt. Allerdings will mir in letzter Zeit scheinen, als zählten Erklärungen nicht mehr so ganz zu deinem Programm."

Sein Ton war bissig, freilich, doch immerhin hatte er seit dem Abend, an dem er um ihre Hand anhielt, nie mehr so viele Worte mit ihr gewechselt wie jetzt. Deshalb beschloss sie, den Ingrimm in seiner Stimme zu überhören. „Kannst du mich zu ihm bringen?"

„Mein Auftrag lautet, dich dorthin zu geleiten, wohin du dich zu begeben wünschst, nicht wahr?" Er bedeutete ihr mit einem Wink, ihm vorauszugehen. „Wir müssen allerdings reiten. Er ist nämlich wieder auf den neuen Feldern. Da ich dich aber den ganzen Weg bis Miklagard begleiten soll, wird es mir wohl auch gelingen, dich den Berg hinaufzuschaffen."

Zu diesem Zeitpunkt war Rika alles recht, wenn sie nur endlich aus Björns Kammer entfliehen konnte. Die kleine Zelle roch nach ihm, nach seinem unverkennbar männlichen Duft, gemischt mit dem scharfen, frischen salzigen Aroma des Meeres. Sie fühlte sich dort nicht wohl, erst recht nicht in seiner Gegenwart, doch ihr Gespräch mit ihrem Bruder konnte nicht länger warten.

Er begleitete sie quer über den Übungsplatz zum Pferdestall, wo er die zwei stämmigen Wallache sattelte. Alsdann half er ihr auf den Pferderücken, tunlichst bestrebt, seine Hand nicht länger als nötig an ihrer Taille verweilen zu lassen. Ja, es schien ihr gar, als zucke er regelrecht vor ihr zurück, wie wenn sie aus rot glühendem Eisen direkt aus der Schmiede bestünde.

Gemeinsam trotteten sie zur Siedlung hinaus und dann den steilen Pfad hinauf zur Rodung. Auf der ersten Anhöhe angelangt, zog Rika die Zügel an und drehte sich im Sattel, um weit hinauszublicken über den Fjord. Wasser und Himmel schimmerten von einem schier unfassbaren Blau. Eng schmiegte das Land sich um den lang gestreckten Meeresarm, als wolle es ihn mit sattem Grün umschmeicheln. Eine steife Brise mit einem Hauch von Kiefernduft darin wehte vom Wald herüber. Seufzend atmete Rika den Duft ein.

„Was ist?", fragte Björn, der sein Pferd den Pfad hinunter zu ihr lenkte und neben ihr hielt.

„Ach, nichts", erwiderte sie. Die Schönheit von Sogna zog ihr die Brust zusammen. „Es ist die Landschaft hier. Als du mich herbrachtest, hasste ich sie. Nunmehr fällt es mir schwer, fortzugehen. Mit Magnus bin ich dermaßen viel herumgereist, dass ich mich nirgendwo zu Hause fühlte. Ich weiß zwar nicht, wieso, aber hier ist es anders. Ich mag es gar nicht glauben, dass ich den Sognefjord nie wieder sehen werde. Ich bin gespannt, ob die Reize von Miklagard sich mit

Sognefjord messen können.“

„Der Reichtum deines zukünftigen Gatten wird ohne Zweifel Reiz genug sein“, stellte er trocken fest. Rika zuckte bei seinen Worten zusammen. „Sei unbesorgt, Rika. Die mächtige Stadt ist ein wahres Wunder, wirklich. Sie erstreckt sich zwischen zwei großen Meeren, und eine riesige Stadtmauer schützt die Bevölkerung vor Gefahr. Und vor Plünderfahrern wie mir.“

„So warst du also schon einmal dort?“ Sie drückte dem Wallach die Fersen in die Flanken und trieb ihn den Pfad hinauf. Es tat so gut, wieder einmal mit Björn zu plaudern, auch wenn sein Groll noch spürbar in ihm brodelte.

„Ein Mal, als Knabe.“ Björn folgte ihr dicht auf den Fersen. „Da nahm Onkel Ornolf mich mit auf große Fahrt. Von da an wäre ich am liebsten ständig auf Reisen gegangen. Es war das aufregendste Abenteuer meines Lebens.“ Rika hörte, wie sich ein Lächeln in seine Worte stahl.

„Und wie war Miklagard?“

„Unvergleichlich. Und so groß, dass man Tage brauchen würde, um diesen Kaninchenbau aus Straßen und Gassen zu erforschen.“

„Oh!“, stieß Rika hervor. Auf einmal kam sie sich ganz klein vor.

„Anders als bei uns baut man dort nicht mit Holz. Die Reichen benutzen Steine für ihre herrlichen Häuser. Die Armen begnügen sich mit Lehmziegeln.“ Die Erinnerung an diese spannende Entdeckungsreise brachte Farbe in seine Wangen. „Und erst der Markt! Ein Gemisch aus Wohlgerüchen und Gewürzen und riesigen Haufen dampfenden Kameldungs. Alles gleichzeitig.“

„Puh!“ Rika lachte, und sie war von Herzen froh, als Björn sich davon anstecken ließ. „Ein Kamel? Was ist denn das?“

„Das wirst du schon beizeiten sehen. Waren aus aller Herren Länder finden den Weg in die Basare von Miklagard – Seide, Gewürze, Zinn, Silber und Gold, Edelsteine, die so feurig funkeln, dass man schwören könnte, sie wären lebendig. Für den richtigen Preis ist alles zu haben. Und die Menschen …“

„Was ist mit ihnen?“

„Solch ein kunterbuntes Gemisch von Erdenbürgern hast du noch nie gesehen. Griechen, Araber, Juden, kohlrabenschwarze Mohren aus Abessinien, Mongolen. Onkel Ornolf musste mich ständig mahnen, nicht so zu gaffen, obwohl ich zugebe, dass sie ihrerseits nur allzu gerne zurückstarrten. Wie es scheint, gelten wir Männer aus dem Norden dort als äußerst ausgefallene Sonderlinge.“ Er lachte verhalten in sich hinein. Offenbar war ihm vorübergehend ganz entfallen, dass er ja Rika nach Miklagard begleiten sollte, auf dass sie dort die Gattin eines anderen Mannes werde.

„Das hört sich ja an, als freutest du dich schon auf die Wiederkehr“, sagte sie.

Schlagartig krachte die Wirklichkeit auf ihn nieder, und zwar mit größerer Wucht als eine abgeholzte Kiefer. „Mitnichten“, konterte er sachlich. „Ich könnte gut darauf verzichten, die große Stadt wiederzusehen.“

Er trieb seinen Wallach an, der sich mit einem Satz in Bewegung setzte und an Rika vorbei den Hügel erklomm.

Oben angelangt sah Rika alsbald ihren Bruder, der gerade dabei half, einen langen, dicken Baumstamm auf einen Karren zu wuchten. Ohne Zweifel würde der Kern des Stammes unter Jorands kundigen Händen zum Kiel eines Langbootes werden. Möglicherweise reichte das Holz gar für zwei. Als Ketil die Schwester kommen sah, wischte er sich die harzigen Hände an seinem Wams ab und schlenderte, ein breites Lächeln auf dem Gesicht, zu Rika herüber.

Rika glitt vom Pferd, eilte auf Ketil zu und umarmte ihn voller Wärme. Im Schatten einer breit ausladenden Esche ließen die beiden sich nieder und plauderten vergnügt, während Björn in angemessener Entfernung den Pferden die Hufe auskratzte.

Nach einer kurzen Weile nahm Ketils Gesicht einen ernsten Ausdruck an. „Vorige Nacht hatte ich einen Traum, Rika."

„Und wovon handelte er?" Fast hatte sie Angst zu fragen, denn mit einem Mal entsann sie sich seines letzten Traums. In der Nacht, in der Magnus starb, war Ketil schluchzend aufgewacht und hatte behauptet, man werde seine Schwester in eine große Stadt bringen. „Von meiner Abreise?"

„Nein", sagte er schaudernd. „Von meiner!" Er senkte die Stimme zu einem Flüstern. „Zu jenem Ort mit den großen Bäumen und den Geopferten."

Es war acht Jahre her, als eine Reise ihn furchtbar mitgenommen hatte. Mit Magnus waren sie auch nach Uppsala gekommen, und danach hatte der alte Skalde geschworen, nie wieder zum Opferhain zu gehen. Und das, obwohl dies im Grunde für einen überzeugten Anhänger Odins geradezu eine verbindliche Pflicht war.

Ketils neuerlicher Traum bestärkte Rika noch in ihrem Beschluss. Es lag in ihrer Macht, diese böse Prophezeiung zu vereiteln. Sie musste dafür sorgen, dass sie sich nicht bewahrheitete.

„Dazu wird es nicht kommen, Ketil. Das schwöre ich dir." Verstohlen sah sie hinüber zu Björn, der sich betont mit den Pferden beschäftigte. Sie musste sich vergewissern, dass niemand ihnen lauschte. „Ich traf mit dem Jarl von Sogna eine Abmachung. Er versprach mir, dass du nicht zu den Heiligen Bäumen von Uppsala musst."

„Tatsächlich?" Sein breites Gesicht erstrahlte kurz, doch sogleich verschwand das Lächeln wieder. „Aber er hat doch böse Augen, Schwester! Woher willst du da wissen, dass er sein Versprechen hält?"

„Ich bin davon überzeugt, denn als Gegenleistung tue ich ihm einen Gefallen", sagte sie feierlich. „Ich habe mich mit ihm auf einen Handel eingelassen. Im Ausgleich für sein Versprechen muss ich fortgehen. Erinnerst du dich an die große Stadt aus deinem Traum?"

„Ja", antwortete er stockend.

„Dort muss ich hin."

„Und ich darf nicht mit", ergänzte er tonlos. Es war nicht als Frage gemeint.

„Nein, du bleibst hier bei Surt." Sie rang sich ein Lächeln ab.

„Surt ist mein Freund." Er nickt unmerklich, wandte sich aber dann wieder an seine Schwester, weil ihm ein neuer Gedanke kam. „Kommst du denn auch zurück?"

Mit den Tränen kämpfend, presste sie die Lippen zu einer schmalen Linie zusammen. „Ich weiß es nicht", sagte sie ehrlich. „Ich glaube es aber nicht."

Ketil schlang die Arme um sie und drückte sie.

„Du siehst mich gewiss wieder", versicherte er. „Ganz bestimmt."

Sie umfasste sein Gesicht und küsste ihn, einmal auf jede Wange und einmal auf den Mund. Die Augen fest geschlossen, legte sie ihre Stirn gegen die seine. „Leb wohl, Ketil", flüsterte sie, riss sich dann von ihm los und floh zurück zu Björn, der schon die Pferde bereithielt.

Winkend sah Ketil ihr nach, bis sie und Björn seiner Sicht entschwunden waren. Rikas zuckende Schultern verrieten ihm, dass sie weinte.

„Nicht weinen, Rika", bat er flüsternd. „Du siehst mich ja wieder. An jenem Orte mit den hohen Bäumen."

17. KAPITEL

Rika stand eine lange Fahrt zu ihrer Vermählung bevor, denn nach Gunnars Vorstellung sollten die Reisenden gleichzeitig als Gesandte fungieren und deshalb von ihm im Voraus festgelegte Zwischenstationen anlaufen. Auf seinen Befehl hin steuerte Björn die *Seeschlange* den engen Viksfjord hinauf bis Kaupang, um den Bewohnern dieses bedeutenden Handelszentrums demonstrativ den verschwenderischen Luxus des Jarls von Sogna vor Augen zu führen. Mit begehrlichen Blicken beäugte Ornolf dort die herrlichen Specksteinkessel, die in Miklagard ein erkleckliches Sümmchen eingebracht hätten. Letztendlich verzichtete er jedoch auf sie, weil sie zu schwer waren und zu viel Platz an Bord benötigt hätten.

Von Kaupang aus schlängelten sie sich durch die dänischen Inseln, wobei sie auch in Haithabu Halt machten, um dem Dänenkönig am Danewerk Gunnars Ehrerbietung zu überbringen. Rika wurde in dem mächtigen Bollwerk aus Eiche und Erde herzlich willkommen geheißen, doch leider trübte die Nachricht von Magnus' Tod die Freude bei Hofe über die bevorstehende Vermählung.

Zu jener Zeit quollen die Königshöfe von Gerüchten über wie Misthaufen von ekligen Abfällen. Jetzt begriff Björn auch Rikas Bericht, wonach Magnus es dort nicht lange ausgehalten hatte. Andauernd hörte man Zischeln und Tuscheln um sich herum. Für eine künftige Braut, so stellte man fest, gab Rika sich zwar recht geknickt, doch wusste ja jeder, wie sehr sie an ihrem Vater gehangen hatte. Ihre Stimmung ließ sich also leicht nachvollziehen.

Und war der Jarl von Sogna nicht eine Seele von Mensch, dass er für ein Findelkind wie Rika eine solch vorteilhafte Vermählung in die Wege leitete? Man lobte Gunnars Großzügigkeit in höchsten Tönen, übersah dabei aber keineswegs, mit welchem Scharfsinn er da eine Allianz mit einem mächtigen und wohlhabenden Bundesgenossen schmiedete. Kein Zweifel, da wuchs im fernen Sognefjord eine neue Macht heran.

Immer, wenn er solcherlei Gesprächsfetzen aufschnappte, presste Björn die Lippen fest aufeinander. Gunnars Pläne gingen offenbar auf. Wieder einmal. Von nun an jedoch, so Björns Vorsatz, musste man in Sogna ohne Björn den Schwarzen auskommen. Er war zwar an sein Wort gebunden, Rika auf immer und ewig von Sogna fortzuschaffen. Es lag aber kein Wortbruch vor, wenn er beschloss, nach Durchführung seines Auftrages nicht mehr zurückzukehren.

Mit dem Auge des Kriegers studierte Björn die schwer befestigten Grenzwälle des Danewerks. Die Schanzen hatten sogar die fränkischen Könige, darunter Karl den Großen höchstpersönlich, daran gehindert, die Dänen zu überrennen. Das Kämpfen war Björn nicht fremd, und nach seinem Gefühl rückte die Stunde, da er sein Leben mit der Klinge in der Hand würde verteidigen müssen, immer schneller heran. Auch eigenes Ackerland lockte ihn nicht mehr besonders, da Rika ja nun zu einem anderen Manne wechselte. Und nach Hause zurückzukehren, um dort die Oberaufsicht über die Ländereien des Bruders zu übernehmen, das war ein Ding der Unmöglichkeit, selbst wenn er am Ende nur ein kühles Grab in fremder Erde finden sollte.

Das Wetter war ihnen wohlgesonnen, und so nahmen sie Kurs auf Birka. Gelegen an einer schmalen, lang gezogenen Bucht, schimmerte diese blühende schwedische Hafenstadt wie blank polierter Bernstein. Von Sogna aus konnte man Birka nötigenfalls auch auf direktem Wege im Fußmarsch erreichen. Dazu musste man allerdings von Norden her etliche Gebirgskämme überqueren und dann hinuntersteigen zum südöstlichen Strand der skandinavischen Halbinsel. Es war Björn unerfindlich, warum jemand solche Strapazen auf sich nehmen sollte, wenn er ebenso gut den Wasserweg entlang der Küste wählen konnte.

„Den Göttern sei Dank!“ Mühsam kletterte Helge aus dem Langboot heraus. „Wie gut das tut, endlich wieder festen Boden unter den Füßen zu spüren.“

„Mir macht die Seefahrt zwar nichts aus, doch bin auch ich heilfroh, an Land gehen zu dürfen“, ergänzte Rika, wobei sie zusah, wie Björn die *Seeschlange* an der Mole vertäute. Dank einer Reihe vorgelagerter Wellenbrecher hatte das Boot dort in der Lagune einen ruhigen Liegeplatz.

„Kannst du Rika bei ihrem Besuch des Marktes zur Hand gehen?“, wandte Helge sich fragend an Björn. „Ich muss den Kräuterkundigen suchen und einen Heiltrunk für Torvald zusammenmischen, sonst kann er bald nicht mehr stehen. Und Thor bewahre, ihr junges Volk wollt euch doch sicher nicht die Beine in den Bauch stehen und beim Zerreiben der Kräuter zusehen, oder?“

„Ich gehe mit ihr!“ Unwirsch blickte Torvald die alte Frau an, nach Kräften bestrebt, nicht vor Schmerzen das Gesicht zu verziehen, als er seinen großen Zeh belastete. Die Qualen in dem entzündeten Gelenk mussten ihm aber wohl im ganzen Bein emporgeschossen sein, denn er setzte sich gleich wieder auf seine Seekiste. „Nun ja, vielleicht hat Helge dies eine Mal ja doch recht. Jedenfalls darf eine künftige Braut nicht ohne Geleit in einer fremden Stadt umherspazieren. Begleitest du sie?“

Björn nickte verdrießlich.

Jorand half seinem Anführer noch dabei, klar Schiff zu machen, und reckte alsdann witternd die Nase in die Luft. Der aromatische Hefeduft einer ganz in der Nähe befindlichen Schenke wehte über sie hin. „Segeln macht durstig. Von abgestandenem Wasser und Sauermilch habe ich genug.“

„Mit einem Bier musst du aber warten bis zur zweiten Wache“, beschied Björn dem Jüngling. „Bei den vielen Wertsachen an Bord können wir das Schiff nicht ohne Aufsicht lassen. Nachdem ich die Skaldin über den Markt geleitet habe, komme ich zurück und löse dich ab.“

Inzwischen nannte er kaum noch ihren Namen, bemerkte Rika. Auch dies war seine Art, auf Distanz zu ihr zu gehen. Eigentlich musste sie dankbar dafür sein, aber der Schmerz saß doch noch tief. So, wie er das Wort *Skaldin* benutzte, klang es fast wie *Fellballen* oder *Bernstein,* sodass sie sich beinah wie eine Ware vorkam, wie eines der Handelsgüter, welche er unfreiwillig transportieren musste. Im Grunde war sie ja auch genau das.

Nichtsdestoweniger nahm sie sich zusammen und setzte sich in Bewegung, den Rücken gestrafft, das Kinn vorgereckt, fest entschlossen, sich nicht anmerken zu lassen, wie sehr die Kränkung ihr unter die Haut ging. Als sie den Knüppeldamm zum Markt beschritten, bemerkte sie eine ovale Befestigungsanlage, welche direkt am südlichen Rand der Stadt über den Klippen aufragte. Sie fragte Björn danach.

„Das ist eine Fluchtburg“, erklärte er. „Ein Unterschlupf in der Not. Birka ist eine so reiche Stadt, dass manch ein Beutefahrer ihrer Verlockung nicht widerstehen kann. Wenn also eine Drachenbootflotte Kurs nimmt auf die Lagune, raffen die Händler ihre Waren zusammen und bringen sich hinter den Palisaden in Sicherheit.“ Zum ersten Mal seit Tagen begegnete Björn ihrem Blick, und schon merkte Rika, wie sie in jene unergründlichen Tiefen gesogen wurde. „Du kennst ja die Männer. Wenn sie ein Auge auf etwas geworfen haben, dann neigen sie dazu, es sich kurzerhand zu nehmen.“

Unter seinem unverwandten Blick spürte sie, wie ihr Puls in die Höhe schnellte, und plötzlich wünschte sie sich selbst in eine solche Fluchtburg. Wenn sie es zuließ, dass er sie auf diese Weise anschaute, würde er schon bald merken, dass er sie gar nicht zu nehmen brauchte. Sie würde sich ihm freiwillig schenken. Hätte sie sich bloß nicht auf diesen Handel eingelassen …

„Aber heute wird es nichts mit Beute machen“, stellte sie energisch fest. „Die Kaufleute hier rechnen offenbar mit Silber als Bezahlung für ihre Waren, nicht mit Stahl.“

„Wohl wahr“, bekräftigte er und nickte den Streifenposten zu, welche in dieser Niederlassung, in der an die tausend Seelen lebten, die Gassen überwachten. „Sogar die Kaufleute sind bewaffnet. Birka hat einen guten Markt. Doch falls du hier das Gesuchte nicht findest – wir haben noch einen Zwischenaufenthalt in Uppsala, ehe wir Kurs nehmen auf die Mündung der Düna.“

„Uppsala?“

„Ja“, betätigte Björn. „Gunnar legte großen Wert darauf. Aus Rücksicht auf deine religiösen Gefühle, da du in Miklagard ja weit von Odins Tempel sein wirst. Nach seiner Überzeugung wolltest du gewiss noch einmal den Heiligen Hain besuchen, da du ihn vermutlich nicht wiedersehen wirst.“

Es war beileibe nicht ihre Religion, die Gunnar am Herzen lag. Er wollte vielmehr die letzte Gelegenheit nicht verstreichen lassen und sie daran erinnern, was es für ihren Bruder bedeuten würde, falls sie sich nicht an ihre Abmachung hielte.

„Ich habe es nie besonders mit Odin gehalten“, stellte sie klar. „Da wär es mir durchaus recht, wenn wir Uppsala nicht anlaufen würden.“

„Wie du möchtest“, gab er lakonisch zurück. Seine düstere Miene verriet ihr, dass er wohl glaubte, sie könne gar nicht eilig genug nach Miklagard und zu ihrem neuen Gemahl kommen.

Sie gingen an einem Silberschmied vorbei und sahen ihm zu, wie er das geschmolzene Edelmetall in Formen goss. Fasziniert bemerkte Rika, dass er in derselben steinernen Gussform sowohl einen Thorhammer als auch ein christliches Kreuz herstellte, beide als Anhänger für eine Halskette gedacht. Sie betastete die bereits fertigen Auslagen und ließ die Handfläche über das glatte und kühle Silber gleiten. „Du fertigst also Glücksbringer sowohl für Thor als auch für Christus?"

„So ist es", antwortete der Kunstschmied. „In Birka verehrt man sowohl den Roten Thor als auch den Weißen Christus, je nachdem. Ob alte Gottheiten oder neue – wir kommen gut mit beiden aus." Ein verschmitztes Lächeln glitt über das Gesicht des Schmieds. „Und ich verkaufe auch an Angehörige beider Richtungen. Welcher soll's denn für dich sein?"

„Einst besaß auch ich einen solchen Hammer", erklärte Rika. Noch immer vermisste sie den glatten, glänzenden Bernsteinschmuck. „Doch anscheinend hat Thor mich im Stich gelassen, also trage ich vorerst überhaupt kein Zeichen. Ich wünsche dir einen guten Tag."

Während sie nunmehr weiter der Hauptgasse folgten, taxierte Björn seine Begleiterin scharf. „Du hast wohl deinen Glauben verloren, wie?"

„Eher verlegt", erwiderte sie. „Die Götterwelt von Asgard verkörpert all mein Wissen. Ich wurde mit den göttlichen Abenteuern groß, doch in jüngster Zeit kommen sie mir zunehmend fremder vor."

„Ach, wann haben die Götter uns je beachtet?", fragte Björn. „Doch höchstens dann, wenn es ihren Zwecken diente. Von denen hat keiner groß Verwendung für einen Zweitgeborenen oder ein vaterloses Mädchen."

„Das siehst du wohl richtig", unterstrich sie. „Dennoch hatte ich bislang stets das Gefühl, dass jemand auf mich achtgab und mich behütete. Und dieser Jemand, so glaubte ich, war Thor."

„Mir scheint, das müsstest du wohl noch unvermindert glauben." Er versuchte erst gar nicht, die Bitterkeit in seiner

Stimme zu überspielen. „Immerhin stehst du kurz davor, die Gemahlin eines schwerreichen Mannes zu werden. Was willst du mehr?“

Ach, du Dummkopf!, hätte sie ihn um ein Haar angefahren, doch sie konnte sich gerade noch auf die Zunge beißen. Als sie ihr Tempo etwas beschleunigte, hielt er problemlos mit ihr Schritt. Wortlos gingen sie so bis zur nächsten Biegung, wo Rika ein Gebäude in einer ihr gänzlich unbekannten Form erspähte: winklig vorspringende Dachvorstände und ein hoher Turm.

„Das muss wohl die christliche Kirche sein“, vermutete Björn auf Rikas Frage hin. „Vor zehn Jahren, als Onkel Ornolf und ich hier vorbeikamen, war sie gerade im Entstehen. Damals kam ein kleiner Priester von Süden her und bekehrte einige der Hiesigen zum neuen Glauben. Daraufhin errichtete man dieses Gebäude, um darin zu feiern. Sogar der Stadtpräfekt wechselte zum christlichen Glauben über.“

„Weißt du denn viel über deren Religion?“, wollte Rika wissen.

„Viel nicht“, sagte er, wobei seine Augen sich merklich trübten. „Beim ersten Raubzug, an dem ich teilnahm, überfielen wir eines ihrer Klöster. Ich weiß nur eines über die Christen: Sie sind sehr leicht umzubringen. Sie verehren zwar ihre kunstvollen Bücher und Silberkelche über alles, sind aber nicht bereit, zu deren Verteidigung zu töten. Und du? Was ist dir über ihren Glauben bekannt?“

„Auch nur das, was ich von Magnus erfuhr“, sagte sie. „Er unterhielt sich einmal ziemlich ausführlich mit einem Missionar, der gekommen war, um den Dänenkönig zu bekehren. Ihr Christus, sagte Magnus damals, sei ein mächtiger Skalde, der seinen Anhängern Geschichten erzählte, um sie zu lehren.“

„Hm.“ Björn schien wenig beeindruckt. „Hat er auch erzählt, dass ihr Christus gestorben ist?“

„Ja, und auf ähnliche Weise wie der arme Baldur", erwiderte sie und dachte dabei an den glücklosen Sohn des Odin, mit dessen Gifttod das Ragnarök heraufzog, jene epische Schlacht, welche das Ende der Welt einleitete. „Allerdings glauben die Christen, ihr Christus sei von den Toten auferstanden und lebe in alle Ewigkeit fort."

„Das tun ja nicht mal die Götter." Björns Blick folgte dem hoch aufragenden Turm bis zu dem auf der Spitze befestigten Kreuz. „Sonderbar, nicht wahr? Jene, die Thor verehren, tragen seinen Hammer zum Zeichen seiner Kraft. Das christliche Kreuz hingegen symbolisiert die Schwäche ihres Gottes."

„Laut Magnus betrachten sie es aber als Zeichen der Stärke, weil es angeblich das Sinnbild der Vergebung darstellt", wandte sie ein.

„Vergebung?", gab Björn verächtlich zurück. „Ein Mann muss die Last seiner Taten tragen, seien sie gut oder schlecht. Einzig der Schwächling hofft auf Vergebung."

„Ich kann mich aber erinnern, dass auch du mich um Verzeihung batest", gab sie ihm zu bedenken. „Wegen Magnus."

Er zog ein wenig den Kopf ein. „Wenn's um dich geht, dann werde ich eben schwach", gestand er. „Und falls mein Gedächtnis mich nicht trügt, wolltest du mir niemals vergeben."

Sie sah zu ihm auf. Seit ihres Vaters Tod hatte sie im Geiste viele Male Magnus' Stimme vernommen, mahnend, drängend, sanft lachend. Nun aber herrschte nur Schweigen. Was, so fragte sie sich, würde er wohl von mir erwarten? Sie konnte sich einzig von ihren Gefühlen leiten lassen. Das musste sie tun, sowohl für Björn als auch für sich.

„Ich kann dir jetzt nur gestehen, dass ich mich irrte, Björn. Von ganzem Herzen möchte ich dir verzeihen." Sie streckte die Hand aus und berührte seinen Arm, dessen Haut sie warm unter ihren Fingern spürte. Seine verkrampften Muskeln lockerten sich, als ließe die Spannung darin merklich nach.

„Aber kannst auch du mir vergeben?“

„Was meinst du damit?“ Unendlich sanft bedeckte er ihre Hand mit der seinen, als sei ihre Berührung ein Geschenk.

„Kannst du mir verzeihen, dass ich den Araber heirate?“

„Das kann ich, falls du auf der Stelle abschwörst“, erwiderte er. „Bekehrst du dich etwa zu dem weißen Christus mit all deinem Gerede von Vergebung? Christen sind doch ebenso bußfertig wie bereit zur Vergebung, oder? Ja, wenn du Abstand nehmen würdest von der vereinbarten Vermählung, dann könnte ich dieser neuen Religion tatsächlich etwas abgewinnen.“

„Nein, ich trete nicht zum Christentum über“, erwiderte sie mit gebrochener Stimme. Was auch geschehen mochte – sie durfte auf keinen Fall das Wagnis eingehen, dass Ketil oder Björn um ihretwillen zu Schaden kamen. Sie spürte, wie Björns Wärme sich ganz allmählich auf ihren Arm übertrug und ihr dabei die Knie weich wurden. Es war ein Fehler gewesen, ihn anzufassen. Zögernd entzog sie ihm die Hand. „Und ich komme auch nicht los von der Abmachung, welche ich mit deinem Bruder getroffen habe. Dennoch möchte ich dich um Vergebung bitten.“

Wie erstarrt standen sie dort auf dem Platz vor der christlichen Kirche, umgeben von geschäftigen Händlern und Käufern. Dass sie eine solche Bitte an ihn richten würde, das hatte Björn nicht erwartet.

Sie verlangte Unmögliches von ihm. Wie sollte er ihr vergeben, dass sie ihm das Herz aus der Brust riss und es mit Füßen trat? In ihren meergrünen Augen lag ein solch inständiges Flehen, dass er den Blick senkte.

„Das wird wohl weiter eine unerfüllte Bitte bleiben“, knurrte er schließlich.

18. KAPITEL

In Übereinstimmung mit Rikas Wünschen segelten sie dann doch nicht nach Uppsala, sondern nahmen direkten Kurs auf die Düna, die in der baltischen Bucht in die Ostsee mündet. Dort hatte Ornolf sein leichtes Flussboot in der Obhut eines ortsansässigen slawischen Stammes gelassen. Die *Seeschlange* wurde vollständig entladen und ihre Fracht für den Transport auf das kleinere Schiff umgepackt.

Die *Walküre* war ein schnittiger Frachtensegler mit wenig Tiefgang, ideal für die Schifffahrt auf seichteren Binnengewässern und außerdem so gebaut, dass er sich nötigenfalls auch auf einem Karren über Land transportieren ließ. Bei günstigen Winden konnte das Rahsegel gesetzt, bei Flaute das Boot mit vier Rudern bewegt werden. Obwohl insgesamt so klein bemessen, dass eine Besatzung von vier Mann reichte, bot es doch so viel Stauraum, dass die von der *Seeschlange* umgeschlagene Ladung sowie die zwei weiblichen Fahrgäste bequem Platz fanden. Bei Ornolf saß jeder Handgriff, und jede Bewegung seiner gewaltigen Seemannspranken zeugte von Stolz auf seine *Walküre.*

Vom vorderen Schott warf Björn einen letzten Blick auf seine *Seeschlange.* Der Großteil seiner nach Sogna zurückkehrenden Besatzung legte sich schon in die Riemen; zwei Dutzend Rücken beugten und streckten sich im Takt, um das Boot in Fahrt zu bringen. Als es weit genug vom Ufer entfernt war, holte die Mannschaft die Riemen ein, stellte den Mastbaum auf und setzte das Rahsegel. Eine willkommene Brise bauschte das Wollviereck, und schon hob die *Seeschlange* den Bugsteven und pflügte durch die Wogen gleich einem schlanken Tümmler. Björns Blick folgte ihr. *Ob du sie jemals wiedersiehst?*

„Björn?“ Rika tauchte neben ihm auf.

„Ja?“, fragte er, ohne den Blick von der entschwindenden *Seeschlange* zu wenden. „Geht's dir nicht schnell genug zu deinem Bräutigam?“

„Ach was, das ist es nicht.“ Ob seiner unwirschen Art brauste sie kurz auf, war aber sofort wieder besänftigt. „Ich wollte nur wissen, was mit dir ist. Du … du siehst so … Ist dir nicht wohl?“

„Mir geht es blendend“, gab er wortkarg zurück. „Sonst noch etwas?“

„Ich wollte dich noch auf das dort ansprechen.“ Sie wies auf einen großen Runenstein hoch über der Flussmündung, oben auf den Klippen des Steilufers.

„Irgendein Gedenkstein“, brummte er. „Ich habe keinen Schimmer, was da steht. Ich bin des Runenlesens nicht kundig.“

„Aber ich“, erwiderte sie lächelnd. „Allerdings ist da ein Wort in der Inschrift, aus dem ich nicht schlau werde.“

Seufzend schaute Björn der aus seinem Leben hinaussegelnden *Seeschlange* nach. Die Umrisse seines Drachenbootes inmitten der von Sonnenstrahlen funkelnden Gischt brannten sich unauslöschlich in seine Erinnerung ein. Dann wandte er sich um und richtete den Blick aufwärts zu der hohen Steinstele. Zwar hatten ihn Runensteine schon von jeher interessiert, doch da er sie nicht zu entziffern wusste, stellten die eingeritzten Zeichen für ihn nur verworrene Muster dar.

„Versuchen wir doch einmal, das Runenrätsel zu lösen“, schlug er vor und erklomm gemeinsam mit Rika die Klippen. Verstohlen musterte sie ihn von der Seite. Sein Gesicht war blass und ausgezehrt. Er wirkte wie ein zum Tode Verurteilter, der im Morgengrauen im Moor versenkt werden sollte. Sie hielt es allerdings für besser, ihm das nicht zu sagen.

Auf dem Hügelkamm angelangt, traten sie auf den Stein zu. Über die vordere Fläche wand sich ein schlangenförmiges Muster, an beiden Seiten begleitet von eingeritzten Runenzeichen. Die Stirn angestrengt gerunzelt, vertiefte sich Rika in das Schriftbild.

„Was steht denn nun da?", wollte Björn von ihr wissen.

Während sie die Worte las, folgte sie den Zeichen mit ihrem Zeigefinger. „Farbjörn und Edmundr errichteten diesen Stein für ihren Bruder Roald. Mannhaft segelte er dem Golde nach. Er wagte sich weit nach Aeifor hinein und ward ein Fressen für die Adler." Ihre Fingerkuppen verharrten auf einer Zeichengruppe. „Aeifor? Was soll das bedeuten?"

„Wilder Eifer!"

„Roald wagte sich weit in den Wilden Eifer hinein? Das ergibt doch gar keinen Sinn."

„Doch, durchaus, wenn man schon einmal den Dnjepr befahren hat." Björns Mundwinkel hoben sich einen Tick. „Die Düna ist ein recht zahmer Fluss mit träger Strömung und niedrigen Ufern. Da kommen wir sicher flott voran, bis wir den Oberlauf und die Quellflüsse erreichen und das Boot treideln müssen. Dann geht es ein Stück über eine Landbrücke zum Quellstrom des Dnjepr und weiter über die Stadt Kiew den Dnjepr hinunter. Und dessen Unterlauf ist kein Vergleich zur Düna."

„Wie soll ich das verstehen?"

„Zwischen Kiew und dem Schwarzen Meer liegen fünf Stromschnellen. Und die größte davon heißt Aeifor." Björn schüttelte den Kopf. „Mehr Wildwasserstrecken, als ich je erlebt hatte, und manchmal enden sie in Wasserfällen, die fünf Mannslängen hoch sind. Und da ist dieser Roald hineingeraten und vermutlich nicht wieder herausgekommen."

Rika verstummte. Bis zu diesem Moment hatte sie überhaupt nicht daran gedacht, dass sie durch ihren Versuch, das Leben ihres Bruders zu retten, andere in Gefahr bringen könnte. „Führt denn kein anderer Weg nach Miklagard?"

„Schon", erwiderte Björn, wobei er die Arme über der Brust

verschränkte. „Es gibt auch eine westliche Route. Wir könnten südwärts der angelsächsischen Inseln segeln, dann entlang der Küste des Frankenlandes, rund um das Reich der Sarazenen und dann durch das mittelländische Meer. Das aber würde erheblich länger dauern. Und du kannst es doch gewiss kaum noch erwarten, deinem Bräutigam zu begegnen."

Sie blitzte ihn aus schmalen Augen an, denn es graute ihr dermaßen vor dem, was in Miklagard auf sie wartete, dass sie sich noch keine Gedanken über den byzantinischen Muselmanen gemacht hatte. Wenngleich Björn sich benahm wie ein bärbeißiger Kerkermeister, hatte sie es keineswegs eilig damit, sich im Harem ihres Zukünftigen wiederzufinden. „Welche Route die sicherste wäre, das müsste wohl ich bestimmen."

„Beide sind gefährlich", stellte Björn fest. „Eine lange Fahrt übers Meer birgt ebensolche Wagnisse wie ein Ritt durch Stromschnellen, bietet aber keine Möglichkeit, eine schwierige Stelle auf dem Landweg zu umgehen. Wie du ja weißt, kann ich nicht schwimmen, also werde ich persönlich so schnell keine Katarakte durchfahren, sondern die Pfade längs des Flussufers benutzen. Sei unbesorgt, Skaldin, ich bringe dich wohlbehalten zu deiner Hochzeit. Das verspreche ich dir."

Ach, wie sie sich wünschte, er würde einmal ihren Namen sagen! Als er nur ihren Titel benutzte, da klang es so, als gäbe es sie für ihn gar nicht mehr. Vielleicht wollte er ihr genau das verdeutlichen.

Mit ausgestrecktem Finger zeichnete er die Runen nach. „Reichtum schwindet, Gefolgsleute sterben, Vieh verdirbt und Weizen auch", zitierte Björn eine alte Redensart. „Eines aber vergeht nie: Ruhm. Ruhm währt ewiglich für jene, die ihn sich glorreich verdienen. Lange, nachdem wir zu Staub zerfallen sind, lesen die Menschen noch von Roalds Fahrt in die wilden Stromschnellen. Hier steht es in Stein gemeißelt zu seiner ewigen Ehre. Ein Mann kann sich nichts Größeres erhoffen, als dass man sich seiner Taten noch nach seinem Tode erinnert. Es muss etwas Wunderbares sein, wenn man die geheime Botschaft der Runen versteht."

„Ich könnte dich lehren", sagte sie.

Rasch zog er die Hand zurück. „Ich halte nicht viel von Zauber." Obgleich es für Frauen nicht ungewöhnlich war, sich durch die dunklen Künste Zauberkräfte anzueignen, galten Männer, die sich mit der Magie des Seidr beschäftigten, als weibisch und verdächtig.

„Mit Zauberei hat das nichts zu tun", betonte sie. „Es ist bloß eine Fertigkeit, ein Werkzeug, wenn man so will, um Worte darzustellen und sie in Stein oder Holz zu verewigen. Es ist ganz leicht."

Sie schob sich dicht an ihn heran, nahm seine Hand und führte seinen Zeigefinger durch die Rillen der ersten Rune. „Dies hier nennt sich Futhark. Ein Futhark ist eine vollständige Runenreihe, bezeichnet nach den Anfangsbuchstaben der ersten sechs Runen. Dies ist das erste Zeichen der Reihe."

Gemeinsam zeichneten sie den ersten Buchstaben des Namens Farbjörn nach. Rika war zwar bemüht, nicht das Gefühl seiner Hand zu genießen, die warm und kraftvoll auf der ihren ruhte, doch da stand sie auf verlorenem Posten. Jede Einzelheit an diesem Mann war ihr nur zu sehr bewusst, bis hinunter zu den rauen dunklen Haaren auf seinem Handrücken. Sein Körper rief nach dem ihren.

„Das erste Zeichen steht für das scharfe F." Sie stieß die Luft zwischen Zähnen und Lippen aus, wobei sie sich zusammenreißen musste, um das Rumoren in ihrem Inneren zu verdrängen. „Es kann aber auch Vieh oder Reichtum bedeuten. Jedes Symbol ist doppeldeutig."

„Doppeldeutig?" Er sah sie stirnrunzelnd an, und plötzlich wurde ihr bewusst, dass ihre Brüste sich in seine Seite pressten. Als sie sich lösen wollte, drehte er sich zu ihr um und nahm ihre Hand zwischen seine. „Das klingt mir so, als müsse man viel lernen."

„Das mag schon sein", erwiderte sie. Seine dunklen Augen forderten sie auf, in sie hineinzublicken, und sie beging den Fehler, dieser Aufforderung nachzukommen. In diese strudelnden schwarzen Tiefen zu geraten, das war eine Leidenschaft, ein loderndes Feuer, von dem sie bisher nur Andeutungen erlebt hatte. Sie wandte den Blick ab, als habe sie sich versengt. „Du sagtest ja, dass es eine lange Fahrt bis Miklagard ist. Da könnte es helfen, sich die Langeweile mit dem Erlernen von etwas Neuem zu vertreiben."

„Ja, Lernen ist immer gut." Eine Hand gegen die Stele gestützt, klemmte er Rika zwischen sich und dem Gedenkstein ein, zwar eng, aber ohne sie zu berühren. Dennoch knisterte zwischen ihnen ein Begehren, das Rikas Haut gleichsam erschauern ließ. „Und was soll ich dir dafür beibringen?"

Sein Mund war so nah. Sie brauchte nur den Kopf zu wenden, und schon wären seine Lippen auf den ihren gewesen. Als sie die Augen schloss, da wallte das Bild ihrer vereinigten Münder, forschend und fordernd, schlagartig vor ihr auf. Danach sah sie die beiden Körper, heiß und schweißbedeckt, eng aneinandergeschmiegt, sich windend in einem animalischen, rhythmischen Tanz der Wollust. Sie schlug die Augen auf und schaute direkt in die von Björn. In jener Nacht in seiner Kammer, da hatte er ihr beinahe genau dasselbe Bild zugesandt. Tat er es jetzt etwa wieder? Oder war diese Vision nur eine Ausgeburt ihres eigenen Verlangens? Sie vermochte es nicht mit Sicherheit zu sagen.

Sie befreite sich aus dieser Lage, indem sie unter seinem Arm hinwegtauchte.

„Ich wüsste etwas", sagte sie, bemüht, gegen das Zittern in ihrer Stimme anzukämpfen. „Du warst ja schon einmal in Miklagard. Hast du dort ein wenig die einheimische Sprache gelernt?"

„Einige Worte, aber das ist schon lange her. Ornolf könnte dich besser unterweisen."

„Wenn du dich an nichts mehr erinnerst – vielleicht kann er uns beide lehren." Sie war heilfroh, dass noch eine dritte Person bei diesen Unterweisungen zugegen sein würde. Björn konnte ihr ganz gewiss eine Menge Dinge beibringen, allerdings keine, die für eine Jungfrau auf dem Weg zur Vermählung schicklich gewesen wären. „Schließlich möchte ich Sogna nicht blamieren, indem ich so ungebildet erscheine."

„Oh ja, allerdings, Sogna dürfen wir keinesfalls vergessen", knurrte er sarkastisch.

„Mir scheint, die *Walküre* ist klar zum Auslaufen", bemerkte sie und wandte sich den Hügel hinunter zum wartenden Boot.

Björn sah ihr einen Augenblick lang nach, den Duft ihres Haars noch in der Nase. Inzwischen wieder gewachsen, fiel es ihr über die Ohren und kräuselte sich um ihren Kopf wie ein kupferroter Lichtkranz. Wie gern hätte er seine Finger mit diesen Locken verflochten! Ach, hätte er doch den Augenblick zurückholen und sie küssen können, egal, ob sie es wollte oder nicht! Die ganze Reise lief auf eine einzige Marter hinaus, auf ein einziges langes Lebewohl. Er warf einen letzten Blick auf den Runenstein.

„Vielleicht warst du der Glücklichere von uns beiden, Roald", raunte er unterdrückt.

19. KAPITEL

Björn hatte recht mit seinen Schilderungen. Die Düna war ein träge dahinfließender Strom. So kamen sie vor günstigen Winden gut voran, indem sie das kleine Segel der *Walküre* geschickt einsetzten. Auch blieb es den vier Männern an Bord, also Björn, Jorand, Torvald und Ornolf, auf diese Weise erspart, jeden Tag bis zur völligen Erschöpfung rudern zu müssen.

Hin und wieder erspähte Rika am Ufer vereinzelte Rudel von abgerissenen, zerlumpten Stammeskriegern, doch sobald Björn und Jorand im schwankenden Schiff aufstanden und mit Pfeilen auf sie anlegten, zogen die Eingeborenen sich ins Dickicht der Uferwälder zurück. Frühere Zusammenstöße mit den Nordmannen, welche die Einheimischen um Haupteslänge überragten, erwiesen sich als wirkungsvolle Abschreckung, sodass die kleine Reisegruppe von Angriffen verschont blieb.

Bei Einbruch der Dunkelheit zog man die *Walküre* ans Ufer und schlug das Nachtlager am sanft dahinströmenden Fluss auf. Beim Lagerfeuer zeigte Rika Björn, wie man Runen in weiche Holzstücke ritzt. Mit seiner raschen Auffassungsgabe begriff er schnell. So fand Rika des Öfteren auf kleineren Scheiten, die sie gerade ins Lagerfeuer werfen wollte, Zeugnisse seiner Runenübungen. Mit der Zeit konnte er die Namen sämtlicher Mitglieder der Reisegruppe ritzen, und anschließend benutzte er die Zeichen, um mit ihnen seemännische Fachbegriffe darzustellen.

Im Gegensatz dazu waren seine Sprachkenntnisse aus jener Zeit, in der er als Knabe in Miklagard gewesen war, nur noch bruchstückhaft vorhanden. Aus diesem Grund wurde Onkel Ornolf jeden Abend zum Sprachlehrer, indem er der Gruppe Grundkenntnisse des Arabischen beibrachte und sie zudem im Griechischen unterwies, jener Sprache also, welche von den Gebildeten im östlichen Teil der damals bekannten Welt beherrscht wurde.

„Es empfiehlt sich jedoch“, so mahnte er zuweilen, „es zunächst niemanden wissen zu lassen, dass man die Landessprache versteht. Man erhält viele wichtige Hinweise, indem man den Mund hält und die Ohren spitzt. Ich habe auf diese Weise so manchen vorteilhaften Handel geschlossen, weil ich mich unwissend stellte.“

„Genug studiert für einen Abend“, ächzte Jorand, die Finger auf den Knien gespreizt. „Von all der Lernerei platzt mir noch der Schädel!“

„Ach, du hast doch so wenig Grips zwischen den Ohren, dass es in einen Weiberfingerhut passt!“, scherzte Björn, indem er den Jüngling gutmütig knuffte. „Das weißt du doch selbst!“

„Gut möglich“, gab Jorand feixend zurück. „Rika, wie wäre es mit einer Saga? Nach all diesen Unterweisungen hätten wir uns doch redlich eine verdient.“

„Oh ja“, ließ Helge sich vernehmen. „Das wäre jetzt genau das Richtige.“

„Wohlan denn.“ Rika grübelte kurz, was denn wohl eine geeignete Geschichte sein mochte. Sie blickte hinauf zum nachtschwarzen Himmel, über den sich ein hauchdünnes Netz aus Sternen zu spannen schien. Das passte. „Ich erzähle euch die Geschichte vom Brisingamen, dem sagenumwobenen Halsschmuck der Göttin Freya.“

Die Beine von sich gestreckt, lehnte Björn sich gegen einen umgestürzten Baumstamm, die Hände hinter dem Kopf verschränkt, um so bequem in den endlosen Nachthimmel hinaufzublicken. Tagsüber ertappte sich Rika manchmal dabei, wie sie ihn verstohlen beobachtete, wobei ihr ein ums andere Mal seine Gewandtheit und seine Körperkraft auffielen. Nunmehr konnte sie sich ungehindert an ihm sattsehen, denn aller Augen waren zum Himmel gerichtet.

„Die Wanengöttin Freya ist die Herrin von Asgard, schöner als die Sonne und so begehrenswert, dass Götter, Riesen und Menschen gleichermaßen versuchten, ihre Gunst zu gewinnen. Einige halten sie auch für ruchlos, frönt sie doch den Liebeswonnen, mit wem sie gerade will. Sie ist es, die den Männern und Frauen die Liebe schenkt. Unglücklich Liebenden sei daher empfohlen, sich mit ihren Bitten an Freya zu wenden, denn sie leiht all jenen, denen das Liebesglück versagt bleibt, ein mitfühlendes Ohr." Noch trug Rika alles ganz schlicht vor, denn es diente ja nur als Grundlage für die eigentliche Legende.

Björns Blick schweifte vom Nachthimmel zu ihrem Gesicht und verweilte dort mit einem fragenden Ausdruck. Sie wich seinen Augen aus und erzählte weiter. „Trotz all ihrer vielen Liebhaber war sie doch dem Gott Odur zugetan. Es heißt, dass viele zwar die Wonnen ihres Leibes genossen, doch Odur allein ihr Herz besaß."

Björns Schnauben verriet, dass er offenbar nicht viel von Freyas Hingabe an Odur hielt.

„Zu gegebener Zeit fand die Vermählung zwischen ihr und Odur statt. Freya schenkte ihm zwei Töchter, und Odur überhäufte seine Gemahlin mit Gold, das Einzige, wie ihr wisst, was die Herrin über alles liebt. Ansonsten lebte sie in Asgard in verschwenderischer Fülle." Um Björns Blick nicht zu begegnen, schaute Rika empor zum Firmament. „Odur aber war einer, den es hinaustrieb in die Welten. Und als er sich wieder einmal auf Wanderschaft befand, da begab sich auch Freya auf Abwege."

Rika beging den Fehler und blickte quer übers Lagerfeuer zu Björn hinüber. Als der flackernde Schein der Flammen über sein markantes Gesicht zuckte, da war ihr, als sehne sie sich nach ihm mit einem unbändigen Verlangen, wie es sonst nur der Hungernde kennt. Verlegen schlug sie die Augen nieder.

„Eines Tages“, so fuhr sie fort, „wandelte Freya an den Grenzen von Swartalfheim, als sie vier schwarze Zwerge erblickte. Meisterhafte Kunstschmiede allesamt, hatten sie ein fein gearbeitetes Halsband von solchem Glanz gefertigt, dass es herrlicher strahlte als der Sternenhimmel in all seiner Pracht.“

Unter gesenkten Wimpern lugte sie verstohlen zu Björn hinüber. Wie die anderen schaute er wieder zum Himmel empor und sah dort wahrscheinlich den Halsschmuck der Freya, funkelnde Feuerpünktchen vor dem nachtschwarzen Firmament.

„Von da an wollte ihr Herz weder rasten noch ruhen, bis sie das Halsband besaß. So bot sie den Zwergen von ihrem überreichlichen Gold, doch davon wollten die nichts wissen. Der einzige Schatz, den die Zwerge begehrten, der war die Göttin selbst. Sie solle, so lautete der Zwerge Bedingung, eine Nacht mit jedem von ihnen verbringen. Dann würde das Halsband ihr gehören. Wenngleich die Zwerge von abstoßender Hässlichkeit waren, übte der Schmuck mit Namen Brisingamen doch eine solch machtvolle Anziehungskraft aus, dass Freya sich auf das Begehr der Zwerge einließ. Sie willigte ein, mit jedem von ihnen eine Liebesnacht zu verbringen.“

Rikas Stimme nahm die um das Feuer sitzende Gruppe dermaßen gefangen, dass alle sich die überaus herrlich anzuschauende Göttin vorstellen konnten, wie sie sich in schändlichen Handlungen mit Wesen ergab, welche tief unter ihr standen. Einzig Björn riss seinen Blick vom Sternenzelt los, um Rika gespannt zu beobachten.

In seinen dunklen Augen schimmerte seine Seele, zwar schmerzerfüllt, aber doch mit einem leuchtenden Glanz, der, so fand Rika insgeheim, immer noch Liebe ausdrückte. Wenn er sie derart ansah, verschlug es ihr schier den Atem; ihr Inneres geriet in Aufruhr, und zwischen den Schenkeln wurde ihr warm. War es möglich, dass ein Mann eine Frau beglücken konnte mit bloßen Blicken, heiß und wissend? Am liebsten wäre sie ihm hemmungslos und wild wie Freya quer übers Lagerfeuer hinweg um den Hals gefallen, um ihn anzuflehen, sie auf der Stelle zu nehmen. Mochte sich Loki den Rest der Welt holen!

„Und dann?", meldete sich Jorand. „Wie ging es weiter?"

Rika zuckte zusammen und richtete ihr Augenmerk wieder auf die Erzählung. „Nach den Liebesnächten mit den vier Zwergen kehrte Freya mitsamt dem Brisingamen zurück in ihre Heimstatt im herrlichen Asgard. Da stellte sie fest, dass Odur inzwischen ebenfalls zurückgekehrt war." Enttäuscht zog Jorand ein langes Gesicht. Vermutlich hatte er sich noch einige pikante Einzelheiten erwartet. „Der Liebesakt mit den Zwergen bedeutete Freya nichts, und daher sah sie auch keinen Anlass, Odur zu erklären, wie sie an ihren neuen Halsschmuck gelangt war. Beide waren überaus glücklich zusammen, ohne dass Odur auch nur das Geringste ahnte."

„Sieht das den Weibsleuten nicht ähnlich?", warf Onkel Ornolf zynisch ein.

„Eher den Mannsbildern, wenn du mich fragst." Helge bedachte ihn mit einem strafenden Blick.

Rika setzte ihre Erzählung fort. „Doch ach, Freyas Verrat blieb nicht lange unentdeckt. Dem heimtückischen Loki gefällt es nie, wenn unter den Göttern oder in den Gefilden der Menschen Freude und Eintracht herrschen. Als er Odur zuflüsterte, welchen Preis Freya für ihr Halsband hingegeben hatte, da wurde Odurs Herz von Zorn erfüllt. Er stürmte aus Asgard hinaus, um auf immer und ewig die Wildnis der neun Welten zu durchstreifen."

Verratene Liebe hieß verlorene Liebe – ein Thema, das eine

solch machtvolle Bedeutung enthielt, dass es sich erübrigte, weiter darüber zu reden. Rika wartete ab, bis ihre kleine Zuhörerschaft das ganze darin enthaltene Liebesleid verinnerlicht hatte. Sie selbst kannte den Schmerz inzwischen viel zu gut.

Leise sprach sie weiter. „Noch immer trägt Freya das Brisingamen, für das sie so teuer bezahlen musste, denn es besitzt große Macht. Nächtens aber sucht sie nach ihrem verlorenen Odur, und während sie Midgard bereist, weint die Göttin um ihre Liebe und vergießt dabei goldene Tränen."

„Die würden einen Mann gewiss mehr interessieren, vorausgesetzt, das Gold ist echt", warf Björn mit einem Seitenblick auf Rika ein. „Gunst, welche zu haben ist für Tand, und sei er auch noch so prächtig, beweist eine gewisse ... Oberflächlichkeit. Liebe ohne Treue und ohne ein gemeinsames Leben, die hat ihren Namen nicht verdient."

Rika presste die Lippen zusammen und vermied es, ihn anzusehen.

Während Björn sie musterte, fragte er sich, ob sie ihm wohl damit andeuten wollte, dass Gunnar doch recht hatte und sie den Muselmanen ob seines Reichtums ehelichte. Falls es sich wirklich so verhielt, dann, so wusste er, musste er sie eigentlich verachten. Doch als er ihr zitterndes Kinn bemerkte, da war ihm klar, dass er Rika ewig lieben würde, ganz gleich, wie sehr sie ihm das Herz in Fetzen riss.

Rika tastete zu ihrem Hals, wo früher der kleine Hammer wohnte. „Menschen, die Freyas Tränen finden, halten sie in der Tat in Ehren." Ihre Stimme bebte. „Denn sie wurden zu einem schimmernden Etwas, das so kostbar ist, dass wir es bis ins ferne Miklagard befördern. Freyas Tränen sind das, was wir als Bernstein bezeichnen." Sie blieb eine so lange Zeit stumm, dass ihren Zuhörern schon ganz unbehaglich zumute wurde. „So ihr also wieder einmal Bernsteinschmuck anlegt, denkt an die Frau, die sich auf einen schändlichen Handel einließ und dabei den Liebsten verlor", fügte sie endlich leise hinzu, wobei Björn auffiel, dass sie nicht „Göttin" sagte, sondern „Frau".

„Auch für dich, Rika, ist nun die Zeit gekommen, Bernstein zu tragen", sagte da plötzlich Torvald, während er den kleinen Hammer aus der am Gürtel befestigten Lederbörse zog und ihn vor Rikas Gesicht hin und her schwingen ließ. „Ich hörte, du habest das hier verloren. Vielleicht möchtest du es gern wiederhaben."

Ungläubiges Staunen spiegelte sich in ihren Zügen. Mit vor Verblüffung offenem Mund griff sie nach dem Kleinod. „Woher in aller Welt hast du ...?" Bestürzt beäugte sie den Bernsteinhammer. Im Schein des Lagerfeuers funkelte die kleine eingeschlossene Orchidee hell. Kein Zweifel, es war ihr Amulett!

„Es freut mich, dass er dir gefällt", bemerkte Torvald und streifte ihr die dünne Lederschlaufe über den Kopf. „Er gehört an den Hals einer schönen Frau. Das tat er immer."

Argwöhnisch musterte Björn den Alten. Was führte der Bursche im Schilde? Zuerst wollte er sie aus der Sklaverei befreit sehen, und zwar so nachdrücklich, dass es dabei beinah zum Streit mit Björn gekommen wäre, obwohl der nur halb so alt war und in der Blüte seiner Jahre stand. Und nun überreichte er ihr dieses Kleinod wie ein liebeskranker Jüngling!

„Ach, ich danke dir vielmals! Wie kann ich das je wiedergutmachen?", hauchte Rika verwirrt. Und als sie den alten Mann umarmte, da hätte Björn sich ohrfeigen mögen, weil er selber nicht früher daran gedacht hatte, Astryd das Hämmerchen abzuluchsen. Dann hätte Rika wahrscheinlich jetzt ihn in die Arme genommen statt diesen Greis.

„Du sagtest doch, dein Glaube an Thor, der habe ein wenig gelitten", bemerkte er gallig.

„Hier geht es nicht um Thor", stellte sie klar. „Dieser Anhänger bildet die Verbindung zu meiner Vergangenheit, das letzte Andenken an meinen Vater."

„Deinen Vater?" Torvald blinzelte verwirrt.

„Ja, Magnus Silberzunge", erklärte sie. „Vielleicht hast du von ihm gehört. Magnus sagte mir stets, ich hätte dies Amulett um den Hals getragen, seit ich ein Säugling war."

Björn sah, wie sich ein Schatten über Torvalds Gesicht legte, ein kummervoller Ausdruck, der indes so schnell wieder verflog, dass er nicht sicher war, ob er ihn sich möglicherweise nur eingebildet hatte. Sein Misstrauen und seine Abneigung gegen den Alten wuchsen von Stunde zu Stunde. Noch immer war es Björn ein Rätsel, wieso Torvald unbedingt auf diese lange, strapazenreiche Reise mitkommen wollte. Immerhin hatte er gut über fünfzig Winter auf dem Buckel, wenn nicht gar sechzig, und manchmal, wenn die Gicht in seinem Fuß ihn quälte, war er nahezu bewegungsunfähig. Im Grunde hatte er auf einer solch langen Fahrt nichts zu suchen, und dabei stand ihnen der gefährlichste Abschnitt der Strecke noch bevor. Wieso tat der Alte sich diese Tortur bloß an?

Als er indes mitbekam, mit welcher Wärme in den Augen der Alte quer übers Lagerfeuer hinweg zu Rika hinübersah, da dämmerte es Björn allmählich, warum Torvald mitgereist war. Und diese Erkenntnis gefiel ihm ganz und gar nicht.

20. KAPITEL

Sie erreichten den Oberlauf der Düna früher, als es Rika eigentlich lieb gewesen wäre, denn im Grunde genoss sie die entspannte Fahrt auf dem ruhigen Strom und die lockere, kameradschaftliche Atmosphäre an Bord. Zuweilen aber herrschte zwischen ihr und Björn dermaßen dicke Luft, dass sie schon meinte, die anderen müssten die Anspannung, die knisternd in der Luft lag, ebenfalls fühlen. Allerdings ließ sich niemand etwas anmerken, und so sandten Björns Augen ihr während der Abendrast weiter sehnsüchtige Botschaften zu.

Einerseits wusste sie natürlich, dass es töricht war, diese Qual für sie beide noch in die Länge zu ziehen. Andererseits war sie dankbar über jeden zusätzlichen Tag, den sie in Björns Nähe verbringen durfte. So konnte sie, wenn er sich in die Riemen legte, weiter das Spiel seiner Muskeln beobachten oder sein Lachen hören, wenn Jorand Unsinn von sich gab, und Abend für Abend spürte sie, wie er sie übers Lagerfeuer hinweg mit seinen Blicken liebkoste. Rika bewahrte sie in ihrem Herzen, diese Momente, prägte sich Fetzen davon ins Gedächtnis, auf immer und ewig eingeschlossen, ganz so wie die Orchidee im versteinerten Harz. Gestohlene Schätze waren sie, Balsam für jene Zeit, nachdem sich die Tore des Harems krachend hinter ihr schließen würden.

Allmählich graute ihr vor dem herrlichen Miklagard mit seinen hoch aufragenden Mauern, doch noch war sie nicht angekommen. Sie würde, so nahm sie sich vor, auch noch den letzten Tropfen Freude und köstlicher Qual aus jedem ihr noch verbliebenen Tag saugen.

Am Quellfluss hatte Ornolf ein Handelsabkommen mit einem ansässigen Slawenstamm getroffen. Im Austausch für Hacksilber stellte man einen Karren zur Verfügung, auf dem sich die *Walküre* über eine Landbrücke zum Oberlauf des Dnjepr schleppen ließ, genau bis zu der Umsetzstelle bei Gnezdowo. Der Preis für diesen Transportdienst wurde in Silber ausgewogen, und zwar derart penibel, dass Ornolf sogar eine Münze mit seltsamen arabischen Symbolen darauf in der Mitte durchbrechen musste, um die Waagschalen endlich auszugleichen.

Jeden Morgen, wenn Björn zu Anbruch der Tagesetappe Rika aufs Pferd half, steckte er ihr ein kleines Holzstück zu, in das er nächtens Runen geritzt hatte. Manchmal versuchte er sich an den Namen der Mitreisenden, wobei er sich alle Mühe gab, die richtige Lautfolge einzuhalten. Bei Torvalds Namen, so fiel ihr auf, hatte er da noch seine Schwierigkeiten. Dann wiederum fügte er die Zeichen so hintereinander, dass sie nur durch ihre doppeldeutige Symbolik einen Sinn ergaben, und damit sandte er Rika eine geheime Botschaft, über die sie oft herzlich lachen musste. Eines Morgens überraschte er sie mit einem Kamm, den er aus Horn gefertigt und mit der Inschrift versehen hatte: „Dieser Kamm gehört Rika."

Für eine Unterhaltung unter vier Augen ergab sich zwar nie viel Gelegenheit, doch dafür entwickelten sich die Runen zu einer Geheimsprache zwischen ihnen, da niemand sonst die Runenschrift beherrschte. Als er Rika an diesem Morgen den Runenscheit in die Hand drückte, da verharrten Björns Fingerspitzen ein wenig auf ihrer Haut, erheblich länger, als es eigentlich schicklich war für die Braut eines anderen Mannes. Dennoch zog sie die Hand nicht fort.

Bei dieser Tagesetappe fuhren Helge und Torvald gemeinsam mit Onkel Ornolf auf dem Slawenkarren mit, derweil Rika, Björn und Jorand auf stämmigen Pferden ritten. Während alle sich angeregt unterhielten, warf Rika einen verstohlenen Blick auf den von Björn erhaltenen Holzscheit. „Dieses Herz gehört Rika", stand da zu lesen.

Als sie das las, musste sie mit den Tränen kämpfen, und ihr war, als lege sich ein bleischweres Gewicht auf ihre Brust. Warum, so fragte sie sich, tust du dir dies an? Du darfst sein Herz doch gar nicht besitzen!, mahnte sie sich verärgert. Du willst es auch gar nicht! Doch gegen ihren Willen fielen ihr seine Küsse wieder ein, sein Mund auf dem ihren, so voller Begehren, und ihre Lippen dann auf den seinen, so voller Hingabe und Verlangen. Es nahm sie dermaßen mit, dass sie im Sattel schwankte.

Es konnte nichts werden mit ihnen. Nicht das Geringste. Dafür sorgten schon Gunnar und seine Drohungen gegen Ketil. Warum also liebäugelte sie hier mit Björn, machte ihm schöne Augen, lachte mit ihm und quälte sie beide mit etwas, das doch niemals sein durfte?

Weil es das Einzige war, was sie jemals gemeinsam genießen würden, so redete sie sich ein. Weil sie ihn so begehrte und jetzt das Wenige, was sie haben konnte, auch von ihm haben wollte, ohne Rücksicht auf die Qualen, die sie ihm damit später zufügen würde.

Als sie die Augen zusammenpresste, um sich die Tränen zu verkneifen, da sah sie es beinahe vor sich: Magnus' vorwurfsvolles Gesicht, die Lippen ein Strich, die Augenbrauen tadelnd gehoben. Der alte Skalde hatte sie nicht zur Grausamkeit erzogen.

Es musste Schluss sein, und zwar auf der Stelle. Lieber ein Ende mit Schrecken als ein Schrecken ohne Ende. Vermutlich würde es Björn jetzt, in diesem Augenblick, nicht sonderlich gefallen, doch später einmal, sobald er in den Armen einer anderen das Vergessen suchte, da würde er begreifen, wie klug Rika gehandelt hatte.

Sie straffte die hängenden Schultern und ließ den Holzscheit so demonstrativ zu Boden fallen, dass Björn es nicht übersehen konnte. Und als sie vernahm, wie das Täfelchen knackend von den Karrenrädern zermalmt wurde, verzog sie nicht eine Miene.

21. KAPITEL

In Kiew hielt sich die Reisegruppe nicht lange auf, auch wenn die Stadt die einzige größere Ansiedlung war, auf die sie seit Wochen gestoßen waren. Angelegt in der typischen Wikingerart, mit Knüppeldämmen, die sich durch enge Gassen wanden. Trotz der nordisch wirkenden blonden und groß gewachsenen Waräger dort fühlte sich Rika in keiner Weise in ihrem Element – im Gegenteil. Die vertraut anmutenden Umstände verstärkten noch ihr Heimweh nach den nordischen Landen. Weder am Ufer des Meeres noch an einem schmalen, geschützten Fjord gelegen, bildete Kiew als Hauptstadt des Reiches der Kiewer Rus den Ausgangspunkt für die Fahrt auf dem Unterlauf des Dnjepr mit seinen zahlreichen Stromschnellen, deren berüchtigter Wildheit Rika schon mit Bangen entgegensah.

Für zusätzliche Handelsgüter war auf der *Walküre* kein Stauraum mehr frei, weshalb Ornolf auch nichts an einem längeren Aufenthalt lag. Auf den Etappen zuvor hatte Björn alle bis zur völligen Erschöpfung angetrieben und seit dem Umsetzen eine Riesenstrecke bewältigt, die Rika niemals für möglich gehalten hätte. Seit sie an jenem Tage vorsätzlich den Runenscheit unter die Räder des Karrens hatte fallen lassen, hatte er weder ein Wort noch einen Blick mit ihr gewechselt. An und für sich musste sie froh darüber sein.

Hinter Helge stieg sie wieder an Bord des Binnenfrachters.

„Ich hätte ja nie geglaubt, dass ich das mal zugebe", brummte die alte Hebamme, „aber wahrlich, nach dem Gerumpel mit dem Karren bin ich heilfroh, wieder ins Boot zu kommen. Mir taten sämtliche Knochen weh. Im Vergleich zu dem Klappergefährt ist unsere *Walküre* eine wahre Wohltat."

Als sie nach einiger Zeit, kurz vor dem ersten Katarakt, das Boot dann schon wieder ans Ufer ziehen mussten, da hätte Rika gern gewusst, ob die Alte wohl immer noch dieser Meinung war. „Vesuppi" nannten die wikingischen Waräger diese ersten Stromschnellen, was so viel bedeutete wie „schlaf nicht". Das tosende Dröhnen des Wassers erstickte jedoch ohnehin jegliche Unterhaltung, sodass Rika sich unwillkürlich fragte, wie jemand bei dem Getöse einschlafen sollte.

An dieser Stelle wurde der Dnjepr enger, sein Lauf gehemmt durch bemooste Felsbrocken, die wie lauter kleine Eilande mitten im Strom aufragten, umspült und umtost von den reißenden Wassermassen. Jeder Versuch, dieses Hindernis einfach frontal durch die Mitte zu überwinden, hätte einem so leichten Segler wie der *Walküre* den Rumpfboden weggerissen und bloß noch zerborstene Splitter übrig gelassen.

Entlud man aber zunächst die gesamte Ladung, so ließ sich ein Boot durch eine entlang des Steilufers verlaufende Fahrrinne ziehend und schiebend durch diese Stromschnellen bewegen, ohne es ganz aus dem Fluss nehmen und über Land schleppen zu müssen. Nach Überwinden der Wildwasserpassage wollten die Männer alsdann am Ufer entlang zurückmarschieren, um die Ladung aufzunehmen und auf den Schultern zur vertäuten *Walküre* zu tragen.

Sobald die beiden Frauen sowie die Fässer und Fellballen wohlbehalten an Land waren, legten die Männer die Kleider ab und ließen das Boot wieder zu Wasser. „Bindet euch an ihr fest!", brüllte Ornolf. „So könnt ihr nicht abgetrieben werden, falls ihr ausrutscht. Tastet euch vorsichtig über die Felsen, so schieben wir sie ganz behutsam flussabwärts."

Björn postierte sich vorn an der dem Fluss zugewandten Seite, derweil Jorand die Uferseite einnahm. Ornolf und Torvald wateten beiderseits des Hecks. Rika konnte sehen, wie Björn sich gegen den Schiffsbug stemmte, Rücken- und Armmuskeln zitternd vor Anstrengung, immer bemüht, die *Walküre* daran zu hindern, mit der vollen Wucht der Strömung einfach geradeaus zu treiben. Stets bedacht auf festen Halt auf den glitschigen Steinen des Flussbetts, lenkte er so das Boot vorsichtig vorwärts.

Wäre die Lage nicht so heikel gewesen – Rika hätte sich an dem Anblick erfreut, am Spiel der Muskeln unter seiner Haut. So aber reichte der kleinste Fehltritt, und das Schiff wäre mit Mann und Maus die Stromschnellen hinunter ins Verderben gerast. Rika ertappte sich dabei, wie sie gespannt den Atem anhielt.

Plötzlich vernahm sie von irgendwo stromaufwärts ein klägliches, hohes Jammern, und als sie den Blick in die Richtung wandte, sah sie einen grob geflochtenen Weidenkorb, der wippend den Dnjepr hinunter getrieben kam und auf die Stromschnellen zuschoss.

„Oh, ihr Götter!“ Ihr Herz tat einen heftigen Sprung. „Da ist ja ein Kind drin!“ Ohne zu zögern, stürzte sie sich in die Fluten und arbeitete sich wild fuchtelnd auf den forttreibenden Weidenkorb zu. Die starke Strömung zupfte und zerrte an ihr und riss sie von den Füßen, sodass sie über den Boden schleifend auf die Männer und das Boot zugeschwemmt wurde.

Erst als sie Helges Geschrei vernahm, merkte sie, dass die Strömung sie auf die *Walküre* zujagte. Und als der Fluss sie am Boot vorbeipeitschte, da ließ Torvald die Bordwand los und packte die Vorbeitreibende an der Taille. Sie spürte, wie er verzweifelt nach festem Halt rang und, belastet durch Rikas Körpergewicht, das Gleichgewicht verlor. Bestimmt mussten nun auch die drei anderen sofort merken, dass ein Mann auf einer Seite fehlte.

„Was soll denn das?“, brüllte Torvald sie an, aus Leibeskräften schreiend, damit sie ihn über das Tosen und Brausen überhaupt hörte.

„Da treibt ein Säugling!“, keuchte sie nach Luft schnappend. Wahrscheinlich, so ihre Vermutung, hatten die Bewohner aus einem stromaufwärts gelegenen Dorf der Petschenegen den Säugling dem sicheren Tod überantwortet.

„Lass ihn treiben!“, schrie er und zog Rika zurück ans Ufer.

„Torvald!“ Über das Getöse des Wassers tönte Björns Stimme zu ihnen herüber. „Wir können sie nicht mehr lange halten!“

Schwerfällig watete der Alte zurück auf seinen Posten. Das schmerzverzerrte Gesicht zeugte von den Qualen, die sein gichtiger Fuß ihm verursachte. An der *Walküre* angelangt, stemmte er sich mit aller Kraft und vor Anstrengung ächzend gegen den treibenden Frachtensegler und warf schließlich kurz einen Blick über die Schulter auf Rika. Die sah den Grimm in seinen harten grauen Augen.

Sicher, mit ihrem spontanen Handeln hatte sie alle in Gefahr gebracht. Aber es war für ein Kind gewesen. Da hatte jemand ein kleines Wesen einfach einem schrecklichen, gewaltsamen Tode überantwortet. Warum nur? Für Rika würde es darauf nie eine nachvollziehbare Antwort geben. Die alte Wunde in ihr brach wieder auf. Die Tränen strömten ihr über die Wangen, vergossen sowohl um des toten Kindes als auch um ihrer selbst willen.

„Ach, kleine Elfe …“ Helge hockte sich neben sie auf den Boden und legte ihr die knochigen Arme um die bebenden Schultern. „So richtig böse ist mein Herr doch gar nicht auf dich.“

„Deswegen weine ich auch nicht“, schluchzte Rika, wobei sie sich mit dem nassen Ärmel über die Nase fuhr. „Es war ein Kind, Helge.“ Sie hörte, wie Björn seine Befehle brüllte, während die Männer das Boot flussabwärts bewegten. Nunmehr wieder mit vier Mann an den vier Haltepunkten gelang es ihnen, die *Walküre* langsam, aber sicher durch die Stromschnellen zu manövrieren. Schniefend entsann Rika sich des kalten

Untertons in Torvalds Stimme, als er sie im Wasser angeraunzt hatte. „Jedenfalls hört er sich ziemlich grimmig an."

„So sind die Mannsleute bisweilen", beschwichtigte Helge, derweil sie beide aufstanden und den Männern über den Uferpfad folgten, von dessen Höhe sich ein guter Blick auf die Szenerie bot. „Sie wollen vor uns Weibsleuten verbergen, dass sie Angst haben. Deshalb tun sie so zornig, um ihre Furcht zu überspielen. Torvald hatte bloß Angst um dich."

„Die hätte er besser um das arme kleine Ding gehabt", schimpfte Rika. Hoffentlich würde sie nicht weiter flussabwärts, wo die Strömung geruhsamer wurde, auf die kleine Leiche stoßen!

„Ich weiß, wie es in dir aussieht." Helge stimmte ihr zu. „Niemand hält lieber ein Neugeborenes auf dem Arm als ich, aber denke doch mal einen Augenblick lang nach. Wir haben keine Amme für das Kind und könnten es somit gar nicht nähren. Und selbst wenn wir es gerettet hätten, dürftest du wohl deinem neuen Bräutigam kaum mit dem Spross eines anderen Mannes gegenübertreten. Im Grunde ist es mir einerlei, ob diese Byzantiner in Miklagard komische Leute sind oder nicht, aber einiges wird man überall auf der Welt sicher ebenso halten wie bei uns."

„Ja", betätigte Rika. „Einiges ist gleich." Ohne Zweifel wurden ungewollte Kinder in allen Rassen und Kulturen den Elementen überantwortet.

Nachdem die Männer die Vesuppi überwunden hatten, hielten sich Helge und Rika bereit, um den Männern beim Sichern des Bootes zur Hand zu gehen. Björn zog die *Walküre* mit dem Bug auf die seichte Uferböschung und vertäute sie. Dann schaute er – zum ersten Mal seit Tagen – Rika direkt an.

„Wieso bist du ins Wasser gefallen?" Er musste seine Stimme heben, um das laute Rauschen zu übertönen. „Bist du verletzt?"

„Nein“, gab sie zurück. „Und gestürzt bin ich gar nicht, sondern gesprungen. Da trieb ein Korb mit …“ Irgendwie brachte sie es nicht über sich, den Satz zu vollenden. Das Kind war verloren, zerschmettert an den kalten Klippen des Katarakts.

„Da hat jemand ein ungewolltes Kind in einen Korb gelegt und in die Stromschnellen treiben lassen“, berichtete Torvald unwirsch. „Sie hat sich selbst in Gefahr begeben, sonst nichts.“

Und uns dazu! Unausgesprochen stand dieser Vorwurf im Raum.

Ein ungewolltes Kind … Sie sah ihm am Gesicht an, dass Björn sofort begriff, wie dieser Vorfall den Schmerz ihrer eigenen Aussetzung wieder an die Oberfläche spülen musste.

„Bist du auch sicher, dass dir nichts fehlt?“, wollte er wissen.

„Ein Kratzer bloß, nichts Ernstes.“ Sie spürte, wie ihr ein warmes Rinnsal vom zerschundenen Knie am Schienbein hinabrann. Verglichen damit, wie schwer es ihr ums Herz war, bedeutete es überhaupt nichts.

An jenem Abend hockte die kleine Gruppe in gedrückter Stimmung am Lagerfeuer. Als Jorand um eine Geschichte bat, lehnte Rika mit der Begründung ab, sie sei dazu einfach nicht in der Lage.

„Quäl dich doch nicht so wegen des Kindes“, mahnte Björn leise. „Es fand ein schnelles, gnädiges Ende, und uns waren die Hände gebunden. Zweifellos war es von den Nornen so bestimmt.“

„Nichts da!“, erwiderte sie hitzig. „Das glaube ich nicht. Nicht mehr! Es sind nicht die drei Fadenspinnerinnen in Asgard, die den Tod des armen Wesens verfügt haben, sondern dessen Eltern. Sie tragen die Schuld an seinem Tod.“

„Es gibt Hunderte von Gründen, die jemanden dazu veranlassen, ein Kind auszusetzen", bemerkte Torvald tonlos. „Armut, Schande, Kummer …"

„Alles Dinge, für die ein Kind nichts kann", unterbrach sie ihn.

„Nein, natürlich nicht", betonte der Alte. „Doch einerlei, welche Gründe da vorgelegen haben mögen – zu der betreffenden Zeit erschien es den Eltern als einzig vernünftiges Handeln. Außerdem wird eine solche Entscheidung fast immer überstürzt gefällt, in verzweifelter Lage, in jenem Wahn, den nur die Trauer nach sich zieht."

Brennend blitzte das Bild der erhobenen Kinderhand vor ihren Augen auf. „Es war so klein und hilflos", flüsterte sie.

„Ich weiß, dass dir das Kind leidtut, doch dein Mitleid ist fehl am Platz", unterstrich Torvald. „Das Kleine fühlt keinen Schmerz mehr. Für die Eltern hingegen fangen die Qualen erst an."

„Das geschieht ihnen auch recht! Wenn sie Qualen überhaupt empfinden können." Allmählich wurde Rika misstrauisch. „Woher willst du das überhaupt wissen, wie die Eltern sich fühlen?"

Torvald stieß einen Seufzer aus, der aus seinen innersten Tiefen zu dringen schien. „Es ist nun einmal eine Weisheit, welche auf bitterster Erfahrung beruht."

Alle saßen reglos ums Feuer. Nur das Rascheln und Zirpen der Insekten sowie der Jagdruf einer Eule durchbrachen die Stille.

Schwer fuhr sich Torvald mit der Hand übers Gesicht, und in seinen Augen erschien ein Blick, als sei er ganz weit fort, als habe er die Anwesenheit seiner Reisegefährten total vergessen und sich in seiner eigenen Unterwelt verloren. Als er den Faden wieder aufnahm, war seine Stimme ein kaum hörbares Flüstern. „Ein kleiner Geist verfolgt sie jeden Tag. Mit jedem Jahr, das vergeht, kommen dieselben Fragen. Ob sie inzwischen laufen kann? Wie groß sie jetzt wohl ist? Gleicht sie der Mutter, oder hätte sie es unglücklicher getroffen, und sieht so aus wie ich?“ Ein Schleier legte sich über seine Augen, und fast konnte man den Eindruck gewinnen, als erschiene ihm der Geist eines Kindes in unterschiedlichen Phasen seines Wachstums. „Wie hätte es sich wohl angefühlt, wenn ich sie auf den Schultern getragen hätte, die kleinen Ärmchen um meinen Hals?“

Als der alte Mann sie forschend musterte, da hatte Rika das Gefühl, als kröche ihr ein leises Frösteln den Rücken hinauf.

„Immerhin weiß ich nunmehr die Antwort auf einige der Fragen“, sprach Torvald. „Rika, du bist das Ebenbild deiner Mutter.“

22. KAPITEL

Wie?“ Rika konnte nicht fassen, was sie da eben vernommen hatte. Es war undenkbar.

„Ich sagte, dass du aussiehst wie deine Mutter“, wiederholte Torvald, ohne auch nur mit der Wimper zu zucken. „Wie Gudrid, mein verstorbenes Weib. Auf jeden Fall hast du genau ihre Art. Hätte Helge mich nicht vorgewarnt – ich hätte glatt geglaubt, ich sähe Gudrids Geist vor mir, damals, an jenem ersten Abend, als ich dich am Jarlshof erblickte.“

Rikas Augen weiteten sich.

„Ein liebreizender, adretter Rotschopf war sie, genau wie du.“ Torvalds Stimme war fest. „Einen anderen Beweis als meine Augen brauche ich nicht. Helge war sich sicher wegen des kleinen Bernsteinhammers. Den entdeckte sie bei Astryd, der Herrin am Jarlshof, und fragte sie, wie sie darangekommen sei.“

Instinktiv griff Rika sich an den Hals.

„Er gehörte einst meiner Gudrid. Ich habe ihn ihr anlässlich unserer Vermählung geschenkt“, erzählte Torvald ganz ungerührt, als ginge es um das Wetter oder die anzupflanzende Getreidesorte. „Ein schlichtes kleines Ding, nicht allzu kostbar, ehrlich gesagt. Sie hat es aber ihr Leben lang nicht abgelegt.“

„Ich habe es dir eigenhändig umgebunden“, fügte Helge hinzu. „Am Tage deiner Geburt. Weil ich's nicht mit ansehen mochte, dass du uns mit leeren Händen verlassen solltest, kleine Elfe. Infolgedessen stahl ich es heimlich für dich.“

„Wie könnt ihr hier seelenruhig sitzen und mir das alles erzählen?“, fragte Rika bestürzt.

„Weil es die Wahrheit ist“, entgegnete Torvald. „Nicht etwa aus Grausamkeit. Ich bin fürwahr nicht stolz auf mein damaliges Tun und bereue es seitdem jeden Tag.“

„Deine Mutter, musst du wissen, starb bei deiner Geburt." Helge tätschelte Rika den Unterarm, um ihr ein wenig den Schmerz zu lindern. „Und sie liebten sich innig, mein Herr und deine Mutter. Als sie von ihm ging, da war er vor Gram wie von Sinnen."

„Das ist keine Rechtfertigung", bemerkte Torvald lakonisch. „Selbst damals war mir bewusst, dass mein Handeln falsch war. Und Tag für Tag trug ich die Last der Schuld mit mir herum. Als ich dich dann am Jarlshof erblickte, da wusste ich, dass die Götter mir gewogen sind und mir eine zweite Chance gaben."

„Ja, was stellst du dir denn unter einer zweiten Chance vor?", wollte Rika wissen.

„Von dir zu erfahren", erwiderte Torvald. „Für dich zu sorgen, wie es sich für einen Vater geziemt."

„Im Sorgen hattest du aber wohl wenig Übung, scheint mir", giftete Rika ihn an.

„Wohl wahr", gab er zurück. Und als er in ihre zornigen grünen Augen sah, da ging ihm auf, dass diese Unterredung nicht so verlief wie erhofft.

Vielleicht, dachte er, hätte ich warten sollen, bevor ich mich ihr offenbare. Jedoch wurde ihre Empörung über das Aussetzen des Kindes nur noch übertroffen von seinem Entsetzen, als er sah, wie sie mit rudernden Armen in den wirbelnden Fluten des Dnjepr schwamm. Wäre es ihm nicht gelungen, sie im letzten Moment zu packen, so hätte er sie womöglich ein zweites Mal verloren und sich bei beiden Malen die Schuld geben müssen. Direkt nach ihrer Rettung hatte er beschlossen, ihr bei nächstbester Gelegenheit die Wahrheit zu sagen.

„Nachdem du fort warst, blieb mir im Leben nicht mehr viel, für das ich hätte Sorge tragen können", fuhr Torvald fort. „Doch sei es nun, wie es ist – in deinen Adern fließt mein Blut;

ich bin dein Vater, egal, ob es dir recht ist oder nicht. Und es ist an der Zeit, dass ich mich dementsprechend verhalte. Ich kann nur hoffen, dass es nicht zu spät ist, auf deine Vergebung zu zählen."

Niemand sprach ein Wort. Hingerissen verfolgten Ornolf und Jorand jede Silbe des Wortwechsels. Das Drama, das sich da vor ihnen abspielte, war spannender als jede Saga aus Rikas Mythenwelt. Einzig Björn fühlte den Schmerz und den Zorn, der von ihr ausging.

„Das Blut ist das Einzige, was ich je von dir erhielt. Mehr werde ich nie verlangen. Ein Mann rettete mich aus den Wassern, denen du mich übergabst." Ihre Stimme war klirrend wie Eis. „Sein Name war Magnus Silberzunge. Ein braver Mann war er, mutig und sanft, ausgestattet mit einem so großen Herzen, dass es einem hilflosen Säugling Schutz bot. Für außergewöhnlich hielt er sich nicht, doch wahrlich, er war es. Er war mein Vater, der Vater meines Herzens, der einzige Vater, den ich je haben werde."

Mit diesen Worten erhob sie sich, verließ den vom Lagerfeuer beleuchteten Kreis und lief hinunter zu der am Strand vertäuten *Walküre.* Björn wäre ihr wohl gefolgt, war aber überzeugt, dass sie ihn ebenso heftig abweisen würde wie vorhin den alten Torvald.

Mit schmerzerfülltem Blick schaute der Alte ihr nach. Mit einem Mal fiel es Björn wie Schuppen von den Augen. Jetzt begriff er, wieso Torvald versucht hatte, Rika die Freiheit zu erkaufen, selbst um den Preis seiner eigenen Scholle. Das war der wahre Grund hinter seiner so widersinnigen Entscheidung, an dieser Reise teilzunehmen. Er liebte Rika ebenso hoffnungslos wie Björn.

Björn warf ihm einen verständnisvollen Blick zu. Als Vater hatte Torvald ihr gegenüber versagt, indem er sie aussetzte. Dann hatte Björn ihr Magnus genommen, den einzigen Vater, welchen sie je gekannt. Der alte Landmann erwiderte seinen Blick. In diesem Moment entstand eine Art Band zwischen ihnen, gebildet durch ihrer beider Liebe zu einer Frau, die sie beide tief verletzt hatten, jeder auf seine Weise.

Und weder dem einen noch dem anderen würde sie dies jemals vergessen.

23. KAPITEL

Über zwei weitere Stromschnellen von gleicher Wildheit wie die erste kamen sie wohlbehalten hinweg, indem sie dieselbe Methode anwandten und das Boot per Hand über die Klippen und Felsen bugsierten. Zwischen den einzelnen Sperren glitt die *Walküre* dann hurtig dahin, besonders begünstigt von dem allmählich größer werdenden Gefälle. Unwiderstehlich rauschten die Fluten nun dem Schwarzen Meer zu.

In der Ferne vernahm Rika ein dumpfes Grummeln. „Gleich wird es regnen", vermutete sie.

„Von wegen." Onkel Ornolf schüttelte den Kopf. „Das ist der Wilde Eifer, den du da hörst. Noch sind wir ein gutes Stück von ihm entfernt, aber der Katarakt ist so gnädig und warnt uns im Voraus."

„Der muss ja gewaltig sein!"

„Und ob", unterstrich Ornolf, um sich dann gegen das Steuerruder zu stemmen und die *Walküre* etwas dichter zum backbordseitigen Flussufer zu lenken. „Björn, halte Ausschau nach dem großen Hagedorn. Bald kommt die Anlegestelle, von der aus wir über Land weitermüssen. Verpassen wir sie, wird der Fluss uns keine weitere Gelegenheit mehr bieten."

Björn, der als Ausguck vorn im Bug stand, nickte beifällig.

„Der Aeifor ist dermaßen lang, dass wir das Schiff mehrere Meilen auf dem Landweg transportieren müssen", erklärte Ornolf. „Der Fluss donnert durch eine Schlucht, dass es nur so brodelt und kocht, und am Ende geht's einen dreißig Fuß hohen Wasserfall hinunter."

Vorn über den langen Vordersteven gebeugt, deutete Björn dem Onkel mit Handzeichen etwaige Untiefen an, die es zu umschiffen galt. „Wie gaben sich übrigens die Petschenegen bei deiner letzten Fahrt?", rief er Ornolf dabei zu.

„Nicht ganz so herzlich, wie wir es gern gesehen hätten", erwiderte der Onkel.

Björn wandte sich an Rika. „Wir müssen auf der Hut sein. Die Petschenegen taugen zwar nichts im Nahkampf, sind aber wahre Dämonen mit dem Bogen."

Vor Schuldbewusstsein stumm, konnte Rika nur nicken. Wieder so eine Gefahr, die sie durch ihre Entscheidung heraufbeschworen hatte. „Aber treibst du nicht Handel mit den Petschenegen?", wollte sie von Ornolf wissen. „Stellen sie keinen Karren wie der Slawenstamm, der uns am Oberlauf der Düna unterstützte?"

„Diesmal wird es nichts mit einem Gefährt", gab er zurück. „Wir fällen ein paar junge Bäume und schieben die *Walküre* über eine Rollbahn aus Baumstämmen. Das dauert zwar länger als mit einem Karren, aber es geht."

„Ist das da vorn nicht der Ausgangspunkt der Landbrücke?" Björn zeigte auf eine kleine Lichtung in der dichten Uferbewaldung. Sie lag im Schatten eines breiten Hagedorns.

„Genau", bestätigte Ornolf. „Du hast scharfe Augen, zumal es ja zehn Winter her ist, seit du mit mir auf Fahrt gingst. Freut mich, dass du dich an die markanten Punkte im Gelände erinnerst." Damit richtete er den Bug seines Frachtenseglers auf die genannte Stelle und ließ die *Walküre* auf das seichte Ufer auflaufen.

„Halte dich auf dem Marsch immer dicht neben mir", sagte Björn zu Rika. Sie nickte.

Ornolf hielt Ausschau nach feindlich gesinnten Stammeskriegern, während Björn und Jorand zu ihren Äxten griffen und die Bäume fällten, deren Stämme sie in gleichmäßig lange Stücke zerlegten. Über diese Rollen sollte der Bootsrumpf dann vorwärtsgeschoben werden. Gleichzeitig schlugen Torvald und Helge ein provisorisches Lager auf und trafen weitere Vorbereitungen für den Landmarsch. Seit Rika ihm die scharfe Abfuhr erteilt hatte, war Torvald sehr zurückhaltend geblieben und hatte sie weder in ein Gespräch verwickelt noch sonst irgendwie behelligt. Zuweilen hatte sie zwar das Gefühl, als beobachte er sie, doch wenn es so war, ließ er sich niemals direkt dabei ertappen.

Nach einer Weile zog es Rika ein Stückchen flussabwärts, hin zu der Stelle, wo Björn gerade mit gleichförmigen Axthieben einem kerzengerade gewachsenen Kiefernstamm zu Leibe rückte. Rika wollte einmal einen Blick über die Steiluferkante auf den Wilden Eifer werfen; immerhin hatte sie dermaßen viel über diesen berüchtigten Katarakt gehört, dass sie ihn unbedingt sehen musste. Der erste Blick schon verschlug ihr den Atem.

Die tosenden Fluten, die unablässig gegen die Klippen donnerten, dröhnten in ihren Ohren. Dunstschleier waberten auf wie Rauch aus Drachennüstern. Bald schon war Rikas Haut von sprühender Gischt benetzt und von einer Gänsehaut überzogen. Wirbelnde Wassermassen brausten hinab in einen brodelnden Hexenkessel, der die ganze Flussbreite einnahm. Unendlich dehnten sich diese Stromschnellen, und auch eine Biegung vermochte die schäumende Flut nicht zu bändigen. Ornolf zufolge rauschte der Dnjepr alsdann durch einen engen Schlund, dessen Ufer senkrecht aus dem Wasser ragten und eine enge Klamm bildeten, durch die sich die rasenden Wogen am Ende in den Abgrund stürzten.

All dieses unbändige Toben zog Rika dermaßen an, dass sie sich weiter über die Kante lehnte. Unzählige Kübel Wasser brausten da durch die Felsenengen in einer zügellosen, immerwährenden Raserei.

Sie entsann sich an jenen Runenstein an der Dünamündung, den sie mit Björn gemeinsam betrachtet hatte. Für einen stillen Moment gedachte sie des verunglückten, auf dem steinernen Mal verewigten Warägers. *Roald wagte sich weit in den Aeifor und ward ein Fressen für die Adler.* Wahrlich, es stimmte: Sich in den Wilden Eifer zu wagen, das kam einer Fahrt ins Jenseits gleich.

Immer näher, immer unwiderstehlicher wurde sie an den Rand des Steilufers gelockt, bis sie sehen konnte, wie einzelne Tropfen Schaum und Gischt über die Felsen schnellten, zwar immer anders geformt, doch stets im selben Muster. Sogar die Aushöhlungen im Granit konnte sie deutlich erkennen, wo die gewaltigen Wassermassen unbarmherzig den widerspenstigen Fels berannten und im Laufe der Zeit ihrer Kraft unterwarfen.

Nicht einmal Stein konnte ewig währen. Irgendwann, so wusste sie, musste auch das felsige Gebein von Mittelerde vergehen und im Feuer verbrennen. In Rikas Weltordnung war nichts von ewiger Dauer, weder ihre Erde noch ihre Götter. Diese Erkenntnis machte sie plötzlich unendlich traurig und verzagt.

Die kurze Daseinsfrist, die ihr im Leben mit all seinen Problemen vergönnt war, sie war vergänglich. Das erkannte sie hier in aller Deutlichkeit. Ihre hoffnungslosen Gefühle für Björn, ihre Selbstaufopferung für das Leben des Bruders – all das würde in tausend Jahren bedeutungslos sein. Sie besaß nur dieses eine Leben, diesen einen Augenblick. *Und was tust du damit?*

Sie wandte dem Abgrund den Rücken zu und blickte zu Björn hinüber. Er hatte sich bis zur Taille entkleidet, um die Arme frei zu haben und die schwere, doppelschneidige Axt unbehinderter schwingen zu können. Am Gürtel trug er sein Messer sowie den Lederbeutel, in dem er für alle Fälle stets Feuerstahl und Zunder mitführte. Sein Haar war im Nacken gebunden, damit es ihm nicht in die Augen fiel. Ein konzentrierter, beharrlicher Ausdruck lag auf seinem markanten Gesicht, und in diesem Wimpernschlag begriff sie, dass sie ihn liebte. Sie liebte ihn mit jeder Faser ihres Seins, mit jedem Atemzug, mit jedem Tropfen Blut, der durch ihre Adern floss.

Und mit derselben Gewissheit wurde ihr eines klar: Sollte sie sterben, ohne von diesem Mann geliebt worden zu sein, so konnte sie sich ebenso gut auf der Stelle das Leben nehmen.

Vielleicht war es einerlei, dass sie am folgenden Tag oder in der folgenden Woche oder im nächsten Monat am Ende der Reise angelangt sein würden und sich trennen mussten. Jeden Moment konnte ein tödlicher Pfeil sie ereilen, sie alle beide. Das Leben, es war ohnehin eine einzige Aneinanderreihung von Abschieden. Niemandem war ein Morgen versprochen. Aber das Jetzt, das hatten sie alle beide.

Obwohl er durch und durch Jäger war, wohnten Björn doch dieselben Instinkte inne, die den Wildhirsch warnen. So hielt Björn urplötzlich mitten im Axthieb inne, und als er herumwirbelte, sah er jenen eindringlichen Blick, der dieses Brennen an seinem Nackenansatz ausgelöst haben musste. Eigentlich hatte er einen Petschenegen erwartet, den Bogen mitsamt dem langen Pfeil bereits im Anschlag, doch stattdessen war es Rika.

Irgendetwas an ihrem leicht geöffneten Mund war anders. Ihre Augen, sie waren warm und bewölkt und von der satten Farbe des hohen Sommergrases, nicht eisig grün wie sonst. Er sah, wie ihr Mund sich bewegte. Zwar hörte er nichts über das Donnern und Brausen des Wassers, doch las er ihr von den Lippen ab, dass sie seinen Namen sagte.

„Rika?“, fragte er zögernd.

Sie trat einen Schritt auf ihn zu, kam aber nicht weit. Nicht nur das Gestein wich der Gewalt der Fluten; nein, auch das weichere Ufer unter ihren Füßen war unterhöhlt vom unablässigen Ansturm der Wassermassen. Es bedurfte nur noch des zusätzlichen Leichtgewichtes von Rikas Körper, und die gesamte Böschung brach ab und rutschte zum Fluss.

Augen und Mund entsetzt aufgerissen, versank Rika geräuschlos im Gischt sprühenden Schlund des Wilden Eifers.

24. KAPITEL

Rika!" Björn ließ die Axt fallen.

Ornolf, der ob des Schreis den Kopf wandte, bekam gerade noch mit, wie sein Neffe zum Rand der Stromschnellen rannte, sich in die Fluten stürzte und mit wild rudernden Armen davongerissen wurde. Zusammen mit Torvald tastete Ornolf sich an die Uferkante heran, dorthin, wo der Erdrutsch abgebrochen war, und genau in dem Augenblick verschwanden zwei Köpfe, einer ein flammend roter Punkt, der andere schwarz, um die Flussbiegung.

„Was können wir tun?", rief Torvald bestürzt.

„Nichts", gab Ornolf tonlos zurück. Dabei liebte er Björn wie einen eigenen Sohn. „Sie sind verloren. Wenn wir Glück haben, bergen wir vielleicht ihre Leichen an der Stelle, wo wir das Boot wieder zu Wasser setzen. Ich würde mich aber nicht darauf verlassen."

Hart krampfte er die Hand um Torvalds Schulter und führte ihn fort von diesem verhexten Ort, ehe der Alte womöglich seiner verlorenen Tochter noch vor Kummer ins Wasser folgte. Jetzt, da Björn nicht mehr war, brauchte Ornolf den gichtigen Landmann dringender denn je. Und selbst wenn keine Braut mehr in Miklagard abzuliefern war, schickte der Jarl von Sogna doch eine Ladung Handelswaren für Abdul Azziz mit, und diese Güter konnten nicht warten.

Er ertrank. Und diesmal nicht in einem nächtlichen Schreckenstraum, sondern in Wirklichkeit.

Das Wasser schlug über ihm zusammen, sodass er sich strampelnd gegen die Kräfte wehrte, die ihn nach unten zogen. Seine Lungenflügel brannten. Dann berührte er mit den Füßen den Boden und stieß sich kraftvoll aufwärts. Mit dem Kopf voran durchbrach er die Wasseroberfläche, gerade lange genug, um nach Luft zu schnappen und zu sehen, wie Rika gegen die Wellen ankämpfte. Sie war nur etwa drei Armeslängen entfernt, doch es hätten ebenso gut drei Meilen sein können. Er kam nicht an sie heran.

Abermals wurde er von den gurgelnden Massen erfasst, unter Wasser gedrückt und über die rund geschliffenen Klippen gezerrt. Blitzartig sah er durch die glasklaren Fluten, wie die Sonnenstrahlen in schimmernden Zacken durch die überhängenden Äste zuckten. Plötzlich aber krachte er mit dem Rücken voran gegen einen riesigen Findling, und zwar mit solcher Wucht, dass ihm schlagartig die Luft wegblieb und er mit aller Macht gegen die Atemnot und seine nach Sauerstoff schreienden Lungen ankämpfen musste, um nicht unter Wasser Luft zu holen.

Wild um sich schlagend, kämpfte er sich mühsam wieder nach oben, hinein in die Welt des Lichts, und als er durch die schäumende Gischt an die Oberfläche gelangte, da sog er gierig die Lungen voll Sauerstoff. Nie war ihm bloße Luft so süß erschienen. Warum nur hatte er es nie geschätzt, das schlichte Wunder des Atmens?

Inzwischen war Rika näher gekommen, japsend und mit angstvoll geweiteten Augen. Lang streckte Björn den Arm nach ihr aus, angestrengt bemüht, sie zu erreichen. Ihrer beider Hände berührten sich zwar mit den Fingerspitzen, griffen jedoch nicht zu. Die wirbelnden Fluten rissen Rika weiter, während er gleichzeitig von einer Unterströmung bei den Knöcheln gepackt und wiederum abwärts gesogen wurde.

Immerhin waren die Felsen dermaßen abgeschliffen, dass Björn nicht von scharfkantigen Vorsprüngen verletzt wurde. Die Klippen im Wilden Eifer, sie waren zwar spiegelglatt, doch das tat ihrer Härte keinen Abbruch. Niemals bei all seinen Faustkämpfen war Björn dermaßen durchgeprügelt worden wie von den Steinen des Dnjepr. Schon spürte er, wie ihm die Sinne schwanden – hier ein Schlag gegen die Schulter, dort ein Stoß in die Nieren, dann wiederum ein krachender Hieb an den Schädel, sodass ihm ein, zwei Herzschläge lang schwarz vor Augen wurde. Wenn er verhindern wollte, von den tobenden Wassermassen zu rohem Fleisch zerhackt zu werden, musste er ihnen unbedingt entrinnen.

Kaum war er wieder aufgetaucht, da sah er, wie ein massiger Findling drohend vor ihm aufragte. Verzweifelt drehte er sich im Wasser, um mit dem Rücken voran gegen das Hindernis geworfen zu werden. Gerade wappnete er sich für den Aufprall, als er auch schon von dem Felsen zurückgeschleudert wurde, mitten hinein in die Strömung und dann gegen etwas Weiches. Es dauerte eine Weile, bis er begriff, dass es Rika war. Beide Arme um sie geschlungen, hielt er sie fest, während sie beide wieder unter Wasser gedrückt wurden.

Schlaff und leblos hing Rika in seinen Armen, ihr Kopf haltlos an seiner Schulter. Mit einem Arm rudernd, kämpfte er sich an die Oberfläche zurück. Zu beiden Seiten ragten die Ufer des Dnjepr bedrohlich empor, und obwohl Björn inzwischen nicht mehr so vielen halb unter Wasser liegenden Felsen ausweichen musste, strömten die Fluten schneller und tiefer denn je. Selbst wenn er sich irgendwie seitwärts bewegte – die Ränder waren zu steil, als dass er ans rettende Ufer hätte kriechen können. Die reißende Strömung trieb die beiden weiter flussabwärts, so machtvoll, dass es unmöglich war, gegen die nasse Gewalt anzukommen.

Lauter hallte das Tosen und Brüllen in Björns Ohren. Der Wasserfall! Hilflos den brausenden Fluten ausgeliefert, rauschten die Unglücklichen auf die Kaskaden zu.

Je näher sie dem Rande des Abgrundes kamen, desto mehr verstärkte Björn seinen Griff um Rika. Für einen Wimpernschlag war es, als schwebten sie wie gefroren über den Tiefen, und über sich sah er das majestätische Blau des Himmels.

Dann ging es hinab, immer hinab im freien Fall, umschäumt von sprühender Gischt, und mit den Füßen voran landeten sie klatschend im tiefen Kessel am Fuße des Wassersturzes.

Schaumige Massen brodelten um sie herum wie Milch in einem Butterfass. Hilflos umhergestoßen gerieten sie beide in jenen alles zermalmenden Strudel, welcher im Zeitraum der Lebensspannen von Tausenden Menschen das Flussbett ausgehöhlt und so diesen Wasserfall gebildet hatte. Unbarmherzig war sie, diese Macht, aufzuhalten weder von Stein noch Baum noch gar der lächerlich kleinen Kraft eines Menschen.

Björn ging unter, hinabgezogen vom Gewicht seiner durchweichten Beinlinge und der reglosen Rika. Schon merkte er, wie er sich in sein Schicksal ergab, wie jegliche Kraft aus seinen Gliedern wich, wie sein Kampfeswille erlahmte. Es war der Punkt in seinen Albträumen, an dem er aufgab und sich kampflos den Wassern überließ.

Lass los!, drängte ihn eine flüsternde Stimme. Füge dich deinem Schicksal! Wie beklemmend vertraut ihm das alles vorkam – der letzte Moment, ehe die reißenden Fänge der Jormungand durch die Finsternis blitzen, um ihn zu verschlingen. Diesmal indes war er nicht allein. Auch Rika war dem Ungeheuer geweiht.

Nein! Wenn die Reise schon in die Unterwelt gehen sollte, dann kämpfend, nicht hilflos den Tiefen preisgegeben wie ein Stück Treibholz. Schlagartig durchströmte ihn frische Kraft, sodass er sich mit den Füßen vom Flussbett abstoßen konnte. Mit dem freien Arm rudernd und mit den Beinen strampelnd, kämpfte er sich aufwärts, Rikas Taille dabei weiterhin fest umklammert.

An der Oberfläche angelangt, schnappte er japsend nach Luft in keuchenden, röchelnden Atemzügen und rollte sich so auf den Rücken, dass Rikas Körper auf ihm lag. Sobald ihr Kopf sicher auf seiner Brust ruhte, atmete er nochmals tief durch, sodass ihm der Sauerstoff beinahe zu Kopf stieg. Schon fühlte er frische Kraft in Armen und Beinen.

Wieder trieben sie mit der Strömung dahin, sanfter diesmal, doch Rika rührte sich nicht. Plötzlich bemerkte Björn, dass sie sich einer kleinen, mitten im Strome gelegenen Insel näherten, und mit kräftigen Zügen seines freien Armes arbeitete er sich darauf zu. Dann stießen seine Füße auf felsigen Untergrund, sodass er sich mit einiger Mühe aufrichten und mit Rika auf den Armen stolpernd an Land wanken konnte.

Behutsam bettete er sie ins hohe Gras. Ihre Haut war so weiß wie der herrliche Alabaster, den er vor langer Zeit in Miklagard gesehen hatte. Die Augen waren geöffnet, starrten jedoch blicklos ins Leere. Keuchend beobachtete Björn ihre Brust und hoffte auf ein Lebenszeichen. Doch nichts geschah.

„Rika! Nein!“, schrie er sie an. Einmal war er Zeuge gewesen, wie sein Vater einen ertrunkenen Gefährten wiederbelebt hatte. Was hatte der Vater da noch gemacht? Angestrengt dachte Björn nach. Er schüttelte die Liegende und drückte kräftig auf ihr Brustbein. „Atme gefälligst!“, herrschte er sie an.

Dann bedeckte er ihre Lippen mit seinem Mund, um Rika zum Leben zu erwecken. Ihr Brustkorb hob sich einmal und senkte sich wieder, mehr nicht. Björn blies ihr nochmals Luft in die Lungen, doch immer noch lag sie vollkommen reglos da.

„Nein, so nicht!“ In seiner Stimme schwang helle Panik. „Nein, nein, nein!“ Mit jedem hinausgeschrienen Nein drückte er fester auf ihre Brust. „Komm, Rika! Überliste das Wasser! Gemeinsam mit mir!“

Abermals presste er seine Lippen auf ihren Mund, um seinen Atem mit Macht in sie hineinzuzwingen. Noch war sie warm, doch ahnte er schon, dass er den Kampf mit den schicksalhaften Nornen verlor.

„Nein!“ Die Hand zur Faust geballt, hieb er mit aller

Wucht mitten auf ihre Brust. Schlagartig schlossen sich ihre Lider, doch Björn bemerkte, wie sich darunter etwas bewegte, da sie anscheinend die Augen verdrehte. Dann hustete sie und gab ein ersticktes Röcheln von sich. Grenzenlose Erleichterung überkam ihn. Er wälzte sie auf die Seite und klopfte ihr auf den Rücken, sodass sie das geschluckte Wasser aus ihren Lungen speien konnte.

„So ist es recht!", feuerte er sie an. „Heraus damit!"

Als sie fertig war, rollte sie sich schwer atmend auf den Rücken.

„Hast du dir etwas getan?", fragte er eindringlich.

„Mir tun sämtliche Knochen weh", gab sie zurück und bewegte Arme und Beine, um ihm zu demonstrieren, dass sie noch im Vollbesitz ihrer Gliedmaßen war.

Schnell befühlte Björn ihre Arme und Beine und schob dann die Hand unter ihre durchnässte Tunika. Mit den Fingerspitzen tastete er ihren Brustkorb ab, die Rippenbögen unter der glatten Haut.

„Nichts gebrochen", befand er. „Jedenfalls nicht nach meinem Gefühl."

Sie hob die zitternde Hand und legte sie ihm gegen die Brust. „Aber du kannst doch gar nicht schwimmen, Björn."

Sein Mundwinkel bog sich ein wenig aufwärts. „Ich glaube, jetzt kann ich's einigermaßen."

„Du … du bist mir nachgesprungen … in den Wilden Eifer …"

Den Ellbogen aufgestützt, streckte er sich neben ihr aus. „Ich sah ja, wie mein Herz den Fluss hinuntergespült wurde." Er schmiegte die Hand an ihre Wange. Auf der weichen Haut bildete sich bereits ein Bluterguss. „Da musste mein Körper ihm nach."

„Ach", seufzte sie. Ihr Mund öffnete sich; ihre Brust bebte. „Liebe mich, Björn!"

„Das tue ich doch!“, raunte er. Dann küsste er sie sanft und löste sich wieder von ihr, um ihr eine nasse Strähne aus der Stirn zu wischen.

„Nein, richtig, meine ich! Hier auf der Stelle!“ Mit beiden Händen packte sie ihn bei den Schultern. „Ich bitte dich darum!“

„Rika, ich möchte dir nicht mehr wehtun“, sagte er.

„Es ist mir egal, ob es schmerzt.“ Sie zog seinen Kopf zu sich herunter und küsste ihn innig. „Leben will ich! Fühlen, egal, ob Lust oder Qual. Das kümmert mich nicht. Ich möchte fühlen … alles!“

25. KAPITEL

Rika presste den Mund an seinen Hals, kostete seine Haut, so salzig und warm. Unter den Lippen spürte sie, wie sein Puls schneller ging. „Ich bitte dich, Björn", flehte sie. „Zeig mir, wie ich dich lieben soll!"

Als er sie in die Arme schloss, schmolz sie regelrecht dahin, erschauernd vor Wonne unter den Händen, die über ihre Haut glitten, diesmal nicht furchtsam, nicht tastend nach Knochenbrüchen, sondern sinnlich und voller Gefühl. Kräftige Finger, die kosend über vibrierende Stellen fuhren. Sie tat es ihm gleich, indem sie ganz sacht die Fingerspitzen über seine Schultern streifen ließ und dann hinunter an seiner Brust. Ein wunderbares Gefühl war es, die straffen, warmen Muskeln unter den forschenden Händen zu fühlen.

Er fand ihren Mund, ergab sich ganz und gar diesem Kuss, derweil seine Finger den Verschluss ihrer Schnallen erforschten. Sie half ihm, ihr das Gewand und die durchweichte Tunika abzustreifen, löste sich aber nur widerwillig von seinen Lippen, nur für den kurzen Augenblick, den er brauchte, um ihr das klatschnasse Tuch über den Kopf zu streifen. Sanft kosend und streichelnd umschmiegten seine Hände warm und weich ihre nackten Brüste.

An seinen Beinlingen zerrend, streifte sie ihm die Beinkleider über die straffen Schenkel. Er war bereit, doch als sie ihn berührte, durchlief ihn ein Schauer, sodass er ihre Hand fortzog.

„Noch nicht!" Seine Stimme war heiser, als könne er sich kaum beherrschen.

Er bettete sie wieder ins Gras, dessen lange Halme sie kühl, weich und kitzelnd an ihrer Haut spürte. Die Arme über den Kopf gestreckt, gab sie sich ganz seinen Lippen hin, die sie nunmehr erforschten, seitlich herunter an ihrem Hals und sacht hinweg übers Schlüsselbein bis hinunter zu ihren Brüsten.

Den Rücken gewölbt, bot sie ihm ihre schwellenden Knospen dar. Spürte er ihre Hingabe? Sie war ganz sein, mit Haut und Haaren; was immer er von ihr verlangen mochte – er brauchte es nur zu nehmen. Und hätte er ihre Seele begehrt, so hätte sie sich diese bedenkenlos aus dem Leibe gerissen und ihm überlassen.

Als er jedoch den Kopf hob und sich ihre Blicke trafen, da konnte sie erkennen, dass Björn nicht aufs Nehmen aus war. Die dunklen Augen glühten, in seinem Lächeln lag tiefe Liebe. Mit jeder Faser, mit jedem Fingerbreit Haut wollte er geben.

Und er tat es auch. Gleich Wogen schwappten die Wonnen über Rika hin, ausgelöst von der geschickten Liebeskunst seiner Hände und seines Mundes. Er fand und küsste jede auch noch so verborgene Stelle an ihr, liebkoste ihren Nabel mit seiner Nasenspitze, ließ seine Zunge über die weichen Falten an Ellbogen und Knien spielen. Genauso gekonnt, wie er gemeinhin sein Langboot durch stürmische Brecher lotste, so steuerte er nunmehr Rika durch ein Wellental köstlichster Liebesqualen.

„Was soll ich tun?“, fragte sie ihn, als sie zwischendurch nach Luft schnappte und seine Zähne sacht knabbernd an ihren Knospen fühlte.

„Das hat noch Zeit“, raunte er heiser. „Dieser Augenblick gehört dir.“ Sein Mund glitt abwärts, hinunter zu jenem rötlichen Vlies aus krausem Haar.

Sie wand sich vor Wonne unter den Lippen, rief lustvoll stöhnend seinen Namen. Umklammerte seine Schultern und zog ihn zu sich herunter.

Als er dann in sie eindrang, fühlte sie sich wie ein sicherer Hafen, der jauchzend das einlaufende Schiff empfängt und es nach langer Reise endlich daheim willkommen heißt.

Verbissen und mit größter Mühe hielt er sich noch zurück, aber sie trieb ihn an, und als er sich endlich gehen ließ, da war ihr, als würde es sie schier zerreißen. Ein berstender Schmerz fuhr ihr durch und durch, aber es war ihr egal.

Heiß war er, hart und stark. So selig war sie, ihn in sich zu fühlen, dass sie es nicht mehr aushalten konnte und vor Wonne und Lust aufschrie.

Die Hände ineinander verkrallt, die Finger miteinander verschlungen, gaben sie sich einander hin, Herz an Herz, Haut auf Haut, langsam zuerst, dann immer drängender, so wie zwei rauschende Flüsse, die an einer wilden Flussgabelung aufeinandertreffen, hektisch und ungestüm, bis sie eins werden. Die Grenze zwischen Schmerz und Wonne verwischte, und was allein zählte, war das Verlangen.

Rika wusste nichts von ihrem Sturz über den Rand des Abgrunds, doch Björn wurde das sonderbare Gefühl nicht los, dass die Geschichte sich wiederholte, denn auch sie schwebten nun gleichsam über dem Wasserfall, um dann gemeinsam mit ihm in lustvoller Raserei hinabzustürzen. Jegliches logische Denken verbrannte in einer Feuersbrunst flammender Hingabe, die alles Begreifen hinwegfegte.

Ein strahlendes Etwas nur erwachte bei beiden zu neuem Leben: die Seele, die sie nun miteinander teilten.

26. KAPITEL

Warmes Sonnenlicht kitzelte Rikas Wimpern, sodass sie die Augen aufschlug. Etwas Schweres hielt sie am Boden fest. Es dauerte geraume Zeit, bis sie begriff, dass es Björn war. Bevor er in seligem Vergessen versank, hatte er ein Bein über ihre Schenkel und einen Arm quer über ihre Brust gelegt, die Hand noch immer besitzergreifend um ihre Brust geschmiegt. Und schon wieder begannen ihre Knospen zu schwellen.

Ihr war, als hätten sich sämtliche Gelenke in ihrem Körper gelöst, fast wie nach der Folter auf einer fränkischen Streckbank. Sie spürte das Ziehen des Blutergusses an ihrer Wange, und als sie ihn vorsichtig betastete, zuckte sie zusammen. Die empfindliche Haut war straff gespannt. Kein Zweifel, auch andere Körperteile würden ihr wehtun, sobald sie versuchen würde, sich zu bewegen. Allein, in diesem Augenblick war's ihr vollkommen egal.

Sie lebte!

Sie fühlte sich so lebendig, wie sie es im ganzen Leben noch nicht erfahren hatte. Schon dass sie überhaupt etwas fühlte, das an sich war ein unermessliches Geschenk. Was machten dagegen schon die paar Wehwehchen aus?

Sacht schob sie sich unter Björn hervor, sorgsam darauf bedacht, ihn ja nicht zu wecken. Vorsichtig tappte sie dann hinunter zum Inselufer und watete in die seichten, quirlenden Fluten. Wie köstlich kühl das Wasser war! Bis zum Hals tauchte sie in das kühlende Nass und ließ sich von der Strömung liebkosen.

Am Himmel über ihr zwitscherte ein Vogel, ein Lockruf offenbar, durchdringend und süß. Die Luft war erfüllt vom lebendigen, frischen Duft üppigen Grüns.

Wie kam es bloß, dass sie früher nie wirklich auf ihre Sinne geachtet hatte? Vermutlich, sagte sie sich, warst du zu sehr vertieft in Epen und Legenden, in Götter- und Heldensagen, um dich damit zu befassen, was wirkliches Leben bedeutet.

Was auch von nun an geschehen mochte – an diesen Tag würde sie sich bis an ihr Lebensende erinnern: an den Tag, an dem sie erstmals richtig zum Leben erwacht war. *Oh, ihr Götter, ich bitte euch, helft mir, dass ich es in den mir bevorstehenden stürmischen Zeiten nicht vergesse!*

„Holla, Elfenmaid!“, rief da plötzlich Björn.

Gemächlich drehte sie sich im Wasser. Er richtete sich gerade auf und schaute ihr schmunzelnd zu. Am liebsten hätte sie ihm auf der Stelle einen Kuss auf jenes hinreißende Grübchen in seinem Kinn gepflanzt. Das Herz hüpfte ihr in der Brust wie ein Lämmchen im Lenz.

„Hast du Hunger?“, fragte er sie.

Jetzt, da er es erwähnte, merkte sie, wie ihr der Magen zu knurren begann. „Ja“, entgegnete sie, erhob sich tropfnass und räkelte sich in den Sonnenstrahlen, die ihre nackte Haut küssten.

Als sie dann auf ihn zuging, da sah sie, wie seine Augen dunkler wurden. Er begehrte sie schon wieder, und als sie vor ihm auf die Knie sank, um ihn zu küssen, da wallte unbändige Glückseligkeit in ihr auf. Vielleicht würde er ihr diesmal zeigen, wie sie ihm Liebe geben konnte! Ging das überhaupt, ihm mit dem Mund dieselben Wonnen zu schenken, wie er es mit ihr getan hatte? Ein Meer von Möglichkeiten, eine Saga von epischer Länge, die köstlichsten Liebesqualen, die man sich ausdenken konnte – all das wirbelte nun durch ihre Fantasie, bis ihr schier schwindlig wurde davon. Federleicht ließ sie die Hand über seinen Brustkorb gleiten, über die violett schillernde Stelle an seiner Schulter und dann mit leichtem Druck der Fingernägel hinab über den flachen Bauch. Genussvoll spürte sie seine Haut, so glatt und warm über den straffen Muskeln.

„Erst wird gegessen, Liebste!“ Er griff sich ihre Hand und drückte ihr einen Kuss in die Handfläche. „Wir müssen schließlich bei Kräften bleiben. Nachher werde ich eine Schlinge aufstellen, doch vorerst müssen wir uns etwas zu essen suchen.“

Er stand auf und dehnte sich, den nackten Körper herrlich gereckt im vollen Sonnenlicht, wiewohl Rika die blauen Flecken an Armen, Beinen und Schultern nicht entgingen. Auch auf dem breiten Rücken sah man die Spuren der verwegenen Jagd den Wilden Eifer hinunter. Dass auch sie selbst überall Schmerzen verspürte, verriet ihr, dass sie wohl ähnlich aussehen musste wie er.

Hand in Hand gingen sie zu einem nahe gelegenen Gebüsch, dessen Zweige überreich behängt waren mit späten Beeren, welche bislang noch von hungrigen Vogelschnäbeln verschont geblieben waren. Meist waren die Früchte so süß, dass man ganz schläfrig davon wurde, aber vereinzelt fanden sich auch welche, die dermaßen sauer schmeckten, dass es Rika Mund und Lippen zusammenzog. Die beiden Liebenden wetteiferten um die üppigsten Früchte und fütterten sich gegenseitig mit den Beeren.

Björn leckte Rika den Saft von den Fingern, indem er jeden einzeln genüsslich abschleckte. Vor Begehren krampfte sich alles in ihrem Leib zusammen. Wie konnte er eine so belanglose Handlung in etwas so Sinnliches verwandeln? „Du bist mir ja ein ganz Verwegener!“, schalt sie ihn spielerisch.

„Gut, dass du das gleich zu Anfang merkst“, konterte er mit blitzenden Augen. „Dann wirst du in künftigen Winternächten nicht so erschrocken sein über die Spiele der Liebe, die ich dir beibringe.“

In künftigen Winternächten … Ach, wären sie nur möglich! Welch lustvolle Wonnen sie sich dann schenken würden, sie und dieser Mann! Ein ganzes liebendes Leben voller Glückseligkeit! Einerseits sehnte sie sich danach, diesen idyllischen Augenblick so lange wie möglich still zu genießen. Andererseits wusste sie, dass es nicht ging, denn ständig erinnerte sie etwas an Magnus' Mahnung, immer die Wahrheit zu sagen.

Als sie die Schultern straffte, spürte sie erneut den Schmerz in ihren Gelenken. „In künftigen Wintern", befand sie ganz sachlich, „werde ich die Gemahlin von Abdul Azziz sein."

„Ach, Unfug!" Er steckte sich eine Beere in den Mund und verzog das Gesicht, weil sie so sauer war.

„Nein, die Wahrheit", stellte sie lakonisch fest.

Erste Unmutsfalten gruben sich in seine Stirn. „Falls es dir entgangen sein sollte, mein Herz – zur Braut eignest du dich nicht mehr so recht. Den Göttern sei's gedankt. Du bist ja keine Jungfrau mehr."

„Da gibt es Mittel und Wege …" Ihr fiel nämlich ein, wie sie einmal das bange Flüstern einer jungen Braut am dänischen Hofe mitgehört hatte. Eine alte Hebamme hatte der Unglücklichen geraten, sich in der Hochzeitsnacht eine kleine, mit Blut gefüllte Tierblase einzuführen. Damit war der Ehre Genüge getan, und der Bräutigam ahnte von nichts.

„Ich liebe dich, Rika, und ich glaube, dass auch du mich liebst." Björns Gesicht war bleich und bedrückt. „Es muss doch eine Möglichkeit geben, dass wir zusammen sein können!"

„Nein. Zwar werde ich dich ewig lieben, doch eine gemeinsame Zukunft ist uns nicht beschieden." Tränen hingen an ihren Wimpern. „Ich gab mein Wort!"

„Und ich ebenso. Dich zu entjungfern bedeutet auch den Bruch meiner Treueverpflichtung gegenüber Gunnar. Früher, ja, da hätte ich mich eher in eine Schlangengrube begeben, bevor ich meinem Eid abtrünnig werde. Doch das war, bevor ich deinem Zauber verfallen bin." Fragend sah er sie an. „Gunnar meinte, du hättest mich verhext. Hat er recht?"

„Natürlich nicht!", protestierte sie. „Ich bin des Seidr

doch gar nicht kundig!"

„Und doch ist deine Liebe so stark, dass sie mir wie Zauberei erscheint", wandte er ein. „Das alles schert mich nicht, wenn du nur bei mir bleibst, Rika. Meine Ehre ist sowieso dahin", stellte er leise fest.

„Verzeih mir", bat sie. „Es gibt keinen anderen Weg."

„Nein, ich will nicht glauben, dass du sie ernst nimmst, diese Posse einer Vermählung mit dem Muselmanen." Plötzlich erhellte ein Gedankenblitz sein Gesicht. „Wir gelten doch als tot. Niemals wird Ornolf vermuten, dass wir den Wilden Eifer überlebt haben. Ich kann es ja selbst kaum fassen. Wir müssen doch gar nicht gen Norden zurück. Und niemand wird es erfahren."

„Nein, Björn." Sie legte ihm die Hand auf den Arm. „So oder so, ich muss doch weiterreisen nach Miklagard."

Seine Wangen spannten sich; ein Muskel zuckte unter der Haut. Als er Rika zornig anschaute, da blickte sie tief in seine dunklen Augen eines ihr völlig Fremden, eines grimmigen Unbekannten. Während der vergangenen Wochen in seiner Gesellschaft hatte sie ganz vergessen, wie er aussah, jener gefühllose Ausdruck, der bei ihrer ersten Begegnung auf seinen markanten Zügen gelegen hatte. Nun war er wieder da. Zähnefletschend wie ein Raubtier musterte er sie.

„Außer mir bekommt dich keiner!"

Er riss sie an seine Brust und fiel wie wild über ihren Mund her. Ein klagender Laut entfuhr ihr, aber er hörte nicht darauf. Seine Finger krallten sich in sie hinein, grob und ohne Rücksicht auf ihre wunden Schrammen, sodass sie vor Schmerz und Schock aufschrie. So hatte er ihr noch nie wehgetan, nicht einmal in der Hitze der Leidenschaft.

Sich heftig wehrend, entwand sie sich seiner Umklammerung und rannte davon, ohne zu wissen wohin. Nach wenigen Schritten hatte er sie eingeholt. Da geriet er ins Stolpern und riss sie mit sich. Sie stürzte der Länge nach auf ihn, aber er wälzte sich über sie und drückte sie mit seinem Gewicht zu Boden.

„Björn!“, flehte sie. „Lass mich!“

Offenbar hörte er sie nicht, denn er zwängte ein Knie zwischen ihre Schenkel und zwang ihre Beine auseinander.

„Keiner außer mir“, knurrte er wild. Sie spürte, wie seine erregte Männlichkeit sich gegen ihre Schenkel presste.

„Lass das!“, schrie sie. Falls er ihr Gewalt antun und sie mit brachialer Rohheit nehmen würde, so wäre das eine schlimmere Strafe als alle Klippen von Aeifor. „Willst du denn, dass ich dich hasse?“

Jäh hielt er inne.

Das animalische Funkeln in seinen Augen erlosch; es schien, als nehme er Rika jetzt erst wahr, als sehe er jetzt erst die Tränen, die ihr über die zerschrammten Wangen rannen, die geschwollenen Lippen und – das Schlimmste von allen – die Furcht in ihrem Blick.

„Rika! Oh, ihr Götter!“ Er zuckte zurück und wälzte sich von ihr herunter. „Vergib mir!“ Es klang wie ein Aufschrei.

Zerschlagen und zerschunden setzte sie sich auf. Sie streckte die Finger aus, um ihn zu trösten, ihn zu berühren, doch sie zitterte dermaßen heftig, dass sie die Hand zurückzog. Furcht und Sehnen rangen in ihr miteinander. Nicht umsonst hatte Magnus gewarnt vor der unberechenbaren Gewalt der *inn makti murr,* der mächtigen Leidenschaft. Als sie Björn angefleht hatte, er möge sie endlich lieben, da hatte sie nie mit dieser alles verschlingenden Wildheit gerechnet.

„Warum?“, fragte er. „Warum tötest du mich schrittweise?“

Nur ihre Unterwerfung unter Gunnars Willen bot die Gewähr für die Sicherheit ihres Bruders. Niemand – ausgenommen vielleicht Björn, der dabei selbst in Gefahr war – würde ihr gegen den Jarl von Sogna den Rücken stärken. Ja, die Last der gegen Ketil und Björn ausgestoßenen Drohungen ruhte zwar unverändert auf ihr, doch nun hatte es keinen Zweck mehr, die volle Wahrheit weiter zu verheimlichen.

„Wenn ich den Araber nicht heirate, wird Gunnar meinen Bruder nach Uppsala zum Heiligen Hain schicken, auf dass er dort im nächsten Sommer als Menschenopfer dargebracht wird. Und wenn ich dir seine Pläne verriete, so sagte er mir zudem, werde er dafür sorgen, dass dich aufs Neue ein solches Unglück trifft wie mit dem niederstürzenden Baum."

Björn wandte sich um und sah sie an. „Das ist alles?"

„Ja. Reicht es dir etwa nicht?"

„Warum hast du es mir verschwiegen?" Er setzte sich auf. „Hältst du mich für so machtlos? Ich könnte Ketil ohne Weiteres heimlich fortschaffen lassen und ihn in Sicherheit bringen. Du müsstest doch wissen, dass ich ein guter Krieger bin."

„Weil ich dich und Ketil schützen wollte. Selbst wenn dir Gunnars Pläne bekannt gewesen wären – du hättest doch nicht ewig auf der Hut sein können. Ein einziger unachtsamer Augenblick hätte ihm doch genügt. Und später, als ich schon glaubte, wir könnten Gunnar eventuell besiegen, da hielt ich weiter um deiner Ehre willen den Mund."

„Um meiner Ehre willen?"

„Ach, Liebster, siehst du's denn nicht?" Zaghaft fasste sie seinen Unterarm, und Björn bedeckte ihre Hand rasch mit der seinen, als fürchte er, sie könne sie ihm wieder entziehen. „Selbst wenn wir nach Norden fliehen und Ketil entführen, wird sich doch nicht verheimlichen lassen, dass du deinen Treueschwur gegenüber dem Jarl gebrochen hast. Geächtet würdest du, bestenfalls verbannt, im schlimmsten Falle im Moor ertränkt. Im Jenseits wärst du des Eidbruches wegen verdammt zum Leben in Niflheim. Im Diesseits dürftest du die Heimat niemals wiedersehen."

„Nach Sognefjord kehre ich sowieso nicht zurück", entgegnete er verbittert.

„Du musst!“, beschwor sie ihn. Ihre Nasenspitze färbte sich rot; eine einsame Träne kullerte ihre Wange hinunter. „Um meinetwillen. Reise ich weiter gen Miklagard, so gilt dein Eid vor aller Augen auch weiterhin. Nur dann kann ich die Ehe mit meinem muselmanischen Gatten ertragen, wenn ich weiß, dass du dort oben in Sogna bist, dass du dich kümmerst um die Menschen am Fjord und um das Land. Dass du auf Ketil aufpasst, dass du in Ehren lebst und hoffentlich auch in Freuden.“

Björn sah, wie ihre Lippen zitterten, wie ihr Kinn bebte, wie sie mit den Tränen kämpfte. Sie stand indes auf verlorenem Posten. Die Tränen flossen trotzdem.

Er breitete die Arme aus und war unaussprechlich dankbar, als Rika sich an ihn schmiegte. Zärtlich hielt er sie umfangen und ließ sie weinen, wusste er doch, dass sie die Tränen für sie beide vergoss.

Ach, pfeif doch auf das Morgen!, dachte er voller Grimm. Gegenwärtig war er zufrieden, sie in den Armen halten zu können.

27. KAPITEL

Am Morgen gelang es Björn, mit einem behelfsmäßigen Speer aus einem vorn angespitzten Stecken ein Kaninchen zu erlegen. Nun röstete der kleine Braten über einem Feuer. Zischend tropfte das Fett in die Flammen; ein köstlicher Duft durchzog die Luft. Aus Tagen war gut und gern eine Woche geworden, in der sie auf dem Eiland auf Ornolf und seine Gruppe warteten, die eigentlich bald die Überlandstrecke überwunden haben mussten.

Es war eine Zeit gewesen, in der es den Liebenden an nichts gemangelt hatte. Mit seinem Holzspeer spießte Björn Fische im Fluss auf, oder er lockte unvorsichtige Beutetiere in eine aus Weidenruten gefertigte Schlingenfalle. Rika grub indessen nach Knollen und sammelte andere essbare Pflanzen. Der Fluss, der sie beinahe umgebracht hatte, als sie in den wütenden Wasserfall geraten waren, er sorgte nun gut für sie.

Außerdem hatten sie „tief ins Füllhorn der Liebe geschaut". Ein Schmunzeln glitt über Rikas Gesicht, wenn sie an die poetisch verbrämte Umschreibung dachte, die sie so oft beim Erzählen eines Maidensanges benutzt hatte. Nie hätte sie geahnt, dass dieses Füllhorn der Liebe einen derart berauschenden Trunk enthielt.

Einer unausgesprochenen Abmachung folgend, redeten sie nicht mehr über die Zukunft. Stattdessen tollten sie lachend und albern wie Kinder durch das flache Wasser am Ufer, um sich danach in hemmungsloser Leidenschaft der Liebe hinzugeben, stets mit der schuldbewussten Verzweiflung jener, die wissen, dass ihre Zeit kurz bemessen ist. Ein Morgen gab es nicht. Es zählte allein das ewige Jetzt.

Das Dröhnen der Stromschnellen lag zwar stets in der Luft, doch Rita hatte gelernt, es einfach zu überhören. Als daher eines Tages ein merkwürdiges, schabendes Knirschen von den umstehenden Kiefern widerhallte, spitzte sie die Ohren. „Was ist das?“, fragte sie.

„Es hört sich an wie der Rumpf der *Walküre*“, erwiderte Björn. „Um sie über Land zu transportieren, mussten sie runde Stämme vorn vor den Bug legen und das Boot darüber vorwärtsrollen.“ Er zeigte ihr, wie das ging, indem er eine Handfläche über die andere gleiten ließ. „Ist das Ende der Rollen erreicht, nimmt man diejenigen, über die der Rumpf schon hinweg ist, hinten fort und legt sie vorn wieder hin. Ungefähr so, als baue man sich einen Knüppeldamm, indem man die Hölzer, über die man hinweg ist, hinter sich hoch nimmt und vor sich wieder niederlegt. Ein mühsames Unterfangen; es geht nur langsam voran, und dabei mussten sie mindestens sechs Meilen auf diese Weise überwinden. Obendrein mit einem Mann weniger“, fügte er zerknirscht hinzu. „Doch mir scheint, dass sie sich inzwischen dem Fluss nähern.“

„Ach!“ Das Herz wurde Rika schwer. „Wann werden sie denn hier sein?“

„Bald, Liebste“, antwortete er leise. Sein Gesicht wurde auf einmal ernst. „Rika, was ist, wenn du ein Kind erwartest?“

Sie blinzelte verwirrt. Tatsächlich, daran hatte sie gar nicht gedacht. Doch wenn sie hier auf der Insel nicht empfangen hatte, so ganz gewiss nicht aus Mangel an Versuchen. Dennoch: An der vereinbarten Vermählung würde es nichts ändern. Keines von Björns Argumenten konnte sie davon überzeugen, dass es noch eine andere Lösung gab. Die Heirat blieb die einzige Möglichkeit, dem Bruder sowie dem Mann, den sie mehr als das Leben liebte, die Unversehrtheit zu sichern.

„Wenn ich ein Kind von dir unter dem Herzen trage“, sagte sie mit einem gezwungenen Lächeln, „dann wird es mir wie ein Geschenk sein.“ Für einen Moment stellte sie sich das kleine Wesen vor, das er ihr möglicherweise geschenkt hatte: schwarze Augen und dunkles Haar. „Heißt es nicht oft, das erste Kind könne wohl jederzeit kommen, während das zweite neun Monate braucht?"

„Nimm das nicht auf die leichte Schulter", mahnte er sie, wobei er eindringlich ihre Hand umfasste. „Wenn du zu früh gebierst, dazu noch ein Kind mit heller Haut, dann schickt der Araber dich zu Gunnar zurück, und zwar ohne Nase. In dieser Hinsicht kennen sie kein Erbarmen, die Leute in Miklagard."

Erbleichend zählte sie im Geist die Wochen zurück. Zum Glück war ihr weiblicher Zyklus bisher so regelmäßig gekommen wie Ebbe und Flut. „Wie lange brauchen wir noch bis Miklagard?"

„Drei Tage noch den Dnjepr hinab, dann zehn Tage Fahrt übers Schwarze Meer bis zum Goldenen Horn", erklärte er. „Bei günstigem Wetter zwei Wochen, mehr nicht."

„Bekäme ich ein Kind, müsste ich es also bis dahin wissen."

„So versprich mir eins." Sanft küsste er die Innenseite ihrer Handgelenke. „Ist tatsächlich ein Kind unterwegs, so wirst du es mir sagen. Die Welt ist größer, als du dir denken kannst. Noch haben wir Zeit, gemeinsam fortzugehen, und zwar so weit, dass man uns niemals findet."

„Ach, Liebster, dann wärst du doch ehrlos! Der Norden wäre dir auf ewig versperrt." Rika hatte sich damit abgefunden, die Fjorde niemals im Leben wiederzusehen, und diese Erkenntnis lastete ihr auf der Seele wie ein wuchtiger Ankerstein. Sie wollte vermeiden, dass Björn auf gleiche Weise entwurzelt wurde, dass er denselben dumpfen Schmerz fühlen musste. „Sognefjord und deine dir Anvertrauten, alles, was dir lieb und teuer ist … das alles wäre auf immer dahin. Wie kann ich zulassen, dass du um meinetwillen deinen Eid opferst?"

„Ich war gewillt, dir in den Abgrund zu folgen. Ist dir das nicht Beweis genug, wie wenig mir all diese Dinge bedeuten, wenn ich dich andererseits verliere? Das wiegen sie niemals auf.“ Das Knirschen des hölzernen Bootsrumpfs war nun schon deutlicher zu hören. Björn hatte sogar das Gefühl, als vernehme er bereits die dröhnenden Befehle des Onkels.

„Und Ketil? Was wird aus ihm?“

Und was aus mir? Aus uns? Am liebsten hätte Björn sie heftig durchgerüttelt und wütend angebrüllt. Er wusste indes, dass diese Auseinandersetzung nicht zu gewinnen war. Nach Rikas Überzeugung gab es keine andere Möglichkeit, Gunnars Hinterlist zu entkommen. In dieser Hinsicht war sie von einer eisernen Entschlossenheit. Ob diese wenigen Tage der Liebeswonnen ein Göttergeschenk waren oder ein Fluch, der ihm für den Rest seiner Tage nachhängen würde, das musste die Zeit erweisen. Eines aber war klar: Er würde diese Frau zu jeglichen Bedingungen nehmen, die sie bestimmte.

„So oder so … ich werde nicht dulden, dass man Ketil zu den Opferbäumen von Uppsala schickt“, versprach er ihr. „Nun aber, Rika, musst du bei deiner Liebe schwören, dass du mir Nachricht gibst, wenn du ein Kind erwartest. Dann nämlich muss sich doch alles ändern.“

„Ich verspreche es“, sagte sie. „Sobald ich Sicherheit habe, wirst du es erfahren.“

„So kann ich nur beten, dass wir einen neuen Menschen gezeugt haben.“ Er küsste sie zärtlich, stand auf und begab sich niedergeschlagen zu der Seite der kleinen Insel, die der nahenden *Walküre* am nächsten lag. Dort formte er die Hände zu einem Trichter und brüllte seinem Onkel etwas zu.

Dennoch vernahm er hinter sich Rikas Flüstern. „Darum bete auch ich.“

28. KAPITEL

Dass man Rika und Björn wie durch ein Wunder doch noch lebend wiederfand, konnten die verbliebenen Reisegefährten kaum fassen. Zwar hatte Ornolf eine Stimme gehört und dann auf der Flussinsel eine seinem Neffen ähnelnde Gestalt entdeckt, doch anfangs schien es dem erfahrenen Wikinger so, als trieben die Geister von Björn und der Skaldin da einen Schabernack mit ihm. Noch Tage, nachdem die beiden nach Durchschwimmen des Dnjepr wieder wohlbehalten bei ihren Gefährten angelangt waren, zuckte zum Beispiel der junge Jorand erschrocken zusammen, wenn ihm sein Bootsführer die Hand auf die Schulter legte – ganz so, als fürchte er, es könne doch nur Björns Schatten sein, der da gekommen war, den Bootsbauer mitzuzerren in die Unterwelt.

Torvald wiederum war einfach nur dankbar, dass er Rika wiedersehen durfte. Ihm war es einerlei, ob es die echte war oder bloß ihr Geist. Allerdings zeigte sie ihm auch weiterhin die kalte Schulter. Allein Helge schien von alldem völlig unbeeindruckt. „Immerhin", so gab die alte Frau zu bedenken, „ist es ja nicht das erste Mal, dass Rika das Wasser überlistet."

Natürlich wusste Helge, dass die beiden keine Erscheinungen waren. Dennoch fiel ihr auf, dass ihre junge Herrin und der Bruder des Jarls seit ihrem kühnen Wellenritt durch den Wilden Eifer ein ganz anderes Verhalten zueinander an den Tag legten. Anders als noch während der ersten Reiseabschnitte, als man die beiden nicht selten dabei ertappen konnte, wie sie übers Lagerfeuer hin schmachtende Blicke tauschten, gingen sie sich nunmehr tunlichst aus dem Weg. Was soll's, dachte die alte Amme. Es kommt sowieso nichts Gutes dabei heraus, wenn man sich unerfüllbaren Hoffnungen hingibt.

Zwar kannte Rika die große Stadt Miklagard aus Björns Schilderungen, doch all seinen Beschreibungen zum Trotz: auf den ersten Anblick der Hauptstadt des byzantinischen Reiches war sie nicht vorbereitet. Gewiss, er hatte ihr von der Hagia Sophia vorgeschwärmt, von der Kathedrale der Weisheit mit ihrer atemberaubenden Kuppel, aber dass es ein solches Wunderwerk tatsächlich gab, das hatte sie nie wirklich für möglich gehalten – bis sie es mit eigenen Augen sah.

Die frühen Sonnenstrahlen brachen sich auf dem weißen, marmornen Rund. Das riesige Gewölbe thronte auf einem Ring aus Bogenfenstern, als sei es in einem Stück vom Himmel herabgeschwebt und habe dann kurz über dem Boden innegehalten, weil es sich zierte, ganz hinunterzusinken auf ein- und dieselbe Stufe mit armseligen Menschen.

Auf einer schroff aufragenden Halbinsel über dem Marmarameer gelegen, erstreckte die Stadt sich über sieben Hügel hinweg – ebenso wie das alte Rom, die Hauptstadt des römischen Imperiums, die der Stadtgründer Konstantin mit seinem prunkvollen Byzanz hier noch zu übertreffen gedachte. Bis hin zum Horizont zogen sich Türme und Säulen, die Spitzen samt und sonders mit Standbildern geschmückt. In Rikas Augen sah es aus wie eine Kolonie von Riesen, die steif und starr hoch oben auf ihren Pfeilern wachten.

Als die *Walküre* nach Durchqueren des Bosporus nordwärts ins Goldene Horn einlief, die lang gezogene Bucht mit dem Tiefwasserhafen von Konstantinopel, da gesellte Björn sich nach vorn zu Rika, die im Bug des Lastenseglers stand. Er tat zwar so, als sei diese Annäherung kein großes Problem, doch schlug ihm das Herz bis zum Halse, wie er so neben ihr stand. Als sie im schaukelnden Boot ein wenig schwankte, da legte er ihr stützend die Hand auf den Rücken. Mit kaum merklichem Gegendruck erwiderte sie seine Berührung.

„Ist etwas?“, fragte er.

„Es ist nur alles ein wenig überwältigend“, gestand sie, wobei sie ihn jedoch ganz bewusst nur einen winzigen Augenblick lang anblickte. „Welch verschwenderische Pracht! Zieht so etwas nicht Beutezüge und Überfälle geradezu magisch an?“

„Miklagard ist gut befestigt“, betonte er und wies mit der freien Hand auf die hohe Hafenbastion. „Auf den dem Lande zugewandten Seiten wird die Stadt durch ein ringförmiges Bollwerk aus drei Mauern geschützt. Jede einzelne davon ist über zwanzig Mannslängen hoch und so dick, dass man sie mit keinem Rammbock der Welt, und sei er noch so schwer, durchbrechen könnte.“

Im Sonnenschein strahlten die hellen Marmorbauten in einem schier blendenden Glanz, sodass Rika die Augen mit der Hand beschirmen musste. Das Boot glitt vorbei an den kaiserlichen Werftanlagen, wo die Kriegsflotte des Imperators unter dem unaufhörlichen Lärm dröhnender Hämmer und krachender Äxte beständig ausgebaut wurde.

„Und zur Seeseite?“, hakte sie nach.

„Die Hafenbefestigungen hast du ja gesehen. Sie sind schwer bewacht, weswegen eine Piratenbande es sich wahrscheinlich zweimal überlegen würde, ehe sie sich an diese Mauern herantraut.“ Gedankenversunken trommelte Björn auf den gebogenen Vordersteven. Die Schätze von Miklagard brachten sein Wikingerblut in Wallung und ließen in seinem Inneren eine betörende Melodie der Verlockung erklingen. Wie konnte man die Bastionen der Stadt durchbrechen? Über dies Rätsel hatte er schon des Öfteren nachgegrübelt. „Der Hafen ist durch eine Kette gesichert, die von der Hafenwache quer über die Einfahrt gespannt wird, etwa in Höhe der Wasserlinie. Auf diese Weise glaubt man, ein heimliches Eindringen unterbinden zu können.“

„Somit gelangt man auch nicht unbemerkt hinaus?“, fragte sie und tat dabei gezwungen unbeteiligt.

„Ich denke, ich würde es schon irgendwie schaffen, selbst bei vorgezogener Kette“, erklärte er überzeugt.

Seit dem Wiedersehen mit ihren Gefährten unterhalb der Stromschnellen hatte sich keine Gelegenheit mehr für ein vertrauliches Gespräch zwischen den beiden geboten. Jeden Tag hatte er Rika verstohlen beobachtet und darüber gerätselt, ob sie in ihrem flachen Bauch wohl inzwischen sein Kind trug. Hoffentlich! Doch ob sie es mittlerweile wusste, hatte er bislang noch nicht fragen können.

„Müssen wir denn hinaus?“ Er hoffte stumm, dass sie verstand, was er mit dieser Frage meinte. Sie blickte ihm ins Gesicht, und für einen Wimpernschlag bemerkte er etwas Glänzendes in ihren Augenwinkeln, ein unmerkliches Zittern des Kinns, und da war es ihm klar. Kein Kind. Sie blinzelte heftig und wandte den Blick ab.

„Nein“, sagte sie leise. „Das müssen wir nicht.“

So prunkvoll die Stadt nach außen hin wirkte, so unvorbereitet traf Rika der allgegenwärtige Gestank. Dass es unten am Hafen nach Fisch roch, hatte sie nicht gewundert, doch als sie den engen, steilen Durchlass erklommen, der in ein Labyrinth von Gassen führte, da sah sich ihr Geruchssinn einem wahren Ansturm aus verfaulendem Gemüse und anderen übel riechenden Abfällen ausgesetzt. Fäkalien sickerten aus den rissigen Tonrohren, die den Großteil des stinkenden Unrats ins Meer hinaus spülten. In den engen Behausungen drängten sich die zerlumpten Bewohner.

Je weiter die Neuankömmlinge aber den Hügel hinaufstiegen, desto breiter wurden die Gassen. Die Häuser wirkten sauberer; statt fauligen Abfällen roch man den appetitlichen Duft frisch gebackenen Brotes sowie das üppige, berauschende Aroma von Weihrauch und unbekannten Gewürzen, die Rika nicht einzuordnen wusste. Straßenhändler boten reife Feigen und grüne Oliven feil; Karren voller riesiger Melonen und einer bunten Auswahl an fremdartigen Früchten säumten die Straßen.

An einem Stand blieb Björn stehen und feilschte eine geraume Weile mit dem Händler, ehe er ihm einen Laib weiches süßes Brot abkaufte. Er brach das Backwerk in einigermaßen gleiche Brocken und gab jedem seiner Mitreisenden ein Stück ab. Nach der derben Reiseverpflegung an Bord des Seglers schmeckte es so herrlich, als sei es direkt von der Göttertafel gefallen.

Die Händler priesen ihre feilgebotenen Waren in einer Vielzahl unterschiedlicher Sprachen an – auf Arabisch, Lateinisch, Fränkisch, Persisch, Mongolisch und natürlich auch auf Griechisch. Unwillkürlich bekam Rika große Augen, als sie an den afrikanischen Kaufleuten vorbeigingen: Männer so schwarz wie Ebenholz, gekleidet in grellbunte Gewänder. Ihr Starren wäre ihr sicherlich selber ungehörig erschienen, hätten die Käufer und Verkäufer auf diesem Basar nicht ebenso verwundert geguckt. Im Vergleich zu den baumlangen Nordmannen nahmen sich die Bewohner von Miklagard geradezu zwergenhaft aus. Selbst Rika schaute auf etliche der Menschen, die durch die verwinkelten Gassen wimmelten, von oben herunter.

„So viele Menschen." Sie drehte sich langsam um und schaute mit großen Augen.

„Etwa eine Viertelmillion", meinte Ornolf. „Gut und gern fünfzigtausend davon stammen aus anderen Gefilden. In Miklagard treffen sich Menschen aus aller Herren Länder." Er breitete die Arme aus und atmete tief durch. Teilweise, so Rikas Vermutung, sehnte er sich zwar zurück zu der herben Schönheit der Fjorde, doch andererseits fühlte er sich pudelwohl in dieser Metropole, in deren Straßengewirr sich so viele unterschiedliche Menschen begegneten.

Schon nach kürzester Zeit hatte Rika das Gefühl, dass sie die Einheimischen von den durchziehenden Kaufleuten unterscheiden konnte, und zwar an ihren Kleidungsstücken. Die Menschen aus Miklagard trugen nämlich die sogenannte Palla, eine Art Toga im griechischen Stil. Die byzantinischen Männer hatten im Allgemeinen akkurat gestutzte Bärte, einige aber glatte Gesichter, nicht einfach sauber rasiert wie Björn, sondern ebenso haarlos und weich wie bei einer Frau. Auch ihre Stimmen klangen eher fistelnd und hoch.

„Eunuchen", bemerkte Ornolf angesichts Rikas verblüffter Miene. „Das dritte Geschlecht, wie die Byzantiner sagen." Er verzog dabei etwas verächtlich die Lippen. „Fast jeder Haushalt, der etwas auf sich hält, besitzt mindestens ein halbes Dutzend von denen. Normalerweise sind sie für die Haushaltsführung zuständig. Bei Abdul werden uns ebenfalls einige über den Weg laufen. Er benutzt sie als Haremswächter. Begreife ich überhaupt nicht, wieso man sich als Mann so eine Verstümmelung antun lässt."

„Freiwillig ganz bestimmt nicht", warf Torvald ein.

„Stimmt, die armen Schweine haben das nicht zu entscheiden", räumte Ornolf ein. „Das tun normalerweise die Eltern. Die lassen den jüngeren Sohn kastrieren, damit er irgendwo auf einem Verwaltungsposten unterkommt oder bei einer einflussreichen Familie. Ich habe es dir wohl nie gesagt, Björn, aber als du damals als Knabe mit mir hier warst, da bekam ich ein verlockendes Angebot für dich. Von einem alten griechischen Höfling. Als der hörte, dass du ein Zweitgeborener bist, ließ er gar nicht mehr locker."

Björn guckte ihn grimmig an.

„Er hatte einen Narren gefressen an einem so reizenden Kerlchen wie dir", erzählte Ornolf mit unverhohlenem Feixen weiter. „Ich war aber der Meinung, ein Messer zwischen die Rippen, dass hätte ihm wohl kaum gefallen. Deshalb beschloss ich, dich nicht an ihn zu verkaufen."

„Weise Entscheidung, Onkel", knurrte Björn und schlug Ornolf gegen die Schulter. „Wer weiß, womöglich wäre die Klinge sonst noch zwischen deinen Rippen gelandet."

Gutmütig hieb Ornolf dem Neffen die Pranke auf die Schulter, und zwar derart wuchtig, dass es so manchen Byzantiner glatt umgehauen hätte.

Und weiter ging es hügelan, vorbei an dem zweistöckigen Aquädukt, der frisches Wasser aus den Bergregionen jenseits der Mauern in die Stadt transportierte. Breite, marmorverkleidete Torbögen boten den Blick auf säulengeschmückte Foren und kunstvoll angelegte Gärten. Etliche kleine Gefährte rollten klappernd über das Steinpflaster, und dumpfes Glockengeläut von zahlreichen Kirchen hallte von Plätzen und Amtsgebäuden wider. Dies war Miklagard – ursprünglich Byzanz und später Konstantinopel genannt, inzwischen der pulsierende Mittelpunkt der oströmischen Christenheit.

Nicht einmal in ihren kühnsten Träumen hätte Rika sich vorgestellt, dass eine Stadt prächtiger sein könne als Asgard. Besonders angetan hatte es ihr das kaiserliche Zentrum der Stadt, doch trotz aller Pracht und Herrlichkeit war der kalte Hauch des Verrates und der Arglist förmlich mit Händen zu greifen. Rika musste sich regelrecht schütteln, um dieses ungute Gefühl zu verscheuchen.

Onkel Ornolf führte die Gruppe zu einer neu erbauten Herberge für Besucher, die als Xenon von Theophilos bekannt war. Hier konnte man rasten und sich erfrischen. Später am Nachmittag besichtigte man die Thermen des Zeuxippos, die luxuriöse öffentliche Bäderanstalt direkt neben dem kaiserlichen Palast.

„Du kannst schließlich nicht deinem Bräutigam gegenübertreten und aussehen wie ein Kürbis mit Stoßflecken", sagte Ornolf zu Rika.

Obwohl es ihr vor der Begegnung graute, kam Rika doch nicht umhin, sich in den parfümierten Bädern der Thermen zu reinigen und danach das kostbarste Gewand anzulegen, das Gunnar ihr mitgegeben hatte. Derweilen machte sich Helge an Rikas Frisur zu schaffen, deren kurze Locken noch immer nicht weiter fielen als bis zum Kinn. Rika selbst war das herzlich egal, was ihr zukünftiger Gemahl von ihr halten mochte. Ihre einzige Sorge galt der Frage, wie sie die nächsten Augenblicke überstehen sollte, ohne sich in Björns Arme zu stürzen und ihn anzuflehen, zusammen mit ihr Reißaus zu nehmen.

Als sie aus den Thermen kam und ihn sah, da hätten die Knie beinahe unter ihr nachgegeben. Er war frisch gebadet und rasiert, doch seine dunklen Augen blickten unendlich traurig. Rika zwang sich dazu, nicht hinzusehen. Alles an ihm war ohnehin in ihr Herz eingebrannt – wie seine dunkel grollende Stimme klang, wie seine schwellenden Muskeln sich anfühlten, der Duft seiner Haut, der Geschmack seines Kusses. Sie brauchte nur die Augen zu schließen, um ihn heraufzubeschwören, doch wenn sie ihn jetzt angesehen hätte, wäre womöglich alles verloren gewesen.

Zum Haus des Arabers ging Ornolf voran, dahinter Rika, flankiert von Björn und Jorand, derweilen Torwald und Helge die Nachhut bildeten. Rika spürte die Anspannung in dem neben ihr gehenden Björn. Sie fühlte auch seine Qual, denn die entsprach genau der ihren.

Während sie so durch die Straßen liefen, fiel Rika manche Frau auf, die dem hochgewachsen Nordmann unverhohlene und sehnsüchtige Blicke zuwarf. Aus den Augenwinkeln bemerkte sie, dass er sie nicht beachtete und den Blick stur geradeaus gerichtet hielt. Rika ahnte jedoch, dass er in dieser Stadt nicht lange allein bleiben würde. *Beizeiten wird er dich sicherlich vergessen.* Es war eine Erkenntnis, bei der ihr ganz flau im Magen wurde.

Ein kurzer Seitenblick verriet ihr, wie wieder der Muskel in seiner Wange zuckte, ein sicheres Zeichen für seinen unterdrückten Zorn. *Wieso ist er so wütend auf mich? Begreift er denn nicht, dass ich dies alles einzig um seinetwillen auf mich nehme?* Zwar zweifelte sie nicht, dass er für Ketils Sicherheit würde sorgen können, doch indem er die Allianz zerstörte, die das Haus Sogna mit ihrer Vermählung zu schmieden suchte, wäre er als Eidbrüchiger gebrandmarkt, als Mann ohne Ehre.

Gewiss, er hatte eingewandt, das schere ihn nicht. Gut möglich, dass es auch eine Zeit lang so sein würde. Früher oder später aber musste es ihm etwas ausmachen, denn ein Dasein ohne Ehre, das war im Grunde kein richtiges Leben. Das wussten sie beide. Und irgendwann würde er sie verachten dafür, dass sie ihn zerstört hatte. Seine Liebe zu ihr würde sich in Hass verwandeln.

Inzwischen waren sie am Haus von Abdul Azziz angekommen, einem zweistöckigen Bau unmittelbar an der Hauptstraße, mit schlichten Marmorwänden zur Straße hin. Von ihrem Standpunkt aus konnte Rika lediglich eine riesige Flügeltür ausmachen, jedoch keine Fenster. Trotz allen Prunks wirkte das Haus eher wie ein Kerker. Schon merkte Rika, wie sie schlagartig der Mut verließ.

Ornolf schlug vernehmlich an die Tür, die auch sofort weit aufschwang und den Blick freigab auf einen untersetzten Eunuchen mit nackter Brust. Als er Ornolf erkannte, verzog sich sein rundes, dunkelhäutiges Gesicht zu einem breiten Lächeln.

„Tausendmal willkommen, Nordmann!“, grüßte er und hieß die Ankömmlinge mit einer gezierten Geste und einer tiefen Verbeugung eintreten. „Mein Gebieter wird hoch erfreut sein, dass er Euch so schnell schon wiedersieht.“

Lächelnd erwiderte Ornolf diese Begrüßung. „Ich wünsche dir viele Jahre, Al-Amin“, sagte er dabei nach der altehrwürdigen Art der Byzantiner. „Und ausschließlich gute!"

Rika war klar, dass sie der Tradition entsprechend nun eigentlich vortreten musste, doch ihre Beine waren so schwer wie Blei, sodass sie sich wie an Ort und Stelle festgewachsen fühlte. *Sobald du einen Fuß in dieses Haus setzt, führt kein Weg zurück!*

Kurz entschlossen lud Björn sie sich da auf die Arme und trug sie über die Schwelle in den großen, umschlossenen Innenhof.

„Was soll das?" Die Arme fest um seinen Nacken geschlungen, musste sie der Versuchung widerstehen, ihren Kopf an seine Schulter zu betten. „Was machst du da?"

„Weißt du nicht mehr? Es bedeutet Unglück für eine Braut, wenn sie auf der Schwelle zu ihrer neuen Bleibe stolpert", erklärte er laut, senkte dann aber die Stimme zu einem inständigen Flüstern. „Es bleibt dabei, Liebste! Ein Wort genügt, und ich bringe dich von hier fort!"

Verlangen verschlug ihr fast den Atem und bohrte sich wie scharfe Messerklingen in ihre Brust. Nichts in der Welt hätte sie lieber getan, als dieses Wort zu sagen. Nichts außer dem Leben, welches sie ihm wünschte, ein ehrenvolles Dasein inmitten der Seinen. Als sie ihm die Hand auf den Brustkorb legte, spürte sie dort, wie sein Herz unter ihrer Berührung pochte.

„Ich kann nicht." Irgendwie formten ihre Lippen die Worte. In seinen Augen erlosch jegliches hoffende Leuchten; der tote, gefühllose Ausdruck kehrte zurück. Sacht setzte er Rika ab und löste sich von ihr.

„So lebe denn wohl, Rika." Er wandte sich um und verließ das Haus des Arabers ohne einen einzigen Blick zurück.

29. KAPITEL

Regungslos sah Rika zu, wie Björn jenseits des Hoftores um einen Pfeiler bog und für immer verschwand – sowohl aus ihren Augen als auch aus ihrem Leben. Ornolf nickte Jorand unmerklich zu, worauf der junge Mann auf dieses geheime Zeichen hin seinem Anführer im Laufschritt nacheilte. Der beleibte Eunuch schloss hinter ihm die Torflügel und verriegelte sie mit einem massiven Holzbalken. Rikas erster Eindruck, wonach ihr das Haus wie ein Verlies erschienen war, verstärkte sich mit jedem Augenblick.

„Ich bitte Euch, folgte mir und erfrischt Euch." Al-Amin geleitete sie zu einer weinberankten Laube, die in einer Ecke des geräumigen Hofes stand. Auf sein Händeklatschen hin erschienen Mägde mit silbernen Schüsseln voller Rosenwasser. „So Ihr geruht, hier zu warten, werde ich meinen Herrn von eurer Ankunft verständigen." Nach einer nochmaligen Verbeugung verschwand er geschmeidig in den düsteren Schatten des Hauses.

Ornolfs Beispiel folgend, benetzte Rika ihr Gesicht mit ein paar Spritzern der duftenden Flüssigkeit. Möglich, dass es ihr half, überhaupt etwas zu spüren. Sie hatte das beklemmende Gefühl, als schaue sie sich selber von außerhalb ihres Körpers zu, seltsam distanziert von den Bewegungen ihrer eigenen Gliedmaßen.

Am liebsten hätte sie sich irgendwo versteckt und sich die Augen ausgeweint. Indes stiegen dermaßen viele unvergossene Tränen in ihr auf, dass sie den Druck hinter der Stirn bis hinunter zum Nacken spürte. Ließe sie ihnen freien Lauf, dann, so fürchtete sie, würde nichts mehr den Tränenstrom aufhalten können.

„Oh, Herrin", raunte Helge ihr zu, „ist es nicht herrlich hier? Wahrlich, so etwas habe ich noch nie gesehen."

Rika schaute sich um. Das Haus des Arabers war von einer Pracht, wie selbst Asgard sie nicht hätte vorweisen können, selbst in Rikas kühnsten Träumen nicht. Die Größe, das Zierwerk, die erlesenen Baustoffe und die gesamte Anlage des Bauwerks zeugten nicht nur von Reichtum, sondern zudem von einem vorzüglichen Geschmack. Trotzdem entfuhr Rika ein Laut der Verachtung. Egal, wie edel und wohlriechend es auch sein mochte – ein Käfig blieb ein Käfig.

Das Bauwerk gliederte sich um ein offenes Atrium mit einem üppig wuchernden Garten darin. Rika bemerkte, dass das unterste der drei Geschosse als Stallungen und Vorratsräume diente, des Weiteren wohl auch als Küche, denn in der Luft lag köstlicher Bratenduft und das Aroma frischen Brotes. All das vermischte sich mit dem typischen warmen Stallgeruch von Stroh und Pferden. Wasser plätscherte laut im Becken eines Springbrunnens und strömte von dort in ein niedriges, aus weißem Marmor errichtetes Häuschen, das in der Mitte des Innenhofs stand. Das Badehaus, wie Rika vermutete.

Die klotzige Erscheinung, die das Haus nach außen hin bot, wurde innen durch Bögen und geschwungene Linien abgemildert, die Rika indes zu trügerisch erschienen. Sie sehnte sich förmlich die klare Linienführung eines Langhauses herbei. Betrachtete man nun das ebenerdige Geschoss, so sah man, dass sämtliche dort gelegenen Räume auf eine breite Veranda hinausgingen. Im Stockwerk darüber hatten die Zimmer Fenster oder eine Tür mit einer Balustrade davor, von der aus man ins Atrium blicken konnte. Soweit aber Rika sehen konnte, hielt sich kein Mensch dort auf. Dennoch war ihr, als werde sie so aufdringlich beobachtet, dass sich sämtliche Härchen auf ihrem Nacken aufstellten.

Vergiss niemals, wer du bist!

Seit Wochen hatte sie Magnus' Stimme nicht mehr vernommen, doch jetzt waren ihr die Mahnungen des alten Skalden höchst willkommen. Ihr Mund zuckte. Und ob sie seine Hinweise beachten würde! Eine Skaldin musste sich stets um würdevolle Haltung bemühen und sich dadurch die ihr gebührende Achtung verschaffen. Zwar war ihr das Herz inzwischen wie taub und würde sich davon wohl auch nie wieder erholen. Aber das selbstbewusste Auftreten als Folge ihrer Kunst, es würde sie möglicherweise durch eine unsichere Zukunft geleiten. Zumindest hoffte sie das. Etwas anderes blieb ihr nicht.

Abdul Azziz lehnte sich in die Polster zurück und steckte sich eine süße Dattel in den Mund. Sein junger Gast amüsierte sich offenbar prächtig, was nur zum Besten sein konnte. Yahya al-Ghazzal, Hofpoet beim Kalifat von Cordoba, weilte als Gesandter am byzantinischen Hof und war daher Abduls Zuwendung durchaus würdig.

Ein Ohr in jenen verschlungenen Wandelgängen der Macht zu haben, konnte sich stets als vorteilhaft erweisen. Sollte es Abdul gelingen, die Verbindung mit dem Hofsänger zu kultivieren, so hätte er eventuell direkt im Machtzentrum des Imperiums eine günstige Informationsquelle, ohne offen dafür bezahlen zu müssen. In all den Jahren, in denen er sich inzwischen durch ein ausgeklügeltes Netz von Intrigen lavierte, hatte Abdul erfahren, dass solch belangloses Geplauder mit Eingeweihten weit ergiebiger war als der spärliche Informationsfluss, den ihm bezahlte Informanten lieferten. Wenn dann der Plauderer obendrein gar nicht ahnte, dass er als Quelle für Hinweise aus erster Hand benutzt wurde, steigerte das noch den Wert der Erkenntnisse.

„Wie gefällt dir das Leben am Hof?“ Abdul ließ seine Stimme betont unbeteiligt klingen.

„Hier oder daheim?“ Der verwöhnte junge Mann tupfte sich mit einem parfümierten Leinentuch die Mundwinkel ab.

„Sowohl als auch“, erwiderte Abdul.

Aus demselben maurischen Kalifat stammend, war Abdul zwanzig Jahre zuvor in diplomatischer Mission nach Byzanz gekommen. Die reiche christliche Stadt sagte ihm zu, und so blieb er da und baute sich ein eigenes Handelsimperium auf. Die langen Krakenarme seiner Kontakte erstreckten sich ostwärts bis zum Indus und den dortigen Gewürzen und Seiden, nordwärts bis zu den eisbedeckten Fjorden mit ihrem Reichtum an Bernstein und Fellen sowie südwärts bis Afrika, wo Edelsteine und Elfenbein von sagenhafter Schönheit winkten. Inzwischen hatte er ausgesorgt und konnte sich in einem Reichtum sonnen, der für mehrere Lebensspannen gereicht hätte. Ja, sein Vermögen mehrte sich ganz von allein, ohne dass er auch nur einen Finger rühren musste. Das Knüpfen von Beziehungen war für ihn ein Spiel, welches er ausgezeichnet beherrschte.

„Wie unsere Brüder, die Sarazenen, bekämpfen wir die Christen in unserer Nähe, treiben jedoch Handel mit denen, die weit entfernt von uns wohnen“, bemerkte Yahya. Er nahm sich ein üppiges Stück kandierten Geflügelbraten von einem fein gearbeiteten Porzellantablett. „Die ganze Welt ist von Sinnen.“

„Wäre sie es nicht, wozu bedürfte es dann der Poeten, welche uns Geist und Seele gesund erhalten?“ Oftmals war es so, dass ein bisschen Schmeichelei einem Besucher die Zunge schneller löste als der Wein, den er den nichtmuselmanischen Gästen kredenzte.

„Wahrhaftig!“ Der junge Mann rechnete sich Abduls Lob offenbar selbst an. „Wie dem auch sei – findest du es nicht merkwürdig, dass die Byzantiner einerseits Truppen stellen für den Kampf gegen die Sarazenen in Jerusalem, gleichzeitig aber mit Cordoba Handel treiben? Zumal mit Männern, die demselben Propheten anhängen wie die bekämpften Sarazenen?“

„Sonderbar fürwahr“, räumte Abdul ein. „Aber für uns

zwei ein Glücksfall, verschafft es uns doch freie Bahn für den Handel hier in Konstantinopel, ohne die Rivalität unserer sarazenischen Brüder.“ Er nippte an einem eisgekühlten Pampelmusensaft. Die Eisbröckchen waren ein sündhaft teurer Luxus, den er sich allerdings standfest gönnte, auch wenn das Eis mit riesigem Aufwand von den fernen Bergen herbeigeschafft werden musste. „Was hältst du vom kaiserlichen Paar?“

„Oh, die Kaiserin Theodora!“ Yahya verdrehte die Augen und griff sich theatralisch an die Brust. „Man könnte schier am Verstand des Imperators zweifeln, dass er seine Gemahlin unverschleiert gehen lässt. Sie ist weit mehr als eine Mondgöttin der Schönheit. Sie gleicht vielmehr der Sonne mit all ihrer Strahlkraft. Jeder, der sie einmal aus nächster Nähe erblicken durfte, ist unwillkürlich hingerissen von ihren dunklen Augen. Ich gebe zu, dass auch ich nicht unberührt blieb.“

Die überschwänglichen Lobpreisungen seines Gastes versetzten Abdul nicht unerheblich in Sorge. „Zügele deine Leidenschaft, mein junger Freund, sonst gereicht sie dir am Ende noch zum Verderben. Nur weil die Christen so töricht sind, ihre Weiber in aller Öffentlichkeit zur Schau zu stellen, musst du noch lange nicht glauben, dass man sich Freiheiten mit ihren Frauen herausnehmen darf. Beschränke deine Liebesmühen auf das Schmieden von Versen, in denen du ihre weiblichen Reize besingst. Dann wird es dir gut ergehen. Und wenn du schon dabei bist, such dir ein eigenes Eheweib.“ Er zwinkerte ihm verschwörerisch zu. „Am besten gleich zwei.“

Der Dichter kicherte glucksend. „Da hast du wohl recht. Einen solchen Ratschlag sollte ein Mann tunlichst beherzigen.“

Unauffällig trat nun ein Diener hinter der Deckung eines steinernen Gitterwerks hervor und vollführte eine kurze Ehrenbezeugung vor Abdul. Es war Al-Amin. „Ich bitte tausendmal um Vergebung, Effendi“, bekundete er, wobei seine hohe Fistelstimme in einem scharfen Kontrast zu seiner Körperfülle stand. „Die Brautgesellschaft aus dem Norden ist eingetroffen."

„Jetzt schon?" Erstaunt zog Abdul die Stirn kraus. „Eigentlich hatte ich sie erst zum kommenden Frühjahr erwartet. Aber so sei es denn, lass sie eintreten."

Al-Amin verneigte sich und glitt, geschmeidig trotz seiner Leibesfülle, zum Saal hinaus.

„Du hast gewiss Persönliches zu besprechen", vermutete Yahya, indem er sich über den Mund wischte und Anstalten machte, sich zu erheben. „Hab Dank für dieses Mahl. Ich werde mich nun empfehlen."

„Ich bitte dich, bleib!" Abdul legte dem Jüngeren die Hand auf den Arm. „Es handelt sich nur um die Ankunft meiner neuesten Gemahlin. Mein Handelsgenosse im Norden, ein minderer Potentat in jenen eisigen Regionen, schickt mir eine Braut, um unsere Verbindung zu besiegeln. Ehefrauen besitze ich lediglich drei; somit wird sie die Nummer vier."

„Ach, rühmt man nicht allenthalben deinen erlesenen Geschmack hinsichtlich der holden Weiblichkeit? Dein Harem, so heißt es, sei voller Grazien." Bewunderung, aber auch eine Spur Neid schwangen im Kompliment des Dichters mit. „Gewiss hast du bereits mehr Frauen, als es der Allbarmherzige erlaubt."

„Gewiss, an Frauen mangelt es mir nicht, aber Eheweiber? Nein." Abwehrend schüttelte er den Kopf. „Dürfen wir Anhänger des Propheten uns nicht glücklich schätzen? Wohl müssen wir uns auf vier Gemahlinnen beschränken, aber der Zahl der Konkubinen, derer sich ein Mann erfreuen darf, ist keine Grenze gesetzt." Ein genüssliches Schmunzeln glitt über sein Gesicht. „Und von allen Freuden, die eine Frau dem Mann zu schenken vermag, ist die größte, mein junger Freund, die Abwechslung."

„Sind sie denn auch schön anzuschauen, die Holden aus dem hohen Norden?“

„Wer weiß das schon?“, sagte Abdul. „Die Männer sind wohlgestaltete, kräftige Burschen und teuflisch schnell mit der Klinge. Zwar absolut furchtlos, doch unglaublich ungehobelte Gesellen, was das Benehmen betrifft. Ich glaube, dieser Ornolf, ihr Handelsvertreter, der ist nicht einmal des Lesens und Schreibens mächtig.“

„Unzivilisierte Banausen“, brummte Yahya. „Einem scharfsinnigen Kaufmann wie dir nicht gewachsen.“

„Nun ja, die Segnungen unserer Bildung wurden ihnen nie zuteil, doch wäre es ein Fehler, sie zu unterschätzen. Als Kaufleute sind sie mit allen Wassern gewaschen. Ich gebe unumwunden zu, dass Ornolf mich bei unseren Verhandlungen ein ums andere Mal übervorteilt hat“, räumte Abdul zwar widerwillig, aber respektvoll ein. „Du musst bleiben und ihre Bekanntschaft machen. Vielleicht ist es ja ergötzlich zu sehen, welche Blume dort oben im kalten Norden blüht.“

Erst als er zu ihr sprach, bemerkte Rika, dass der Eunuch in die Laube zurückgekehrt war. „Mein Gebieter ist entzückt über Euer Erscheinen“, sagte er zu den Wartenden. „Bitte kommt mit mir.“

Sie folgten dem Diener in das kühle Innere des Hauses, dann eine marmorne Wendeltreppe hinauf und über eine lange Veranda, die zum Innenhof offen war, zur anderen Seite jedoch Durchgänge in unterschiedliche Zimmer aufwies. Im Vorbeigehen erhaschte Rika so manchen Blick auf Böden aus blank poliertem, schwarzrot gemustertem Stein, geschmückt mit reich verzierten Läufern und kostbaren Mosaiken, sodass ihr ganz schwindlig wurde von all der Pracht. Als der Eunuch dann schließlich in einen der Eingänge trat, war sie froh, dass sie hinter einem steinernen Ziergitter warten musste, denn so konnten ihre Augen sich an das Halbdunkel gewöhnen.

Durch die verschnörkelten Steinverzierungen erkannte sie zwei Männer, die neben einem niedrigen Tisch saßen, der sich unter der Last von allerlei Köstlichkeiten zu biegen schien. Einer der beiden, offenbar jünger und etwas zur Korpulenz neigend, steckte sich gerade einen Leckerbissen in den Mund und leckte sich dann auf affektierte Weise die Finger.

Der andere Mann war zwar älter, jedoch mit noch markantem Kinn. Silberne Fäden durchzogen sein dunkles Haar und den akkurat gestutzten Bart. Insgesamt hätte man ihn durchaus als ansehnliche Erscheinung bezeichnen können, allerdings auf eine verwegene Weise. Der Schwung der schwarzen Brauen, das berechnende Glitzern in den Augen – all das verriet Rika, dass man sich diesen Mann tunlichst nicht zum Feind machen sollte. Welcher von beiden aber war nun ihr zukünftiger Gemahl? Im Grunde war es ihr einerlei, doch dass der Ältere der Gefährlichere war, dass erkannte sie auf Anhieb.

Zur Ankündigung folgten sie alsdann Al-Amin in den Saal hinein. Ornolf mit forschen Schritten, gefolgt von dem unübersehbar beeindruckten Torvald und Helge sowie Rika ganz zum Schluss. Hoch erhobenen Hauptes trat sie vor.

Der jüngere Mann taxierte sie unverhohlen, wobei er sich nur mit Mühe ein hämisches Feixen verkniff. Der Ältere legte die Stirn in Falten und murmelte etwas auf Arabisch, das Rika natürlich nur bruchstückweise verstand, wenngleich sie glaubte, sie habe deutlich Wörter wie „rot“, „nordisch“ und „Kuh“ gehört. Mit einem aufgesetzten Lächeln, das seine Augen nicht erreichte, erhob er sich dann, um Ornolf zu begrüßen. Rika, die ihn um eine halbe Haupteslänge überragte, sah auf den klein gewachsenen Araber hinab.

„Sei mir willkommen, mein alter Freund!“, rief Abdul Azziz, wobei er ins Griechische wechselte, die Sprache, in der sich Ornolf und er auch früher schon verständigt hatten. „Ich hatte nicht erwartet, mich so bald schon wieder deiner Gesellschaft erfreuen zu dürfen, geschweige denn dieser seltenen nordischen …" Rikas Erscheinung hatte ihn offenbar etwas aus der Fassung gebracht, denn er geriet leicht ins Stocken. „Dieses selten schönen nordischen Abendsterns, den du mir da mitgebracht hast."

Der Gast des Hausherrn musterte Rika indessen ungeniert, wobei er aus seiner Verachtung keinen Hehl machte. Dabei raunte er seinem Gastgeber einige Wörter zu, was Rika nur noch in ihrem Verdacht bestärkte, dass sich das muselmanische Schönheitsideal wohl tatsächlich in den zierlichen, dunkelhäutigen Püppchen manifestierte, die bereits jetzt schon den Harem ihres Zukünftigen bevölkerten.

Abdul schluckte und schaute ungläubig zu Rika auf, als reiche allein ihre Größe schon aus, um ihn seiner Männlichkeit zu berauben. Seinem Gast zischte er eine bissige Antwort zu, anscheinend einen gehässigen Seitenhieb über Rikas unschöne, grelle Haut und Haarfarbe und ihre glitzernden blassen Augen. Zumindest empfand es Rika so. Sie meinte sogar, er habe mit der Hand eine sonderbare Geste vollführt, vermutlich das hiesige Zeichen gegen das Böse. Wahrscheinlich hatte er, als er diese Ehe vorschlug, nicht einen Augenblick darüber nachgedacht, dass hünenhafte, blasse Nordmannen naturgemäß von groß gewachsenen, weißhäutigen Müttern stammen mussten.

Ornolf musste sich sichtlich zusammenreißen, was Rika nicht entging. Offenbar hatte auch er etwas Beleidigendes gehört, spielte jedoch den Ahnungslosen, ganz so, wie er es seinen Weggefährten empfohlen hatte. „Der Jarl von Sogna freut sich, deiner Bitte um eine Braut nachkommen zu können. Er schickt dir eine hoch geehrte Tochter seines Hauses, Rika von Sognefjord." Auf Ornolfs Wink hin begrüßte sie den Muselmanen mit einem Senken des Kopfes.

Bemerkenswert, dass er sie offenbar gar nicht wollte. Sein Blick verriet, dass er sich überhaupt nicht wohl in seiner Haut fühlte, was Rika auf seltsame Weise als tröstlich empfand, denn allem Anschein nach war sie nicht die einzige Fliege, die sich in Gunnars Spinnennetz verfangen hatte. Vielleicht eröffnete sich ihr hier eine Gelegenheit zum Ausbruch. Tief in ihrem Innern regte sich etwas, das sie schon lange nicht mehr verspürt hatte, aber dennoch erkannte: Hoffnung.

„Zu meinem Leidwesen", sprach Abdul Azziz weiter, „ergibt sich da eine unvorhergesehene Schwierigkeit. Sie könnte eventuell unsere Vereinbarung zunichtemachen."

„Und die wäre?" Ornolfs Stimme war alles andere als mitfühlend.

Der Araber starrte Rika kurz an und sammelte sich. „Ein religiöses Problem", erläuterte er. „Ich bin ein Anhänger des Propheten, wie du weißt. Ihr aus dem hohen Norden hingegen seid unverbesserliche Hei… äh, ihr verehrt zahlreiche Götter. Nach den Gesetzen meines Glaubens darf ich keine Ungläubige heiraten."

„Und diese Schwierigkeit fällt dir erst jetzt ein? Nachdem wir die weite Reise auf uns genommen haben?" Ärgerlich funkelte Ornolf seinen Geschäftspartner an.

„Mein Freund, wir beide, du und ich, wir unterhalten schon lange fruchtbare Beziehungen", erklärte Abdul. „Wir haben schon so viele Geschäfte zu unser beider Nutzen abgeschlossen … da ist es mir schlicht entfallen, dass dieser Unterschied zwischen uns bestehen würde."

„Das wird dem Jarl aufs Äußerste missfallen", betonte Ornolf. „Kein Zweifel, er wird sich einen anderen Handelspartner suchen. Einen, der zu seinem Wort steht."

Um ein Haar hätte Rika geschmunzelt. Gunnar würde vor Wut in die Luft gehen. Dass aber der Araber seinen Teil der Abmachung nicht einhielt, war ja nicht ihre Schuld. Ihr Puls schnellte hoch. *Jetzt kannst du Björn vielleicht doch noch vor der Rückkehr im Frühjahr heiraten!*

„Gemach!“, mahnte Abdul. „Du verletzt mich, mein nordischer Freund. Du weißt genau, dass ich mich an meine Vereinbarungen halte, selbst dann, wenn du dabei besser abschneidest. Ich würde nur zu gern diese nordische Blume zum Weib nehmen. Wie aber kann ich von ihr verlangen, ihren Göttern abzuschwören und meinen Glauben anzunehmen? Das wage ich nicht einmal zu hoffen!“

Das Fünkchen Hoffnung, das so schnell aufgeflammt war, flackerte kurz und verlosch. Rikas erster Eindruck erwies sich doch als zutreffend: Der Araber war gefährlich. Mit seinem geschickt vorgebrachten Argument wälzte er die fehlgeschlagene Verbindung ganz und gar auf Rika ab. In der Tat, Gunnar würde platzen vor Wut – allerdings auf sie, Rika. Und Ketil würde es bitter büßen müssen.

Sie musste etwas unternehmen, um den Spieß umzukehren und auf Abdul zu richten. *Kannst du Thor und den übrigen Göttern entsagen?* Magnus hatte sie alles gelehrt, was sie über die nordische Götterwelt wusste. Inzwischen jedoch sah es so aus, als hätten die Mächte zu Asgard sie ihrem Schicksal überlassen. Die göttlichen Herrscher sahen offenbar tatenlos zu, hatten zweifellos ihren Spaß an Rikas Zwangslage und rührten nicht einen Finger für sie. Also musste sie Zeit gewinnen, um sich einen Ausweg zu ersinnen. Plötzlich kam es ihr gar nicht mehr so abwegig vor, der nordischen Götterwelt abzuschwören.

„Darf ich darum bitten, in deiner Religion unterwiesen zu werden?“, fragte sie in recht passablem Griechisch. „Danach kann ich entscheiden, ob ich meinen Glauben ablege.“ Ornolfs Griechischstunden am Lagerfeuer kamen nun voll zum Tragen.

Abduls Kopf zuckte zu ihr herum. Wie vom Donner gerührt sah der Hausherr sie an, anscheinend völlig verdutzt darüber, dass sie dem Gespräch hatte folgen können.

Eine Augenbraue hoheitsvoll gelupft, erwiderte Rika den Blick. „Wenn eine rote nordische Kuh auf die hiesige Weide geführt wird, braucht sie Zeit, bis sie frisst. Das Gras hat einen anderen Geschmack."

Der hinter Abdul sitzende junge Mann hustete erstickt, als habe er sich an einer Feige verschluckt. Abdul scherte sich nicht um ihn, sondern starrte Rika auf eine Weise an, als sähe er sie nun mit ganz anderen Augen.

„Du gestattest doch, Ornolf?" Er verneigte sich, führte die Fingerspitzen zuerst an die Lippen und dann an die Stirn. „Darf ich diesem nordischen Stern die Schönheiten meines Gartens zeigen? Auf dass ihr Ruf gewahrt wird, darfst du uns von der Veranda aus zuschauen. Doch würde ich gern mit deiner Erlaubnis unter vier Augen mit ihr reden."

Ornolf musterte Rika kurz und erklärte sich einverstanden, nachdem sie mit leichtem Kopfnicken ihre Zustimmung gegeben hatte. Alsdann bot Abdul Azziz ihr den Arm und geleitete sie zur Tür hinaus.

Schweigend überquerten sie die lange Veranda und stiegen die Marmortreppe hinunter. Zwar war die Sonne bereits hinter einem der sieben Hügel von Miklagard untergegangen, doch hielt sich im Garten noch ein Teil der frühherbstlichen Wärme des Tages. Neben dem Springbrunnen, wo es merklich kühler war, blieb der Muselmane stehen.

Überaus geschickt!, schoss es Rika durch den Kopf. Das Plätschern des Wassers übertönte jedes Wort und verhinderte, dass ein Unbefugter ein vertrauliches Zwiegespräch belauschen konnte.

„Du versetzt mich in Erstaunen, Rika von Sognefjord", sagte er mit verkniffener Miene, als seien die ungewohnten Laute ihres Namens wahre Zungenbrecher für ihn. „Nach meiner Erfahrung findet man die Kombination aus Intelligenz und Frechheit bei Damen selten.“

„Mir scheint, deine Erfahrung mit Frauen ist begrenzt“, konterte sie scharf. „Auch du erstaunst mich. Ich dachte immer, Araber sind höflich und diskret.“

Ein Lächeln zuckte um seine Mundwinkel. „Dann bist du mir gegenüber im Vorteil, denn du warst vorgewarnt. Mir aber hat niemand gesagt, dass die Frauen aus dem hohen Norden so schnell sind mit der Zunge und dem Verstand.“ Mit einer Handbewegung lud er sie ein, auf einer der mit elegantem Schnitzwerk verzierten Bänke, die den Brunnen umstanden, Platz zu nehmen. „Natürlich bist du keine Kuh. Asche auf mein Haupt, falls du mich so verstanden hast. Ich entschuldige mich in aller Form für eine unbedachte Bemerkung.“

„Ich nehme die Entschuldigung an“, bekundete Rika. „Ich möchte aber sagen, ich finde es nicht schlimm, wenn jemand spricht, wie er denkt. Das tut wohl.“

Mit schief gelegtem Kopf beäugte er sie, ähnlich wie ein wilder Falke, der gerade eine Feldmaus zum Abendmahl vertilgen will und nun verwundert feststellt, dass die sich nicht widerstandslos fressen lässt. „Eine Frau, welche die Wahrheit schätzt, ist gleichermaßen wohltuend. Erzähl mir doch von dir, Rika von Sognefjord. Wieso willst du, dass diese Ehe geschlossen wird?“

Rika wog ihre Antwort ab. Wäre sie wirklich von seiner beleidigenden Bemerkung verstimmt gewesen, so hätte sie ihm möglicherweise an den Kopf geschleudert, sie sei sowieso nur unter Zwang nach Miklagard gekommen. Ihr Herz aber war durch Björns Abschied so sehr abgestumpft, dass sie überhaupt nichts mehr fühlte, schon gar nicht die Seitenhiebe dieses Wichts. Im Übrigen schien es ihr besser, sich mit Azziz zu streiten, als seine Annäherungsversuche abwehren zu müssen. Sie war froh, dass er offenbar ebenso wenig erpicht auf diese Vermählung war wie sie.

Rika musste ihr Griechisch nun mächtig bemühen. „Wahrheit ist wie ein seltenes Gewürz. Wir brauchen es nicht oft. Ich habe Gründe. Auch habe ich nicht gesagt, dass ich die Vermählung will.“ Dass sie Abdul dabei auch noch unerschrocken ins Gesicht sah, schien ihn komplett aus dem Konzept zu bringen. „Ich sagte nur, ich möchte in deiner Religion unterwiesen werden.“

„Als Mann wärst du zweifellos Richter geworden“, befand Abdul, während er sich neben sie auf die Bank setzte. Da nun die Dämmerung sich niedersenkte, sah es so aus, als fühle er sich schon etwas weniger abgeschreckt von Rikas ungewöhnlicher Erscheinung. Im Sitzen, vermutete sie, gefiel sie ihm wohl besser. „Für eine Frau kannst du sehr fein mit Worten umgehen.“

„Vielleicht sprichst du nicht oft genug mit deinen Frauen“, entgegnete sie. Allmählich wurde ihr Griechisch flüssiger und sicherer; so manche Wörter und Wendungen aus Ornolfs Lehrstunden fielen ihr wieder ein. „Und wäre ich ein Mann, säßen wir nicht hier in diesem schönen Garten. Wir hätten nicht dieses Gespräch. Aber Worte sind kein Problem für mich. In meinem Land bin ich bekannt dafür, dass ich gut Geschichten erzählen kann.“

„Das erklärt einiges.“ Ein anerkennendes Leuchten flammte in seinen Augen auf. „Ich gestehe, dass die Dichtkunst sogar mein übersättigtes Herz bewegt. Sie schenkt mir mehr Freude als mein ganzes großes Handelsimperium. Ich fühle mich tief geehrt, dass mein Handelsfreund im Norden mir eine Braut wie dich ausgewählt hat.“

„Ah, aber du hast gesagt, noch stünde es nicht fest, ob ich deine Braut werde“, warf sie schlagfertig ein. „Das Problem ist die unterschiedliche Religion?“

„Ich werde mich umgehend um eine Lösung bemühen und unverzüglich einen Imam bestellen, der dich im Islam unterweist." Die dunklen Brauen über der Adlernase stießen nun fast zusammen. „Liebesabenteuer mit Frauen hatte ich noch und noch. Nie aber habe ich ein Weib getroffen, das meinen Verstand fordert. Bis jetzt. Deine Unterweisung wird gleich morgen früh beginnen. Ist dir das recht?"

„Sehr gut", erwiderte Rika. Und plötzlich hatte sie einen Geistesblitz. „Ornolf sagte, er kann so spät im Jahr nicht zurückfahren. So habe ich über den Winter Zeit, um viel über den Islam zu lernen. Wenn ich danach nicht Muselmanin werden möchte oder wenn du mich nicht willst, fahre ich im Frühling mit Ornolf nach Hause."

Ungewollt musste Abdul schmunzeln. „Damit hast du unsere Verlobungszeit um einige Monate verlängert. Findig eingefädelt! Erinnere mich daran, dass ich mit dir keine Geschäfte mache. Während der Verlobungszeit betrachte dich samt deiner Reisegefährten als Ehrengäste in meinem bescheidenen Heim. Außerdem musst du mir einige deiner nordischen Geschichten erzählen."

„Mit Vergnügen", gab sie zurück.

„Rika von Sognefjord, vielleicht können wir einen Pakt schließen." Er stand auf und bot ihr den Arm. „Lass uns einander immer die Wahrheit sagen und …"

„Und?"

„… und hoffen, dass wir die Weisheit besitzen, sparsam mit der Wahrheit umzugehen."

Rika gestattete sich ein dünnes Lächeln. Mit diesem Abdul, sagte sie sich, wirst du fertig. Aber man muss vor ihm auf der Hut sein. „Einverstanden", antwortete sie.

30. KAPITEL

Wutentbrannt stürmte Björn die Straße hinunter, ohne den ihm entgegenkommenden Menschen auch nur im Geringsten auszuweichen. Die gut gekleideten und wohlriechenden Bewohner von Miklagard stoben vor ihm regelrecht auseinander, obwohl er fast schon hoffte, einer hätte doch den Mut aufgebracht, ihn herauszufordern. Das Verlangen, ziellos um sich zu schlagen, steigerte sich beinahe schon zur Raserei. Hinter sich vernahm er zwar die schnellen Schritte von Männerstiefeln, aber er drehte sich nicht um. Wenn das irgendein Freund war, der sich da einmischen wollte, dann …

„Wohin des Wegs?" Jorand schloss zu ihm auf und lief neben ihm her.

„Nach Hel", knurrte Björn. „Höchstwahrscheinlich."

„Dann lass uns doch erst einen Schluck trinken, das hebt die Stimmung für unterwegs", schlug Jorand vor. Offenbar kein bisschen aus dem Konzept gebracht, blickte er die Hauptdurchgangsstraße hinauf und hinunter. „Nirgends eine anständige Schenke weit und breit. Da bezweifle ich, dass wir hier etwas Trinkbares finden, was dem Bier in Birka gleichkommt. Was trinken die eigentlich, diese Christen?"

„Wird sich herausstellen", brummte Björn. Soweit er sich von seiner ersten Reise erinnern konnte, gehörten zum Marktviertel auch einige durch und durch üble Spelunken, die Ornolf des Öfteren aufgesucht hatte.

Inzwischen wurde es Abend über Miklagard, erkennbar nicht nur am sich verdunkelnden Himmel, sondern zudem an dem veränderten Gewimmel in den verschlungenen Gassen. Ehrbare Kaufleute zog es in aller Hast in die sicheren Häuser zurück, derweil immer mehr Langfinger und Huren sowie auch eine nicht unbeträchtliche Zahl von gedungenen Mördern begannen, ihren anrüchigen Gewerben nachzugehen.

Björn platzte förmlich vor Rauflust. Hätte er bloß mehr in dem am Gürtel befestigten Lederbeutel gehabt als nur die paar klimpernden Silbermünzen! Die beiden, Björn und der hoch aufgeschossene Jorand, wirkten schlichtweg zu abschreckend, als dass jemand für solch kärgliche Beute einen Angriff auf sie gewagt hätte.

Die Taverne, in der sie schließlich einkehrten, war sogar noch heruntergekommener als jene aus seiner Erinnerung, düster und weihrauchgeschwängert, um mit den Räucherkohlen die noch übleren Gerüche zu überlagern – bei Björns Stimmung genau der passende Ort. Er und Jorand erkannten nun auch, was die einheimischen Christen tranken, nämlich schweren, süßen Rotwein. Im Handumdrehen kippte Björn acht Kelche voll von dem starken Rebensaft, ohne dass die Qual in seinem Herzen betäubt wurde.

Die Frau, die er liebte, sollte die Gattin eines anderen werden. Nicht an diesem Abend zwar und auch nicht morgen, aber bald. Und verflucht noch eins, er konnte nicht das Geringste dagegen tun.

„Wie kann sie das bloß?“, lallte er mit bereits schwerer Zunge. Vielleicht war dieser rote Trunk doch stärker als gedacht.

„Übung vermutlich“, brummte Jorand, den Blick auf eine spärlich bekleidete Tänzerin gerichtet, die sich gerade in gekonnten Schlangenbewegungen wand. Den Kopf so schräg gelegt, dass ein Ohr die Schulter berührte, verfolgte er, wie sie sich gelenkig hintenüberbeugte, bis ihr Hinterkopf über den Fersen schwebte. „Übung und nochmals Übung.“

Björn schnaubte verächtlich. Jorand spielte offenbar vorsätzlich den Begriffsstutzigen, hatte aber wahrscheinlich recht. Reden war leicht und führte zu nichts. Taten waren gefordert.

Als Björn den schon unklarer werdenden Blick durch den Schankraum schweifen ließ, stürmten zwei Soldaten, gekleidet in der Montur des kaiserlichen Heeres, zur Tür herein und verlangten lauthals nach Bedienung. Bewaffnet mit dem römischen Kurzschwert, bewegten sie sich mit der handfesten Gewandtheit von kampferprobten Veteranen.

Björn grinste. „Seid gegrüßt, Verteidiger der Stadt", rief er auf Griechisch, wobei er sich schwankend erhob und ironisch salutierte. „Kommt, trinkt einen Wein! Ich bezahle."

Die beiden Soldaten ließen sich nicht lange bitten. Der Ältere, ein graubärtiger, stiernackiger Kämpe mit nur einem Auge und Muskeln so dick wie Schiffstaue, stützte sich auf den Tresen und taxierte Björn eingehend. „Du Nordmanne?", fragte er in mühsamem Griechisch.

„Richtig." Björn winkte der Serviermagd mit seinem leeren Weinpokal und gab ihr zu verstehen, dass sie den beiden Neuankömmlingen ebenfalls einschenken möge. Dem zweiten Soldaten hatte es offenbar das lange Breitschwert angetan, das in Björns Schulterschlinge steckte. Er war einen halben Kopf kürzer als Björn, dafür aber stämmiger gebaut.

„Euer Reich ist groß." Björn warf der Schankmagd ein Silberstück zu. „Woher kommt ihr?"

„Ich glaube, von unserer Heimat hast du noch nie gehört", gab der Jüngere zurück.

„Wer weiß? Wir Nordmannen kommen viel herum", konterte Björn.

„Aus Paphlagonien sind wir." Der alte Recke nahm einen Weinpokal entgegen und prostete Björn dankend zu, um dann einen mächtigen Schluck zu nehmen.

„Ja, ich kenne eure Provinz", rief Björn. „Südliche Ecke vom Schwarzen Meer, viele Berge." Wie er außerdem wusste, galten Schweinefleisch sowie verstümmelte Knaben für den Eunuchenmarkt in Miklagard als hauptsächliche Ausfuhrgüter der Gegend. Derben Gerüchten zufolge waren paphlagonische Frauen dermaßen reizlos und unansehnlich, dass ihre Männer sich lieber mit Schweinen oder Eunuchen abgaben. Es kursierten sogar einige Zoten, an die Björn sich noch von der letzten Reise erinnerte und die erwachsene Männer aus diesem Teile Kleinasiens als ehrverletzenden Angriff auf ihre Männlichkeit betrachteten. Ob diese Beleidigungen wohl immer noch wirkten?

„Jorand!", rief Björn seinem Gefährten auf Griechisch zu, damit die beiden Soldaten es auch mitbekamen. „Weißt du, wer diese schöne Stadt bewacht? Zwei Schweineärsche!"

Der Veteran ließ seinen Weinpokal fallen und rammte Björn die Faust in den Magen, sodass er vornüberknickte. Der Jüngere sprang ihm ins Genick, den fleischigen Arm um Björns Kehle geschlungen, nach Kräften bemüht, seinen Gegner zu Boden zu ringen. Aha, die Kränkung hatte offenbar nichts von ihrer Wirkung eingebüßt.

Obwohl der Wein ihm schon das Gehirn vernebelte, war Björn gewappnet für diesen Ansturm. Krachend warf er sich rückwärts gegen die Wand der Schenke, sodass dem auf seinem Rücken hängenden Gegner Hören und Sehen verging. Die übrigen Gäste in der Taverne gingen hastig in Deckung. Im hintersten Winkel der Schankstube nahm der Wirt bereits Wetten auf den Ausgang des Kampfes entgegen.

Die beiden Beleidigten stürzten sich abermals auf Björn, und ein wahrer Hagel von Fausthieben prasselte auf ihn nieder. Mit wilden Schwingern drosch er um sich, wehrte etliche Schläge ab und brachte selbst mehr als einmal die eigene Faust ins Ziel. Heiß tobte nun sein Blut; die Lust am Kämpfen und Zerstören brauste ihm brodelnd durch die Adern. Der aufgestaute Druck entlud sich in einem berserkerhaften Gebrüll, so brachial wie ein Bär, wild wie ein Wolfsrudel.

Die Kontrahenten wichen erschrocken zurück, wie betäubt von diesem Getöse, das ihnen nicht von dieser Welt schien. Auf den Kampf mit einem Rasenden waren sie offensichtlich nicht eingestellt.

„Los, kommt her, ihr Memmen!“, schnauzte Björn.

Beide gingen gleichzeitig auf ihn los, sodass alle drei Kämpfenden gegen einen Tisch krachten und mitsamt dem Möbelstück zu Boden krachten. Dort bekam Björn, der sich gerade aufrappeln wollte, einen mächtigen Tritt in die Nierengegend. Als er dann endlich stand, packte er seine Gegner im Genick und stieß sie mit den Köpfen zusammen. Sie schwankten zwar benommen, blieben jedoch auf den Beinen. Der Ältere bellte dem Jüngeren einen Befehl zu, worauf der nächste Angriff erfolgte. In einem Tumult aus fliegenden Armen und Beinen ging es zur Tür hinaus, hinein in eine schmale Gasse. Sämtliche Zuschauer, Jorand eingeschlossen, drängten sich hinterdrein und feuerten die Raufbolde an.

Schon konnte Björn mit dem rechten Auge nicht mehr sehen, und als er hintastete, war seine Hand sogleich klebrig von Blut. Ein Hieb hatte ihm wohl die Augenbraue gespalten.

„Ah, du willst Blut?“, donnerte Björn, wobei er mit flüssigem Schwung sein Schwert zückte und die lange, mörderisch anzusehende Klinge zischend die Luft durchschneiden ließ. „Dann los, jetzt richtig!“

Die Zähne gebleckt, zogen nun auch die beiden Soldaten das Kurzschwert und fingen an, Björn zu umkreisen. In den Knien federnd, erwartete er den ersten Angriff. Plötzlich aber sauste etwas mit berstendem Krachen auf seinen Hinterkopf nieder. Ein stechender Schmerz zuckte ihm durch den Schädel, begleitet von einem grellen Blitz. Er hörte noch, wie sein Schwert klirrend aufs Steinpflaster prallte. Dann wurde ihm schwarz vor Augen, und er sackte zusammen.

31. KAPITEL

Als Björn zu sich kam und mit viel Mühe erwachte, da packte ihn ein dermaßen rasender Kopfschmerz, dass er sich gleich wieder fallen ließ, hinein in jenen gnädigen Dämmerzustand, in dem er sich so wohlig suhlte wie die Sau im Schlammloch. Mitunter war ihm, als höre er über sich Stimmen, einige barsch, andere eher besorgt. Allein, einen Sinn ergaben sie alle nicht. Erst das helle Licht zwang ihn aus der Bewusstlosigkeit heraus.

„Fensterläden zu, verflucht!“, ächzte er und vergrub sich tiefer unter dem Bettzeug.

„Nichts da!“, rief Jorand, der ihm die Decke vom Körper riss. „Du hast die ganze Nacht geschlafen und den größten Teil des Tages noch obendrein. Hübscher wirst du sowieso nicht, daher dachte ich, wir wollen mal sehen, ob du durch die Ruhe zumindest weniger angriffslustig geworden bist.“

Björn stöhnte. Im Mund spürte er einen Geschmack, als wäre ihm eine komplette byzantinische Legion über die Zunge marschiert. Barfüßig, wohlgemerkt. Als er versuchte, sich hochzustemmen, hatte er das Gefühl, als mache sein Kopf sich selbstständig und kullere ihm vom Hals herunter – was sich für seine Begriffe eventuell durchaus als Verbesserung erweisen konnte.

„Von jetzt an ausschließlich Met und Bier!“ Mit allmählich festerer Hand betastete Björn seine Schläfen. „Versprich mir, dass du mich eigenhändig umbringst, wenn ich je wieder den Rotwein anrühre.“

Jorand lachte. „Dass du so einen Brummschädel hast, liegt nicht am Saft der Reben. Sondern an mir, fürchte ich.“

Stirnrunzelnd sah Björn ihn an. „Was faselst du da? Für Rätselraten bin ich nicht in der richtigen Stimmung.“

„Bevor du wütend wirst, solltest du wissen, dass ich auf

Befehl handelte.“ Jorand drückte ihm einen Teller mit Brot und Oliven in die Hand. „Schon vor der Ankunft am Hause des Arabers trug Ornolf mir auf, dir zu folgen, sobald du auf eigene Faust etwas unternimmst. Der ist nicht dumm, dein Onkel. Und blind erst recht nicht.“

Björn kaute auf dem Brot herum und hoffte, es würde seinen rumorenden Magen etwas beruhigen. „Dann weiß also alle Welt, was für ein Narr ich bin?“

„Ein Narr mitnichten!“, beteuerte Jorand. „Nur ein in Liebe entbrannter Mann. Übrigens hat es Ornolf schwer beeindruckt, dass ihr so aufrechte Haltung bewiesen habt, du und die Skaldin. Eigentlich hatte er schon damit gerechnet, dass ihr gemeinsam durchbrennt.“

„Wären wir auch, wenn es nach mir gegangen wäre.“

„Nun, sei’s drum – das Schlimmste hast du ja hinter dir“, befand Jorand. „Ornolf schärfte mir zwar ein, ich solle dich ruhig gewähren lassen, wenn du irgendwelchen Unsinn treibst. Nur bei Todesgefahr sollte ich eingreifen. Die Rauferei gestern Abend, die kam dir gerade recht. Als du jedoch blankzogst, musste ich dem einen Riegel vorschieben.“

„Du?“

Grinsend pickte Jorand sich eine Olive vom Teller. „Ich musste dem Schankwirt die Amphore bezahlen, die ich dir auf deinem Dickschädel zerschlagen habe. Nun, immerhin bist du noch ganz.“

Misstrauisch beäugte Björn seinen Freund. Gewiss, Jorand erwartete wohl, dass man ihm dankte, doch danach stand Björn ganz und gar nicht der Sinn. Er litt nämlich unter viel Schlimmerem als lediglich unter den Nachwirkungen des Weines und des gewaltigen Hiebes über den Schädel. Sicher, körperlich war er noch unversehrt, aber das Herz lag ihm wie ein Stein in der Brust. Jorand war naiv, wenn er glaubte, sein Anführer sei aus dem Gröbsten heraus. Der Schmerz nämlich machte sich erst jetzt richtig bemerkbar. Drohend lagen sie vor ihm, die endlosen Jahre ohne Rika. Bedächtig kaute er an seinem Kanten Brot, ohne dabei etwas zu schmecken.

„Wo bin ich überhaupt?“ Er blickte sich in dem riesigen Saal um, der gesäumt war von lauter Bettgestellen, alle von derselben Art Schlafstatt, auf welcher er lag.

„In der Kaserne“, erklärte Björn, wobei er eine weißliche, dickflüssige Masse in eine Schüssel goss. „Argus und Zander erwiesen sich als recht anständige Gesellen, nachdem ich ihnen die Lage geschildert hatte. Natürlich war das Silber, das ich ihnen dabei zusteckte, ebenfalls hilfreich.“

Als Björn die Braue hob, um seinen Gefährten fragend anzusehen, verzog er schmerzverzerrt das Gesicht. Selbst diese kleine Bewegung tat weh.

„Das sind die beiden Legionäre, mit denen du dich gestern Abend angelegt hast.“ Er reichte seinem Bootsführer die Schale mit der übel riechenden Flüssigkeit und forderte ihn auf zu trinken. „Du bist nicht der Erste, der eine Frau verloren hat. Sie waren sehr verständnisvoll.“

Björn schnaubte verdrossen und schnupperte naserümpfend an der dargebotenen Schale. „Was ist das für ein Gesöff?“

„Ziegenmilch, zwei Eier und noch ein paar Zutaten, von denen du besser nichts erfährst“, sagte Jorand ohne einen Hauch von Mitgefühl. „Hinunter damit. Argus meint, das sorge für einen klaren Schädel.“

Björn leerte die Schale. „Pfui! Die versuchen wohl immer noch, mich umzubringen!“ Er fuhr sich mit dem Armrücken über den Mund. „Wieso sind wir hier? Stehe ich unter Arrest?“

„Nein, nichts dergleichen“, wiegelte Jorand ab. „Als Argus sah, dass du so sehr aufs Kämpfen versessen warst, da dachte er, du könntest eventuell versucht sein, dich seiner Legion anzuschließen. Als Tagmata, wie sie hier die Söldner nennen. Er meinte, du würdest sogar noch besoldet für etwas, das du ohnehin gern tust. Es stünden schon eine ganze Zahl Nordmannen in des Kaisers Diensten, sagt er."

In diesem Moment drangen neue Geräusche an Björns Ohr, nämlich das gleichmäßige Trampeln von im Gleichschritt marschierenden Stiefeln und das Klappern von aufeinanderschlagenden Holzschwertern. Umständlich rappelte er sich auf und schleppte sich zur Türöffnung. Draußen auf einem weiten, flachen Hofstück waren Männer bei den Waffenübungen, indem sie entweder gegeneinander antraten oder gegen ausgeklügelte Apparate, die bestimmte Kampftechniken nachahmten. Am hintersten Ende des Feldes übte eine Reiterschwadron gerade Wendungen; man sah, wie die Pferde sich aufbäumten und mit den Vorderhufen schlugen.

Nach einiger Zeit hatte Björn den Eindruck, dass die schauderhafte Ziegenmilchmixtur tatsächlich wirkte. Sein Kopf wurde erstaunlich klar, und fast war es ihm, als sei Rika bereits für ihn gestorben. Alle Träume von der eigenen Scholle, verbunden mit den Resten von Sognefjord, lösten sich auf im Nebel seiner Erinnerung, und mit ihnen auch jegliche Unbeschwertheit oder Sorglosigkeit, die er einmal mit Rika an seiner Seite gefühlt haben mochte. Vor sich sah er nunmehr nichts anderes mehr als Blut und Heldentum und einen gewaltsamen Tod. Und während er so den Übenden auf dem Kasernenhof zusah, da fühlte er sich zunehmend mit ihnen verbunden. Kampf – ja, davon verstand er etwas. Dort gehörte er hin.

„Sie sagten, der Sold sei eher bescheiden", gab Jorand zu bedenken.

Björn nickte mit düsterer Miene. „Er wird schon reichen."

Habe ich Glück, redete er sich ein, werden es doch nicht so lange Jahre sein ohne Rika. Oder nicht ganz so viele.

32. KAPITEL

Der Duft des nachtblühenden Jasmin hing noch schwer in der Luft, als Rika die Fensterläden aufklappte. Auf die Fensterbank gestützt, atmete sie tief durch. Es war zwar süß, das Aroma, doch Freude empfand sie nicht daran. Ihr war, als habe man ihr ein Leichentuch übers Herz gebreitet. Empfinden konnte sie weder Glück noch Schmerz; ja, sie fragte sich sogar, ob sie überhaupt jemals wieder etwas würde fühlen können.

Als sie hinunterblickte ins Atrium des Hauses, sah sie Ornolf und Jorand, die unter der Laube die Köpfe zusammensteckten und miteinander tuschelten. Egal, ob es an der Bauweise lag oder gar so gewollt war – jedenfalls schwebte jetzt, da der Springbrunnen nicht plätscherte, jedes Wort hinauf zu Rikas Fenster im obersten Geschoss. Ob wohl die anderen Frauengemächer denselben verdeckten Vorteil boten?

„So hat er sich also als Söldner verdungen?", hörte sie Ornolf fragen.

„Ja. Gestern Nachmittag ritzte er sein Zeichen aufs Täfelchen."

„Ach, auch gut. Er braucht mal eine Veränderung", sagte Ornolf. „Außerdem kann man durch Kriegsbeute durchaus ein reicher Mann werden. Da wird er mit seiner Klinge zweifellos ein Vermögen verdienen. Wir allerdings müssen uns nach Ersatz für ihn umsehen. Für die Rückfahrt gen Norden im kommenden Frühjahr. Ich will auf keinen Fall wieder einen Mann zu wenig haben, wenn wir die Stromschnellen umgehen müssen. Wann rückt seine Legion aus?"

„Laut Björn im nächsten Monat. Ostwärts gegen die Sarazenen." Jorand fuhr sich mit der Hand durch seinen goldblonden Schopf. „Auf Beute ist er allerdings nicht aus. Eher auf den Heldentod."

Schlagartig schwand bei Rika jegliche Hoffnung dahin. *Du hast dich geirrt. Du fühlst ja doch noch etwas!*

Ornolf knurrte verärgert. „Zu welchem Haufen haben sie ihn denn gesteckt?"

„Er dient vorerst bei den Fußsoldaten, doch Argus sagte mir, sein Hauptmann sähe ihn lieber bei der Reiterei. Björn versteht sich auf Pferde, wie du ja weißt. Gestern zum Beispiel, da hatten sie Ärger mit so einem behuften Drachen, der ums Verrecken nicht unter den Sattel wollte. Björn schnappte sich die Zügel, zog den Kopf des Gauls zu sich herunter und packte ihn bei den Ohren. Dann flüsterte er dem Biest etwas ins Ohr, und schon war der Zossen lammfromm. Björn sprang auf den Pferderücken und trabte ein, zwei Mal rund ums Karree. Dann saß er ab und warf dem Hauptmann die Zügel zu. Danach war das Ross handzahm. Schon jetzt hat Björn sich also einen Namen gemacht als meisterhafter Pferdekenner. Nur: Bei der Reiterei muss man Gaul und Ausrüstung selber mitbringen. Dazu hat Björn nicht das nötige Kleingeld."

Rika vernahm das Klimpern von Münzen.

„Kümmere dich darum", befahl Ornolf. „Das Fußvolk ist nichts weiter als eine Knochenmühle für Lebensmüde. Auf dem Pferderücken aber hat er vielleicht eine Möglichkeit zum Überleben, vorausgesetzt, er kommt früh genug wieder zur Besinnung."

„Wird denn der Jarl nicht zürnen wegen der Kosten?" Jorand ließ die Münzen in seiner Gürtelbörse verschwinden.

„Bei dem Gewinn, den ich ihm von dieser Tour mitbringe, wird er seinem Bruder wohl mal einen Gaul spendieren können", knurrte Ornolf. „Verglichen mit dem, was er Björn fortgenommen hat, ist es wenig genug."

„Einen guten Morgen, Gebieterin." Al-Amins weiche Stimme ließ Rika heftig vom Fenster zurückzucken. Als sie sich umdrehte, setzte der rundliche Eunuch gerade ein mit Früchten und Brot beladenes Silbertablett nieder. Danach glättete er Rikas Bett, derweil Helge hinter ihm herschwirrte wie eine gereizte Biene.

„Ich habe versucht, ihn nicht hereinzulassen", schimpfte sie, „aber er lässt sich nicht abwimmeln. Immer hinein und hinaus – und das ins Schlafgemach einer Dame, und ständig ohne zu fragen! So was gehört sich nicht, nein, das gehört sich ganz und gar nicht!"

„Hier offenbar durchaus, Helge", erwiderte Rika. „Andere Länder, andere Sitten. Daran müssen wir uns gewöhnen."

Als Teil der Abmachung hatte Abdul Azziz darauf bestanden, ihr Al-Amin als persönlichen Diener zur Seite zu stellen. Jede seiner Frauen verfügte über einen eigenen Eunuchen – zusätzlich zu den Kammerzofen, die ihnen für ihre täglichen Bedürfnisse zur Verfügung standen. Eunuchen verkörperten männliche Muskelkraft in Verbindung mit geschlechtlicher Antriebslosigkeit, mithin eine für den Haremsdienst perfekte Kombination. Dass sein Gebieter Rika mit seinem eigenen Diener bedacht habe, das, sagte Al-Amin, bedeute allgemein einen besonderen Gunstbeweis. Für Rikas Begriffe war es eher ein geschickter Schachzug, mit dem Abdul Azziz sie unter genauer Beobachtung halten konnte.

„Nach dem Frühmahl nehmt Ihr Euer Bad, Herrin", sagte er nun auf Griechisch.

Rika blinzelte verdutzt. „Ich habe gestern Abend gebadet." In ihren nördlichen Gefilden wurde ein wöchentlicher Besuch des Badehauses als durchaus ausreichend für die Reinlichkeit angesehen, erst recht im Winter.

„Ihr werdet sehen, hier badet man zweimal täglich", erklärte der Eunuch.

Nach einem Imbiss aus Fladenbrot und einigen erfrischend herb schmeckenden Scheiben einer Frucht namens

Orange folgte Rika dem Diener zu ihrem Badezimmer. Das oberste Geschoss von Abdul Azziz' Haus war ausschließlich den Frauen und ihrer Dienerschaft vorbehalten. Den Sicherheitsbedürfnissen entsprechend, verlief der lange Korridor um das Viereck des Innenhofes an den Außenseiten zwar zur Gänze geschlossen, aber mit Schießscharten versehen, durch welche die Verteidiger Pfeile abschießen konnten, ohne einem Angreifer ein Ziel zu bieten. Gleichzeitig dienten die Scharten als Belüftungsschlitze, welche erstaunlich wirkungsvoll für Frischluftzufuhr sorgten. Nur eine einzige Treppe führte aus diesem Frauenstockwerk heraus, und zwar hinunter, dann allerdings durch die im ersten Obergeschoss liegenden Privatgemächer des Hausherrn, oder hinauf auf den Dachgarten.

Am ersten Abend hatte Abdul sie dorthin geführt, und sie hatten zusammen beobachtet, wie der Mond über der Stadt aufging. Vermutlich hatte er geglaubt, sie würde ganz hingerissen sein, die ganze Pracht von Miklagard zu ihren Füßen zu sehen. Vielleicht betrachtete er es sogar als eine Art Entschädigung für die unglückliche Bemerkung mit der „Kuh", obwohl die Rika nicht im Geringsten traf.

Jedenfalls, da war sie sich sicher, hatte sie sein Interesse dennoch geweckt. Nicht in geschlechtlicher Hinsicht; in dieser Beziehung hatte er sich ja über seine Vorlieben deutlich genug ausgesprochen. Nein, offenbar sah er in Rika eine intellektuelle Herausforderung. Wahrscheinlich würde sie ihren Bräutigam künftig öfter ertragen müssen, als ihr lieb sein konnte.

Nervös lief Helge hinter ihrer Herrin her. „Trotzdem ... all diese Baderei, davon halte ich nichts", grummelte sie mürrisch beim Betreten der riesigen Therme. „Erst recht nicht, wenn da auch noch ein Mann herumsteht und gafft."

„Aber der ist doch ungefährlich!" Rika löste ihre Spangen und legte Tunika nebst Gewand ab, derweilen Helge den Eunuchen weiterhin argwöhnisch und alles andere als überzeugt beäugte.

Gerade war Rika, in der Hand ein Stück parfümierter Seife, ins Bad gestiegen, da ertönte hinter ihr eine weibliche Stimme auf Griechisch. „Ah, sieh an! Hier ist sie!"

Rika wandte sich um. Eine Frau mit olivenfarbener Haut schlüpfte soeben in die Therme, angetan mit einer weiten Palla so hauchzart und duftig, als wären es Schmetterlingsflügel. Von zwei Geschlechtsgenossinnen flankiert, bewegte sie sich mit der Eleganz eines fliegenden Falken, allerdings auch mit derselben Angriffslust. „Steh auf! Lass dich anschauen!", befahl sie vom Beckenrand.

Entgeistert starrte Rika die drei weiblichen Wesen an. Sie alle waren in Begleitung von Männern mit bloßem Oberkörper und Pluderhosen, wie Al-Amin sie trug. Bei diesem Trio samt Anhang konnte es sich nur um Abdul Azziz' Ehefrauen mit ihren Eunuchen handeln.

„Bist du nicht nur so groß wie eine rote nordische Kuh? Bist du dazu auch noch schwer von Begriff?" Die Wortführerin des Grüppchens hatte große, raffiniert mit Kohle betonte Augen, in denen ein hartes Funkeln glitzerte.

Die Beleidigung traf Rika wie ein Schlag. Anscheinend hatte jemand den spontanen Spruch von Abdul am Ankunftstag mitgehört und weiterverbreitet. Es ging in einem Harem ganz offensichtlich nicht anders zu als an einem Königshof. Sie nahm sich vor, niemals etwas laut zu sagen, was nicht für andere Ohren bestimmt war – nicht einmal im Flüsterton.

„Was hast du dazu zu sagen?", herrschte die Frau Rika an.

„Nur eines." Wieder musste Rika ihr noch unsicheres Griechisch bemühen. „Bei uns im Norden stellen wir uns zuerst vor. Wir beginnen Gespräche nicht mit Beleidigungen." Mit diesen Worten wandte sie den Neuankömmlingen demonstrativ den Rücken zu und fing an, sich die ausgestreckten Arme einzuseifen. „Wenn du mit mir sprechen willst, gehe zu Al-Amin. Er gibt dir einen Termin. Du störst mein Bad."

Sie vernahm, wie die Frau einen schrillen Laut des Unmutes ausstieß und wütend mit ihrem ganzen Gefolge von dannen stapfte.

„Gut gemacht, Gebieterin!" Erleichtert stieß Al-Amin den angehaltenen Atem aus. „Nicht viele sagen der Hauptfrau des Herrn so die Meinung! In Eurem Land seid Ihr bestimmt eine Königin unter den Frauen."

„Schön wär's!", murmelte Rika, während sie dem Becken entstieg und sich von Al-Amin ein flauschiges Tuch über die Schultern breiten ließ.

„Es ist gut, wenn Sultana weiß, dass sie Euch nichts zu befehlen hat. Aber Vorsicht!", mahnte er. „Dass sie nicht Eure Feindin wird! Ihr Sohn Karim ist der Erbe meines Gebieters. Wenn er die Nachfolge antritt, wird er viel Macht haben."

Rika seufzte. Im Grunde genommen war es ihr herzlich egal. Intrigen und Hinterlist und Machtstreben, all das schien ihr völlig belanglos. Ihr Sehnen und Trachten galt Björn allein, und da sie ihn nicht haben konnte, gab es nicht mehr viel in der Welt, was sie reizte. Vielleicht war die Liebe letzten Endes tatsächlich ein Fluch, und man litt umso schlimmer an etwas, das man einmal besessen und dann verloren hatte.

Doch einerlei, sie bereute sie nicht, diese Erkenntnis. Zwar würde sie Björn nie wiedersehen, doch brauchte sie nur die Augen zu schließen, und er war da. Wenn sie des Nachts aus Träumen erwachte, war ihr im ersten Moment, als spüre sie ihn neben sich liegen. Ganz gleich, was das Schicksal für sie bereithielt – Björn würde bei ihr sein. Alt würde sie werden und grau, doch er hingegen auf immer männlich und jung, gleichsam wie eingefroren in ihrer Erinnerung.

Jorand zufolge diente er mittlerweile als Söldner im kaiserlichen Heer. Rika war fest entschlossen, sich auf keinen Fall nach seinem Verbleib zu erkundigen, aus Angst, sie könne womöglich erfahren, dass er in einer Schlacht gefallen war. Solange sie lebte, würde auch er lebendig bleiben. Magnus hatte ihr stets versichert, dass Freya, die Herrin von Asgard, huldvoll auf unglücklich Liebende herabsah und ihnen in ihrer großen Halle einen Ehrenplatz einräumte. Keinesfalls ausgeschlossen, sagte Rika sich, dass sie ihm dort einst wieder begegnen würde. Dann würden sie sich im Jenseits so lieben können, wie sie es sich im Diesseits ersehnt hatten.

Fürs Erste aber musste sie Rücksicht nehmen auf Helge und Al-Amin. Zwar war ihr jegliche Form von häuslichen Ränkespielchen ein Gräuel, aber die Spielregeln beherrschte sie nichtsdestoweniger. Sie musste über den eigenen Schatten springen und sich in diesem Haus einen bestimmten Rang erobern, schon um ihrer Diener willen. Am besten, überlegte sie, fängst du damit an, dass du herausbekommst, wer dieser Sultana die Bemerkung mit der roten nordischen Kuh verraten hat.

„Al-Amin", sagte sie, als er ihr in eine Palla half. Der Stoff war so dünn, dass Rika sich beinahe nackt darunter fühlte, obwohl das Gewand sie vollkommen bedeckte. „Irgendjemand muss Sultana die Worte zugeflüstert haben. Wer war es? Was meinst du?"

„Ach, Herrin, könnt Ihr Gedanken lesen? Genau diese Frage ging auch mir durch den Kopf."

„Ich erinnere, dass nur meine Freunde und ich dort waren", betonte Rika. „Und Abduls Gast. Und du natürlich."

Sein Gesicht wurde blass. „Herrin, Ihr denkt doch nicht …"

„Ich weiß nicht, was ich *denken* soll", erwiderte Rika. „Ich muss *wissen,* zu wem du hältst. Dienst du mir oder Abdul Azziz? Oder hast du eine kleine Absprache mit Sultana?"

„Ihr kränkt mich, Gebieterin", erwiderte er betont würdevoll. „Als ich der Diener von Abdul Azziz war, da war ich es mit Leib und Seele. Nun aber stehe ich Euch zu Diensten.

Vielleicht kennt Ihr die Bedeutung nicht, die Namen bei meinem Volk besitzen. Nicht umsonst heiße ich Al-Amin."

„Verzeih meine Unwissenheit." Angesichts seiner Entrüstung musste sich Rika ein Schmunzeln verbeißen. Er gemahnte sie an einen Pfau, der sich gerade spreizte. „Was bedeutet dein Name, Al-Amin?"

Die Hand aufs Herz gepresst, verneigte er sich vor ihr. „Der Getreue."

33. KAPITEL

Dreimal ertönte der schmetternde Klang des Olifant, des aus Elfenbein gefertigten Signalhorns. Sein Ruf zeigte den Soldaten das Ende des Tagwerks an. Am ganzen Körper klatschnass, wischte sich Björn den beißenden Schweiß aus den Augen und schleppte sich abgekämpft vom Exerzierplatz. Auch wenn die Gefechtsübungen mit Holzschwertern ausgetragen wurden, hatte er sich doch einige schmerzhafte Hiebe von seinen Gegnern eingehandelt. Auf einer Schulter schillerte ein mächtiger Bluterguss – Folge eines Schlages, der durchgedrungen war bis auf den Schulterknochen.

In seiner nordischen Heimat reichte meist brachiale Kraft, verbunden mit absoluter Schmerzunempfindlichkeit, um am Ende des Tages den Sieg im Nahkampf davonzutragen. Seine neuen Waffengefährten indes zeigten ihm einige bislang unbekannte Kunststückchen. Er lernte Finten und Konterstöße, wobei man den Schwung des Angreifers geschickt zum eigenen Vorteil zu nutzen lernte. Bei diesen Übungen fielen Björn Ornolfs Lehrstunden wieder ein, und es gelang ihm, ein oder zwei Manöver nutzbringend anzuwenden. Selbst Argus, der raubeinige, einäugige Veteran aus der Rauferei in der Schenke, musste wohl oder übel zugestehen, dass Björn seine ersten Einsätze als Söldner möglicherweise doch überleben könnte.

Wenn seine Klinge durch die Luft zischte, war dies für Björn eine wahre Wohltat, ein Segen, der ihn vergessen ließ. Die Konzentration, die unerlässlich war, um in lebensgefährlichen Duellen die Körperbeherrschung zu wahren, hielt sämtliches Denken an Rika fern, verschlossen im hintersten Winkel seiner Erinnerungen. War aber das Tagwerk vollbracht, kehrten sie wieder, jene Gedanken, bohrend wie die schärfste Schneide, süß wie kandierte Früchte, unabwendbar wie die Gezeiten.

Jeden Abend ergab er sich dann dem Trunk, allerdings nicht genug, um den dumpfen Schmerz zu betäuben. Ein quälendes Sehnen blieb.

„Björn!"

Er schaute sich um und sah, wie Jorand auf ihn zukam, einen schwarzen Hengst am Zügel führend. Das Ross brach ständig zur Seite aus, tänzelte ungebärdig und rollte die großen, klugen Augen.

Björn ging dem ungleichen Paar bis zur Mitte des Kasernenhofes entgegen. „Ein schönes Tier." Er fuhr dem Pferd mit der Hand über die Kruppe und dann die tiefe Brust hinunter. „Herrlich. Aber wozu braucht der beste Schiffszimmermann von Sogna ein Pferd?"

„Der Hengst gehört dir", sagte Jorand. „Ornolf möchte dich gern bei der Reiterei sehen."

„Ich werde es mir überlegen." Björn kniff ärgerlich die Lippen zusammen ob dieser unerwünschten Einmischung, auch wenn sein Onkel es gewiss gut meinte. „Übernachtet ihr alle in der Herberge?" Er konnte einfach nicht anders und hätte Jorand am liebsten gefragt, ob er Rika gesehen und ob die Vermählung schon stattgefunden hatte. Letzten Endes traute er sich aber nicht.

Jorand verstand ihn auch so. Er war nicht umsonst so lange mit Björn zur See gefahren. „Ornolf und ich schon, doch sind wir häufig beim Araber zu Gast. Dein Onkel meint, er kann nicht gleichzeitig gute Geschäfte mit ihm machen und in seinem Haus wohnen. Rika und Helge jedoch, sie sind dort untergebracht, desgleichen auch Torvald. Darauf bestand der Muselmane, nachdem er erfuhr, dass Torvald Rikas leiblicher Vater ist."

„Aha", seufzte Björn, „so ist es demnach vollbracht."

„Keineswegs. Die Hochzeit ist bis auf Weiteres aufgeschoben. Ein religiöses Problem, heißt es."

Wider jede Vernunft wallte die Hoffnung in Björn auf. Als aber Jorand dann erläuterte, wie Rika sich mit dem Araber auf eine Verlängerung der Verlobungszeit geeinigt hatte, um den Islam zu studieren, da verdrängte er diese Hoffnung wieder.

„Wie kommt sie denn damit zurecht, dass Torvald in ihrer Nähe wohnt?", fragte er seinen Gefährten. „Nachdem sie die Wahrheit erfuhr, ist sie doch nie so recht warm mit ihm geworden."

„Ich habe sie nicht gesehen", bekundete Jorand, der ahnte, was wirklich hinter der Frage steckte. „Wenn Ornolf und ich zu Gast sind, bleibt sie in ihrem Gemach. Das ist so Sitte bei den Frauen dort."

„Hält man sie gegen ihren Willen fest?"

„Nach Torvalds Auskunft nicht", antwortete der Jüngling. „Der sieht sie jeden Tag. Sie beschäftigt sich mit dem anderen Glauben und ist einem Übertritt nicht abgeneigt, hat sich aber wohl noch nicht festgelegt."

„Hm!" Schon wieder krampfte sich alles in Björn vor Sehnsucht zusammen. Er wusste nicht recht, was schlimmer war: sich endgültig mit der Trennung abzufinden oder sich weiter zu quälen.

In diesem Augenblick kam Argus angeschlendert, um Björns neues Reittier zu inspizieren. „Wunderbarer Gaul!", lobte er in seinem gebrochenen Griechisch. „Ach, bevor ich es vergesse ... Ich kenne einen Mann, den ihr treffen müsst. Ein Landsmann von euch. Waräger. Ist gerade zurück von einer Gefechtsübung mit seinem Haufen. Er heißt Fenris Gehzufuß."

„Wieso das?", lachte Jorand verwundert.

„Weil wir noch keinen Zossen gefunden haben, der groß genug für ihn ist." Das eine noch gesunde Auge des alten Kämpen glitzerte vor Vergnügen. „Nun, egal – ich kümmere mich um den schwarzen Burschen hier." Er nahm Jorand die Zügel ab und führte den Hengst in Richtung Marstall. „Dieser Fenris ist bestimmt gerade beim Essen fassen!", rief er noch über die Schulter.

Björn und Jorand fanden den Besagten ohne große Mühe. Fenris Gehzufuß überragte sämtliche umstehenden Byzantiner um Haupteslänge und selbst Björn noch um einen halben Kopf. Ein roter, geflochtener Bart hing ihm bis auf die fassförmige Brust, und seine muskelbepackten Oberarme waren dicker als der Oberschenkel bei so manchem Mann.

Die beiden stellten sich dem Hünen vor, freudig erregt über die Gelegenheit, einmal wieder frischweg von der Leber auf Nordisch reden zu können statt in dem holprigen Griechisch, dessen sie sich die meiste Zeit über in Miklagard mühsam bedienen mussten. Fenris war laut, hässlich wie ein Waldschrat, aber von einem derben Humor. Allmählich begann Björn, den Riesen zu mögen, da zog der ein Schwert und führte es ihm vor.

„Galata-Stahl", polterte Fenris dabei. „Eine Klinge mit solch einem süßen Klang habe ich nie besessen. Probier mal!"

Björn vollführte einige blitzschnelle Luftschläge und balancierte dann die Waffe mit der flachen Seite auf einem Finger, unmittelbar hinter der Parierstange. Sie blieb vollkommen in der Waage. „Vortreffliches Schwert", sagte er, während er Fenris die Klinge zurückgab. „Vollkommen ausbalanciert. Trotz der Kerbe in der Schneide."

„Ja, die verfluchte Scharte. War zu tief, um sie rauszuschleifen." Fenris ließ seine Waffe wieder in den Schulterriemen gleiten. „Hab ich mir oben in euren Gefilden geholt, die Macke. In Sognefjord."

„So?" In Björns Hirn schlugen laut die Alarmglocken. Jetzt erst fiel ihm auf, dass Fenris einen kunstvollen Armring trug – nicht auf dem schwellenden Oberarm, denn ein so großer Ring war wahrscheinlich noch nie gefertigt worden, sondern am Unterarm. Der Ring war auf geschickte Weise zwei ineinander verflochtenen Schlangenleibern nachempfunden.

Die Augen bestanden aus eingelassenen Bernsteinkügelchen. Schlagartig wurde Björn übel, als er das Kunstwerk erkannte. Er taxierte den Hünen aufmerksam. „Ich glaube, ich bin dir dort oben bei uns aber nie begegnet, sonst würde ich mich dran erinnern."

„Und ob du das würdest!" Der Riese lachte dröhnend. „Bin ja nicht zu übersehen. Ich stamme aus Birka. In eure Wälder gelangte ich auf dem Landweg; nach Sogna selbst bin ich jedoch nie hinuntergekommen." Fenris grinste auf eine Art, die seine hässlichen Züge noch abstoßender erscheinen ließ. „Wir alle hier sind doch Söldner, also – warum soll ich große Umschweife machen? Ich wurde gedungen, um einen Mann aus Sognefjord zu töten."

„War das Armband da dein Lohn?"

„Du sagst es." Fenris Augen wurden schmal.

„Der Mann, den du getötet hast … wer war er?"

„Der dortige Stammesführer, ein Jarl namens Harald Gunnarsson."

Björn hatte nur sein hölzernes Übungsschwert dabei. Deshalb griff er nach Jorands echtem und riss es dem Freund aus dem Schultertrageriemen. Die Beine leicht gespreizt, in den Knien federnd, fasste er das Langschwert im beidhändigen Griff und richtete die Spitze auf Fenris' üppigen Bauch.

„Verteidige dich, Fenris Gehzufuß, denn ich bin Björn der Schwarze, Sohn von Harald von Sogna. Du hast meinen Vater getötet! Noch heute Nacht wirst du ein Fressen sein für die Würmer." Er warf Jorand einen Seitenblick zu. „Wenn du dich diesmal wieder einmischst, bist du als Nächster dran."

Mit einem Ausfallschritt wich Fenris der Schwertspitze aus, den Blick der blassen Augen dabei unaufhörlich auf seinen Gegner gerichtet. „Nicht so voreilig, Jüngling! Die nördlichen Lande sind weit. Daher brauchst du wegen dieser Geschichte keine Blutfehde vom Zaun zu brechen. Die Tötung war ein reines Geschäft. Nichts Persönliches."

„Für mich war es durchaus persönlich."

Die byzantinischen Soldaten verstanden den auf nordisch geführten Dialog zwar nicht, doch die in der Luft knisternde Spannung war gleichsam mit Händen zu greifen. Im Nu hatte sich um die beiden Kontrahenten ein Kreis aus Schaulustigen gebildet.

„Nun denn, auf geht's." Fenris spuckte in die Hände und zückte sein Galata-Schwert. „Jammerschade, wenn man einen Mann und dessen Sohn mit derselben Klinge umbringen muss. Doch Odin sei mein Zeuge – du zwingst mich dazu." Er holte tief Luft und stieß ein solches Gebrüll aus, dass die Byzantiner erschrocken zurückwichen. Schneller, als man es bei einem solchen Fleischberg für möglich gehalten hätte, holte er dann weit mit dem Schwert aus und ließ es zischend niedersausen.

Björn seinerseits brachte die Klinge hoch und parierte den Hieb. Weithin hallend hämmerte Stahl auf Stahl; die Wucht des Aufpralls fuhr Björn durch die Arme bis hinauf in die Schultern. Hätte er seine Waffe nicht im beidhändigen Griff geführt, Handgelenke und Ellbogen dicht beisammen – er wäre von Fenris glatt in der Mitte gespalten worden, vom Scheitel bis zum Nabel, mit einem einzigen Streich.

Die Klinge des Hünen glitt ab und zuckte im weiten Bogen quer über Björns Brust. Der sprang zurück, die Arme diesmal weit auseinander, um dem Angriff auszuweichen. Doch auf der Haut, dort, wo Fenris' Schwertspitze sie haarscharf geritzt hatte, erschien eine gepunktete Linie aus Blutstropfen.

Der hünenhafte Waräger deckte seinen Gegner mit einem wahren Hagel aus Hieben ein, die Björn zwar allesamt parierte, aber mit allergrößter Mühe nur. Der Recke aus Birka führte die Klinge ohne große Kunst, holte jedoch zu einem Streich nach dem anderen aus. Bei seiner gewaltigen Kraft kam es auf Feinheiten nicht an.

Tänzelnd wich Björn nach rückwärts aus, angestrengt um eine bestimmte Taktik bemüht. Von Anfang an war ihm klar gewesen, dass er dem Gegner an Größe und Reichweite unterlegen war. Allerdings hatte er erwartet, dass sein Kontrahent langsamer sein würde. Ein Irrtum. Mehr als eine notdürftige Verteidigung gegen den unaufhörlichen Ansturm brachte Björn nicht zuwege, und auch die konnte so manche Blessur nicht verhindern. Schon rann Blut aus Wunden an Schultern und Schenkeln. Während ihm brennender Schweiß in die Augen rann und sein Magen sich mehr und mehr verkrampfte, begriff Björn allmählich: Er steckte böse in der Klemme.

Konzentriert umkreiste er seinen Kontrahenten, bestrebt, gleichmäßig zu atmen und aus der todbringenden Reichweite von Fenris' Galata-Klinge zu bleiben.

„Komm her, Jüngling!“, säuselte Fenris, die sonst so barsche Stimme beinahe freundlich. „Du hast dich bis jetzt in allen Ehren geschlagen. Ich mache es kurz; dann bis du noch rechtzeitig zum Nachtmahl in Walhalla und kannst dort gemeinsam mit deinem Vater ein Horn auf mich leeren.“

Dein Vater! War Fenris' abstoßendes Gesicht das Letzte gewesen, das Harald im Leben gesehen hatte? Unbändige Wut brodelte in Björn auf, doch er hielt sie im Zaum. Er musste einen kühlen Kopf bewahren, sonst würde es um ihn geschehen sein. In einer reinen Kraftprobe stand er auf verlorenem Posten. Auch seine Ausdauer erschöpfte sich allmählich unter den unaufhörlichen Verteidigungsanstrengungen. Dabei hatte er seinen Gegner nicht einmal ritzen können.

Fenris ließ den Schwertgriff von Hand zu Hand wandern, als wolle er mit seinem Gegner spielen. Es galt für Björn, nun rasch zu handeln, solange er noch den nötigen Atem hatte. Die Stunde des Schicksals, sie war gekommen. Das Einzige, was ihm noch blieb, war die List.

Tief atmete er durch, hob Jorands Schwert zu einer weiteren Runde und machte seiner Wut in einem berserkerhaften Schrei Luft. Blitzschnell stieß er vor, die Klinge in gleißenden Schwüngen vor sich führend. Mit Leichtigkeit widerstand Fenris dem Vorstoß, ging im Handumdrehen zum Gegenangriff über und versetzte Björn einen weithin hallenden Streich, der ihn schier von den Beinen fegte. Keuchend stemmte er sich auf die Knie, den Rücken dem Gegner zugekehrt, dessen hünenhafter Schatten von der untergehenden Sonne über ihn geworfen wurde. Schon hob sich geisterhaft der Schwertarm, der Björn den Tod bringen musste.

In einer blitzartigen Drehung wirbelte Björn herum und rammte dem Gegner, der gerade zum Gnadenstoß ausholte, die Klinge bis halbwegs zum Anschlag in den entblößten Bauch. Mit gleicher Geschwindigkeit rollte er sich beiseite, da fuhr auch schon die Galata-Klinge klirrend zu Boden – gefolgt von Fenris, der langsam in die Knie sackte, die Finger um den nackten Stahl verkrampft, der ihm tief in den Eingeweiden steckte.

Björn rappelte sich hoch und taumelte auf seinen Gegner zu. Das Schwert beim blutverklebten Heft gepackt, riss er dem Hünen die Schneide aus dem Leib, worauf der tiefen Wunde ein widerwärtiger Gestank entwich. Er hatte Fenris das Gedärm durchstoßen – eine grässliche Verletzung. Unter Umständen stand dem hünenhaften Waräger ein qualvoller, langsamer Tod bevor.

Björn wandte sich schon zum Gehen, da vernahm er ein stöhnendes Krächzen. „Lass mich nicht elendig krepieren, Sognamann! Gib mir den Gnadenstoß!“

„Etwa so, wie du es mit meinem Vater tatest? Mit einem Stoß in den Rücken?“ Björns Augen loderten, sowohl vor Scham über des Vaters Feigheit als auch vor Wut auf dessen Mörder.

„Dein Vater lief nicht davon!“, ächzte Fenris. „Er kämpfte beherzt, wie du! Ja, er hätte mich um ein Haar erwischt ...“

Björn ließ sich neben ihm auf ein Knie nieder. „Was geschah wirklich?"

Fenris hob den Arm mit dem Ring, der die verschlungenen Schlangen zeigte. „Der Mann, der mir das hier gab, trat aus einem Versteck hervor und jagte deinem Vater, während wir kämpften, den Dolch in den Rücken."

„Sein Name! Wer bezahlte dich dafür, Harald von Sogna zu töten?" Heftig rang Björn nach Luft. Der Kampf hatte auf Messers Schneide gestanden. Ohne Ornolfs Lehrstunden, so wusste Björn, wäre er längst verloren gewesen. Am liebsten hätte er diesem Kämpfer aus Birka kein Wort geglaubt, doch bei dem Verdacht, der sich nun leise in ihm regte, begann er vor Wut zu beben. „Sag mir seinen Namen! Ich muss ihn wissen!"

„Den habe ich nie erfahren", ächzte der tödlich Getroffene mit schmerzverzerrtem Gesicht. „Er meinte, so sei es besser. Nun aber mach, lass mich hier nicht krepieren."

Björn zückte das Messer und stieß es dem Verwundeten mit einer blitzschnellen Bewegung ins Herz. Fenris Gehzufuß sah ihn dabei mit einem Ausdruck an, der fast einem dankbaren Lächeln glitt. Dann brachen seine Augen.

„Hebe ein Horn für mich in der Halle der Gefallenen, Birkamann!", sagte Björn leise.

Auf einmal teilte sich der Kreis der Zuschauer. Zwei Männer in der Montur von byzantinischen Offizieren traten auf Björn zu und packten ihn bei den Armen. „Nordmann", sagte der eine der beiden auf Griechisch, „du hast einen Kameraden getötet. In den Kerker mit dir!"

Während er abgeführt wurde, rief Björn noch Jorand zu: „Nimm sein Schwert an dich und den Armreif. Bring beides zu Ornolf. Er weiß, was zu tun ist."

Sein Onkel, da war sich Björn sicher, würde das Schmuckband erkennen. Schließlich hatte Gunnar es von ihm bekommen.

34. KAPITEL

Heftig pfiff der Wind über die Landzunge. Hinter sich hörte Rika das quengelnde Jammern von Al-Amin, der über das kühle Wetter nörgelte. Verborgen unter ihrer Jilbâb, dem arabischen Überwurf, welcher den ganzen Körper verhüllte, verzog Rika verächtlich das Gesicht. Was wussten diese Südländer schon von Kälte? Was die hier als Winter bezeichneten, kam ihr selber mehr wie ein lauer Vorfrühling vor.

„Wozu müssen wir jede Woche hierher, Gebieterin?", wollte der Eunuch wissen. „Die Statuen in der Akropolis leiden nicht unter dem frostigen Hauch. Ich hingegen durchaus!"

„Dann bleib beim nächsten Mal zu Hause!" Mit großen Schritten ging Rika auf die Marmorfigur zu, von der sie sich seit ihrem ersten Besuch angezogen fühlte. Es war die Statue des Gottes Mars, der mit wachsamen Augen und ewigem Blick gen Bosporus schaute. „Geh wieder heim, wenn es dir nicht passt."

„Herrin, Ihr quält mich mit Gedanken an ein warmes Kohlebecken!", rief Al-Amin. „Erführe der Effendi, dass ich Euch ohne Begleitung gelassen hätte – er würde mich bei lebendigem Leibe häuten! Das wisst Ihr doch. Ich hätte nicht erwartet, dass Ihr so gefühllos seid."

„Du dienst aber nicht dem Effendi, sondern mir!", konterte Rika. Ihr Griechisch war inzwischen recht flüssig. „Ich würde ihm nicht erlauben, dass er dich straft. Hör auf zu jammern, dann machen wir auch auf dem Heimweg einen Abstecher über den Markt und kaufen dir Pistazien."

„Meine Herrin ist die Güte selbst." Er verneigte sich halb. „Doch lasst uns ja gemeinsam heimkehren!"

„So lass mich ein wenig in Frieden. Es dauert auch nicht lange."

Sie kamen an einem Styliten vorbei, einem jener sonderbaren Säulenheiligen, die auf Pfeilern lebten, die höher waren als fünf Mannslängen. Pilger taten Essensgaben und Getränke in einen Korb, der am Fuße der hohen Warte stand, und erhofften sich als Gegenleistung dafür wirkungsvolle Fürbitten durch den in luftiger Höhe thronenden frommen Mann.

„Warte hier!", befahl sie ihrem Diener. Immerhin bot das breite Säulenfundament einen guten Windschutz für Al-Amin.

Schon jetzt war Rika klar, dass sie sich an das befremdliche religiöse Chaos in dieser Metropole niemals würde gewöhnen können. Die Weisungen des Islam erschienen ihr als schleierhafter Mischmasch aus Regeln und Riten. Die Christen wiederum stritten sich untereinander, zuweilen bis hin zu blutigen Fehden, um die Frage, welche Lehre orthodox und mithin die wahre sei und welche Ketzerei. Diese unaufhörlichen Kontroversen gingen Rika nicht in den Kopf. Die Götterwelt von Asgard verblasste dabei zu einer fernen Erinnerung. Rika war überzeugt, dass ihre früheren Götter ihre Gebete von hier sowieso nicht hören konnten, jedenfalls nicht dort oben im hohen Norden. Demzufolge begab sie sich allwöchentlich auf ihre ganz persönliche Pilgerfahrt zu ihrem eigenen heiligen Schrein auf der Akropolis, inmitten der Vielzahl von Statuen, die den inzwischen abgesetzten römischen Gottheiten geweiht waren.

Auf dem Weg zum Standbild des römischen Kriegsgottes merkte sie, wie sich ein zunehmend ungutes Gefühl in ihrem Magen ausbreitete. Sie waren jedes Mal dasselbe, die Kurzatmigkeit, die Beengtheit in der Brust. Ihr war, als wäre sie innen hohl wie ein Kürbis, splitternackt und so leicht und zerbrechlich, dass sie jeden Augenblick in Scherben fallen könnte. Beim kleinsten Windhauch, so ihre Befürchtung, würden die winzigen Fragmente ihrer selbst mit den Resten des Herbstlaubes hinweggeblasen. Mitunter wäre ihr das sogar lieb gewesen.

Den Kopf in den Nacken gelegt, schaute sie zu der Statue empor. Die Haltung der breiten Schultern, die leichte Neigung des Kopfes, der ruhige, stete Blick, der Mund ... all das glich so sehr Björn, dass ihr beim ersten Mal ganz schwindelig geworden war.

Abdul Azziz bestand darauf, dass sie in der Öffentlichkeit die Jilbâb trug. Einzig hier beim Besuch der Akropolis war sie froh über die Art und Weise, wie das alles verhüllende Frauengewand sie vor neugierigen Blicken verbarg. Der Schleier verdeckte Gesicht und Augen; man sah die Welt durch das feine Gewebe. Nunmehr betrachtete sie die ernsten Züge der Statue, bis ihr das Bild vor den tränenüberschwemmten Augen verschwamm. Sie presste die Stirn an das kühle Marmorfundament. „Ach, Björn", schluchzte sie leise. „Wo bist du?"

Das Wenige, das sie wusste, stammte aus zufällig mitgehörten Gesprächsfetzen. Jorand, so hieß es, sei zu Ornolf gekommen, und zwar mit einem Armreif und einem Schwert. Was das zu bedeuten hatte, war Rika ein Rätsel. Erfahren hatte sie allerdings, dass Björn im Kerker saß, und als Ornolf und Jorand am folgenden Tag zur Kaserne kamen, um sich nach ihm zu erkundigen, da war das Kriegsgerichtsverfahren bereits abgeschlossen und der als schuldig befundene Angeklagte an ein Zivilgericht zur Verurteilung überstellt. Einen fremdländischen Angehörigen der eigenen Truppen selber hinzurichten, davor schreckte die Heeresführung zurück, denn so etwas wirkte sich negativ auf die Anwerbung von fremdländischen Söldnern aus. Demzufolge überließ man ihn lieber den Zivilbehörden.

Leider war bei der Überstellung die Gerichtsakte von Björn dem Schwarzen, Nordmann und abgeurteilter Mörder, aus unerfindlichen Gründen abhandengekommen. Zwar bestach Ornolf so viele Personen, wie er konnte, um Björns Spur ausfindig zu machen, doch mehr als Mutmaßungen kamen dabei nicht heraus. Möglicherweise, so teilte man ihm mit, war er auf einer Galeere gelandet und ruderte inzwischen, an einen Riemen gekettet, auf dem großen Mittelländischen Meer umher. Nicht ausgeschlossen auch, dass man ihn entmannt und anschließend an eine reiche Witwe verkauft hatte; wie man munkelte, brachten spät kastrierte Eunuchen durchaus eine granitharte Erektion zuwege, dazu noch weitaus länger als ein unverstümmelter Mann und mit dem zusätzlichen Vorteil, dass man sich um eine unerwünschte Empfängnis keine Sorgen zu machen brauchte. Andererseits konnte es aber auch sein, dass man ihn erdrosselt und seine Leiche irgendwo vor den Toren der Stadt verscharrt hatte.

Gesicherte Erkenntnisse ergaben sich also nicht. Miklagard hatte ihn ganz und gar verschluckt, als sei er im Moor versunken. Gleichwohl klammerte Rika sich an die Hoffnung, dass er noch lebte. Sie war davon überzeugt, dass ihr Herz in einer Welt, in der Björn tot war, zu schlagen aufhören würde. Obwohl sich alles in ihr zusammenkrampfte, wenn sie allwöchentlich zur Statue des Mars kam, so waren die kurzen Augenblicke, die sie weinend am Fuße der Säule verbrachte, doch die einzigen, in denen sie sich noch einigermaßen lebendig fühlte.

Björn beobachtete den Schatten an der Wand. Als er annahm, er habe den höchsten Punkt des Tages erreicht, kratzte er mit den Nägeln einen Strich in den Mauerstein. Hier in den südlichen Gefilden schien die Sonne zwar nicht so unterschiedlich. Trotzdem konnte er auf diese primitive Weise vielleicht die Wintersonnenwende markieren und notdürftig den Jahreszeiten folgen. Bislang hatte er auch per Strichliste die Tage gezählt, aber das machte ihn nur niedergeschlagen.

Immerhin plagte ihn der nächtliche Albtraum nicht mehr. Bei dem einzigen Mal, an dem er ihn doch noch heimgesucht hatte, begriff Björn kurz nach dem Aufwachen, dass jenes furchterregende Auftauchen der Weltenschlange Jormungand in enger Verbindung stand mit der Symbolik der beiden verschlungenen Schlangenleiber in Gunnars Zeichen. Es erstaunte ihn über die Maßen, dass er nicht früher auf diese Schlussfolgerung gekommen war. Andererseits hatte er nie so viel Zeit zum Nachdenken gehabt. Mit dieser bestürzenden Erkenntnis aber begann für Björn eine Reise in die Vergangenheit.

Dass seine Gedanken sich auf Wanderschaft begaben und über einen lang vergessenen Pfad streiften, lag möglicherweise daran, dass er und Rika mit knapper Not dem nassen Tod in den tobenden Wassern des Aeifor entkommen waren. Zusätzlich aber leuchtete ihm nunmehr ein weiterer Aspekt seines Albtraumes ein. In seinem Hirn nahm etwas Gestalt an, das er bisher weit von sich geschoben hatte, weil es zu schmerzhaft war.

Seinerzeit hatte er Rika erzählt, sein Bruder habe ihn an jenem lange vergangenen Tag vor dem Ertrinken gerettet. Inzwischen war ihm klar, dass das nicht der Wahrheit entsprach. Gunnar hatte ihn über Bord in den Fjord gestoßen und ihm den Kopf unter die kabbeligen Wellen gedrückt. Überlebt hatte Björn nur deshalb, weil er sich an des Bruders Arm geklammert und ihm gedroht hatte, er werde ihn ebenfalls ins Wasser reißen. Mit letzter Kraft hatte er sich dann am Arm des verdutzten Gunnar hochgezogen und sich über die Bordwand in die kleine Nussschale gestemmt. Weil er sich seiner Haut nicht anders zu wehren wusste, hatte er den ganzen Vorfall auf seine Weise abgeändert und seinem Bruder den Treueeid geleistet. Mit der Zeit glaubte er sogar selber an diese nachträglich geänderte Version der Geschichte. Und jetzt, nach dem Geständnis von Fenris Gehzufuß, er sei von Gunnar für die Tötung des Vaters gedungen worden, erkannte Björn auch die Bedeutung seines Traums: Er hatte ihm sagen wollen, dass Gunnar der Mörder des Vaters war.

Der kindliche Schwur hatte ihn am Leben erhalten, weil er sich damit für seinen Bruder als nützlich erwies. Inzwischen aber lag Björn das Treueversprechen so schwer und sauer im Magen wie ranzige Ziegenmilch, und wenn er in Sognefjord gewesen wäre, hätte er Gunnars noch verbliebenen Griff abgeschüttelt wie einen schlecht sitzenden Mantel.

Nur bist du jetzt leider nicht in Sogna.

Der Schlaf bot keine Erholung, denn seine wachen Stunden waren albtraumhaft genug. Die Fensteröffnung seiner Zelle war so hoch angebracht, dass man nicht hinaussehen konnte. Dennoch spendete sie Licht, und mitunter, bei günstigem Wind, schlug sogar Regen hindurch. Wenn dieser Glücksfall eintrat, streifte Björn seine zerlumpte Kleidung ab, stellte sich in das durchs Fensterloch sprühende Nass und ließ sich von dem strömenden Regen die Schmutzschicht, mit der er zu leben gelernt hatte, vom Leibe waschen.

Einmal täglich öffnete sich die in die Zellentür eingelassene Klappe. Durch die reichte er seinen Nachtkübel hinaus, und hinein kam ein Brett mit schimmligem Brot und abscheulich schmeckendem Wasser. Ob der Wärter nicht mit ihm reden durfte oder konnte, das wusste Björn nicht. Jedenfalls vegetierte er über Monate hinweg, ohne eine andere menschliche Stimme zu vernehmen.

Mit der Zeit merkte er, dass er zu Selbstgesprächen neigte und auch nichts dagegen zu tun vermochte. Um sein Denkvermögen zu üben, ritzte er Runen an die Zellenwände. Entbehrungen machten ihm nichts aus, aber den Verstand zu verlieren – das war etwas, was er mehr fürchtete als die Unterwelt. Isoliert in Stille und Einsamkeit hatte er manchmal das Gefühl, dass er gleichsam am Rande des Wahnsinns wandelte, immer in der Gefahr, in den Abgrund zu stürzen.

Und dann geschah ein kleines Wunder.

Björn schaute hinüber zum gegenüberliegenden Zellenwinkel. Dort erhob sich sein Wunder gerade von den Knien und klopfte sich den Schmutz von seiner abgewetzten Kutte. Das Gefängnis war so überfüllt, dass der Kerkermeister einen zweiten Gefangenen in Björns Zelle hatte unterbringen müssen – eine Wendung, die Björn vor dem Abgleiten in den hellen Wahnsinn bewahrte. Jedenfalls war er davon überzeugt.

„Immer beten, Dominicus?“, fragte er auf Griechisch.

„Solange noch Atem in mir ist, mein Sohn“, erwiderte der kleine Priester.

„Hilft uns dein Gott hier heraus?“

„Deswegen bete ich nicht.“ Aus Dominicus’ scharfen Augen strahlte die Klugheit. „Sondern für deine Seele. Auf dass Gott deinen Geist von den Fesseln erlöse.“

„Sag ihm, er soll meinen Körper hier herausbringen.“ Björn lehnte sich rücklings gegen die Zellenwand, um sich das Licht durchs Fenster aufs Gesicht fallen zu lassen. Die Wärme wirkte beruhigend, und für einen Wimpernschlag flackerte Rikas Bildnis vor seinem geistigen Auge auf. In Gedanken sah er sie, wie sie sich mit tränenüberströmtem Antlitz gegen eine Art Säule stützte. Er schüttelte sich aus dieser Träumerei. Wenn er sie sich schon vorstellte – warum konnte es dann nicht eine angenehmere Erscheinung sein? „Wenn dein Gott mich rettet aus diesem Kerker, dann kann er gern meine Seele haben.“

Der Priester verzog den Mund zu einem Schmunzeln, wobei er eine auffällige Zahnlücke entblößte. „Gott lässt nicht nach in seinen Bemühungen um uns. Wenn er dich anders nicht gewinnen kann, wird er gewiss dafür sorgen, dass du freikommst.“

Björn schüttelte den Kopf. „Mich gewinnen? Das klingt, als ob dein Gott in heißer Liebe entbrannt ist.“

„Das ist er auch.“ Dominicus nickte. „Er liebt uns an erster

Stelle. Manchmal auch dann, wenn wir es am wenigsten verdienen."

Ein Gott, der selbstlos liebte? Der Glaube dieses kleinen Priesters kam Björn völlig abwegig vor. Kein Wunder, dass man Dominicus hinter Schloss und Riegel gesperrt hatte.

„Nun, mir scheint, mein Gott will mich wohl hier drin lassen", meinte Björn. „Also versuch ich es mal mit dem deinen. Meine Götter habe ich alle angerufen, selbst Loki. Aber entweder können sie mir nicht helfen, oder ich bin ihnen egal."

„Oder sie haben nicht genug Macht", ergänzte Dominicus. „Nach allem, was du mir über die Götter von Asgard erzählt hast, sind sie ja nur Teil der Schöpfung. Gott aber thront über der geschaffenen Welt und hält alles zusammen. Jenseits von allem, was ist, jenseits von allem, was wir glauben oder denken oder wissen, jenseits der göttlichen Offenbarung gar ist Gott."

Jetzt begriff Björn auch, wieso Dominicus den örtlichen religiösen Führern ins Gehege gekommen war. Sein Gott war zu groß, als dass es ein Mensch mit dem Verstand hätte erfassen können, zu ungeheuerlich, um ihn durch Beschwichtigung zu kontrollieren, und viel zu mächtig, als dass er sich in eine Religion pressen ließe.

„Mag sein", räumte Björn ein. „Aber du musst zugeben: Meine Götter haben mehr Spaß bei Festen. Nimm zum Beispiel Thor. Das ist einer, mit dem kann man sich an den Tisch setzen und einen trinken." Er klatschte sich auf die Oberschenkel und stimmte ein uraltes Trinklied an.

„Ale bring ich dir, du Baum der Schlacht,
Gebraut mit Kraft und Weisen,
Mit Liedersang bei Tag und Nacht
Und mit der Runen Zaubermacht
Bis nach Walhall zu reisen."

„Da weiß ich genau den richtigen Kaufmann“, rief Al-Amin, aus dessen angenehmer Altstimme inzwischen alles Genörgel über die Kälte verschwunden war. „Direkt neben dem persischen Gewürzhändler. Dort sind die Pistazien stets von bester Güte.“

Rika nickte benommen. Nach dem Besuch der Akropolis war sie stets vollkommen ausgelaugt, doch einerlei – sie musste hin zu der Statue des Mars. Sie verstand es zwar selbst nicht, aber dort fühlte sie sich Björn näher, als könne sie in jenen flüchtigen Augenblicken eine Verbindung zu ihm herstellen. Ob er sie wohl noch spürte, ihre Liebe? Gewiss, es war ein reines Fantasiegebilde, doch sie musste einfach daran glauben.

Die beiden schlenderten an der Hagia Sophia vorbei, der kuppelförmigen Kathedrale der Göttlichen Weisheit. Sphärenklänge fluteten aus dem Bauwerk, gesungen von weichen Stimmen, vergeistigt und blutleer. Das monotone Geleier dieser Choräle wurde allseits bewundert und galt als Verkörperung von Spiritualität und Reinheit, aber Rika vermisste den ausgelassenen, unverfälschten Gesang ihrer Heimat. Die derben Stimmen, die man bisweilen in einem wikingischen Langhaus vernahm, waren zwar häufig wenig melodisch, dafür aber voller Lebenslust.

„Es heißt, es sei nicht immer gut
Zu viel des Biers zu saufen
Trinkt man zu viel von diesem Sud
So kann man nicht mehr laufen!“

„Beim Barte des Propheten! Was ist denn das für ein grässliches Getöse?“ Entsetzt blickte Al-Amin sich um und forschte nach der Quelle des Gesanges. „So ein Gejaule! Das klingt ja, als würde ein Hund bei lebendigem Leibe zerlegt werden!“

Rika stockte der Atem. Sie kannte die Stimme! Sie war fest davon überzeugt. Björn hatte dieses Trinklied einmal abends auf dem Flussinselchen geträllert, als sie am Lagerfeuer hockten. Es bestand aus einer endlosen Reihe von Strophen, eine noch verwegener als die andere, vermutlich deshalb, weil die Zechenden mit jedem Vers betrunkener wurden.

„Es kommt aus dem Gebäude dort hinten!“, rief sie und wies auf ein festungsähnliches Bauwerk auf der anderen Seite des Platzes.

„Das ist der Kerker, Gebieterin“, erklärte der Eunuch.

„Wir müssen hin.“ Beinahe wäre sie einfach losgelaufen. „Die Stimme … die gehört … einem Landsmann von mir. Ich lasse nicht zu, dass ein Nordmann im Gefängnis dahinvegetiert. Auf keinen Fall.“

„Es schickt sich nicht für ein Weib, sich dort sehen zu lassen“, gab Al-Amin zu bedenken. „Sagt es dem Effendi; der wird es dann richten.“

Sie wirbelte herum, die Hände zu Fäusten geballt. „Ich gehe hin, ob mit dir oder ohne dich! Wenn ich in Miklagard eines gelernt habe, dann dies: Alles ist käuflich; es kommt allein auf den Preis an. Und jetzt sag an: Wie regelt man hier die Entlassung eines Eingekerkerten?“

35. KAPITEL

Hände und Füße mit Eisenketten gefesselt, schlurfte Björn den düsteren Gang hinunter. Vor ihm marschierte der Kerkermeister, hinter ihm eine Wache. Seit seiner Einlieferung hatte Björn die Zelle nicht verlassen. Da schien es ihm fast wie ein Wunder, dass er eine gewisse Strecke gehen durfte, ohne gleich nach drei Schritten eine Kehrtwendung machen zu müssen.

„Ein Jammer, dass wir nicht genug Zeit hatten, um ihn ein bisschen herzurichten", rief der Kerkermeister auf Griechisch dem Wachmann zu. „Wenn er sauberer aussieht, zahlt sie vielleicht mehr."

„Na, ich weiß nicht." Björn hörte, wie der hinter ihm gehende Posten auf den verdreckten Boden spuckte. „Wie es heißt, mögen einige von diesen lüsternen Weibern sie lieber dreckig. Ein Riesenkerl, was?"

„Deshalb ist sie ja so erpicht auf ihn, nehme ich an." Der Kerkermeister brach in schallendes Gelächter aus.

„Wenn's denn ein Hüne sein soll – warum holst du ihr nicht den Nubier, damit sie auswählen kann? Vielleicht nimmt sie ja beide."

„Das habe ich ja vorgeschlagen, aber die edle Frau hat einen sehr eigenen Geschmack. Sie wollte unbedingt den mit dem Katzengejammer, und unser Wikinger hier ist der Einzige, der hin und wieder mal ein Lied anstimmt." Der Kerkermeister kratzte sich den Kopf und scheuchte damit seine sämtlichen Läuse auf.

„Es wird doch keinen Ärger geben durch den Verkauf, oder?"

„Nein. Bei seiner Einlieferung habe ich in weiser Voraussicht seine Gerichtsakte verschwinden lassen. Einmal ist so ein vierschrötiger Glatzkopf aufgetaucht und hat herumgeschnüffelt. Ich sagte ihm, neue Gefangene hätten wir nicht. Ursprünglich wollte ich unseren Nordmann hier im Frühjahr auf dem Sklavenmarkt draußen im Hafen versteigern. Im Frühjahr sind die Gebote höher. Die Frau aber, die scheint mir genügend Geld zu haben und zahlt gewiss einen höheren Preis, als ich ihn später bekommen hätte."

Für Björns Gefühl redeten die beiden mit einer Abgebrühtheit über ihn wie über ein zum Markt gekarrtes Stück Vieh. Seit er in dieser Vorstufe von Hel gelandet war, kam es ihm vor, als stecke ein ganz anderer Mensch in seiner Haut. Sein einziger Schutz bestand in völliger Abgestumpftheit gegenüber etwaigen Schrecken, die möglicherweise noch auf ihn zukommen würden. Daher tat er bewusst so, als sei ihm alles einerlei.

Unter klirrendem Schlüsselgerassel wurde er in die Wachkammer des Kerkermeisters gestoßen. „So", brummte der Wachsoldat und hob Björns Kinn mit einem langen Stecken an, „dann möge die Dame dich einmal eingehend inspizieren."

Im hellen Lichte blinzelnd, wagte auch Björn seinerseits einen Blick auf die Käuferin, die allerdings von den üppigen Falten eines mit Schleier versehenen Umhangs verhüllt wurde. So konnte er nicht viel von ihr erkennen – bis auf die Tatsache, dass sie für eine Byzantinerin ungewöhnlich groß gewachsen war. Jetzt, da sie ihn sah, wich die Frau zwei Schritte zurück, die Hand wie zu Tode erschrocken auf die Brust gepresst. Wahrscheinlich stank er schlimmer, als er es sich vorgestellt hatte.

Sie hingegen schwebte in einer derart süßen Jasminwolke, dass ihm ganz schwindlig davon wurde. Nach monatelangen Entbehrungen stieg ihm ein solches Aroma sogleich zu Kopf, war doch der Kerker ansonsten ein Sammelsurium von Abschaum, erfüllt vom Pesthauch der Angst. Der Duft dieser Frau hingegen erinnerte ihn daran, dass seine Welt nicht immer so wie derzeit gewesen war. Vor Dankbarkeit hätte er glatt vor ihr niedersinken und ihr die parfümierten Fußsohlen küssen mögen.

Der sie begleitende Eunuch feilschte noch mit dem Kerkermeister über das zu zahlende „Strafgeld“, aber nach vielem Hin und Her wurden die beiden sich handelseinig. Irgendwie kam Björn die sanfte Altstimme bekannt vor. Stirnrunzelnd versuchte er, den Eunuchen gedanklich einzuordnen.

Das Haus des Muselmanen!

Der Begleiter war Al-Amin! Allerdings, so Björns Eindruck, lag es wohl auf der Hand, dass der schwergewichtige Eunuch sich nicht an ihn erinnerte. Seinerzeit hatte er Rika ja so rasch über die Schwelle getragen, dass dem Dicken gar keine Zeit geblieben war, ihn genauer zu betrachten. Andererseits entsann Björn sich durchaus an den Diener des Arabers, und zwar schon aus den Tagen, als er als Knabe in Miklagard war. Al-Amin hatte sich kaum verändert. *Und du?* Björn blickte an sich herab. Abgerissene Lumpen am Leibe, die Haut starrend vor Schmutz, sichtbar abgemagert. Mit den gefesselten Händen strich er sich über den Bart, der sein Gesicht fast vollständig bedeckte. Angesichts der Tatsache, dass er sich selbst kaum wiedererkannte, konnte es kaum überraschen, dass der Eunuch es ebenfalls nicht tat.

Die Frau! Schlagartig fiel ihm ein, wie blass ihre auf die Brust gepresste Hand gewesen war. Den Blick auf ihr Gesicht gerichtet, versuchte er, den Schutzschild des Schleiers zu durchdringen. Verglichen mit den Frauen von Miklagard war sie von ungewöhnlicher Körpergröße. Es musste Rika sein! Silberne Fäden wanden sich durch das Tuch ihres Gewandes; unter den Sehschlitzen des Schleiers klimperten Goldmünzen. Das Weib eines reichen Arabers, das sich leisten konnte, was es begehrte.

Und jetzt war sie auf einen Nordmann aus – als Schoßhund sozusagen.

„Mach hier dein Zeichen!“, befahl ihm der Kerkermeister mit einem gehässigen Blick und hielt ihm ein Blatt Pergament hin, offenbar die Urkunde, welche den Verkauf besiegelte und dafür sorgte, dass Björn ein Gefängnis gegen ein anderes eintauschte. „Die Dame zahlt dein Strafgeld. Du wirst es als Sklave abdienen.“

„Nein!“, knurrte Björn, worauf der Kerkermeister verwirrt die Stirn krauszog. Björn aber räusperte sich und wiederholte seine Weigerung. Falls Rika ihn wirklich wollte, würde sie es sich ein beträchtliches Sümmchen kosten lassen müssen. Das Einzige, was ihn während der Kerkerhaft vor dem Wahnsinn bewahrt hatte, war Dominicus' Verlegung in seine Zelle. Da durfte er den Leidensgefährten nicht mitleidlos seinem Schicksal überlassen. „Ich mache nur mein Kreuz, wenn sie auch meinen Freund Dominicus nimmt.“

Während des gesamten Weges hin zum Haus des Arabers pries der kleine Priester seinen Gott in den höchsten Tönen. Als sie dann das festungsähnliche Bauwerk betraten, wandte er sich an Björn. „Vergiss nicht unsere Abmachung, mein Sohn!“

„Was?“ Björn konnte an nichts anderes denken als an Rika, verborgen dort vor ihm unter dem wallenden Schleier. Rika, auf deren schlanke Fesseln er auf dem Marsch einen flüchtigen Blick erhascht hatte. Rika, wie sie hingebungsvoll in seinen Armen lag, damals auf dem Flussinselchen unterhalb der wilden Stromschnellen.

„Auf dein Flehen hin errettete Gott dich aus Kerkermauern“, erklärte Dominicus. „Als Gegenleistung versprachest du ihm deine Seele.“

„Soll ich die zwei für Euren Dienst einweisen, Gebieterin?“, fragte Al-Amin.

Die verschleierte Gestalt nickte und verschwand in den Schatten des Hauses. Björn blickte ihr lange nach. In seinem

Herzen stritten sich Sehnen und Hassen. Schon vor Monaten hatte sie ihre Wahl getroffen, und diese war nicht auf ihn gefallen. Wie konnte sie jetzt Dankbarkeit von ihm erwarten? Gehorsam? Einerseits begehrte er trotzig auf; andererseits aber war er glücklich, dass er dieselbe Luft einatmen durfte wie sie.

„Das eben ist das Problem, Dominicus“, antwortete er. „Ich fürchte, es wird bereits anderenorts Anspruch erhoben auf meine Seele.“

Rika war tief getroffen angesichts der Veränderungen, die mit Björn vor sich gegangen waren. Mager war er und blass. Als er jedoch mit rebellisch blitzenden Augen verlangte, man müsse auch seinen Zellengenossen freikaufen, da wurde ihr klar, dass sein Geist nicht gebrochen war. Ein heißes Bad, ordentliche Verpflegung, ein wenig Sonnenschein – und in allerkürzester Zeit würde er wieder der Alte sein.

Und falls er in der Zwischenzeit die Unannehmlichkeiten eines Sklavendienstes über sich ergehen lassen musste – nun, das war eine Wendung, die Rika als ausgleichende Gerechtigkeit empfand. Immerhin, so mahnte sie sich, hatte er sie zuerst versklavt, und zwar ohne die geringsten Skrupel.

Als sie in ihre Gemächer zurückkehrte, fand sie Helge wieder einmal schlafend im Bette liegend vor. War die alte Frau auf den Beinen, so wuselte sie besorgt um Rika herum, aber in letzter Zeit war sie doch häufig sehr müde und matt. Die Bürde ihrer Jahre drückte sie zweifellos schwer, besonders angesichts ihrer zerbrechlichen Gestalt.

Rika brachte es nicht übers Herz, ihre alte Dienerin zu wecken. Als sie das Gewand über den Kopf streifte, beschlich sie unwillkürlich ein ungutes Gefühl. Es lag auf der Hand, dass Björn schon vieles hatte erdulden müssen. Dass er jetzt auch noch weiter erniedrigt werden sollte, war ein Gedanke, bei dem sich alles in ihr zusammenkrampfte. Dennoch: Hatte sie nicht genauso gelitten, als er sie damals fand, trauernd über die Leiche von Magnus gebeugt? Ihn hatte es völlig kalt gelassen.

Das aber stammte aus einer Zeit, als sie sich noch nicht liebten, als ihnen noch nicht klar war, dass sie allein nur teilweise lebten und sich nach jener Ganzheit sehnten, die sie sich ausschließlich einander zu geben vermochten.

Nein! Du musst dem Einhalt gebieten! Sie nahm sich vor, Al-Amin aufzutragen, Björn freizulassen. *Und dann ist endgültig Schluss!* Schon schickte sie sich an, die Wendeltreppe zum untersten Stockwerk hinunterzusteigen, als sie jäh innehielt.

Aus einem der Räume bei den Ställen drang lautes Gebrüll. Die edlen Araberpferde mit ihrem feingliedrigen Wuchs schreckten bei diesem ungewöhnlichen Lärm nervös zusammen und stampften unruhig in ihren Verschlägen. Rika beschleunigte ihren Schritt.

Lachend trat in diesem Augenblick Tariq, der persönliche Eunuch von Sultana, aus einer der Kammern heraus, schlug die Tür zu und wischte sich die Hände ab. Das Brüllen war inzwischen schwächer geworden, verkümmert zu einem abgehackten Stammeln.

„Was geht da drinnen vor?“, fuhr Rika den Eunuchen an.

„Nur das, was du befohlen hast.“ Tariq neigte kaum merklich den Kopf, doch bloß so weit, dass man ihm keine mangelnde Ehrfurcht unterstellen konnte, und sei es auch nur einen Fingerbreit. Seine spärliche Gesichtsbehaarung sowie der straffe Oberkörper verrieten den späten Eunuchen. „Deine neuen Sklaven werden für deinen Dienst vorbereitet.“

„Und wozu das Geschrei?“

Tariqs Lachen wandelte sich zu einem abstoßenden Lächeln. „Der Große setzte sich zur Wehr. Da konnten wir nicht anders, als ihn auf dem Tisch festzuschnallen. Aber sei unbesorgt. Das geht vorbei. Ungebührliche Leidenschaften werden sich legen; bald pariert er so ergeben wie ein Ochse. Man gewöhnt sich ans Wallach-Dasein." Und als Rika mit gerafften Röcken davonrannte, rief er ihr nach: „Fürchte dich nicht! Al-Amin weiß mit dem Messer umzugehen. Die meisten überleben."

In hellster Panik riss Rika die Tür auf und stürzte in den kleinen Raum. „Halte ein!", schrie sie. „Sofort aufhören! Schluss!"

In einer Ecke der Zelle kniete der Priester, Björns neuer Gefährte. Seine Augen waren geschlossen, die Lippen bewegten sich im stummen Gebet. Björn selber war splitternackt und mit gespreizten Armen und Beinen auf einem langen, in der Raummitte stehenden Tisch geschnallt. Mit glasigen Augen warf er haltlos den Kopf hin und her; eine Schusterahle steckte noch in einem Ohrläppchen, dort, wo einmal der Ring sein sollte, das Zeichen seines Sklavenstandes. Blut rann ihm über die Wangen. Über ihn gebeugt stand Al-Amin, das Messer bereits gezückt.

„Was fällt dir ein?", herrschte sie den Eunuchen an und eilte zum Tisch. „Her mit dem Messer!"

„Aber Herrin!" Empört presste Al-Amin die Lippen zusammen. „Eure Einmischung ist höchst ungehörig!"

„Wage ja nicht, mich zu maßregeln!", fauchte sie. „Das hier habe ich nicht befohlen!"

„Gebieterin! Unversehrt können diese Männer Ihnen doch nicht dienen", warf Al-Amin entgeistert ein. „Außerdem bringt es Schmach über das Haupt meines Effendi!"

„Aha!", giftete sie ihn an. „Schon immer ahnte ich es, dass du nicht mir von ganzem Herzen dienst, wie du es mich stets glauben machen willst. Nun also höre ich die Wahrheit von deinen eigenen Lippen! In erster Linie bist du nach wie vor Abdul Azziz ergeben."

„Nein, Herrin!", rief er entrüstet. „Euch gilt mein letzter

Atemzug. Allein, ich diene diesem Hause schon mehr als mein halbes Leben."

Rika merkte, wie ihre Empörung allmählich verpuffte. „Dafür habe ich auch Verständnis, Al-Amin. Doch deine Treue in allen Ehren – du hast mich einst gebeten, ich möge dir Vertrauen schenken. Nunmehr musst umgekehrt du mir vertrauen."

„Aber dieser Mann ..."

„Diesen Mann kenne ich", unterbrach Rika. „Und ich schulde ihm gleichfalls Treue. Es fällt dir gewiss nicht leicht, dies zu begreifen, aber einst war ich seine Sklavin."

„Herrin!" Er verdrehte die dunklen Augen, sodass man fast nur noch das Weiße seiner Augäpfel sah. „Dann kann er doch erst recht nicht Euer Diener sein! Dann wird er bei der kleinsten sich bietenden Gelegenheit über Euch herfallen! Schon deshalb muss er entmannt werden!"

„Als ich seine Sklavin war, hat er nicht ein Mal die Hand gegen mich erhoben", gab sie zurück. „Er wird es auch jetzt nicht tun. Al-Amin, ich habe mich bemüht, eure Sitten und Gebräuche zu verstehen. Ich trage, was Abdul Azziz mir vorschreibt. Ich lerne mit dem Imam. Obwohl ihm, ehrlich gesagt, weniger an der Lehre liegt als an seiner Reinheit, besonders während meines monatlichen Zyklus. Ich will ja gern versuchen, eure Lebensweise zu akzeptieren. Aber so geht es nicht. Das kann nicht meine Lebensweise sein. Niemals."

„Nun gut. So soll er unversehrt bleiben. Doch darf er dann niemals in Euren Gemächern dienen. Und der Kleine ebenfalls nicht."

„Was schlägst du also vor?"

„Ihr könntet sie als Stallburschen arbeiten lassen."

„Einverstanden. Teile sie in den Pferdeställen ein. Und sie werden mir nicht angerührt!"

„Wie Ihr wünscht, Gebieterin", sagte Al-Amin ergeben und vollführte seine übliche würdevolle halbe Verneigung.

Sultana ergab sich gerade der Muße in der weinberankten Laube, als sie sah, wie Al-Amin und der kleinere der zwei neuen Sklaven den bewusstlosen Hünen zu seiner Unterkunft direkt neben den Ställen trugen. Bei ihrem Näherkommen wieherten die Pferde unruhig. Hinter demTrio ging Rika; vermutlich, so nahm Sultana an, um sich zu vergewissern, dass ihre neuen Diener auch ordentlich untergebracht waren.

„Offenbar hat sie nur den Großen unters Messer geschickt", murmelte Sultana und trommelte mit den langen Fingernägeln auf die Armlehne. „Schade, dass ihr dem den Mohnsaft einträufeln musstet. Vorher gab er nämlich einige interessante Laute von sich."

Tariq nickte. „Ziemlich blutrünstig, die nordische Kuh, nicht wahr? Sie wollte bei der Prozedur zusehen."

Aus schmalen Augenschlitzen blickte Sultana der in der Kammer verschwindenden Rika nach. „Allmählich beginne ich, sie zu verstehen."

36. KAPITEL

Ungefähr einen Monat später beobachtete Rika von ihrem Fenster aus, wie Björn eine Stute in den Innenhof führte. Das Fell des Pferdes glänzte; nervös tänzelnd brach das Tier seitwärts aus, offenbar ganz versessen auf einen Ausritt. Björn hielt die Stute beim Zügel, damit Torvald aufsitzen konnte.

„Wann erwartest du denn Ornolf und Jorand wieder in der Stadt zurück?", hörte Rika Björn fragen.

„Nicht vor gut einer Woche." Torvald beugte sich vor und tätschelte seinem Ross den Hals. „Doch werde ich jeden Tag zum Hafen hinunterreiten und mich erkundigen, was es Neues gibt. Hätte Ornolf gewusst, dass du hier bist, so wäre er nie und nimmer nach Thessaloniki aufgebrochen."

„Weißt du, ob Jorand ihm das Schwert und den Armreif aushändigte?" Ein bisschen weiter aus dem Fenster gelehnt, spitzte Rika die Ohren, dabei gleichzeitig bemüht, außer Sicht zu bleiben. Sie begriff nicht ganz, wieso Björn sich so nachdrücklich nach einem Schwert und einem Armreif erkundigte. Derart versessen auf Handelswaren war er zuvor nie gewesen.

„Hat er", bekräftigte der Alte. „Vor Monaten schon. Mit nur Jorand als Zeuge würde das allerdings vor einem Thing keinen Bestand haben. Jetzt hingegen, da uns auch deine Aussage vorliegt, könnten wir den Fall vor ein Gericht bringen."

„Wir sind hier weit von einem Thing entfernt. Außerdem habe ich das leise Gefühl, dass meine *Herrin* …", bei dem verbittert geäußerten Wort verzog er das Gesicht, „… mir keinen Urlaub gewährt, damit ich mit Ornolf die Rückreise nach Norden antreten kann. Leg du doch einmal ein Wort für mich ein, Torvald!"

„Nichts lieber als das, Björn", erwiderte der alte Landmann. „Aber mit mir will sie ja nichts zu tun haben. Auch weiterhin nicht. Ich habe vor langer Zeit schon jegliches Recht eingebüßt, Rika zu raten, was sie zu tun oder zu lassen hat. So viel Zeit vertan, so viele Qualen umsonst!“ Seine Stimme verlor sich, sodass er sich wie aus einer Erstarrung schütteln musste. „Ach, typisches Greisengeschwätz!“, schimpfte er angewidert. „Immer die Vergangenheit wiederholen wollen, obwohl man weiß, dass sich nichts ungeschehen machen lässt.“

„Mein Freund, es sind nicht allein die Alten, die das möchten.“ Björn versetzte der Stute einen Klaps auf die Flanke. Die Hände in die Hüften gestemmt, stand er da und schaute zu, wie Torvald mit seinem Ross durch die riesigen Flügeltüren trabte. Für einen Augenblick schien es Rika so, als habe Björn zu ihrem Fenster hinaufgeschaut, aber es ging alles so blitzschnell, dass sie sich nicht ganz sicher war. Dann wandte er sich um und stapfte zu den Ställen zurück.

In diesem Augenblick kam Helge leise ans Fenster, gerade noch rechtzeitig, um mitzubekommen, wie Björn das Atrium verließ. „Ich weiß, kleine Elfe“, sagte sie zu Rika, „du sollst zwar den Muselmanen heiraten, aber fürwahr, ich wünschte um deinetwillen, es wäre anders.“ Die altersschwachen Augen wurden ihr feucht. „Er ist ein braver Bursche, der Bruder des Jarl.“

„Das ist er wahrhaftig“, erwiderte Rika, wobei sie sich verstohlen die Träne fortwischte, die an ihren zitternden Wimpern schwebte. „Wunschdenken aber bringt uns nicht weiter.“ Hinter sich hörte sie das schabende Geräusch der Tür, welches ihr verriet, dass Al-Amin das Gemach betreten hatte und das Tablett brachte, von welchem Rika und Helge gemeinsam aßen.

„Al-Amin?“, rief sie. „Ich möchte gern einen Ausritt machen.“

„Einen Ritt, Herrin?“ Er stellte das Frühstückstablett ab.

Helge hob den silbernen Deckel. „Nanu! Du hast die Orangen vergessen!", schalt sie den Eunuchen. Inzwischen an seine Gegenwart gewöhnt, schreckte die Alte nun nicht mehr davor zurück, ihn höchstpersönlich herumzukommandieren, vorausgesetzt, Rika war als Rückendeckung zugegen. Nach Rikas Dafürhalten duldete Al-Amin die alte Helge ungefähr so wie ein stämmiger Hirtenhund einen kläffenden Pinscher – ein bisschen wie ein Ärgernis, das man jedoch der Herrin zum Gefallen über sich ergehen lässt.

„Im Norden bin ich häufig geritten", betonte sie. „So komme ich besser durch die Stadt als zu Fuß."

„Ich lasse Euch eine Sänfte kommen, Gebieterin", bot er ihr an. „Gewiss entspricht das besser Eurem Stande."

„Aber nicht meinem Willen!", entgegnete sie. „Du wirst mich begleiten, Al-Amin. Und sorge dafür, dass der Nordmann mitreitet. Zwei Diener als Eskorte müssten doch wohl genügen, um jedem meinen *Stand* zu verdeutlichen!" Da der Haushalt nach wie vor davon ausging, dass man Björn am ersten Tage entmannt hatte, würde niemand etwas dagegen haben, wenn er die Herrin bei einem Ausritt eskortierte.

Al-Amin hob zweifelnd die Augenbrauen, doch etwas in Rikas Haltung ließ ihn wohl erkennen, dass alle weiteren Einwände fruchtlos bleiben würden. „Wie Ihr wünscht, Gebieterin."

Ehe die Morgensonne so hoch am Himmel stand, dass die Luft schwül wurde, ritt Rika, gefolgt von den beiden Männern, zum Hoftor hinaus. Als sie über die Schulter zu Björn hinüberblickte, sah sie, dass er seinen Unmut nicht verbergen konnte. Als sie ihn zu sich nach vorn winkte, ließ er verdrießlich sein Reittier antraben, um zu ihr aufzuschließen.

„Al-Amin versteht nur ein, zwei Wörter nordisch, deshalb können wir offen vor ihm sprechen. Hast du mir nichts zu sagen, Björn?"

„Und was würde meine Herrin gern von mir hören?" Als er sie ansah, waren seine Augen wie bodenlos schwarze Gruben. „Sie braucht ihre Wünsche nur zu äußern, und schon entströmen meinen Lippen die ersehnten Worte."

„An sich hatte ich angenommen, dass ein Wort des Dankes wohl angemessen gewesen wäre." Rika wandte den Blick von ihm ab. Sein Starren war ihr unangenehm.

„Ach so. Dann danke ich dir, Rika, dass du mich zu deinem Sklaven gemacht hast."

„Umgekehrt ging das bei dir ruck, zuck!", giftete sie ihn an.

Er nickte widerwillig. „Und alles, was du dabei verlorst, waren ein paar Haare. Erwartest du etwa Dankbarkeit von mir, wenn du mich gleichzeitig zwingst, einer Heirat zwischen dir und einem anderen tatenlos zuzusehen?"

Das Gespräch, so merkte sie gleich, nahm ganz und gar nicht die erhoffte Richtung. Das Herz war ihr so übervoll der Dinge, die sie ihm noch hatte sagen wollen, und trotzdem fiel ihnen nichts Besseres ein als gegenseitige Sticheleien.

„Ich meinte eher Dankbarkeit dafür, dass ich dich aus jenem Verlies befreite … und für einiges andere auch noch." Sie wusste ja nicht, ob er ahnte, wie haarscharf er einer Entmannung entgangen war. Tage nach dem bewussten Ereignis schreckte sie nächtens noch aus Träumen auf, in denen sich Al-Amin mit gezücktem Messer über Björns gefesselten Körper beugte.

„Nun ja, zugegeben. Dominicus berichtete mir, dass du dazwischengegangen bist, ehe dein Eunuch einen Sopran aus mir machen konnte. Das, so nehme ich an, erfordert in der Tat ein herzliches Dankeswort. Auch wenn der gesamte Haushalt noch immer meint, ich wäre nun auch ein Eunuch." Sein schiefes Lächeln gab keinerlei Hinweis darauf, dass er sonderlich dankbar war. „Ich habe mir schlicht gedacht, dass du es in weiser Voraussicht getan hast. So kannst du dich künftig meiner bedienen, wenn du es leid bist, bei deinem Gatten zu warten, bis du an der Reihe bist."

Sie holte aus und schlug ihm mit dem Handrücken über den Mund – so heftig, dass sie die Wucht des Hiebes bis hinauf in die Schulter spürte. „Du bist der abscheulichste Kerl, der mir je untergekommen ist", zischte sie durch die zusammengebissenen Zähne.

„Hab Dank, Gebieterin." In spöttischer Unterwürfigkeit neigte er seinen Kopf.

Rika riss ihr Pferd herum und hieb ihm die Fersen in die Flanken. Dann preschte sie im Galopp die Straße hinunter, sodass die Passanten vor ihr auseinanderstoben. Al-Amin und Björn trieben ihre Tiere an, um nicht den Anschluss zu verlieren.

„Falls du noch einmal meine Herrin erzürnst", rief der Eunuch Björn zu, derweil sie die Straße hinuntergaloppierten, „nehme ich dir nicht nur die Männlichkeit, sondern das Leben!"

37. KAPITEL

Zum Abendmahl kleidete Rika sich sorgsam an. Inzwischen hatte sie sich an den duftigen, fließenden Stil der Palla gewöhnt, wie er von den byzantinischen Frauen aus den höheren Gesellschaftsschichten bevorzugt wurde. Das lose Gewand war angenehm zu tragen und regte sogar die Sinne an, während es die weiblichen Formen unter schmeichelnden Falten verhüllte. Abdul Azziz überhäufte sie mit großzügigen Geschenken und wählte stets Tücher in üppigen Farben, die Rika gut standen.

Wenn Abdul Azziz in seinem Haus in der Stadt weilte, lud er Rika jeden Abend zu sich ein und speiste mit ihr. Offenbar ließ er sich gern von ihren nordischen Sagen verzaubern. Außerdem staunte er nicht schlecht, als sie ihn bei einer Schachpartie schlug. Allerdings wusste sie auch, dass er immer, sobald sie sich verabschiedete und in ihre Gemächer zurückzog, eine seiner Gemahlinnen oder Konkubinen zu sich rief. Im Harem kursierten allerlei Gerüchte und Klatschgeschichten über seine erotischen Vorlieben. Auch wurde genau Buch darüber geführt, welche der Frauen am häufigsten seine Gunst genossen und wie oft. Rika aber war die Einzige, mit der er gemeinsam seine Mahlzeiten einnahm.

Anfangs hatte sie noch angenommen, er mache das nur, um seinen Handelsgenossen nicht zu kränken. In jüngster Zeit jedoch las sie in den dunklen, von buschigen Brauen verdeckten Augen etwas ganz anderes: etwas nämlich, das gefährlich nah an Begehren grenzte. Nach wie vor nicht zum Islam übergetreten, ließ sie Abdul Amin weiterhin zappeln. Inzwischen aber hielt er sie doch energischer zu einem Übertritt an.

„Hat dir dein Ausritt heute gefallen, kleine Elfe?" Helge fuhr ihr mit einem silbernen Kamm durchs Haar. Angesichts Rikas gesellschaftlichem Rang war es immer noch kürzer als üblich, aber die alte Hebamme schaffte es stets aufs Neue, Rikas Frisur vorteilhaft zu gestalten, indem sie die lockig verdrehten Haarspitzen kunstvoll aufwärtsbürstete, sodass die mangelnde Länge gar nicht mehr auffiel. „Lange warst du ja nicht fort."

Rika verbiss sich eine spontane Antwort. Björn hatte sich unerträglich benommen, grob und hasserfüllt. Wie war sie bloß auf den Gedanken gekommen, dass er sie liebte? Wo er doch imstande war, sie dermaßen mies zu behandeln? Sie beschloss, Helges Frage einfach zu übergehen und mit einer Gegenfrage zu kontern. „Sag an, Helge – wieso reagiert jemand auf eine Freundlichkeit mit Zorn und Schroffheit?"

„Ach, wer das wüsste, der wäre fürwahr ein weiser Mensch!", seufzte die alte Frau, wobei sie eine widerspenstige rote Locke glättete. „Allerdings habe ich oftmals erlebt, dass so mancher durch Wut nur seiner Qual Ausdruck verleiht. Das gilt insbesondere für die Mannsleute."

„So? Wirklich?"

„Jawohl! Es führt dazu, dass sie Dinge sagen oder tun, zu denen sie sich bei normalem Verstand niemals würden hinreißen lassen. Nimm doch zum Beispiel deinen Vater. Als deine Mutter starb, geriet er vor Schmerz vollkommen außer sich und ließ sich zu etwas hinreißen, das er sein ganzes Leben lang bereute."

„Dafür kann ich doch nichts!", versetzte Rika trotzig. Wenn es darum ging, ein Gespräch im Handumdrehen auf ihr Lieblingsthema zu bringen, machte Helge nie sonderlich große Umstände. Sie hatte auch nie einen Hehl daraus gemacht, dass sie sich eine Versöhnung zwischen Vater und Tochter wünschte, zwischen dem einstigen Herrn und der jetzigen Herrin. Deshalb nutzte sie jede sich bietende Gelegenheit, um ihren Schützling zu einer Beilegung des Konfliktes zu drängen.

„Natürlich nicht, Lämmchen", gurrte sie nun. „Dennoch vergiss nicht, dass Kummer den Männern oft den Verstand raubt. Und zwar allen."

Wollte Helge damit etwa andeuten, dass Björn Schmerzen litt? *Ja, denkt er etwa, ich nicht?* Hatte sie nicht mehr erdulden müssen als eine in die Unterwelt verdammte Seele? Sie wusste ja nicht einmal, ob sie selbst noch lebte oder tot war!

Sie trat an ihr Fenster und schaute hinaus. Björn war unten im Hof, wo er gerade ein Fuder Heu entlud und mit einem auf die Forke gespießten Ballen auf den Stall zuging. In den vergangenen Monaten seines Sklavendienstes hatte er einiges von dem im Kerker eingebüßten Gewicht wieder aufgeholt; wenn er die Heugabel schwang, sah man das Spiel seiner Rückenmuskeln an seinem nackten Oberkörper. Angesichts seines kraftvollen Schritts wurden Rika sogar ein wenig die Knie weich.

Vielleicht, so ging es ihr durch den Kopf, vernebelt der Schmerz ja auch dir den Verstand! Reichte das aber aus, um sie zu der allergrößten Dummheit zu verleiten? Möglicherweise war es an der Zeit, sich darüber Gewissheit zu verschaffen.

Leise rief sie ihren Eunuchen. Sie hatte ihn zwar nicht in ihren Gemächern gesehen, wusste jedoch, dass er allgegenwärtig war. Verborgen hinter Türen oder in dunklen Winkeln harrte er auf den Ruf seiner Herrin.

„Ja, Gebieterin?"

„Ich möchte, dass der Nordmann mir heute Abend beim Mahl aufträgt." Inzwischen sprach sie sicher und fließend Griechisch.

„Aber Herrin! Für den hohen Innendienst ist er nicht ausgebildet." Der Tonfall deutete an, dass der Eunuch den Wikingerhünen praktisch als nicht stubenrein betrachtete und befürchtete, der ungehobelte Sträfling könne womöglich wie ein streunender Straßenköter die kostbaren Teppiche verschmutzen.

„Dann sorge bitte für eine sofortige Unterweisung!", befahl Rika. „Und zwar rasch. Heute sagte er mir, dass alle Dienstboten des Hauses ihn für entmannt halten. Insofern spricht ja nichts dagegen, dass er in den oberen Gemächern dient. Zudem ist er nicht auf den Kopf gefallen. Bestimmt wirst du dich dieser Aufgabe gewachsen zeigen und ihm beibringen, wie man bei Tisch aufträgt."

Al-Amin legte die Stirn in Falten. „Gebieterin", fragte er mit gesenkter Stimme, „haltet Ihr das wirklich für klug?"

„Das ist es vermutlich nicht", räumte sie ein. „Aber es ist mein Wunsch."

„Denk daran", flüsterte Al-Amin Björn aufgebracht zu. „Um würdevoll aufzutragen, muss man stets danach streben, quasi unsichtbar zu sein. Servieren immer von links, dann beiseitetreten und auf Anweisungen warten. Und den Pokal des Gebieters immer mit Eis versorgen. Ohne dass er es dir befiehlt. Und immer voll!"

„Pah!", lautete die unwirsche Erwiderung. Das Tablett mit Lammschmorbraten und Gemüse fest in den Händen, trat Björn hinter dem steinernen Ziergitter hervor, stellte die edlen Speisen vor Rika und dem Muselmanen ab und zog sich diskret zurück. Offenbar hatte er alles richtig gemacht, denn er kam sich tatsächlich unsichtbar vor, selbst in den albernen Pluderhosen, die er auf strengstes Geheiß des Eunuchen hatte anziehen müssen. Jedenfalls sah es so aus, als nähmen ihn die beiden Speisenden überhaupt nicht zur Kenntnis.

Während er dem Hausherrn etwas eisgekühlten Most nachschenkte, schrillte Rikas silberhelles Lachen schmerzhaft in seinen Ohren. Für einen schmachvollen Augenblick hätte er dem Araber am liebsten einen brodelnden Hexentrunk kredenzt. Dann aber erinnerte er sich daran, dass er sein Elend nicht dem Muselmanen verdankte, sondern vielmehr Rika.

„Und welche nordische Delikatesse hast du dir heute Abend für mich ausgedacht, meine blasse Blume?", fragte Abdul Azziz.

Björn, der inzwischen recht gut Griechisch verstand, ballte die Fäuste.

„Ein Liebeslied“, erwiderte Rika. Ein leichter Schauer ließ die glitzernden Goldplättchen an ihrer Stirn im Lampenlicht funkeln. „Wenn es dir recht ist. Wir nennen es Maidensang.“

„Oho! Das klingt ja nach meiner Lieblingsdichtung!“ Abdul nippte an seinem Saft, den Blick wie gebannt auf Rikas Antlitz geheftet. Björn merkte, dass sie sich anschickte, für ein Publikum aufzutreten, das nur aus einem Mann bestand – mit all der Skaldenkunst, die sie aufzubieten vermochte, jede Nuance, jeder Gesichtsausdruck, jede Geste perfekt einstudiert und beherrscht.

„So leih mir denn dein Ohr und vernimm die Geschichte von Ragnar und Swanhilde …“

Zwei bedrohten Liebenden, vollendete Björn im Geiste. Am liebsten hätte er sich die Ohren zugehalten. Wie kann sie bloß, fragte er sich, diesem Araber dieselbe Geschichte auftischen, die sie dir damals vor vielen Monden erzählt hat, um dich zu verzaubern? Erinnerungen an jene süße Nacht und den ersten verstohlenen Kuss wallten urplötzlich und unaufgefordert in ihm auf. Jener Augenblick hatte ihn tief geprägt. Wie konnte sie ihn bloß zwingen, dass er sich untätig anhören musste, wie sie dieselbe Geschichte nun einem anderen Manne erzählte? Zum allerersten Mal fühlte er fast so etwas wie Hass auf sie.

Zwar schloss er die Augen, doch schwebte der Klang ihrer Stimme weiter im Raum. Leise und verlockend knüpfte sie ihr Netz mit der Gefühllosigkeit einer weiblichen Spinne, welche die Absicht hat, ihr Männchen nach der Begattung zu verschlingen.

„… da brach ein wilder Schrei über Ragnars Lippen. Dann zückte er sein Messer, doch Swanhilde sprang wie der Blitz auf und fiel ihm in den Arm, eher er sich die Klinge ins eigene Herz rammen konnte.“

Schlagartig riss Björn die Augen auf. Sie erzählte die Geschichte ja ganz anders! Das tat ein Skalde doch sonst nie! Die Überlieferungen der nordischen Völker waren so etwas wie ein heiliges Erbe, das unversehrt von einer Generation zur anderen weitergereicht wurde, bis ans Ende aller Zeiten. Mit großen Augen lauschte er, als sie fortfuhr.

„,Verzeih mir, Liebster!', rief da Swanhilde. ‚Ich wollte dir keinen Kummer bereiten. Aber du warst so lange fort, dass ich unbedingt wissen musste, ob deine Liebe zu mir noch immer gilt.'"

Hatte er es sich nur eingebildet? Oder hatte sie ihn angesehen? Nur für die Dauer eines Wimpernschlags?

„Da schloss Ragnar sie in die Arme. ‚Auch du musst mir verzeihen', bat er. ‚Nie wieder werde ich dich verlassen. Lass uns zusammen enteilen, heim in unsere nordische Festung, und diesem Elend entrinnen.'" Rika schien fast unmerklich zu stocken.

Björn musste heftig schlucken.

„Und so geschah es." Rika vollführte eine weit ausholende Armbewegung, in deren Schutz sie Björn einen direkten Blick zuwarf, eine Braue fragend gehoben. „Und von da an tranken die beiden Liebenden sich satt aus dem Füllhorn der Liebe – bis an das Ende ihrer Tage." Ihr Blick schwenkte zurück zu ihrem Gastgeber, ehe der den kurzen Austausch überhaupt bemerken konnte.

Begeistert klatschte der Araber in die Hände. „Vortrefflich erzählt", lobte er. „Und wie entzückend, dass alles in Freuden endet! Wahrhaftig, für einen Augenblick war ich hin und her gerissen. Glaubte ich doch, die Liebenden seien auf ewig getrennt. Oftmals geschieht es doch so in Liebesgeschichten, nicht wahr?"

„In den alten mag das wohl stimmen", räumte sie ein. „Hin und wieder jedoch muss am Ende auch einmal die Liebe siegen."

„Auf jeden Fall", unterstrich Abdul, um dann mit gerunzelter Stirn auf seinen Teller hinabzublicken. „Wo bleiben denn unsere Früchte?"

Abrupt wandte Björn sich um und schritt aus dem Speisesaal. Dann polterte er, zwei Stufen auf einmal nehmend, die Treppe hinunter bis ganz nach unten zur Küche, wo Al-Amin ihn mit düsterer Miene in Empfang nahm.

„Sorge dich nicht, mein Freund", rief Björn, dem es nunmehr so leicht ums Herz war, dass er sogar den Eunuchen mit guter Laune begrüßte. „Noch habe ich dir keine Schande gemacht. Ich möchte nur die Früchte holen."

Als er die mittig geteilten Melonen erblickte, kam ihm urplötzlich ein Gedanke. „In meinem Heimatland ritzen die Köche bisweilen Muster in die Rinde, damit es appetitlicher aussieht. Komm, ich zeige es dir." Er nahm eine der Melonenhälften und schnitzte allerlei Striche in die Schale einer der Halbkugeln. Für Al-Amin, so hoffte er jedenfalls, ergaben sie kein durchschaubares Muster. Die Miene des Eunuchen verriet ihm auch, dass er das Schnitzkunstwerk für nicht besonders gelungen hielt.

Als Rika die in Abduls Melone geschnitzten Runen las, da hätte sie sich fast vor hilfloser Glückseligkeit verschluckt und musste einen Hustenanfall vortäuschen, um ihre Heiterkeit zu verbergen. Die Symbole, die da in der dicken Schale der Frucht zu lesen waren, fügten sich nämlich zu einem Wort zusammen: *Zwergengemächte.*

Bedächtig an ihrem Saft nippend, warf sie einen verstohlenen Blick auf ihre eigene Melonenhälfte. Die Botschaft war brandgefährlich, doch unmissverständlich.

Badehaus Mondaufgang.

38. KAPITEL

Ihr habt mich gerufen, mein Gebieter?“ Nachdem er Rika in ihre Gemächer begleitet hatte, war Al-Amin eilends zu Abdul Azziz zurückgelaufen. Seit er seinen persönlichen Diener der nordischen Braut zur Seite stellte, war dies das erste Mal, dass der Effendi ihn zu sich befahl.

„Ja, Al-Amin“, sagte Abdul, der neben dem niedrigen Tisch saß. „Du dienst mir nun schon seit meiner Ankunft in dieser Stadt und kennst meine Gedanken so gut wie keiner sonst. Nunmehr möchte ich die deinen erfahren. Wie findest du deine neue Herrin?“

„Ich würde mir nie erlauben, darüber zu reden, Effendi.“ Unmerklich neigte der Eunuch das Haupt.

„Dann befehle ich es dir.“

Al-Amin hauchte einen Seufzer. Seines Herrn Begehr verstieß gegen jede Regel. „Meine Herrin ist die Güte in Person, ihr zu dienen eine Freude.“ Mit Wohlgefallen entsann er sich daran, mit welcher Nachsicht sie seine Vorliebe zu Pistazien hinnahm. Das aber wollte der Herr gewiss nicht hören. „Sie hat eine schnelle Auffassungsgabe, versteht unsere Bräuche rasch und ist scharfsinnig und lernbegierig. Der Imam hält sie für eine vorzügliche Schülerin des Koran, auch wenn sie eine Entscheidung wohl noch hinauszögert. Solche Bedachtsamkeit zeugt doch von geistiger Reife und Standhaftigkeit. Sie ist ganz anders als alle Frauen, denen ich bisher begegnet bin.“

Abdul nickte. „Müsstest du sie mit einem Worte beschreiben, welches würdest du wählen?“

Vor dem geistigen Auge von Al-Amin blitzte die Szene auf, in der seine Herrin den Barbaren vor der Entmannung rettete. Er sah seinem Gebieter direkt in die Augen. „Barmherzig.“

„Dann bildet sie einen passenden Gegenpol zu mir, denn für eine solche Eigenschaft bin ich nicht gerade berühmt. Von

Anfang an hat sie sich als Überraschung erwiesen, als eine Quelle unerwarteten Entzückens. Wenn auch nicht mit großer Schönheit, so ist sie doch gesegnet mit vielerlei Talenten. Nun, Schönheit ist auch nicht unbedingt erforderlich, um mir außergewöhnliche Söhne zu gebären." Aus seinem weiten Ärmel zog er eine Schriftrolle hervor. „Heute erhielt ich eine Aufstellung der jüngsten Schandtaten von Karim, der zurzeit in Cordoba weilt. Mein Ältester macht mir Schande mit all seinem Müßiggang und seiner Spielsucht. Er verschwendet meinen Wohlstand und vergeudet die Möglichkeiten, welche ich ihm biete."

„Er ist noch jung an Jahren, Effendi", gab Al-Amin zu bedenken.

„Alt genug, um sich zum Narren zu machen!" Abdul zerknüllte die Schriftrolle in der Faust. „Ich möchte, dass du gleich morgen früh einen kaiserlichen Schreiber kommen lässt. Ich will ein neues Testament aufsetzen. Darin enterbe ich Karim und setzte an seiner Stelle den Sohn ein, den Rika mir schenken wird."

„Dies ist höchst ungewöhnlich." Die Stellung des Erstgeborenen war gleichsam unantastbar.

„Ich bin auch ungewöhnlich erbost über Karim", zürnte Abdul. „Lausche ich Rikas Rede, so sehe ich schon den Sohn, den sie mir gebären wird. Klug, stark, ohne Neigung zu Ausschweifungen. Sobald deine Herrin meine Absicht erkennt, wird sie doch sicher zum Islam übertreten. Oder?"

„Vergib mir, Effendi, aber ihr Übertritt ist wohl eher eine Sache des Prinzips, weniger des Gewinns." Als Al-Amin sah, wie das Gesicht seines Herrn sich verfinsterte, fügte er hastig hinzu: „Gewiss aber würde dieser Gunstbeweis meines Herrn seine Wirkung auf die Herrin nicht verfehlen."

„Gut. So leite denn alles in die Wege. Triff die nötigen Vorbereitungen, auf dass die Vermählung alsbald stattfinden möge."

„Tausendmal Verzeihung, Effendi“, wandte der Eunuch mit untertänig gesenktem Kopf ein. „Aber die Hochzeitsfeierlichkeiten können erst dann in Angriff genommen werden, wenn Ornolf der Nordmann nach Miklagard zurückkehrt. Aus meinen Quellen weiß ich, dass er und sein Reisegefährte vergangenen Monat gen Thessaloniki aufgebrochen sind. Ornolf würde es ganz bestimmt als Kränkung auffassen, wenn sich herausstellte, dass die Eheschließung in seiner Abwesenheit vollzogen wurde.“

Abduls Unmutsfalten gruben sich noch tiefer in seine Stirn. Dann entließ er den Eunuchen mit einem Wink. „Stelle Nachforschungen an. Finde heraus, wann wir mit Ornolfs Rückkehr rechnen können.“

39. KAPITEL

Ein leiser Windhauch ließ Rikas Haut erschauern. Vom Dachgarten aus sah sie, wie der Mond über der herrlichen Kuppel der Hagia Sophia aufging.

Ihr war, als erschiene ihr die ganze Welt auf einmal anders. Sie wusste es seit dem Augenblick, in dem sie die Geschichte von Ragnar und Swanhilde abgeändert hatte. Seitdem ging auch in Miklagard selbst eine Veränderung vor sich. Ihr Schicksal, so Rika, war genauso wandelbar wie der Maidensang. Sie konnte entscheiden, konnte die Zukunft selbst bestimmen, zum Guten oder zum Schlechten. Die Zukunft lag nicht in den Händen der Götter von Asgard oder den schicksalsträchtigen Nornen. Sie hatte nicht länger die Absicht, sich zum Opfer von Gunnars Intrigen machen zu lassen. Endlich lag ihr Leben in ihren eigenen Händen, wo es auch hingehörte.

Leise huschte sie an den Räumlichkeiten von Abdul Azziz vorbei, sein Schlafgemach bewusst meidend und heilfroh über das rhythmische Keuchen und Stöhnen der neusten und jüngsten Konkubine im Harem. „Die Jauchzjungfer", so nannte Tariq das Mädchen, wie Rika einmal zufällig mitbekam. Damit lag er gar nicht einmal so falsch. Solch lautes, übertriebenes Lustgestöhn hatte in Rikas Ohren etwas Gekünsteltes und klang so überspitzt, dass es nur vorgetäuscht sein konnte.

Als sie geräuschlos die Wendeltreppe zum Atrium hinunterschwebte, war sie sich über das Wagnis, das sie da einging, durchaus im Klaren. Der Herr des Hauses durfte beliebig vielen Frauen beiwohnen. Ertappte man aber Rika und Björn nächtens in trauter Zweisamkeit, so würde Abdul Azziz sich ganz bestimmt durch nichts aufhalten lassen. Aber, so lautete ihr Entschluss, es war fürwahr den Einsatz des Lebens wert, endlich wieder einmal das Blut in den Adern tanzen zu spüren.

„Gebieterin!“ Das Flüstern ihres Eunuchen ließ sie erschrocken zusammenzucken. „So spät in der Nacht solltet Ihr nicht mehr unterwegs sein!“

Die Hand auf die Brust gepresst, rang sie nach Fassung und wartete, bis ihr Atem sich normalisiert hatte. „Nach dem heutigen Ausritt spüre ich sämtliche Muskeln, vor allem solche, die ich schon lange nicht mehr benutzte. Da dachte ich mir, ein ausgedehntes heißes Bad würde mir guttun.“

„Wie Ihr möchtet, Herrin.“ Er ging im neben ihr her, völlig geräuschlos auf seinen nackten Füßen. Als sie die Therme erreichten, bat Rika ihn, draußen zu warten. „Ich wünsche, allein zu sein. Sorge dafür, dass ich nicht gestört werde.“ Sie hob die Augenbrauen. „Nicht einmal von dir.“

Er blinzelte konsterniert, versagte sich jedoch jegliches Widerwort. Nickend drehte er sich um und bezog neben dem einzigen Eingang Posten, derweilen Rika auf Zehenspitzen ins kühle Innere des aus Marmor errichteten Gebäudes ging, mit pochendem Herzen, hoffend und gleichzeitig fürchtend, dass Björn bereits auf sie wartete.

Am Rande des Bades flackerte eine kleine Öllampe. Das tiefe Becken war mit Duftwasser gefüllt; auf der spiegelglatten Wasserfläche schwammen Blütenblätter gleich winzigen Schiffchen. Farne reckten ihre gebogenen Blätter hinunter zum schimmernden Nass; nebelhafte Dampfspiralen wanden sich durch das Halbdunkel. Die Therme war eine Welt für sich, ein Fjord im Kleinen.

Schnell fuhr Rikas Blick durch die Halle. Björn war nirgends zu sehen. Kauerte er etwa noch draußen im Garten, abgeschreckt von Al-Amins massiger Gestalt? Sollte das Ganze etwa ein Scherz sein, eine Art Strafe für seine Versklavung? Hatte er sie hierhergelockt, um sich heimlich über sie lustig zu machen? Sie seufzte. Er hatte ihr doch dies wunderbare Bad bereitet. Immerhin etwas! Da wollte sie sich nicht lange bitten lassen und das Angebotene genießen.

Sie wand sich aus ihrer Palla, watete in das Wasser hinein und ließ ihre Knöchel, Fesseln, die Schenkel, den Bauch von dem seidenweichen Nass liebkosen. Schließlich tauchte sie ganz hinein und genoss die wohlige Wärme. An der Oberfläche zurück, holte sie tief Luft und sog den schweren Rosenduft ein, der ihr sogleich zu Kopf stieg. Auf dem Rücken liegend, ließ sie sich bis hin zum Rand treiben, wo man auf einer niedrigen Stufe sitzen konnte.

Mit weit ausgebreiteten Armen lehnte sie sich an den Beckenrand und bettete den Kopf gegen den kühlen Marmor. Die Augen geschlossen, versuchte sie, die rebellischen Anwandlungen ihres Körpers in den Griff zu bekommen. Gewiss, das Bad war ein köstlicher Genuss, doch wie sehr hatte sie sich gewünscht, dass Björn hier auf sie wartete! Wie sehr verlangte es sie nach seinem Kuss! Jeder Zoll ihrer Haut lechzte gleichsam nach seiner Berührung, und an ihrer geheimsten Stelle, da pochte ein quälendes Sehnen, das sich nicht stillen lassen wollte.

Ein Rascheln drang an ihr Ohr, sodass sie die Augen öffnete. Björn trat hinter einer der Säulen hervor, die das Bad kreisförmig umstanden. Er hatte sich schon die ganze Zeit dort verborgen gehalten!

Schon öffnete er den Mund zu einer Begrüßung, doch sie legte warnend den Finger auf die Lippen und wies auf die Tür. Sein Nicken bedeutete ihr, dass er den Wink verstand. Dann löste er die um seine Taille gewundene Schärpe und ließ seine Pluderhose zu Boden gleiten.

Das flackernde Licht der Öllampe küsste seinen Körper und züngelte pulsierend über seine Haut. Wenngleich er an Muskulatur zugelegt hatte, konnte man immer noch seine Rippen einzeln zählen. Das Mal an seinem Oberschenkel, dort, wo der Ast ihn gerammt hatte, war immer noch leicht vertieft. An seiner rechten Seite zeigte sich noch die alte Narbe; eine neue zog sich wie eine garstige rote Linie quer über seine Brust, unmittelbar über den Brustwarzen. Wie gerne hätte Rika die Lippen darauf gepresst, um den Schmerz zu lindern! Ihr Blick schweifte der Länge nach über seinen herrlichen und doch so zerschundenen Körper. Sie sah, dass er bereit war. Es verschlug ihr beinahe den Atem.

Er ließ sich ins Becken gleiten und watete auf sie zu. Sobald er ihr nahe genug war, streckte sie ihm die Arme entgegen, aber er fasste sie bei den Handgelenken und hielt sie fest. Als er sich zu ihr beugte, pressten sich ihre nassen Brüste gegen seine Brust, als wollten sie mit ihm verschmelzen, so wie zwei Wasserströme ineinander zerfließen in einer so vollkommenen Auflösung, dass keine Trennung mehr möglich ist ohne totale Vernichtung.

Sein Mund näherte sich ihrem Ohr; sein Atem löste einen köstlichen Schauer aus, der ihr warm über den Nacken rann.

„Nun werden ein, zwei Dinge geschehen“, raunte er ihr ins Ohr. „Entweder du schreist, und wer immer dort draußen Wache hält, wird hereingestürzt kommen und mich töten. Und ich werde mich nicht widersetzen.“

Sie holte erstickt Luft.

„Oder du lässt dich von mir lieben.“ Er liebkoste ihr Ohrläppchen. „Und irgendwie verlassen wir gemeinsam dieses Haus, sobald Ornolf zurück ist. Denn bei den Göttern, Rika, ich nehme dich nicht stückchenweise. Ich schaue nicht untätig zu, wie du einen anderen heiratest. Entweder wirst du die Meine, oder ich will nicht länger leben.“ Er lehnte sich zurück, um ihr in die Augen zu sehen. „Du hast die Wahl.“

„Schreien werde ich nicht.“ Ihre Stimme war nur noch ein Hauch.

Als er ihren Mund mit dem seinen bedeckte, da verschmolzen aller Schmerz, alles Sehnen ihrer monatelangen Trennung zu einem einzigen, reinigenden Kuss. Rika glitt von ihrem Sitz herunter, schmiegte sich an Björns Körper, sodass sie gemeinsam ins Wasser tauchten und sich eng umschlungen im wohligen Nass rollten wie ein Seeotterpärchen, das beim Liebesspiel nur hin und wieder aus der Brandung auftaucht, um Luft zu schnappen. Björn schüttelte den klatschnassen Schopf wie ein aus dem Ententeich preschender Jagdhund, sodass Rika sich auf die Lippen beißen musste, um nicht vor Lachen herauszuplatzen.

Mit einem Male aber wich jegliche Fröhlichkeit aus seinem Blick; in seinen Augen glomm nichts als glühendes Begehren. Beide Hände um Rikas Gesicht gelegt, bedeckte er ihre Augen, den Hals und die Lippen mit Küssen. Seine Hand glitt an ihrem Rücken hinunter; sein Mund fand ihre Brüste und koste sanft die erblühten Knospen, bis Rika es nicht mehr aushalten konnte.

Sie presste sich an ihn, spürte seine schwellende Männlichkeit an ihrem Bauch und zwischen den Schenkeln, und als er dann in sie einzudringen begann, da hielt sie erstickt den Atem an, aber er zog sich ein wenig zurück.

„Komm!“, flüsterte sie. „Ich glaube, ich brenne schon lichterloh!“

Er schmiegte die Hände um ihr Gesäß, hob sie leicht an und streichelte sie zärtlich, während sie mit angewinkelten Beinen auf seinen Hüften ritt. „Erst will ich dich schmelzen sehen, Liebste“, raunte er ihr ins Ohr.

Sacht ließ er sie auf den Beckenrand nieder, den Rücken auf den kühlen Marmor gebettet. Rika wölbte sich ihm entgegen, den herrlich geübten Händen, die nun von ihren Schultern hinunterglitten über die Hügel ihrer Brüste, an ihrem Nabel vorbei und dann hinunter zu ihren gespreizten Beinen. Mit Haut und Haaren gab sie sich ihm hin.

Als sie seinen Mund fühlte, da war ihr, als müsse sie sterben vor Seligkeit. Wellen der Wonne brandeten über sie hin, verdichtet zu Spiralen, die sich in immer schnelleren Windungen drehten, bis sich die Spannung in ihrem Körper in solch unerträgliche Höhen schraubte, dass nur ihre Wollust noch heftiger pulste. Und als die Erfüllung sich endlich Bahn brach, erschauerte Rika bis in die letzten Fasern ihres Körpers, sodass sie sich mit Gewalt auf die Lippen biss, um nicht zu schreien vor lauter Lust.

Ein Mehr an Rausch und Verzückung, so ihre Vorstellung, konnte einfach nicht sein. Doch als Björn dann in sie eindrang, da erfuhr sie, dass sie sich irrte. Es gab tatsächlich mehr.

Allmählich, dachte Al-Amin, brauchte seine Gebieterin doch etwas lange für ihre Waschung, auch wenn es ihr dabei um eine Entspannung ihrer ermüdeten Muskeln ging. Trotz ihrer Anweisung, sie nicht zu stören, kam es ihm mittlerweile wie eine Vernachlässigung seiner Pflichten vor, nicht nach ihr zu sehen. Er war darin geübt, klammheimlich in Räumlichkeiten zu huschen und wieder heraus – eine Fähigkeit, die ihn als zusätzliches Augenpaar seines Herrn doppelt nützlich machte. Seine Gebieterin würde es nie erfahren, dass er mal kurz einen Blick riskiert hatte, um sich zu vergewissern, dass sie nicht in Gefahr war.

Was er indes zu sehen bekam, schockierte ihn bis ins Mark. Oh, es war beileibe nicht das erste Mal, dass er den Liebesakt beobachtete. Des Öfteren war sein Herr nämlich der Ansicht, seine Fähigkeiten als Liebhaber kämen erst vor Zuschauern angemessen zur Geltung. Daher hatte Al-Amin schon häufiger stumm, aufmerksam und mit einem flauen Gefühl im Magen Wache gestanden, während sein Gebieter eine zu seiner Erbauung gekaufte Jungfrau brutal deflorierte oder in brünstiger Wollust eine lüsterne Konkubine besprang.

Nie zuvor aber hatte Al-Amin erlebt, wie zwei Leiber so

voller Zärtlichkeit eins wurden, wie sie sich wanden im Einklang, in einem lustvoll verlockenden Reigen der Liebeswonne. Er sah ihn zum ersten Mal, jenen hingebungsvollen und staunenden Blick, den die Liebenden tauschten. Sie waren vollkommen entrückt, seine Herrin und der Barbar, beider Blicke ineinander versenkt, beide erschauernd im Augenblick höchster Verzückung, beide aneinandergeschmiegt in einem allerletzten Schauder, welcher sie auseinanderriss und wieder zusammenfügte.

Schamerfüllt schlich er davon. Das hatte er nicht geahnt! Etwas derart Inniges, Heiliges – das war nicht für die Augen anderer bestimmt. Ein Frösteln überlief ihn, als er sich vorstellte, dass seine Gebieterin sich einmal den lüsternen Anwandlungen seines Effendi ergeben musste.

Allah möge ihr beistehen!, schoss es ihm durch den Kopf. Meine Gebieterin liebt den Barbaren! Und als er wieder Posten bezog, da rätselte er darüber nach, wie auch er selbst ihr helfen könnte.

40. KAPITEL

Du meinst also, mit dem Armreif und dem Schwert verfügst du über ausreichend Beweise?", fragte Rika. „Kannst du mit ihnen ein Thing überzeugen?" Hoch zu Ross bahnte sie sich einen Weg durch die Massen von Fußgängern. Björn hatte ihr von dem Geständnis des sterbenden Fenris berichtet – für sie umso mehr Grund, dieser verfluchten Stadt schleunigst den Rücken zu kehren und so bald als möglich gen Norden aufzubrechen.

„Ja. Kommt noch mein Zeugnis und das von Jorand hinzu, müsste es reichen, um Gunnar des Mordes an unserem Vater zu überführen", antwortete Björn, der sein Pferd näher an Rikas Tier heranlenkte. „Zur diesjährigen Sommersonnenwende wird das Opferfest begangen, welches alle neun Jahre stattfindet. Falls wir bis dahin Uppsala erreichen, müsste ohnehin ein Gericht vor Ort sein."

Zwar hatte es keiner von beiden laut ausgesprochen, doch war Rika davon überzeugt, dass Björn genauso wie sie darüber rätselte, ob Ketil wohl von Gunnar als Menschenopfer im Heiligen Hain ausersehen worden war. Bei einem Mann, der den eigenen Vater getötet hatte, durfte man sich auf keinen Fall darauf verlassen, dass er das einer Frau gegebene Versprechen auch hielt. Dennoch war eine Heimkehr für Björn lebensgefährlich.

„Und wie verhält es sich mit deiner Treueverpflichtung gegenüber deinem Bruder?", fragte sie.

„Wir wissen doch beide, dass die keinen Pfifferling mehr wert ist." Er begegnete ihrem Blick mit einem raschen, zärtlichen Lächeln, ehe er seine Züge sorgsam glättete. Dann schaute er über die Schulter hinüber zu Al-Amin, der auf einem rotbraunen Wallach hinter ihnen hertrottete. „Mag sein, dass dein Eunuch kein Nordisch versteht, aber er guckt recht komisch. Unser Stelldichein gestern Abend war eine tollkühne Torheit."

„Die ich für kein Gold in der Welt hingeben würde", entgegnete sie mit belegter Stimme.

„Ich auch nicht", gestand er. „Dennoch dürfen wir erst wieder allein zusammenkommen, wenn wir aus dieser Stadt heraus sind. Sonst wird es für dich zu gefährlich, Liebste."

„Genauso gefährlich wie für dich der Bruch deines Treueeids."

„Es fällt mir schwer, mich dem Mörder meines Vaters verpflichtet zu fühlen."

Rika taxierte ihn scharf. *Hast du nicht Björn einst vorgeworfen, er trage die Schuld an Magnus' Tod? Und nun stehst du hier, enger an diesen Mann gebunden, als je ein Eid dich binden könnte.* Ins Herz war er ihr eingebrannt; niemals würde sie von ihm lassen können, und sie wollte es auch gar nicht. Zwar würde der Tod des alten Skalden sie in alle Ewigkeit quälen, doch Björn trug daran keine Schuld. Das hatte sie nun begriffen. Noch seinerzeit in Birka, wo sie ihm ja verzieh, war ein schwelender Rest von Groll in ihrem Herzen verblieben. Nunmehr war selbst dieses winzige Flämmchen auf immer und ewig erloschen. Magnus hatte sie und Ketil nach Hordaland gebracht, Björn hingegen den Beutezug befohlen. Die tödliche Streitaxt aber, die führte damals ein anderer. Wer wollte da sagen, durch wen die Tragödie ausgelöst worden war? Sie war nun einmal geschehen. Jetzt galt es, wieder Tritt zu fassen.

„Um der Gerechtigkeit willen nehme ich die Folgen des Treuebruches in Kauf", betonte Björn. „Überdies hat Gunnar die Heimat lange genug ausgeplündert. Du weißt, dass sein Ehrgeiz keine Grenzen kennt. Um seinen Machthunger zu befriedigen, wird er vor nichts zurückschrecken."

„Ich denke nicht, dass es ein Problem wäre, wenn ich abreisen möchte", bekundete Rika. „Ich teile Abdul Azziz einfach mit, dass ich nicht zum Islam übertreten kann."

„So einfach wird das nicht gehen." Er schüttelte den Kopf. „Der Muselmane wird es als persönliche Kränkung auffassen. Und ganz nebenbei: Wenn du meinst, er ließe dich kurzerhand gehen, hast du ihn nicht genau genug beobachtet. Glaube mir, die Gedankengänge eines Mannes kenne ich besser als du. Sein Interesse an dir gilt nicht allein mehr der Festigung seiner Handelsbeziehungen. Der hinterlistige Hund hat es auf dich abgesehen."

Rika wand sich unbehaglich im Sattel. „Wenn das stimmt, dann gewiss nur, weil einiges für ihn neu ist. Er findet meine Geschichten unterhaltsam, das ist alles. Ansonsten machte er aus seinem Geschmack bezüglich der Weiblichkeit keinen Hehl."

„Wenn ich mich nicht sehr irre, hat sich seine Vorliebe offensichtlich geändert." Björns Lippen verhärteten sich zu einem grimmigen Strich. Sobald die Doppelflügel des Haustores in Sicht kamen, ließ er sich hinter Rika zurückfallen. Im Haus angelangt, übernahm er die Pferde, während Rika und Al-Amin die Wendeltreppe zum obersten Stockwerk erklommen. „Ich bin wieder da, Helge!", rief sie beim Betreten ihrer Gemächer. Keine Antwort. Sie streifte sich ihr Gewand über den Kopf. „Helge?"

Aus dem Kämmerchen der Alten drang ein gedämpftes Stöhnen. Sofort eilte Rika hinüber, mit Al-Amin direkt auf ihren Fersen. Helge lag auf dem Bett, das Gesicht aschfahl, die blauen Lippen qualvoll verzerrt.

„Oh weh! Was fehlt dir?" Rika sank neben der Liegestatt auf die Knie.

„Ach, kleine Elfe", ächzte Helge. „Mit mir geht es zu Ende, fürwahr, ich spüre es! Wie schade, dass ich dich nun verlassen muss, Lämmchen."

„Aber heute Morgen warst du doch noch wohlauf ..."

„Ja, heute Morgen! Da fühlte ich mich ja auch so prächtig, dass ich zur Therme ging, um rasch ein Bad zu nehmen." Sie fuhr sich mit der Zunge über die ausgedörrten Lippen. „Als ich zurückkam zu unseren Gemächern, hatte uns jemand ein Tablett mit diesen süßen Köstlichkeiten hingestellt. Du weißt ja, all dies fremdländische Zeugs sagt mir nicht sonderlich zu, aber die Zuckersachen, die liebe ich heiß und innig." Ihr mühsamer Blick streifte hinüber zu Al-Amin. „Am besten wirfst du den Rest gleich weg!"

„Helge! Was redest du da?"

Ein Krampf schüttelte die abgezehrte Gestalt der alten Frau, sodass sie nicht sprechen konnte.

„Sie will damit andeuten, dass Ihr hier im Haus einen Feind habt", sagte Al-Amin hölzern. „Die Happen waren vergiftet. Ich werde der Sache unverzüglich nachgehen."

Bevor er davoneilen konnte, streckte die alte Hebamme ihre dürre Hand nach ihm aus und packte ihn beim Handgelenk. „Gib auf sie acht!", röchelte sie. „An meiner statt!"

Der Eunuch nickte feierlich. „Du kannst dich darauf verlassen."

Rika war die Kehle wie zugeschnürt. „Oh, Helge", flüsterte sie und brach in Tränen aus.

„Ach, kleine Elfe! Nimm's nicht so schwer." Die Stimme der Sterbenden war dünn und nahezu nicht mehr von dieser Welt. „Ich war bei dir, als du die Augen aufmachtest. Nun bist du hier, um die meinen zu schließen. So ist der Kreis vollendet."

„Was soll ich denn anfangen ohne dich?" Jetzt erst wurde Rika bewusst, wie sehr sie sich inzwischen auf Helge stützte, wie sie zuweilen sogar ihr ständiges Schwatzen und Nörgeln genoss. Es war so schön gewesen, dass jemand sie umhegte und umsorgte, ja regelrecht … bemutterte. Magnus war wunderbar gewesen, doch was die hingebungsvolle Pflege einer Frau bedeutete, das hatte Rika erst erfahren, seit Helge sie nach Strich und Faden verwöhnte und umhätschelte. Nun lag die alte Frau im Sterben – und das nur deshalb, warf Rika sich vor, weil sie sich hier jemanden zum Todfeind gemacht hatte. „Ach, verzeih mir. Es ist alles meine Schuld!" Rika barg das Gesicht an Helges magerer Brust.

„Still, mein Kind", flüsterte die Todgeweihte und legte Rika die knochige Hand auf den Kopf. „Untersteh dich, so etwas zu denken! Wenn du aber ein altes Weib noch glücklich machen willst, so könntest du etwas für mich tun."

Rika hob das Gesicht und blickte der Alten in die blassen Augen. Was konnte sie noch für sie tun?

„Vergib deinem Vater, Lämmchen." Die Brust erschauerte unter erneuten Zuckungen. „Nicht, weil er es verdient, auch wenn es so ist. Der Mann hat sich sein ganzes Leben lang eine Strafe auferlegt, wie du dir keine schlimmere hättest ausdenken können. Nein, vergib ihm um deinetwillen."

„Helge, ich ..."

„Lass nicht zu, dass die Verbitterung in deinem Herzen Wurzeln schlägt." Ihre Stimme erstarb zu einem matten Flüstern. „Denn wurzelt sie erst darin, so ist sie stärker noch als die Weltenesche. Stück für Stück wird sie dein Herz zersetzen, so wie die Wurzel den Felsen sprengt."

„Ich will's versuchen." Mit Mühe nur brachte Rika die Worte über die Lippen.

„Das wird genügen, Lämmchen." Qualvoll nach Atem ringend, zog die Alte Rika nah an ihr Herz und streichelte ihr mit federleichten Fingern sacht übers Haar. Dann ließ sie die knochige Hand auf Rikas Kopf ruhen. „Ja, das wird genügen."

Als sie verstummte, dauerte es eine Weile, bis Rika bemerkte, dass Helges Brust sich nicht mehr unter ihren Atemzügen hob und senkte. Sie musste mit den Tränen kämpfen, die ihr heiß und brennend in die Augen drängten. Ihr war, als bekäme sie keine Luft in der kleinen Kammer. Erstickt schluchzend sackte Rika zusammen und weinte haltlos um ihre tote Freundin.

Nachdem sie sich ausgeweint hatte, spürte sie plötzlich die Hand von Al-Amin an der Schulter. Ihr war, als drehe sich ihr der Magen um; sie spürte, wie ihre Ohren brannten, als Trauer sich zu Zorn wandelte. „Wer hat das verbrochen?"

„Ich werde mich bemühen, das zu ergründen. Doch wird es schwierig sein, denn wer eine solche Falle stellt, der ist auch imstande, sämtliche Spuren zu verwischen." Al-Amin klang ermattet.

„Wenn ich es Abdul Azziz berichte, wird er außer sich sein", behauptete sie energisch. „Du sagtest, es sei jemand aus diesem Haus. Die Gastfreundschaft von Abduls Haushalt ist entehrt. Er wird die Wahrheit erzwingen."

„Versuchen wird er es zweifellos, und gewiss würde auch einer die Tat bekennen – nur eben nicht der Übeltäter. Das kann ich Euch versprechen, Herrin. Gegen den entsprechenden Preis lässt sich so etwas arrangieren; die Familie des Bekenners streicht den Lohn ein, und wir wären weder klüger noch sicherer." Der Eunuch bedeckte Helges Leichnam mit einem feinen Leinentuch.

„Was also können wir unternehmen?"

„Unternehmen? Nichts, Gebieterin", sagte er. „Wir benutzen eine List. Der Tod einer alten Frau wird kaum jemanden interessieren; der Mörder wird wissen wollen, ob sein Gift etwa verloren ging oder die Wirkung verfehlte, aber mit letzter Genauigkeit wird er oder sie es nie erfahren. Indem wir auf jegliches Getöse verzichten, wiegen wir die Täter in Sicherheit. Sie werden glauben, sie könnten getrost einen zweiten Versuch wagen, und sie werden es auch versuchen, das könnt Ihr mir glauben."

„Bis jetzt ist mir das nur ein schwacher Trost", wandte Rika ein und wischte sich mit einem Zipfel des Leichentuches durch die Augen.

„Aber wir, Herrin, wir werden umso mehr auf der Hut sein. Künftig esst Ihr nicht einen Bissen, den ich Euch nicht selber zubereitet habe. Und ich werde Euch allzeit begleiten.“ Für einen Augenblick nagte er gedankenverloren an der Unterlippe, um Rika dann unvermittelt mit einer zermürbenden Direktheit zu fixieren. „Und keine mitternächtlichen Bäder mehr!“

Panik erfasste sie. *Er weiß es!* Als sie jedoch seinem Blick begegnete, waren seine Augen so undurchschaubar wie eine Schieferplatte.

„Einverstanden“, sagte sie.

„In diesem Hause dürft Ihr allein mir und dem Hausherrn trauen“, betonte Al-Amin. „Ich bitte Euch, Herrin, beherzige meinen Rat. Eure Sicherheit liegt mir am Herzen, und für meine Begriffe lässt sie sich nur auf eine einzige Weise bewerkstelligen.“

„Nämlich?“

„Ihr müsst dieses Haus verlassen“, bekundete er wehmütig. „Kehrt in den Norden zurück. Ihr habt es doch ohnehin vor, oder?“

„Du kennst mich gut, Al-Amin.“

Der Eunuch stieß einen Seufzer aus. „Ich werde Euch helfen, Gebieterin. Ich habe nur einen Wunsch.“

„Sicherlich wirst du wissen, dass ich dir mittlerweile wohl wenig abschlagen kann.“

Al-Amin rieb sich die Hände, als würde er frieren. „Es heißt, der Norden sei sehr, sehr kalt. Dort wachsen gewiss auch keine Pistazien. Doch wenn Ihr geht …“, er lächelte traurig, „… so lasst mich mit Euch kommen, ich bitte Euch.“

Rika schlang die Arme um seinen Hals. „Natürlich wirst du mitkommen! Und wir werden dir neue Kleider besorgen, sehr wärmende Sachen. Und vielleicht schmecken dir unsere heimischen Haselnüsse ebenso gut wie die Pistazien."

Völlig verstört von ihrem Ausbruch, ließ er sich unbeholfen den Rücken tätscheln. „Und nun, Herrin, müssen wir Helges Bestattung in die Wege leiten. Soll ich für eine Beisetzung in einem Mausoleum sorgen? Oder wäre es Euch lieber, wir beerdigen sie außerhalb der Stadtmauern?"

„Das alles entspricht nicht den nordischen Sitten", stellte Rika klar. „Wir übergeben unsere Verstorbenen nicht der Erde, überlassen sie nicht den Würmern zum Fraß. Wir legen sie auch nicht in steinerne Kästen, auf dass sie vermodern und verwesen. Wir entlassen sie würdevoll ins Jenseits – mit Wind und mit Feuer."

Er sah sie nur verständnislos an.

„Lass Torvald kommen", befahl Rika entschlossen. „Ich muss mit ihm reden. Mit meinem Vater."

41. KAPITEL

Kompromisse waren unvermeidlich. In Übereinstimmung mit den arabischen Gepflogenheiten musste Helges Beisetzung so schnell wie möglich vonstatten gehen. Im Norden hätte man ihren Leichnam erst zehn Tage lang der kalten, schwarzen Erde übergeben und während dieser Zeit ein Leichenhemd und angemessene Beigaben zusammengestellt. Im frostigen Klima Skandinaviens hätte die Tote zwar eine dunkle Farbe angenommen, der Verwesungsprozess hingegen in dieser kurzen Zeitspanne noch nicht eingesetzt.

Nach den Regeln des Islam aber war eine Leiche unverzüglich zu bestatten. Demzufolge musste Helge in der Kleidung, in der sie gestorben war, beigesetzt werden. Nach Rikas Meinung reichte das schöne Gewand aus üppiger Seide auch allemal aus. In Sognefjord hätte man eigens ein „Seelenboot" gezimmert, um Helges sterbliche Überreste darin ins Jenseits zu entlassen. Hier in Konstantinopel musste sich Rika damit begnügen, dass Torvald von einem Schiffszimmermann im Hafen einen kleinen Nachen bauen ließ.

„Erstaunlich, mit welcher Hingabe du an einer Dienerin hängst", bemerkte Abdul Azziz, der in der kleinen Beerdigungsprozession neben Rika schritt. Seinem Unterton war deutlich zu entnehmen, dass er Rikas Einsatz für die Verstorbene als völlig überflüssig betrachtete. Vor den beiden gingen gemessenen Schrittes Björn, Torvald, Al-Amin und der Priester Dominicus, die die leichte Bürde von Helges Leichnam auf einer flachen Holztafel hinunter zum Hafen trugen. In der freien Hand hielten alle vier eine brennende Fackel.

„Sie war meine Freundin." Den Strauß aus immergrünen Zweigen dicht an ihre Brust gepresst, atmete Rika tief den frischen, sauberen Duft ein, der für einen klaren Kopf sorgte. Im Angesicht des Todes, so fiel ihr bei dieser Gelegenheit ein, suchten die Lebenden immer Zuflucht in ihren Sinnesempfindungen, die dann besonders geschärft erschienen.

Sie war froh, dass ihre Jilbâb sie vor neugierigen Blicken abschirmte. Das vielstimmige Gejammer gedungener Klageweiber, das man des Öfteren bei Trauermärschen in den Gassen der Stadt vernahm, stieß sie ab. Es erschien ihr aufgesetzt. Ihre Trauer war etwas zutiefst Persönliches, nicht etwas, das man in aller Öffentlichkeit zur Schau stellte.

Ganz nebenbei versetzte das wallende Gewand mit dem Schleier sie in die Lage, Abduls Mienenspiel ungehindert zu taxieren. Der Araber fühlte sich erkennbar unwohl. Offenbar hielt er das ganze Schauspiel für heidnischen Mummenschanz. Für Muselmanen, Christen und Juden gleichermaßen war eine Feuerbestattung ein abscheulicher Akt. Nichtsdestoweniger schloss sich der Prozession eine beträchtliche Schar von Schaulustigen an, die diese ungewöhnliche und ihrer Ansicht nach beeindruckende barbarische Sitte einmal mit eigenen Augen sehen wollten.

Am Hafen des Theodosius angelangt, schritten sie weiter bis zur äußersten Spitze der Landzunge, wo das kleine Boot vertäut lag. Björn und Torvald betteten die tote Helge sanft in den schwankenden Nachen.

„Wir haben keinen *Gothi*“, flüsterte Torvald.

„Dann übernehme ich das“, sagte Rika und streifte bereits ihr Gewand ab. Abdul Azziz wollte schon aufbegehren, aber sie brachte ihn mit einem Blick zum Schweigen. „Es geht nicht anders“, erklärte sie ihm. „Ein Gothi ist bei uns im Norden so etwas wie ein Imam, ein Göttersprecher. Da keiner zugegen ist, muss eben eine Skaldin dieses Amtes walten.“

Den Kopf geneigt, rief Rika sich den Ritus in Erinnerung. In diesem Augenblick ging ihr auf, dass sie im Grunde schon nicht mehr an die Götter von Asgard glaubte. Sie existierten nur noch in verblassenden Geschichten. Sie waren Erzählungen, mal vergnüglich, mal gruselig und eigentlich zu nichts anderem zu gebrauchen als dazu, an einem kalten Winterabend die Halle eines wikingischen Langhauses zu erwärmen. Doch Helge hatte an die Götter geglaubt, und deshalb war Rika entschlossen, die Bestattungsriten mit aller gebotenen Inbrunst zu zelebrieren. Es war der letzte Dienst, den sie ihrer Freundin noch erweisen konnte.

„In diesem Augenblick der Trauer rufen wir zu euch, ihr Götter!“ Sie reckte die Arme himmelwärts. „Höre uns, Allvater Odin! Leih uns dein Ohr, Donnergott Thor! Freya, Herrin zu Asgard, trockne unsere Tränen! Wir bitten euch, nehmet auf die Seele von Helge, die wir liebten.“ Sie war so bewegt, dass ihr beinahe die Stimme versagte. „Wir werden sie schmerzlich vermissen.“

Mit diesen Worten führte sie die geballte Faust an die Stirn, an die rechte und dann an die linke Brust – die vorgeschriebene Geste, mit welcher das göttliche Dreigestirn angerufen wurde. Während sie diesen Ritus vollführte, fühlte sie sich innerlich leer.

„Sie, die wahrhaftig würdig ist, wird beizeiten zu den Ihren zurückkehren. Wir sind gewiss, dass unsere Freundin Helge die Würdigste der Würdigen ist. Möge ihre Seele Frieden und Freude finden sowie die angenehmste Gesellschaft in den Schimmernden Landen. Darum bitten wir euch. So sei es.“

„So sei es!“, murmelten Björn und Torvald wie aus einem Mund.

Rika streifte sich die Lederschleife mit dem Bernsteinhammer daran über den Kopf und kniete neben der Bahre nieder, um der Toten den Schmuck anzulegen. Es erschien ihr passend, dass der kleine Talisman gemeinsam mit Helge ins Jenseits eingehen sollte. „Nimm diesen Thorhammer, liebste Freundin. Möge er deine Seele beschützen, wo auch immer du wandelst.“

Als sie sich erhob, sah sie, wie Torvalds Lippen sich zu einem Strich zusammenpressten. Dennoch neigte er beifällig das Haupt, bückte sich dann und drückte der toten Hebamme ein byzantinisches Goldstück in die kalte Hand.

Rika fuhr derweil mit dem Ritus fort. „Nimm, liebste Freundin, diese Münze des byzantinischen Kaiserreiches. Möge sie dir Glück bringen und dich ins Jenseits begleiten." Entsprechend den Regeln des nordischen Bestattungskultes überreichte sie jedem Teilnehmer einen immergrünen Zweig. Einzig Abdul nahm ihn nicht an. Seine zusammengezogenen Brauen zeugten davon, dass er mit diesem abstrusen Ritual nichts zu schaffen haben wollte. Wahrscheinlich, so ihre Vermutung, hätte sie alle Verse auch auf Griechisch statt auf Nordisch hersagen können. Allerdings tat sie dies alles ja nicht für ihn, sondern für Helge.

„So wie dieser Baum immer grün ist, so möge Helges Seele ewige Frische beschieden sein", rief Rika, wobei sie ihren Zweig quer über Helges Leichnam legte. Die übrigen Trauernden folgten ihrem Beispiel. „Siehe da dein Todesschiff, liebste Freundin. Möge die Überfahrt zwischen den Welten rasch und gefahrlos verlaufen."

Auf ihr Kopfnicken hin trat Björn mit seiner brennenden Fackel vor, um das trockene Reisig, das man unter Helges sterblichen Überresten aufgeschichtet hatte, zu entzünden. Die anderen Leichenträger warfen die flackernden Lichter ebenfalls in den Nachen, um den Brand zu beschleunigen. Björn löste das Tau und stieß das Boot in die Wellen. Wippend und schwankend schwamm es davon und entfernte sich immer weiter vom Kai. Vom Meer her strich eine Böe übers Wasser; die Flammen loderten auf, umhüllten die tote Helge und sorgten so für eine schnelle Überfahrt ihrer Seele vom Diesseits in eine andere Welt.

„Nun lasset uns fröhlich sein", bat Rika mit tränenüberströmten Wangen. „Denn die Seele blüht gleich einer roten Blume. Sie fliegt wie ein weißer Vogel. Unsere liebe Freundin weilt jetzt an einem weit besseren Ort, und so wir uns würdig genug erweisen, werden wir sie dereinst wiedersehen in den Schimmernden Landen.“ Rika wünschte, sie hätte die Worte, die da aus ihrem Munde kamen, auch glauben können. Die Kälte in ihrem Herzen indes belehrte sie eines Besseren. „So sei es“, wisperte sie.

Sie sah dem brennenden Schiffchen nach, bis auch die letzte verkohlte Planke in den Wellen versank. Als sie sich dann zum Gehen wandte, legte sich eine Hand auf ihre Schulter. Sie gehörte Björns neuem Gefährten, dem kleinen Priester namens Dominicus.

„Darf ich deiner Zeremonie meine bescheidene Fürbitte hinzufügen?“, fragte er ehrfürchtig.

Rika nickte. Zwar wusste sie nicht recht, was Helge wohl davon gehalten hätte, aber sie selber war ganz gespannt darauf. Daher ihre Erlaubnis.

Andächtig neigte der Priester das Haupt. „Jesus, Geliebter unserer Seelen“, hob er an. „Hiermit empfehlen wir deiner Gnade den Geist unserer Schwester Helge. Wir bitten dich, richte sie nicht nach ihren Taten oder nach ihrem Glauben. An dieser Elle gemessen, würde nicht einer von uns das himmlische Paradies schauen. Umhülle sie stattdessen mit deiner Barmherzigkeit und nimm sie gnädig auf, denn uns armen Sterblichen ist nur beschieden, deinem Licht zu folgen und darauf zu vertrauen, dass der Richter über die ganze Welt Gerechtigkeit walten lässt.“ Mit diesen Worten hob Dominicus den Blick und lächelte. Und in unsicherem Nordisch setzte er noch hinzu: „So sei es!“

Rika erwiderte sein Lächeln. Nach seinem schlichten Gebet war ihr das Herz auf einmal sonderbar leicht. „So sei es.“

Während sie am Ufer des Lycus entlang zurück zur Heimstatt von Abdul Azziz wanderten, stieß Björn Torvald kurz mit dem Ellbogen in die Rippen. „Hast du es gesehen?“, fragte er leise.

„Ja“, raunte der Alte. „Wir sollten tunlichst für heute Nacht planen!“

Björn nickte.

Vor dem Verlassen des Hafens nämlich hatten sie beide ganz hinten am Horizont, weit entfernt auf dem Marmarameer, die Umrisse und das Segel jenes Schiffes erkannt, das sie schon lange Zeit herbeisehnten. Die *Walküre* kehrte zurück nach Miklagard. Noch vor Einbruch der Dunkelheit würde sie im Goldenen Horn festmachen.

42. KAPITEL

Unmittelbar nach der Bestattung verließ Torvald das Gebäude, um das Einlaufen der *Walküre* abzuwarten und Ornolf im Voraus zu informieren. Der hünenhafte, glatzköpfige Wikinger sollte tunlichst nicht im Hause von Abdul Azziz einkehren, denn sonst würde das Thema von Rikas Bekehrung womöglich auf die Spitze getrieben, und die unsichtbare Schlinge um ihren Hals zöge sich immer enger zusammen. Rika wollte ihren Vater noch zum Hafen begleiten, aber Tariq hielt sie am großen, zweiflügeligen Eingangstor zurück.

„Unser Gebieter ist der Ansicht, Ihr solltest Euch für eine Weile zurückziehen“, bekundete der Eunuch von Sultana. „Trauern tut man am Besten für sich allein. Er bittet Euch außerdem, Abstand zu nehmen von Ausritten, wie Ihr sie in jüngster Zeit offenbar bevorzugt. Da Ihr ja danach strebt, Euch mit unseren Sitten und Gebräuchen auseinanderzusetzen, verblüfft es mich schon sehr, dass Al-Amin Euch nicht darauf aufmerksam gemacht hat, wie unziemlich ein solches Verhalten ist.“

Bei dieser unterschwelligen Zurechtweisung seiner Herrin fuhr Al-Amin, der neben ihr stand, empört auf, blieb aber stumm. Tariqs Lächeln war ölig und kriecherisch zugleich. „Auf Weisung des Gebieters werdet Ihr bei Ausflügen in die Stadt entweder in einer geschlossenen Sänfte reisen oder mit Karren und Fuhrmann“, belehrte er sie. „Ich selber gelte als außergewöhnlich geschickter Wagenlenker. Mein Gebieter befahl mir, Euch meine Dienste in dieser Hinsicht anzutragen.“

Eher hätte sich Rika mit einer Schlange eingelassen.

Torvald umarmte sie kurz. „Verzage nicht!“, raunte er ihr dabei ins Ohr. „Wir lassen uns etwas einfallen.“ Mit einem schüchternen Lächeln auf seinen dünnen Lippen setzte er noch hinzu: „Tochter!“ Zum allerersten Mal wagte er es, Rika so anzureden.

Rika zog sich mit Al-Amin in ihre Gemächer zurück, spähte aber von Zeit zu Zeit verstohlen aus dem Fenster des Raumes, der ihr zu einer Art Kerker geworden war, und hielt dort Ausschau nach einem Zeichen von Björn oder von ihrem Vater.

Dein Vater ... Wie sonderbar, Torvald nun als solchen betrachten zu sollen! Allein, er war's ja tatsächlich. Um Helges letzten Wunsch zu erfüllen, hatte sich Rika mit dem Alten ausgesöhnt. Der hatte die Hände vors Gesicht geschlagen und war in Tränen ausgebrochen. „Wie kannst du mir altem Narren bloß vergeben?“, hatte er geschluchzt. „Ich kann's mir ja nicht mal selber verzeihen!“

„Ich verzeihe dir aber“, hatte Rika ihm versichert und sich dabei selber die Tränen fortwischen müssen. Helge hatte recht gehabt. Der kleine, bohrende Schmerz, der sie ständig begleitet hatte, er war auf einmal wie weggeblasen. Magnus büßte dabei nicht ein Jota von seinem Platz in ihrem Herzen ein. Sie stellte nur fest, dass auch für Torvald noch Raum genug darin war.

Die Sonne senkte sich bereits, als sie sah, wie ihr Vater zurückkam. Um herauszufinden, was er erfahren hatte, rief sie Al-Amin und trug ihm auf, in den Pferdestall zu gehen und sich zu erkundigen.

Al-Amin wand sich unbehaglich. „Herrin, ich möchte Euch lieber nicht allein lassen.“

„Ich werde die Türe verbarrikadieren und niemanden außer dir einlassen“, versprach sie.

Dann lief sie nervös in der Kammer auf und ab, bis Al-Amin wieder auftauchte. Mit empörter Flüsterstimme berichtete er ihr, Björn habe vor, alle Gefährten einzeln aus dem Hause von Abdul Azziz hinauszubringen.

„Mir gefällt das nicht, Gebieterin“, nörgelte er. „Das Wagnis ist zu groß!“

„Björn hat aber recht. Wir müssen etappenweise hinaus“, argumentierte sie. „Würden wir versuchen, alle auf einmal auszubrechen, würde es ganz bestimmt einen Aufruhr geben. Es ist die einzige Möglichkeit, uns alle unbeschadet aus diesem Hause hinauszulotsen.“

Al-Amin erstarrte, das Kreuz stocksteif durchgedrückt. „Dann bleibe ich zurück, Herrin.“

„Nichts da!“, widersprach Rika, die Augen erschrocken geweitet. „Abdul Azziz hätte im Nu heraus, dass du bei meiner Flucht geholfen hast.“ Sie wusste aus ihren Zusammenkünften mit ihm, dass der Muselmane äußerlich zwar liebenswürdig erschien, dass unter der Oberfläche seines kultivierten Äußeren jedoch ein brutaler, stahlharter Kern lauerte. In seinem Zorn würde er furchtbar sein.

„Ich möchte Euch nicht allein lassen“, betonte Al-Amin. „Wie kann ich Euch der Obhut dieses Barbaren überlassen?“

„Dieser ‚Barbar‘, wie du ihn bezeichnest, hat während der gesamten langen und strapazenreichen Reise hierher meine Sicherheit gewährleistet“, erklärte sie ihm, wobei sie das Bild vor Augen hatte, wie Björn ihr nachsetzte in die reißenden Fluten des Aeifor. Er würde auch jetzt ihre Freiheit erzwingen, ganz gleich, was geschehen war oder noch geschehen mochte. Doch selbst wenn der nächtliche Fluchtversuch scheitern sollte: Immerhin würde sie dann gemeinsam mit ihm sterben. Das war ihr genug.

Kurz darauf führten Al-Amin und Dominicus Rikas Pferd zum großen, zweiflügeligen Hoftor, wo Tariq zufällig Wache stand. „Meine Gebieterin wünscht“, sagte Al-Amin zu ihm, „dass ich das Ross verkaufe, denn unser Effendi war höchst verstimmt über ihren Ausritt. Wenn du uns nicht unverzüglich passieren lässt, werden die Pferdehändler ihr Tagwerk bereits beendet haben und die Käufer sich in den Schenken dem Trunk ergeben.“

„Ja, braucht es denn zwei von euch, um einen einzigen Gaul an den Mann zu bringen?“

Al-Amin verdrehte die Augen. „Ich bin, wie dir bekannt sein dürfte, zwar ein geübter Reiter, aber kein Pferdeknecht. Lieber sterbe ich auf der Stelle, ehe ich in der Gasse die Pferdeäpfel aufsammle! So weit lasse ich es gar nicht erst kommen“, fügte er mit Inbrunst hinzu.

Lachend riss Tariq da die Flügeltore weit auf. Würdevoll stolzierte Al-Amin an Sultanas Eunuchen vorbei, gefolgt von Dominicus, der den Wallach am Zügel führte.

„Zwei weniger!“, wisperte Rika. Blieben noch drei.

In den Gassen lärmten die Fackelträger, die lauthals ihre Dienste anboten und gegen einen geringen Obolus den Wohlhabenden auf dem Weg durch die dunkle Stadt den Weg beleuchteten. Rika hörte, wie Torvald einem der Waisenbengel in holprigem Griechisch etwas zurief, und als sie aus dem Fenster blickte, sah sie gerade noch, wie ihr Vater lautlos das Haus verließ und Tariq hinter ihm das schwere Flügeltor verbarrikadierte. Obwohl sie sich bewusst im Schatten hielt, entging ihr nicht, wie der Eunuch einen Blick direkt hinauf zu ihrem Fenster warf.

„Drei weniger“, flüsterte sie.

„Rika!“ Abdul Azziz trat in ihr Gemach. „Speist du denn nicht mit mir?“

„Heute Abend nicht.“ Mit hämmerndem Herzen lehnte sie sich gegen die Fensterbrüstung. „Das ist in meinem Volk so Brauch. Ich muss für meine verstorbene Freundin fasten.“ Trotz Magnus’ Mahnung, immer die Wahrheit zu sagen, kam ihr diese Lüge problemlos über die Lippen. Im Norden war eine Bestattung oftmals auch nur ein Anlass zu einem ausgiebigen Leichenschmaus, nicht aber zum Fasten – im Gegenteil.

Es war eher üblich, gut zu essen und sich bis zur Besinnungslosigkeit zu betrinken. „Da musst du mich für ein Weilchen entschuldigen."

„Tariq meldet, dass Al-Amin noch nicht zurück ist", sagte er. „Soll ich dir einen anderen Diener rufen lassen? Einen der anderen Eunuchen?"

„Nicht nötig. Ich habe mich an Al-Amin gewöhnt. Er wird gewiss bald daheim sein. Zweifellos hatte er Schwierigkeiten, einen Käufer für das Pferd zu finden. Aber ich wollte es unbedingt verkaufen, da ich dein Missfallen erregt habe."

„Hab Dank, meine nordische Blume. Deine Achtung vor meinen Wünschen ist vorbildlich." In seiner Stimme lag eine gereizte Schärfe. „Doch heute Abend möchte ich meine neuen Pläne mit dir besprechen. Der Tod deiner Dienerin hat dich schon viel zu sehr in Anspruch genommen. Kann ich dich nicht überreden, gemeinsam mit mir zu speisen?"

Durch den Spalt unter der Tür bemerkte sie einen huschenden Schatten, eine rasche Bewegung. „Ich bitte dich", sagte sie in versöhnlichem Ton, „nimm nur dies eine Mal noch Rücksicht auf meine Bräuche. Ich wäre dir ganz bestimmt keine unterhaltsame Gesellschaft. Gern möchte ich mich mit ganzer Aufmerksamkeit deinen Absichten widmen, doch zu gegebener Zeit. Morgen vielleicht. Kannst du mir diese Bitte erfüllen?"

„Wie du wünschst." Seine Stimme verriet ihr, dass ihm diese Worte noch nicht allzu häufig über die Lippen gekommen waren.

Nachdem er gegangen war, stand sie noch lange mit angehaltenem Atem da, das Ohr an die Tür gepresst, und lauschte auf seine sich entfernenden Schritte. Überzeugt, dass er endgültig fort war, atmete sie erleichtert auf und schlang sich die Arme um den Oberkörper, um ihr Zittern in den Griff zu bekommen.

Sie legte den Riegel vor, blies die Öllampe aus und wartete

in der zunehmenden Dunkelheit darauf, dass Stille eintrat im Hause. Diesmal hatte sich Abdul Musik zum Abendmahl bestellt, und so lauschte Rika nervös den so unmelodisch klingenden, klagenden Tönen, die seine Musikanten ihren Instrumenten entlockten. Nordischen Sang, das wusste sie, mochte ihr Bräutigam nicht. Daher überraschte es sie auch nicht, dass sie selber an den verworrenen orientalischen Klängen ebenso wenig Gefallen fand.

Sie stellte sich einen Schemel ans Fenster und setzte sich so, dass sie alles im Blick hatte, ohne selber gesehen zu werden. Am Tor war Tariq inzwischen von einem anderen Eunuchen abgelöst worden, der aber als Posten mindestens ebenso abschreckend wirkte. Die riesigen Torflügel wurden zwar ständig bewacht, doch heute war Rika zum ersten Mal nicht durchgelassen worden. Hatte Abdul Verdacht geschöpft? Oder war er nur besorgt um ihre Sicherheit und ihren guten Ruf, wie Tariq behauptete?

Bald erloschen die Lichter im Speisezimmer des Hausherrn. Nur eine wandernde Kerze verriet, dass Abdul Azziz um die Veranda herum zu seinen Gemächern ging, die rund um die Wendeltreppe lagen. Hätte es doch bloß noch ein zweites Treppenhaus gegeben! Der einzige Weg vom obersten Stockwerk hinunter ins Atrium wand sich ausgerechnet durch die Privaträume des Arabers. Rika musste sich gestehen, dass sie in der vergangenen Nacht außerordentliches Glück gehabt hatte, als sie dort unbemerkt vorbeigehuscht war. Zweifellos hatte das lautstarke Lustgestöhn der „Jauchzjungfer“ dabei geholfen. Es kam selten vor, dass Abdul Azziz sich zwei Nächte nacheinander mit derselben Frau verlustierte. Demnach durfte man sich kein zweites Mal auf eine solch vorteilhafte Geräuschkulisse verlassen.

Abduls zahlreiche Bettgespielinnen waren Rika vollkommen einerlei. Sie hatte ja nicht die Absicht, ihren Reihen beizutreten. Trotzdem hätte sie gern gewusst, wie das Gestöhn der „Jauchzjungfer“ sich beispielsweise auf eine Frau auswirken mochte, die ihren Mann wirklich gern hatte. Es konnte ja sein, dass solche Töne nicht nur mit heiterer Gelassenheit aufgefasst wurden, sondern eher mit Verzweiflung. Schließlich hatten die Menschen ja auch eine sehr unterschiedliche Auffassung von dem, was Musik ausmachte! Es war im Norden durchaus nicht unüblich, sich Nebenfrauen zu halten, aber dass sie einmal persönlich mit einer solchen Situation konfrontiert sein würde, das hatte sie eigentlich nicht erwartet. Sie gönnte sich einen Augenblick des Mitleids mit den bedauernswerten Geschöpfen wie Sultana oder den anderen. Falls eine von diesen den Hausherrn wirklich liebte, musste sie im Grunde jede Nacht sterben. Wie, so rätselte Rika, kann man als Frau bloß unter solchen Umständen leben?

Inzwischen waren sämtliche Lichter in Abduls Gemächern gelöscht. Kein Laut drang an Rikas Ohren, abgesehen von dem nervösen Gezwitscher einiger Nachtvögel und dem Plätschern des Springbrunnens. Wer immer in dieser Nacht das Lager des Hausherrn teilte – sie war entweder weniger lautstark oder weniger begeistert. Alle Nerven zum Zerreißen gespannt, hielt Rika den Hof im Blick und wartete auf das Zeichen, ihren Türriegel zu öffnen.

Der Mond ging auf und begab sich auf seine nächtliche Bahn, aber unten im Hof regte sich nach wie vor nichts. Wo Björn bloß blieb? Er hatte in Schlachten gekämpft, er hatte Beutezüge geleitet – da wusste er doch gewiss Bescheid über die zeitliche Planung einer solchen Aktion! Die Warterei raubte Rika allmählich den letzten, ohnehin blank liegenden Nerv. Sie zwang ihre fahrig verschränkten Finger auseinander und barg, den Tränen nahe, das Gesicht in den Händen.

Einer der Pfauen, der vorhin noch quer durch das Atrium stolziert war, raschelte unten im Gebüsch und stieß ein lautes

Kollern aus. Mit einem Mal hellwach, nahm Rika die Hände vom Gesicht und sah, wie eine Gestalt im Treppenhaus verschwand.

Endlich! Er kam! Zusammen hatten sie vor, hinauf zum Dachgarten zu huschen. Björn wollte ein dickes Tau mitbringen, und daran wollten sie sich herunterhangeln, vom Dach bis zur unten liegenden Gasse. Von dort sollte es weitergehen zum Forum, wo Torvald mit den Pferden wartete. Dann war es bloß noch ein kurzer Lauf zum Hafen des Theodosius. Dort musste Ornolf auf Torvalds Geheiß die *Walküre* zum Auslaufen bereithalten, auf dass sie gleich nach der Ankunft der Flüchtigen in See stechen konnten.

Um sich mit Björn zu treffen, musste Rika jetzt nur noch den dunklen, winkligen Gang zwischen ihrer Tür und der Wendeltreppe überwinden, um danach mit ihm hinauf zum Dachgarten zu huschen. Vorher schon hatte sie die Schriftrolle mit Al-Amins Dienstvertrag in die an ihrem Gürtel hängende Ledertasche gesteckt. Bei nächster Gelegenheit wollte sie ihm das Schriftstück aushändigen. Ein letztes Mal sah sie sich um in der Kammer, die ihr im letzten halben Jahr zur Heimat geworden war. Mitzunehmen gedachte sie nichts. Leise öffnete sie den Riegel.

Da krachte die Tür urplötzlich und unerwartet mit voller Wucht vor und schleuderte sie an die Wand. Mit dem Kopf prallte sie gegen die Mauer; benommen nahm sie alles um sich herum nur noch verschwommen wahr. Sie spürte, wie grobe Hände nach ihr griffen und ihr einen Lumpen als Knebel in den Mund stopften. Dann stieß der Angreifer sie in den Flur, stürzte sich auf sie und drückte sie mit seinem Körpergewicht zu Boden, wobei er ihre Hände schmerzhaft umklammert hielt.

In diesem Augenblick fiel ein fahler Mondstrahl durchs Fenster auf das Gesicht des Eindringlings. Über sich sah Rika Tariqs verzerrte, zähnefletschende Fratze.

43. KAPITEL

Wohl noch ein wenig lustwandeln, wie?" Hässlich knirschte Tariqs Stimme in ihren Ohren. „Heute Abend aber nicht." Er zwängte ihr ein Knie zwischen die Beine. „Heute gehst du nirgendwohin, dafür ist gesorgt. Siehst du, ich sagte dem Herrn, ich hätte den Verdacht, der Tod deiner Dienerin habe deinen Verstand getrübt. Deshalb dürfe er dich nicht aus diesen Mauern lassen! Schon deiner Sicherheit wegen."

Rika bäumte sich auf unter ihm und versuchte, um Hilfe zu schreien, aber der Knebel in ihrem Mund verhinderte jeden Ruf, und Tariqs Körperkräfte wurden zudem verstärkt durch seine Grausamkeit. Mit einer Hand hielt er Rikas Handgelenke umklammert, mit der anderen zerrte er ihr die Tunika hoch. Als sie versuchte, ihm das Knie in den Unterleib zu rammen, versetzte er ihr einen solch wuchtigen Fausthieb gegen die Schläfe, dass sie vorübergehend nur Sterne sah.

„Glaubst du, Sultana sieht tatenlos zu", zischte er hasserfüllt, „wie du und deine Bastarde einmal Karim enterben, ihren Sohn?"

Rika verstand kein Wort. *Wovon faselt er?*

Lüstern presste er seinen Körper auf den ihren, und zu ihrem Entsetzen spürte sie etwas Hartes an ihren Schenkeln. „Oh ja!", fauchte er, da er offenbar die Bestürzung in ihren Augen sah. „Sie entsprechen durchaus der Wirklichkeit, die Geschichten über späte Eunuchen! Du hast sie gewiss gehört!" Sein Gesicht verzerrte sich wieder zu einer sadistischen Fratze. „Nur ist die einzige Lust für mich dabei, dass ich dir Schmerzen zufügen kann!" Grob packte er ihre Brüste und kniff ihr derart brutal in die Knospen, dass ihr die Tränen in die Augen schossen.

„Ja, nicht wahr? Das gefällt dir, was? Das ..." Plötzlich

brach er mitten im Satz ab; seine Augen wurden erst groß, dann glasig. Sein Körper hob sich vom ihrem herunter und klatschte neben ihr auf den Boden. Über ihn gebeugt stand Björn, und Rika sah noch das Glitzern, als er Tariq das Messer aus den Rippen zog und es an den Pluderhosen des toten Eunuchen abwischte.

„Bist du verletzt?", flüsterte er, nachdem er sie von dem Knebel befreit hatte.

„Nein!" Hastig sprang sie auf und warf sich in seine Arme, noch haltlos zitternd unter den letzten Resten der eben durchlebten Todesangst. Das Gesicht an seine Brust geschmiegt, atmete sie tief seinen Duft ein.

„Komm!", befahl er und führte sie zur Tür. Bevor sie die jedoch erreichten, flog sie schon auf, und auf der Schwelle erschien eine Gestalt. Diesmal war es Sultana mit einer Öllampe in der Hand.

„Hilfe!", kreischte sie durch den Gang, augenscheinlich nicht gewillt, die Sache näher zu untersuchen. „Tariq ist über die Nordmännin hergefallen!" Es ging ihr einzig um eine Schmach für Rika, zu deren Zwecke sie sogar bereit war, ihren eigenen Schergen zu opfern. Dann aber fiel ihr Blick in das Gemach, denn plötzlich erkannte sie ihren Eunuchen, der tot am Boden lag, und außerdem ging nun ein hünenhafter Normanne mit gezücktem Messer auf sie los. Vor Entsetzen entglitt ihr die Lampe; von heller Panik gepackt, rannte sie schreiend den Flur hinunter. „Mord! Mord!"

Björn knallte die Türe zu und legte den Riegel vor.

„Aufs Dach schaffen wir's nie!", rief Rika. „Was nun?"

„Wir ändern den Plan." Er lief zum Fenster und sah in den Hof hinunter. Überall flammten nun Lichter auf; heilloses Gerenne herrschte auf Treppen und Korridoren. „Sie werden bald hier sein."

Er ließ das zusammengerollte Tau von der Schulter gleiten

und befestigte es an einer der Streben der Balustrade, die den unteren Teil des Fensters zierte. Nachdem er sich durch festes Rucken vergewissert hatte, dass der Knoten auch sicher saß, warf er den Rest des Seils nach unten.

„Klammere dich jetzt huckepack auf meinen Rücken!", befahl er Rika, wobei er in die Hocke ging. „Und gut festhalten!"

Die Tunika gerafft, winkelte Rika die Beine um seine Hüften und schlang die Arme um Björns Schultern, sorgsam darauf bedacht, dass sie ihn dabei nicht würgte. Das Messer zwischen die Zähne geklemmt, schwang er ein Bein über die Balustrade und seilte sich so, Fuß und Wade ums Tau verhakt, Hand unter Hand mit seiner Last ab. Über sich hörten die zwei das Splittern von Holz.

„Sie haben die Tür aufgebrochen!", schrie Rika angsterfüllt, worauf Björn das Tau hastig durch seine Hände gleiten ließ. Die Reibung, das wusste Rika, versengte ihm dabei die Handflächen, doch in noch leidlich geordnetem Fall gingen sie beide zu Boden und rafften sich gleich wieder auf. Hand in Hand rannten sie auf das große, zweiflügelige Hoftor zu. Bei jedem Schritt zuckte ein stechender Schmerz durch Rikas Knöchel, doch sie biss die Zähne zusammen, bemüht, mit Björn Schritt zu halten.

Der Eunuch, der das Tor bewachte, wartete schon mit gezücktem Krummschwert, vermutlich bereits mit dem ersten Schrei alarmiert. Doch für einen geübten Söldner war er kein Gegner. Björn täuschte eine Finte an, wich dem Hieb des Eunuchen aus und jagte ihm blitzschnell die Messerklinge in die Halsschlagader. Ein roter Strahl schoss wie eine Fontäne aus der Kehle des tödlich Getroffenen, der leblos zu Boden sackte.

Inzwischen polterten Schritte die Treppenstufen hinunter. Björn hatte einige Mühe mit dem schweren Holzriegel des

Tors, aber dann schwangen die Flügeltüren doch auf. Sobald die beiden Flüchtenden draußen waren, warfen sie die Tore wieder zu, und Björn, der den Riegel mitgenommen hatte, verkeilte das wuchtige Holzstück unten so zwischen Tür und Boden, dass die Türflügel verkanteten.

„So, und jetzt Beeilung!“, rief er Rika zu und fasste sie bei der Hand, doch da ertönte plötzliches Hufgetrappel, sodass die beiden rasch in den Schatten des Hauses zurückwichen. Der Reiter zügelte sein Ross und schwang sich aus dem Sattel. Es war Torvald.

„Was suchst denn du hier?“, rief Rika entgeistert, derweil Björn sie bereits packte und auf den Pferderücken hob.

„Ihr seid spät dran. Da wollte ich lieber nachsehen, ob sich ein alter Mann wie ich noch nützlich machen kann.“ Er zückte sein Schwert. Inzwischen erzitterten die hölzernen Tore bereits unter der Wucht der anstürmenden Verfolger. Das gesamte Gesinde war nunmehr in heller Aufregung; irgendwie hatte man wohl etwas gefunden, das als provisorischer Rammsporn diente. „Macht euch davon, ihr zwei!“, mahnte Torvald. „Lange wird das Tor nicht mehr halten. Ich werde die Bande so lange wie möglich aufhalten.“

Dankbar verschränkte Björn die Unterarme mit dem knorrigen Landmann, der nun wieder der Krieger war wie in längst vergessenen Jugendzeiten. Dann saß Björn mit einem Satz hinter Rika auf.

„Nein!“, rief Rika flehentlich. „Auch du musst fliehen, Torvald!“

„Dieses Mal nicht, Tochter!“, erwiderte er mit einem Lächeln – das erste echte, das sie je auf den Zügen des Alten gesehen hatte. „Ich habe mir ein anderes Reiseziel gesetzt. Gebt acht aufeinander, ihr zwei!“

Ein Krachen ließ alle zusammenzucken und lenkte sämtliche Blicke zum Tor. Fast war es Rika, als sei eine riesige Altersbürde von Torvalds immer noch breiten Schultern geglitten. Die Haltung gestrafft wie schon lange nicht mehr, blähte er kampfeslustig die Nüstern; in seinen blassen Augen funkelte jener blutrünstige Blick des Berserkers, der Tod und Teufel nicht fürchtet.

„Los!“, brüllte er. „Fort mit euch!“ Er hieb dem Gaul die flache Seite der Schneide über das Hinterteil, sodass das Ross mit einem gewaltigen Satz davonpreschte.

„Vater!“, rief Rika noch, doch da hörte sie hinter sich bereits das Splittern und Bersten, als die Tore endgültig zerbrachen, und Torvalds Schlachtruf zerriss die Nacht gleich einem dämonischen Wolfsgeheul.

44. KAPITEL

Rika war sich nicht sicher, was lauter dröhnte: das Klappern der Pferdehufe auf dem Straßenpflaster oder das Hämmern ihres Herzens. Krampfhaft an die Mähne geklammert, hielt sie die Schenkel fest um den auf und nieder wogenden Pferderücken gepresst. Zwar wurde sie noch gestützt von Björns Armen, die sich von hinten um ihre Taille schlangen, doch diese Flucht im rasenden Galopp raubte ihr schier den Atem. Mit schrillen Rufen trieb Björn das Reittier vorwärts, das mit angelegten Ohren und lang gestrecktem Hals quer über das Forum preschte.

Als Rika über das Getöse hinweg das dumpfe Getrappel von Hufen hinter sich hörte, da war ihr, als zucke ihr ein Messerstich durch den Leib. Das konnte nur eins bedeuten: Torvald war tot! Lebendig hätte er die Verfolger nicht an sich vorbeigelassen.

„Sie kommen!", schrie sie gellend und beugte sich gemeinsam mit Björn noch tiefer über den Pferdehals, worauf das Tier sein Letztes gab. Doch trug es eine doppelt so schwere Last wie die Pferde der Verfolger, die mit jedem Galoppsprung aufholten und immer näher kamen.

Urplötzlich riss Björn scharf an den Zügeln und lenkte das Tier seitwärts in eine dunkle Gasse. Als Rika nur für einen Wimpernschlag über die Schulter blickte, gewahrte sie blitzartig, wie eine Reiterschar, geführt von Abdul Azziz mit wutverzerrtem Gesicht, gleich einem glühend heißen Wüstensturm hinter ihnen hergeprescht kam.

Immer steiler wurde der Pfad, und schon stieg Rika der Fischgestank in die Nase, der ihr verriet, dass nun der Hafen nicht mehr weit sein konnte. Als sie im gestreckten Galopp aus der Gasse hinauf auf die hölzernen Planken der Hafenmole fegten, wandelte sich das Klackern der Pferdehufe zu einem dumpf hallenden Dröhnen. Und siehe, dort vorne, da flackerte schon eine Fackel, gehalten von Jorand! Und hinter ihm lag, zum Auslaufen bereit, schon wartend die *Walküre.*

Zwar drang noch die bellende Stimme von Abdul Azziz an Rikas Ohr, doch seine Befehle, sie wurden vom Winde verweht. Kaum waren die Flüchtenden angekommen am Liegeplatz, da sprangen sie eilig, halb gleitend, halb fallend, vom Pferderücken und wurden von Ornolf in aller Hast an Bord gezerrt. Noch einmal zog Björn sein Messer und zerschnitt das Tau, mit dem das Schiff an der Mole vertäut war. Heftig schob er das Boot vom Ufer, nahm kurz Anlauf und setzte mit einem gewaltigen Sprung hinterdrein und verpasste damit dem Schiff einen solchen Schwung, dass es schnell durch die Wellen glitt.

Jorand, Dominicus und Al-Amin saßen bereits an den Riemen. Rasch nahm Björn den verbliebenen vierten Platz ein, und schon sausten die Ruder, während Ornolf die Steuerpinne übernahm. Vor lauter Schrecken zitternd wie Espenlaub, stand Rika vorn im Bug, die Hände beiderseits gegen die Schiffsplanken gestemmt, um sich festzuhalten.

Ssst! Ein zischendes, scharfes Etwas schwirrte da durch die Luft wie ein aufgescheuchter Wespenschwarm. Pfeile durchbohrten die Wasserfläche ums Boot herum, und einer blieb federnd in dem geschwungenen Vordersteven stecken, ungefähr eine Fingerlänge nur von Rikas Gesicht entfernt.

„Kopf runter, Rika!“, schrie Björn zwischen den Ruderschlägen. „Deckung!“

Sie duckte sich hinter die Bordwand und hörte von dort, wie ein Hagel von Pfeilen gegen die hölzerne Deckung prasselte. Offenbar war inzwischen die gesamte byzantinische Hafenwache auf den Beinen. Dass Abdul Azziz mächtig war und über einflussreiche Verbindungen zu höchsten Stellen verfügte, das hatte Rika geahnt. Dass er jedoch dermaßen schnell die

Hafengarnison zu alarmieren wusste, das wäre ihr im Traume nicht eingefallen.

Die Luft hallte wider von gebrüllten Befehlen und Abduls wildem Wutgeheul, doch der tödliche Pfeilhagel ließ allmählich nach, da die *Walküre* ganz offensichtlich nun außer Reichweite der Bogenschützen lag. Vorsichtig hob Rika den Kopf aus der Deckung und spähte über die Bordwand. In zügiger Fahrt glitt das Boot auf die schmale Hafenausfahrt zu, doch drüben am Ufer, da lag eine schwere byzantinische Galeere, die nun in aller Eile bemannt wurde, denn lauter Gestalten hasteten hin und her. Ein weiteres Schiff nahm bereits Fahrt auf in Richtung der Hafenausfahrt. Und ganz hinten, am Ende der Landzunge, da stand ein riesiges Räderwerk, bedient von einer Besatzung aus mehreren Männern. Diese drehten eine Art Winde, und siehe da, nass glänzende, schwere Ketten hoben sich rasselnd und funkelten matt im Mondlicht.

„Sie sperren die Hafenausfahrt!", schrie Rika dem Steuermann zu. Ornolfs düstere Miene zeigte an, dass auch er das Unheil bereits erkannt hatte.

„Über Bord mit der Ladung!", befahl er. „Ballast abwerfen!"

Die zweite Galeere nahm bereits die Verfolgung auf, weshalb die Ruderer an Bord der *Walküre* in ihren Anstrengungen keinen Augenblick nachlassen durften. Beherzt packte da Rika zu und wuchtete sämtliche Kisten und Kästen, die sie nur stemmen konnte, hinauf auf die Bordwand und dann hinein in die schwarzen Fluten. Sämtliches Gold und Silber, gedacht, den Reichtum von Sognefjord zu mehren, versank in den warmen Tiefen des Hafens von Miklagard. Ballen von Seide, Säcke mit seltenen Gewürzen trieben im Kielwasser hinterdrein. Ganz kurz verließ auch Ornolf das Steuer, um alle überschweren Gewichte über die Bordwand zu werfen – und mit Erfolg: mit jedem Ruderschlag zog die um ihre Ladung erleichterte *Walküre* nun den Verfolgern davon.

Jetzt aber sah Rika, wie die Besatzung an Bord des byzantinischen Schiffes an einer dunklen Masse hantierte. Was das alles sollte, war ihr zunächst ein Rätsel, bis plötzlich eine Fackel aufflammte. Da begriff sie schlagartig, sodass ihr schier die Luft wegblieb. Sie hatte einmal mit Abdul Amin den Hafen besichtigt und dabei auch eine fürchterliche Waffe begutachtet, welche entscheidend war für die Sicherheit von Konstantinopel. Sie war die Geißel aller Piratenschiffe und Feinde des byzantinischen Reiches an sämtlichen Gestaden des großen Mittelländischen Meeres. Man nannte sie „das griechische Feuer".

Gleich einer feurigen Zunge schlängelte sich ein flammender Schweif über die Wasserfläche und entzündete in einer hoch auflodernden Stichflamme einen schwimmenden Seidenballen. Noch befand die *Walküre* sich knapp außerhalb der Reichweite. Was aber, wenn sie mit dem Bug voran die eiserne Sperrkette rammte, die dort vor ihnen lauerte?

„Wir sitzen in der Falle", flüsterte Rika mit einem Blick auf Björn, der sich noch immer, keuchend und stoßweise atmend, angestrengt in die Riemen legte. Das Herz ging ihr auf vor Liebe; in ihren Augenwinkeln zeigten sich erste Tränen. Ach, wie sehr hatte er sich bemüht! Doch wenn sie schon sterben musste, dann wenigstens gemeinsam mit ihm. In dieser letzten Feuersbrunst würde ihrer beider Asche auf ewig vereint sein. Mehr wollte sie nicht verlangen.

„Rika, nach hinten ins Heck!", befahl er. Sofort stolperte sie an ihm vorbei, wobei sie in einer letzten, liebevollen Berührung seine Schulter streifte. „Auf mein Kommando Ruder einholen und ab ins Heck!", schrie er.

Schon erblickte sie die straff gespannte Sperrkette knapp an der Wasseroberfläche, die eisernen Glieder matt schimmernd im Licht des griechischen Feuers. Wieder raste der flammende Schweif heran, schwefelig stinkend wie christliches Höllenfeuer. Fast versengte der glühende Hauch Rika die Arme, sodass sie sich instinktiv duckte.

„Ruhe bewahren!", befahl Björn. „Noch drei Schläge. Eins!" Er trieb den Riemen nach vorn, reckte den Rücken und zog das Ruderblatt durch die Wogen.

„Zwei!" Im Gleichklang beugten die vier Ruderer sich vor, um mit vereinten Kräften der *Walküre* noch einen letzten Schub zu verleihen.

„Drei! Riemen einholen!" Ein letzter Ruck, und schon polterten die Ruder hinein in den Rumpf, um das Gleiten nicht abzubremsen. Die ganze Besatzung drängte sich hinten ins Heck, wodurch der Bug des Bootes sich aus den Wellen hob, derweil die *Walküre,* noch immer vom eigenen Schwung getrieben, weiterhin vorwärtsglitt. Durch den niedrigen Tiefgang rutschte der Rumpf bis etwa gut zur Hälfte über die straff gespannte Kette hinweg. Dann bremste er ab und steckte schließlich, den Bug über der Wasserfläche gehoben, auf der Sperrkette fest.

„Alle Mann nach vorn!", donnerte Björn, worauf alles in fliegender Hast in den vorderen Teil drängte. Schon tauchte der Vordersteven tief in die Fluten, während diesmal das Heck sich hob. „Jorand!", schrie Björn. „Her zu mir!" Gemeinsam über die Riemen gebeugt, peitschten sie wild das Wasser, bemüht, den Rest des Rumpfes auch noch über die Kette zu hieven. Immer näher kam derweil die byzantinische Galeere; schon sah Rika die Besatzung, die ihre Waffe aufs Neue zum Wurf vorbereitete. Diesmal würde das brennende Gemisch aus Harz und Öl ihr Boot rösten wie eine Gans am Bratenspieß. Rika sank das Herz in die tiefsten Tiefen.

Da packte auch Ornolf noch einen der Riemen, stemmte ihn gegen die Kette und stieß mit aller Kraft dagegen. Das vierte Ruder schnappte sich Al-Amin, der an der anderen Bootsseite in gleicher Weise half. Knirschend rutschte das Boot zitternd über die eisernen Kettenglieder, quälend langsam zuerst, dann, als das Schwergewicht jenseits der Kette lag, schneller und immer schneller, und schließlich war sie frei, die *Walküre*, und pflügte durch die Wogen, weg von der verfluchten Sperre.

Feuerschlangen von der Galeere schlängelten sich durch die Nacht, prasselten über der Kette nieder, tanzten knisternd und zischend über die eisernen Ringe und flackerten mannshoch auf.

„Riemen hoch!", befahl Björn. „Mastbaum setzen!" Schon hissten er und Jorand das Segel; ein steifer Wind blähte das Vierecktuch. Leicht tänzelnd hob das Boot den Bug aus den Wellen und preschte dahin vor dem Wind wie eine Hirschkuh, die leichtfüßig den Jägern entkommt.

Die Verfolgung war vorbei, sobald die Kette wieder gelockert und das Feuer gelöscht war. Die plumpen byzantinischen Galeeren waren dem schlanken wikingischen Boot nicht gewachsen.

Rika sank Björn in die Arme, erschüttert von heftigen, zitternden Schluchzern der Erleichterung. Er strich ihr mit der Hand übers Haar und schmiegte sie an sich. „Nicht weinen, Liebste", flüsterte er. „Jetzt geht es heim."

45. KAPITEL

Al-Amin erwies sich zwar als nicht sonderlich seetüchtig, doch nach einer Woche Seekrankheit und eingehender Pflege durch Dominicus ließ er das ständige Stampfen und Rollen des Bootes geduldig über sich ergehen – wenn schon nicht sonderlich gewandt, so doch ohne zu klagen. Die Reise stromaufwärts den Dnjepr hinauf war noch strapazenreicher als die wilde Fahrt flussabwärts, und dies trotz der Tatsache, dass die *Walküre* ja ohne Ballast in ihrem offenen Rumpf dahinglitt. Björn, Jorand und Ornolf ruderten ununterbrochen. Unterstützt von Al-Amin und dem kleinen Priester, die beide mit jedem Tag ausdauernder wurden, kämpften sie gegen die Strömung an, die stellenweise mild, aber auch reißend war und ständig versuchte, das Schiff wieder zurück nach Süden zum Schwarzen Meer zu drängen.

Da es Rika an der zum Rudern erforderlichen Kraft mangelte, bestand sie zumindest darauf, dass Björn ihr zeigte, wie man das Boot mit der Steuerpinne lenkte. Wenn also einer der fünf Männer eine Rast einlegen durfte, konnte er sich eine wirkliche Pause gönnen und musste nicht gleich wieder eine andere Pflicht übernehmen. Für lange Unterhaltung war da kein Platz; man brauchte den Atem für wichtigere Dinge, weshalb Rika nicht selten stumm ihren Gedanken nachhing.

Nach wie vor um Helge trauernd, spürte sie das Fehlen weiblicher Gesellschaft in diesem Kreis von Männern umso deutlicher. Des Öfteren weinte sie auch still um Torvald, um diesen traurigen, gebrochenen Mann, der einen schrecklichen Fehler begangen hatte, welcher ihn sein ganzes Leben lang nicht mehr losgelassen hatte. Rika aber war überzeugt, dass er ihn mit seinem letzten Opfer wiedergutgemacht hatte, und hoffte, dass seine gequälte Seele nun endlich Ruhe fand.

Keine Ruhe ließ Rika indes das Schicksal ihres Bruders

Ketil, der ja davon geträumt hatte, man werde ihn einst nach Uppsala senden, zum Heiligen Hain, genau so, wie ihm zuvor auch Rikas Fahrt nach Miklagard im Traum erschienen war. Da sie nun wusste, dass Gunnar als Kind schon versucht hatte, Björn umzubringen, und auch den eigenen Vater auf dem Gewissen hatte, schien es ihr sonnenklar, dass das Leben ihres sanftmütigen Bruders in Gefahr war. Erregt und aufgebracht zählte sie die Tage bis zur Sommersonnenwende. Man musste Uppsala noch vor dem sogenannten *Blot* erreichen, dem neuntätigen Opferfest zu Ehren von Odin. Man musste dorthin, ehe die Opferriten begannen und die Körper der Schlachtopfer aufgereiht an den Ästen des Haines neben dem mächtigen Tempel baumelten.

Nicht ein einziges Mal während der Heimfahrt ergab sich die Gelegenheit, mit Björn allein zu sein. Dieser Mangel an Zweisamkeit quälte sie beide über die Maßen. Hier und da ein heimlicher Kuss oder ein zärtlicher Blick – das war alles, doch bald schon reichte es ihnen nicht mehr. Endlich am Fuße des Aeifor angekommen, befahl Björn dann eine längere Rast.

„Wenn diese Frau nicht hier an Ort und Stelle meine Gemahlin wird, dann platze ich!“, brach es plötzlich aus ihm heraus, nachdem sie das Biwak aufgeschlagen hatten.

„Neffe, ich weiß nicht, wie das nach Recht und Gesetz gehen soll“, gab Ornolf zu bedenken. „Zwar können wir uns mit Fischen und Fallenstellen ernähren, doch für ein Hochzeitsmahl wird das nicht reichen. Außerdem haben wir keinen Gothi für die Hochzeitszeremonie. Ich sehe nicht, wie ihr zwei im Augenblick heiraten könntet, wie es sich gehört.“

„Erlaubt ihr?“, meldete sich da Dominicus mit einem dünnen Lächeln auf den Lippen. „Ich könnte sie vermählen. Sie brauchen sich bloß zum christlichen Glauben zu bekennen und sich taufen zu lassen. Dann könnten sie Mann und Frau sein, noch ehe die Sonne untergeht.“

„Abgemacht!“, rief Björn aus. „Dein Gott hat sich bislang sowieso gut unser angenommen, mein Freund. Rika – nimmst du das Zeichen des Christus an, um dann auch mich zu nehmen?“

Stürmisch warf sie sich in seine Arme. Inzwischen waren die nordischen Gottheiten bloß noch verblasste Figuren, fern von ihr und unerreichbar. Schon lange hatte sie jedes Vertrauen ins göttliche Asgard verloren, und für einen Übertritt zum Islam reichte das Wenige, das sie über den muselmanischen Allah erfahren hatte, mitnichten aus. Auch das blutige Ringen zwischen den ost- und weströmischen Christen von Byzanz erregte im Grunde ihr Misstrauen. Dennoch spürte sie in sich ein brennendes Verlangen nach etwas Göttlichem, das sie verehren konnte. Zuletzt hatte sie sogar ihrer wöchentlichen Wallfahrt zur Statue des Mars abgeschworen. Allen Menschen, so schien es ihr, wohnte das Bedürfnis inne, eine höhere Macht anzuerkennen. Das Traurige war eben, dass die Menschheit sich nicht über das Wer und das Wie zu einigen wusste.

Sie wandte sich wieder Dominicus zu, der sich als braver Gefährte erwiesen hatte, mutig in der Gefahr und klaglos in allen Nöten. Sie wusste auch, dass Björn es dem kleinen Priester verdankte, dass er im Kerker nicht den Verstand verloren hatte. Es sprach, so ihre Ansicht, durchaus für den christlichen Gott, wenn ein solch charakterfester Mann für ihn eintrat.

„Ich bin gern mit allem einverstanden, wenn es mich zu Björns Eheweib macht“, erklärte sie, um aber sofort hinzuzufügen: „Nur weiß ich leider sehr wenig über deinen Christus.“

„Dann betrachte dies als eine Einführung in den christlichen Glauben“, gab Dominicus lächelnd zurück. „So du guten Willens bist, wirst du ihn hernach noch besser kennenlernen. Das verspreche ich dir.“

Ornolf blickte ihn daraufhin bitterböse an, allerdings auch

mit gebührendem Respekt. Nun hatte der christliche Priester den Neffen doch noch herumgekriegt! So etwas passierte wackeren Nordmannen sonst eher selten. „Das ist doch Nötigung, diese Art der Missionierung!“, knurrte er unwirsch. „Oder?“

Abwehrend, aber auch etwas selbstironisch breitete der Priester die Arme aus. „Bei eurer nordischen Sturheit muss ich meine Schäflein sammeln, wie sie kommen.“

Zusammen mit Dominicus watete das Brautpaar sodann in die Fluten des Dnjepr und lauschte geduldig, während der Priester den für sie unverständlichen Taufritus auf Latein intonierte. Das ferne Grollen des Wilden Eifer bildete die Begleitmusik, aber das Tosen des Blutes in ihren Adern übertönte das leise Grummeln in Rikas Ohren. Gebührend durchnässt, sowohl vom Gischt der Stromschnellen als auch durch ihre Taufe, ließen sie sich anschließend von Dominicus trauen. Und als sie dann endlich tropfnass aus den Fluten stiegen, waren sie zu guter Letzt endlich und glücklich Mann und Frau.

46. KAPITEL

Fackeln warfen ihr flackerndes Licht über Uppsala. Zuckende Schatten huschten über den mächtigen Tempel, der die riesigen Standbilder von Odin, Thor und dem phallischen Frey beherbergte. Süßlicher Verwesungsgestank lag schwer in der Luft und zeugte davon, dass bereits etliche Schlachtopfer im Heiligen Haine hingen. Das Opferfest hatte demnach begonnen.

Im Laufe von neun Tagen wurden Abend für Abend neun unterschiedliche männliche Schlachttiere rituell geopfert, indem man ihnen die Kehle durchschnitt und sie ausbluten ließ. Das aufgefangene Blut diente dann später dem Gothi zu düsteren Zeremonien, war es doch unerlässlich für die Magie des *Seidr,* der geheimnisvollen und oftmals finsteren Zauberkunst der nordischen Schamanen. Danach knüpfte man die ausgebluteten Körper an die Äste von knorrigen Eichen neben dem Tempel und ließ sie dort verfaulen. Durch ihren langsamen Verfall, so hieß es, werde die heilige Stätte gereinigt.

Rika mochte den Anblick gar nicht ertragen. Die Augen fest geschlossen, schickte sie schnell ein kurzes Gebet himmelwärts zu ihrem neuen Gott, hoffend, dass sie nicht zu spät eingetroffen waren und die Leiche ihres Bruders noch nicht im Winde baumelte.

„Gerade rechtzeitig“, bemerkte Björn, der neben ihr ging. „Noch keine Menschenopfer. Heute Abend aber ist es so weit. Falls man Ketil für die Bäume ausersehen hat, bleibt uns nur noch Zeit, bis der Mond am höchsten steht.“

Hin- und hergerissen zwischen Hoffen und Bangen, sank Rika ihrem Mann verzweifelt und Halt suchend in die Arme. Dann aber fuhr sie jäh auf. „Schau! Dort ist ja Surt!“ Mit ausgestrecktem Arm wies sie quer über den Platz auf die Sklaven aus Sognefjord.

Im Laufschritt eilten beide zu Ketils Freund hinüber. Von ihm erfuhren sie, dass Ketil tatsächlich wie befürchtet als Opfer von Sogna dargebracht werden sollte, eines der neun Opfergaben zum *Blot.* Surt führte die zwei zu einer abgelegenen Hütte, wo alle künftigen Opfer unter schärfster Bewachung hausten. Man versorgte sie so, wie es sich wohl gehörte für jene, die bald schon den Allvater schauen sollten. Während die Todgeweihten dort ihres Endes harrten, erfüllte man ihnen jeglichen irdischen Wunsch, angefangen von Speise und Trank über Spiele und Musik bis hin zu den Diensten einer erfahrenen Hure.

„Schwester!" Ketils breites Gesicht verzog sich zu einen beglückten Grinsen. „Ich wusste, dass du kommst! Ich träumte davon." Er lallte, und häufiger leiser Schluckauf unterbrach seinen Redefluss. Surt schenkte ihm bereits süßen Met in sein Trinkhorn nach.

„Oh, Ketil!", rief Rika und biss sich verzagt auf die Unterlippe. Früher hatte er nie zum Trunk geneigt, doch sie nahm an, dass Surt es wohl als einen Akt der Barmherzigkeit ansah, den jungen Mann bewusst im Rausch dem Untergang zu überantworten. Rika sank neben dem Bruder auf die Knie und küsste ihn auf die Wange. Die ihren waren bereits tränennass.

„Hab dir doch gesagt, du sollst nicht weinen!", lallte Ketil und wischte ihr dabei mit den Fingerspitzen die Tränen fort. „Ich wusste, ich sehe dich wieder … an der Stätte, wo die großen Bäume stehen …" Von höchster Todesnot gequält, kämpfte er sichtlich mit den Tränen. Offenbar war das Gebräu seines Freundes doch nicht so stark, als dass es die Angst zu betäuben vermochte, selbst bei einem solch schlichten Gemüt wie Ketil.

Björn legte ihm die Hand auf die Schulter. „Nur Mut, Bruder!", sprach er. „Du gehst heute Nacht nicht zu den Bäumen. Mein Wort darauf!" Seine düstere Miene ließ keinen Zweifel, dass er sein Versprechen halten würde, koste es, was es wolle.

Dann richtete er sich auf. „Du kannst ja noch bleiben", raunte er Rika zu. „Ich muss zum Thing."

„Dann komme ich mit dir", bekundete sie.

„Wenn du möchtest, bleibe ich hier bei deinem Bruder", bot Dominicus an. „Es gehört zu meinen Pflichten, den Elenden in der Stunde der Not beizustehen."

„Schon wieder beim Missionieren, Priester?" Ornolf verschränkte die Arme über der Brust.

„Wo immer sich die Möglichkeit bietet", gab der Geistliche unerschrocken zurück.

Mit einer kurzen Umarmung verabschiedete Rika sich von ihrem Bruder. „Ich bin gleich wieder da", versprach sie. „Wir werden gemeinsam von hier abreisen." Sie hatte es sich fest vorgenommen, so oder so. Entweder würde sie mit Björn Ketils Freiheit erkämpfen, oder sie würden alle in dieser Nacht sterben und damit den Bann von Miklagard endgültig brechen.

Begleitet von Jorand, Ornolf und einem völlig konsternierten Al-Amin lief Rika mit Björn quer über die Opferstätte hinüber zum Langhaus des Jarls von Uppsala. Von dort hallte bereits das derbe Grölen eines Gelages hinaus in den lauen Abend.

Schwungvoll stieß Björn die Tür auf und ließ den Blick durch den verqualmten, Saal schweifen. Dort hinten saß er, sein Bruder Gunnar, neben sich Astryd mit grimmiger Miene, derweil ihr Gatte einer drallen Magd eine Bemerkung ins Ohr flüsterte und anschließend in lautes Lachen ausbrach.

Ornolf wies auf einen anderen Mann, der neben Halfdan von Raumarike und einigen weiteren Stammesführern saß. Das war Domari, der Rechtsprecher des Thing.

„Recht fordert Gerechtigkeit!", donnerte Björn über den Radau hinweg. „Sei gegrüßt, Domari, du Hüter des Gesetzes!"

Nach und nach erstarb alles Getöse zu leisem Geraune. „Ich suche deine Weisheit und weiß, dass du mich hörst." Björn trat vor und trug mit wohlgesetzten Worten den überlieferten Antrag vor, mit dem ein Wikinger sich gemeinhin in einer Rechtssache an ein Thing wandte.

„Wer bist du, und wie lautet deine Klage?“ Domari, der Rechtsprecher, erhob sich und stand kerzengerade da. Ungeachtet seiner gut sechzig Winter war er ein Hüne von Gestalt mit einem wallenden Schopf weißer Haare, die ihm bis auf die Schultern fielen.

Björn wartete, bis Schweigen im Saal eingekehrt war. „Ich bin Björn der Schwarze von Sognefjord, und hergeführt hat mich ein Mord.“ Langsam drehte er sich um und richtete seinen funkelnden Blick auf Gunnar. „Hiermit bezichtige ich meinen Bruder Gunnar Haraldsson, unser beider Vater getötet zu haben – Harald von Sogna, vormals Jarl jener schönen Gefilde.“

„Eidbrüchiger!“ Gleich einem Feuerball brach das Wort über Gunnars Lippen. Empört sprang er auf und wies mit dem Finger anklagend auf Björn. „Dieser Mann da, er hat mir die Treue geschworen. Nun wagt er es, mich vor dieser Versammlung zu verleumden! Und das an unserem allerheiligsten Abend.“

„Ist das wahr?“, fragte der Rechtsprecher.

„Ja, ich bin Gunnars Gefolgsmann“, gestand Björn. „Doch höret zunächst, wie ich Zeugnis ablege wider den Jarl von Sogna. Danach will ich mich gern des Eidbruches wegen verantworten.“

„Er gibt's auch noch zu!“, brüllte da Gunnar. „Was schert sich das Thing um das Wort eines Eidbrüchigen?“

„Setz dich, Sohn von Harald!“, befahl Domari, der Gunnar argwöhnisch fixierte. „Dein Vater war mein Freund, und das Recht muss die Wahrheit ergründen. Lasset uns also abwarten, ob hier etwas vorliegt, dem wir nachgehen müssen. So sprich denn, Björn der Schwarze!“

Björn drehte sich langsam herum und blickte in möglichst

viele der auf ihn gerichteten Augenpaare. Am liebsten hätte er Rikas Gabe besessen, ihre Redegewandtheit, die Fähigkeit, ihre Zuhörer mit Bildern zu fesseln. Allein, die nackten Tatsachen, sachlich dargestellt, mussten reichen. In groben Zügen umriss er den Kampf mit dem Söldner Fenris und schilderte das Geständnis des sterbenden Hünen.

Gunnar unterbrach. „Eine gar wunderliche Geschichte. Mein Bruder wurde verhext – von jenem Weib dort!" Wutentbrannt blitzte er Rika an. „Eine, die sich als Skaldin aufspielt. Zweifellos hat sie sich diese Ammenmärchen ausgedacht!"

Da trat Jorand vor. „Ich, Jorand von Sogna, Sohn von Orn, war Zeuge des beschriebenen Kampfes. In der Stunde des Todes gab Fenris ein Geständnis ab und benannte den Mann, der ihm ein silbernes Armband überließ, als denjenigen, der Harald von Sogna den Todesstoß versetzte. Ich glaube nicht, dass ein Mann ohne Not mit einer Lüge auf den Lippen ins Jenseits fährt."

„Pah!", rief Gunnar dazwischen. „Björn ist der Anführer dieses Jünglings. Für seinen Anführer sagt ein Mann doch alles Mögliche aus!"

„Es stimmt, er ist mein Anführer – und, so füge ich noch hinzu, mein Freund." Jorands Stimme füllte den ganzen Saal. „Doch bin ich nicht durch Eid an ihn gebunden. Ich spreche in eigener Sache. Bei meiner Ehre: Mein Zeugnis entspricht der Wahrheit."

„Diesen Armreif, den du erwähnt hast – führt ihr den mit euch?", fragte der Rechtsprecher.

„Allerdings", erwiderte Björn. Ein erstes Triumphgefühl durchlief ihn, als er sah, wie seinem Bruder alles Blut aus dem Gesicht wich. Doch noch versagte er sich dieses Gefühl des Sieges, war er doch überzeugt, dass Gunnar so schnell nicht klein beigeben würde.

Derweilen überreichte Ornolf dem Sprecher des Thing das

Armband zu Begutachtung. „Mein Name ist Ornolf Blutaxt", sprach er dabei. „Einst schenkte ich meinem Neffen Gunnar Haraldsson diesen Reif zum Tage seiner Vermählung. Er hatte das Muster der verschlungenen Schlangenleiber selbst ausgesucht. Du wirst auch eine Inschrift auf der Innenseite finden." Er folgte den Runen mit dem Finger und überließ dem Rechtsprecher das Kleinod. Alsdann drehte er sich zu Gunnar um. „Als ich es in Miklagard wiedersah und hören musste, dass damit der Tod meines Bruders erkauft wurde, traf mich das bis ins Mark."

„So ein Armreif kann auch verloren gehen!", rief Gunnar dazwischen. „Außerdem liegt auf der Hand, dass es hier ausschließlich um Eifersucht geht. Nachgeborene müssen zusammenhalten, nicht wahr, Onkel?" Ermuntert durch das Schweigen des Rechtsprechers, trat Gunnar nun vor die Versammlung. „Nichts anderes liegt vor als die Aussage eines Eidbrüchigen, die Lügen seines Gefährten und ein vor langer Zeit verloren gegangenes Kleinod, auf welches ich wieder Anspruch erheben werde. Alles andere entspricht bloß jenen Geschichten, wie man sie verängstigten Kindern an einem Winterabend erzählt."

Stirnrunzelnd beäugte Domari das Armband. „Ist das alles?"

„Mitnichten." Björn zog das Galata-Schwert aus der Scheide. „Dies hier ist die Waffe von Fenris, dem Söldner aus Birka. Wie Ihr wohl sehen könnt, ist's eine vortreffliche Klinge, doch einen Makel hat sie." Vorsichtig fuhr er mit dem Zeigefinger über die flache Seite, tunlichst bestrebt, sich nicht an der messerscharfen Schneide zu ritzen. „Das Schwert meines Vaters Harald hinterließ eine Scharte, die sich nicht auswetzen ließ, so tief war sie. Und diese Klinge hier schlug eine passende Kerbe in meines Vaters Waffe." Die Augen zu Schlitzen verengt, blickte er seinen Bruder an. „Wohlan denn, Bruderherz, zieh unseres Vaters Schwert und lass uns sehen, ob die Scharten zusammenpassen."

„Aber nur, um dich gen Hel zu schicken", schrie Gunnar außer sich vor Wut. Blitzschnell hatte er blankgezogen und ließ das Schwert in tödlichem Bogen auf Björn herniedersausen. Björn parierte den Hieb mit dem Galata-Stahl.

Auf einen Wink des Rechtsprechers sprangen die Männer hinzu, packten die beiden Kontrahenten bei den Armen und hielten sie fest.

„Kein Blutvergießen in diesen Hallen!", rief Domari. „Der Jarl von Sogna hat sich für den Zweikampf entschieden statt für den Richterspruch. Nun denn, so sei's! Bereitet den Holmgang, auf dass der Zweikampf beginne, ehe die letzte Fackel verlöscht."

47. KAPITEL

Ich möchte, dass du nun gehst", sagte Björn zu Rika, wobei er den leichten hölzernen Schild hob. Zwei weitere lagen zu seinen Füßen, bereit für den Fall, dass der erste unter einem Hieb zerbarst. „Nimm dir Jorand und nutze das Durcheinander, um Ketil heimlich in Sicherheit zu bringen. Und danach begebt ihr euch alle an einen sicheren Ort."

„Und wo sollte der sein?", fragte Rika mit einem Blick auf Gunnar, der jenseits des Holmringes stand. Der Jarl brachte gut dreißig Pfund mehr auf die Waage als sein Bruder. „Ohne dich gibt es in ganz Midgard keinen solchen! Entweder scheiden wir alle zusammen von hinnen oder überhaupt nicht!"

Der Holmring war so gut wie fertig. Ein großer viereckiger Mantel war flach auf dem Boden befestigt und um ihn herum mit einem Stecken jeweils drei Vierecke in gleichem Abstand voneinander in den Sand geritzt. An den Ecken des äußersten Vierecks trieb man Pfosten ins Erdreich und spannte Seile dazwischen, welche auf diese Weise eine Kampfarena von zwölf mal zwölf Fuß umfassten. Björn und sein Bruder streiften ihre Tunika ab. Brünne oder gehärtetes Leder waren als Schutz nicht gestattet. Wenn alle drei Schilder zerschlagen waren, durfte ein Kämpfer sich nur noch mit dem Schwert verteidigen. So lauteten die Regeln des Holmganges.

„Außerdem benötigst du Jorand als deinen Gehilfen", fügte Rika noch hinzu.

Björn zog die Stirn kraus. „Als Eheweib bist du aber recht ungehorsam!"

„Damit wirst du dich abfinden müssen."

„Rika, ich bitte dich ..."

Sie legte ihm den Finger auf die Lippen. „Nicht, Liebster! Verlassen kann ich dich nicht. Also verlange es nicht von mir." In ihrer Brust nagte ein dumpfer Schmerz. Noch lange hatte Björn sein bestes Kampfgewicht nicht erlangt; außerdem war er völlig ausgelaugt nach dem halsbrecherischen Tempo, welches sie vorgelegt hatten, um rechtzeitig in Uppsala einzutreffen. Gunnar hingegen stand voll im Saft; die schwellenden Muskeln an Brust und Armen hoben sich deutlich unter der glatten Haut ab. Allen Widrigkeiten zum Trotz rang sie sich dennoch ein Lächeln ab. „Mit jenem zwergensäckigen Troll dort nimmst du es jederzeit auf!"

Björn beugte sich zu ihr herab und ließ die Lippen sacht über die ihren streifen. Als er sich von ihr löste, sah Rika den Widerschein seiner Seele in seinen Augen, die vor Liebe strahlten.

„Du hast mich gewarnt", raunte er. „Die Liebesgeschichte, die hinter uns liegt, die hat es wahrlich in sich, was? Ein Maidensang birgt ebenso viele Gefahren wie Freuden. So sagtest du selbst."

„Fürwahr." Sie schlang die Arme um ihn und barg ihr Gesicht an seiner Brust. „Damals aber ahnte ich nicht, dass die Freuden das Wagnis wert sind."

Er musste leise lachen. „Ja, wahrlich, Rika, das stimmt. Ich liebe dich, Mädchen." Liebevoll strich er ihr übers Haupt.

„Ich dich auch."

„Gedenke meiner in künftigen Wintern", flüsterte er ihr ins Ohr.

„In künftigen Wintern?", fragte sie ernst. „Da werden wir unseren Kindern und Kindeskindern von unserem Maidensang erzählen. Sie werden uns niemals abnehmen, dass es mehr ist als nur eine Skaldensaga. Schon deshalb musst du siegen. Nie würde ich es dir verzeihen, dass du mir kein Kind gezeugt hast."

Er nickte, und sein verschmitztes Lächeln ließ die Grübchen in seinen Wangen noch tiefer erscheinen. Dann aber stahl sich ein harter Ausdruck in seine Augen. Er wandte sich dem

Holmring und seinem Todfeind zu: dem eigenen Bruder.

„Dieser Zweikampf", rief nun der Rechtsprecher aus, „soll bestimmen über die Schuld oder Unschuld von Gunnar Haraldsson, der bezichtigt ward des Mordes an seinem Vater, Harald von Sogna." Weithin hallte die tiefe Stimme in den nächtlichen Himmel.

Der Mond stand bereits über den Wipfeln der Bäume, doch Rika verbat sich jeglichen Gedanken daran, welches Schicksal wohl ihrem Bruder drohte, erreichte die silberne Scheibe erst ihren höchsten Punkt. Den Blick auf ihren Gemahl fixiert, sprach sie ein stilles Gebet. Falls Dominicus recht behielt, falls dieser neue Gott sie tatsächlich liebte, dann würde er diese Liebe auch hoffentlich jetzt zeigen.

„Das Recht des ersten Schlages gebührt dem Jarl von Sogna", sprach Domari. „Lasset den Holmgang beginnen! Und dass sich niemand einmischt!"

Björn und Gunnar schlugen die flache Seite der Klinge gegen den Schild und traten auf den ausgebreiteten Mantel. Die Knie leicht angewinkelt, harrte Björn des ersten Hiebs. Gunnar hob den Arm und ließ, vor Anstrengung ächzend, die Klinge mit ganzer Kraft auf seinen Bruder niedersausen. Zwar fing der Schild den Großteil des Schlages ab, doch zeigte sich schon ein Riss, der quer durch die Mitte verlief. Nur die Lederriemen um Björns Unterarm verhinderten, dass der Schild zerborsten zu Boden stürzte. Björn warf ihn zu Seite und nahm von Jorand den zweiten entgegen.

Rika spürte, wie sie sich vor innerer Spannung verkrampfte und den Atem anhielt. Mit Mühe nur zwang sie sich zum Luftholen; mit stummer Kraft zähmte sie ihr Herz, dass es ihr nicht die Brust zersprengte. Jenseits des Holmringes, das Gesicht verzerrt vor Hass, stand Gunnars Gemahlin Astryd. Sollte Björn unterliegen, so würde sie Rika gewiss wieder in die Fron zwingen.

Nun schwang auch Björn sein schweres Schwert, doch der Streich prallte von Gunnars Schild zur Seite ab, ohne Schaden anzurichten. Damit war wieder Gunnar an der Reihe.

Beim Holmgang gab's weder Taktik noch List. Schiere Kraft und Ausdauer allein entschieden über den Sieg in diesem Hin und Her der Hiebe. Stolpernd wich Björn unter der Angriffswucht einen Schritt zurück; wobei sein Fuß außerhalb des Mantels landete.

„Er weicht!" Der Schrei erschallte aus allen Kehlen. Hastig kehrte Björn auf den Mantel zurück, bereit, den Kampf fortzusetzen. Geriet man mit beiden Beinen vom Tuch herunter, ertönte stets der schmachvolle Ruf: „Er flieht!"

Rika schloss die Augen, konnte sie doch den Anblick nicht länger ertragen. Schon fiel ihr das Schlucken schwer, so sehr saß ihr ein Kloß in der Kehle. Das Bersten von splitterndem Holz, das dumpfe Ächzen, das klirrende Hallen von Stahl auf Stahl aber ließ sie die Augen erneut öffnen.

Erstickt hielt sie den Atem an. Björns sämtliche Schilde waren zerfetzt, doch Gunnar hatte noch einen übrig.

„Du hättest die Sache auf sich beruhen lassen sollen Brüderchen!" Gunnars Gesicht verzerrte sich zu einem grausigen Lächeln. „Du weißt, dem Sieger im Holmgang fällt sämtliche Habe des Gegners zu. Freilich, der kleine Rotschopf ist alles, was du zu bieten hast, doch sorge dich nicht." Er ließ sein Schwert im weiten Bogen kreisen, spielerisch fast, als wolle er seinen Bruder bloß necken. „Habe ich dich erledigt, schaue ich mir die Opferung an. Und danach nehme ich mir deine kleine Skaldin vor. Und wenn ich ihrer überdrüssig bin, reiche ich sie an meine Mannen weiter."

Von Zittern erfasst, spürte Rika in ihrem Rücken, dass Al-Amin dicht hinter ihr stand, die fleischige Hand auf ihre Schulter gelegt. Der Gute mochte es noch so mutig meinen – er würde sie niemals schützen können, sollte ihr Gatte im Zweikampf fallen. Doch falls er starb, so würde ihr eigenes flackerndes Lebenslicht gemeinsam mit ihm verlöschen. Dann brauchte sie sich nicht mehr darum zu kümmern, was ihr geschah.

„Macht es dir etwa gar nichts aus, dass ich mir deine Hure vornehme?“, stichelte Gunnar, ganz offenbar in der Absicht, den Gegner zu einem schlecht vorbereiteten Hieb zu verleiten. Zwar zuckte wieder der Muskel in Björns Wange, doch er rührte sich nicht. Hektisch an den Lippen nagend, verkrampfte Rika die Finger.

Als der Hieb erfolgte, kam er derartig blitzschnell, dass Rika ihm kaum mit Blicken zu folgen vermochte. Björn zielte auf Gunnars verbliebenen Schild, ließ aber die Klinge aufwärts schwingen und frontal auf Gunnars Schwert krachen. Metallisch kreischend sausten die beiden Schneiden der Länge nach aneinander hinunter bis zum Heft, derweil Björn den Schwung ausnutzte und vorstieß.

Und plötzlich verhakten sich die beiden scharfen Klingen genau an den Stellen, wo ihre tiefen Scharten waren, ähnlich wie zwei Hirsche, die sich mit ihren Geweihen rettungslos ineinander verhakeln. Vor Verblüffung weiteten sich Gunnars Augen, doch da zuckte Björn schon zurück und riss dem verdutzten Bruder mit einem Ruck die Waffe aus der Hand. Noch immer steckten die Klingen im rechten Winkel fest, doch beide Griffe waren nunmehr in Björns Händen. Dass ein Gegner den anderen im Holmring entwaffnete, das war noch nie geschehen.

Benommen stand Gunnar da, stocksteif wie ein Standbild, den Schildarm seitlich herunterhängend. Björn hingegen verzog nicht eine Miene.

„Der nächste Hieb gebührt dem Jarl von Sogna!“, tönte nun Domari.

„Knut!“, rief Gunnar seinem Gehilfen zu. „Ein Schwert!“

Der hünenhafte Blonde spuckte zu Boden. „Im Holmring

stehen dem Kämpfer drei Schilde zu, aber der Schwerter nur eins."

„Warum, Bruder?" Björns Stimme war nur ein Flüstern. „Irgendwann wäre dir doch ohnehin alles zugefallen! Wozu musstest du ihn da umbringen?"

„Harald hätte noch gut und gerne zwanzig Winter leben können. Warum hätte ich warten sollen auf etwas, was mir doch zustand?" Gunnars Augen wurden eiskalt; wie ein Berserker schrie er dem Bruder die Wut ins Gesicht. Dann rammte er ihm den Rest seines Schildes in die Schwertspitzen, in denen das Lindenrund zitternd stecken blieb.

„Wie du schon sagtest – alles dem Sieger", sprach Björn seelenruhig, wobei er auf seinen Bruder zutrat. „Ich nehme dein Leben."

Der Jarl stolperte rückwärts.

„Er weicht!"

Nicht ein Funken von Gnade leuchtete in Björns dunklen Augen. Weiter wich Gunnar zurück, bemüht, dem tödlichen Streich zu entgehen, den die ineinander verhakten Klingen ihm bringen mussten.

„Er flieht!", schallte es aus der Menge, als Gunnar mit beiden Beinen die vorgeschriebene Kampfbahn verließ.

Der Schrei, so schien es, stärkte dem Weichenden noch einmal den Rücken, denn er trat auf den Mantel zurück. Ein säuerlicher Hauch von Urin ging von Gunnar aus – der Gestank der Todesangst. Ein letztes Mal aber stellte der Jarl sich seinem Bruder.

Schon holte Björn seitlich aus, als wolle er gegen des Bruders ungeschützte Mitte den letzten sausenden Hieb ansetzen. Doch jäh hielt er inne wie erstarrt. Der Brustkorb wogte, als kämpfe er mit einem unsichtbaren Feind.

„Nein", sagte er dann und rammte die beiden Klingen in den Boden. Verwirrtes Geraune ertönte ringsum aus der Menge.

„Ich habe das Zeichen des Christus angenommen und kann keinen Menschen kaltblütig töten, nicht einmal einen, der den Tod verdient. Der Ausgang des Holmganges aber, Domari, ist klar: Mein Bruder hat sich des Mordes an unserem Vater schuldig gemacht." Mit diesen Worten drehte er sich um und trat zum Rande des Ringes. „Sein Schicksal liegt in den Händen des Thing."

„Bindet ihn", befahl der Rechtsprecher, worauf der Jarl von mehreren Männern ergriffen wurde. Domari aber wandte sich nochmals an Björn. „Vielleicht erweist sich deine Barmherzigkeit am Ende alles andere als gnädig, du Christ!", knurrte er mit unverhohlener Abscheu. Dann hob er zu seinem Urteilsspruch an.

„Gunnar Haraldsson", begann er, „du hast dich des Verbrechens des Vatermordes schuldig gemacht. Die Strafe ist allgemein bekannt: Hinrichtung auf den Schwingen des Blutadlers."

Jegliche Farbe wich aus Gunnars Gesicht. Er wusste, was das zu bedeuten hatte: Bei lebendigem Leibe würde man ihm die Lungenflügel durch die Rippen zerren – noch während er röchelnd nach Atem rang. Ein grausiges Ende fürwahr, welches auch stärkeren Männern als Gunnar aufs Gedärm schlug.

„Verflucht, Brüderchen", zischte er durch die zusammengebissenen Zähne. „Mach ein Ende mit mir!"

„Noch einmal bitte ich das Thing um Gehör", rief Björn. „Zwar bin ich nicht mehr des Odins Gefolgsmann. Mein Bruder aber befolgt noch die alten Sitten. In dieser heiligen Nacht soll er sich selbst dem Odin im Haine zum Opfer weihen – seinen Göttern zur Ehre, seinem Verbrechen zur Strafe. Möge Gunnar Haraldsson das Opfer von Sogna sein."

Der Sprecher des Thing beäugte Björn kritisch, als wäge er dessen Vorschlag ab. Normalerweise bestanden die Menschenopfer aus Unfreien. Ein Edler aber, welcher freiwillig zum Haine ging, konnte den Ruhm des Tempels im Grunde nur mehren und den Schamanen Freude bereiten.

„So soll es sein!“ Donnernd hallte Domaris Stimme über die Menge hin. Gunnar wurde abgeführt, um Ketils Stelle einzunehmen. „Gemäß den Regeln des Holmringes erbt Björn der Schwarze nun alles, was einst dem Gunnar gehörte. Von nun an bist du der Stammesführer zu Sogna.“

Jubel brandete rings um Björn auf. Gunnar hatte sich viele zum Feind gemacht. Einzig Astryd kreischte gellend vor Wut und rannte davon, und zwar in die entgegengesetzte Richtung wie ihr Gemahl.

„Und nun zur Sache der Eidbrüchigkeit“, sagte der Rechtsprecher, die Stimme so würdevoll, wie es sich angesichts des ernsten Vergehens geziemte. „Eines Mannes Wort ist heilig und wird nicht leicht gegeben, doch ist es einmal gesprochen, so darf es nicht zurückgenommen werden. Eidbrüchigkeit ist ein Verbrechen, das ich keinesfalls dulde. Dem Gesetz entsprechend müsstest du, Björn, auf die Dauer von drei Jahren verbannt werden aus den nördlichen Landen. Dein Bruder aber brach nicht nur das Vertrauen des Vaters, sondern zugleich das deine und auch das aller Bewohner von Sogna. Damit hebt sich ein Unrecht gegen ein anderes auf. Ich verfüge mithin, dass du dich, statt in die Verbannung zu gehen, drei Jahre lang nicht aus Sognefjord herauswagen darfst. Führe dein Volk gut, und fährst du während dieser drei Jahre auf Beutezug außerhalb deiner Grenzen, hast du’s vor mir zu verantworten.“

Rika rannte zu ihrem Mann und schlang ihm die Arme um den Nacken, erleichtert ob der unerwarteten Gnade, doch auch beruhigt, als sie das kraftvolle Pochen von Björns Herz vernahm.

„Jorand, du wirst mir doch sicher helfen, oder?“, fragte der neue Jarl.

„Ich dachte, das wäre an diesem Abend schon klar geworden“, versetzte der Jüngling. „Ich bin ja nicht dein eingeschworener Gefolgsmann. Du hast mir nichts zu befehlen, auch wenn du der Jarl bist. Ich werde mich wohl auf eine lange Reise begeben, vielleicht auf eine drei Jahre währende Fahrt. Und was hast du nun vor während der Dauer deines Arrestes?“

Björn schaute auf seine Frau. „Ich hätte nicht übel Lust, mir eine Feste zu bauen. Mit einem hohen Turm für dieses kecke Weib!“

„Eine Feste?“, fragte sie. „Über den sturmumtosten Klippen, hoch oben über der See?“

„Genau.“

„Aha. Wenn also deine drei Jahre um sind und du auf Beutefahrt ausläufst, könnte ich von dort Ausschau halten nach deinem Boot im Fjord?“

„Du kannst ja gut meine Gedanken lesen.“

„Und du kennst die meinen ganz und gar nicht, Björn Schwarzhaar“, erwiderte sie. „Wenn du glaubst, ich ließe dich überhaupt ziehen. Ich musste mich so oft von dir trennen, dass es fürs ganze Leben reicht. Wenn du nicht enden willst wie Ragnar, bleibst du besser daheim und kümmerst dich um deine Äcker.“

Stürmisch riss Björn sie an sich. „Und wenn ich daheim bliebe und mich um mein Weib kümmerte?“

Sie küsste ihn innig. „Das wäre am allerbesten.“

– ENDE –